Personen und Handlung in diesem Roman sind frei erfunden.
Ähnlichkeiten mit toten Personen sind rein zufällig und nicht beabsichtigt.

© Oertel+Spörer Verlags-GmbH+Co. KG 2011
Postfach 16 42 · 72706 Reutlingen
Alle Rechte vorbehalten.

Umschlaggestaltung: Verena Holzmann
Satz, Druck und Einband: Longo AG, I-Bozen
ISBN 978-3-88627-963-0

Besuchen Sie uns im Internet und informieren Sie
sich über unser vielfältiges Verlagsprogramm:

www.oertel-spoerer.de

Christa Schmid-Lotz

Das Vermächtnis des Bischofs

Christa Schmid-Lotz

Das Vermächtnis des Bischofs

Ein historischer Roman

Oertel+Spörer

1

Am Morgen krochen kleine weiße Schnecken an den Wänden der Kemenate hinauf. Während ein Sonnenstrahl durch die Ritzen des Fensterladens drang, blieb Julia noch einen Moment unter ihrer Wolldecke liegen, schaute auf die Schleimspuren, die sie hinterließen und überlegte, was das wohl zu bedeuten hatte. Hinter dem Brokatvorhang hörte sie die gleichmäßigen Atemzüge der Mutter und das Schnarchen des Vaters, das ab und zu von einem tiefen Grunzen in ein hohes Pfeifen überging. Vom Hof drangen die morgendlichen Burggeräusche zu ihr herauf: das Klappern der Milcheimer, Wiehern und die Stimmen der Knechte und Mägde. Gleichzeitig zog der Geruch nach Mist durch den Raum. Es klopfte. Anna, die frühere Amme von Julia, kam herein, grüßte und stellte einen Krug mit Wasser und dazu eine Schüssel auf den Fenstersims. Die rundliche, kleine Frau mit den Grübchen und den warmen, dunklen Augen war mit einem beigefarbenen Überkleid und einer weißen Schürze bekleidet. Während Julia Gesicht und Arme benetzte, holte Anna aus einer geschnitzten Truhe die Kleidungsstücke für den Tag: einen gefalteten, hellen Rock und ein Mieder aus Samt. Sie half ihr, das Mieder zu schnüren und die langen Ärmel mit Bändern zu befestigen. Julias lange, hellbraune Haare flocht sie zu Zöpfen und bedeckte sie mit einem Perlennetz, einem Relikt aus besseren Zeiten. Anna erinnerte Julia immer an einen Rosinenkuchen, und so duftete sie auch heute Morgen.

„Jetzt seid Ihr gerüstet und könnt zum Frühmahl hinübergehen", sagte Anna. Als Julia an der Küche vorbeikam, sah sie das Gesinde schon zum Essen versammelt. Alle langten mit ihren Holzlöffeln in eine Schüssel mit Haferbrei und tranken dünnes Bier aus dickwandigen Bechern.

Julia betrat den Speisesaal mit seinen hohen, gotischen Fenstern, der fein gearbeiteten Kassettendecke und den ehemals prächtigen Wandteppichen. Die Läden waren geöffnet, so dass die warmen Strahlen der Sonne in den Saal hereinfielen und Muster auf den gefliesten Boden zeichneten. Über den Tisch, ein schweres Brett aus Buchenholz auf zwei Böcken, hatte eine Magd ein Tischtuch gebreitet und darauf Gerstenbrei, Brot, geröstete Hühnerkeulen und Würzwein zum Frühmahl bereitgestellt.

Während sie auf das Erscheinen der Eltern wartete, schaute Julia zu einem der Fenster hinaus: Sie sah tief unten die rostbraunen Dächer des Städtchens Sulz, sah bewaldete Hügel und den Fluss, der sich glitzernd durch das Tal schlängelte. Am liebsten wäre sie hinausgelaufen, raus aus der Enge dieser Burg, wo die Tage vergingen, ohne dass etwas Nenneswertes passierte, wo ständig der Gestank nach Exkrementen durch die Zimmer zog. Julia dachte an den Erker mit dem Abtrittsloch, daneben Moos und trockene Blätter zum Abwischen. Im Sommer kam man fast um vor Hitze und Gestank, im Winter fror man am Boden fest, wenn man nicht aufpasste. Doch wohin sollte sie gehen? Für eine junge Frau von siebzehn Jahren, noch dazu der Tochter eines verarmten Adligen, waren die Möglichkeiten nicht eben berauschend. Außer einer Heirat, einem Leben im Kloster oder als Erzieherin der Kinder bessergestellter Leute hielt das Leben nicht viele Möglichkeiten für sie bereit. Ihre Eltern betraten den Speisesaal. Der Burgvogt Eitel trug eine dunkelbraune Schaube über einem hellen Wams, und um seine kräftigen Hüften spannten sich die Halbhosen, an deren Enden Strümpfe mit Bändern befestigt waren. Seine Füße steckten in ledernen Kuhmaulschuhen, die nur Zehen und Rist bedeckten. Sein Gesicht, in dem wie kleine Krater Narben eingegraben waren, aus dem seine Augen aber gütig hervorblickten, war von einem breiten schwarzen Barrett eingerahmt. Er ließ sich mit einem wohligen Seufzer am Esstisch nieder. Die Mutter war ebenfalls mit einer Schaube bekleidet, die jedoch mit einem Brustlatz aus Samt und einem bestickten Kragen verziert war. Über das Unterkleid, das mit einem Gürtel zusammengehalten wurde, hatte sie eine graue Schürze gebunden und über ihrem rosigen, fast faltenlosen Gesicht trug sie eine gestärkte Haube.
„Ich hoffe, du hast gut geruht, mein Täubchen", sagte Eitel, ließ sich nieder und griff nach einem Hühnerschenkel. Julia füllte Brei in ihren Zinnteller und brach ein Stück Brot ab.

„Ich habe gut geruht", antwortete sie, „aber nach dem Erwachen sah ich Schnecken an den Wänden hochkriechen. Anna sagt immer, das bedeutet Unheil."

„Dieses schleimige Ungeziefer ist eine wahre Plage", ließ sich Frau Eitel vernehmen. „Aber Unheil? Davon habe ich noch nichts gehört, und ich glaube es auch nicht."

„Doch, doch", schaltete sich der Vater ein. „Wenn es sehr heiß ist oder ein Unwetter droht, kriecht alle Kreatur nach oben, wahrscheinlich, um nachher nicht in den Wassermassen zu ersaufen."

Frau Eitel warf einen Blick aus dem Fenster.

„So schön wie dieser Morgen war schon lange keiner mehr. Jemand muss dir Ammenmärchen erzählt haben. Seit der Stürmung Tannecks durch die Bauern gab es auf dieser Burg kein Unglück mehr."

Julia erinnerte sich gut an diese Nacht, als sie von ihrer Mutter geweckt und, mit ein paar Habseligkeiten ausgestattet, eilig zu einer Tante gebracht worden war, die in der Stadt nahe der Burg wohnte. Die Eltern hatten sich in ein Kloster in der Nähe geflüchtet. Überall standen Bauern, disputierten mit hasserfüllten Gesichtern und reckten drohend ihre Sensen und Hungerharken gegen sie. Die Tante war eine kalte, herrschsüchtige Person, die Julia den ganzen Tag herumkommandierte. Julia war heilfroh gewesen, als die Aufstände vorüber waren und sie wieder auf den elterlichen Besitz zurückkehren konnte. Ihr Vater hatte sein Vermögen während des Krieges verloren und verwaltete nun das Anwesen mit seinen wenigen Wiesen und Äckern selbst.

„Ich muss fort, muss bei meinen Bauern nach dem Rechten sehen", knurrte er jetzt und erhob sich schwerfällig. „Bin zur Spätmahlzeit wieder hier. Vielleicht gelingt es mir, einen Vogel zu erlegen, dann können wir ihn morgen braten."

„Die Jagdzeit beginnt doch erst im Herbst", wandte seine Frau ein.

„Das ist mir einerlei", versetzte ihr Mann. „Die Zeiten sind sowieso aus den Fugen geraten. Niemand weiß mehr, was zählt, noch hat es irgendeine Ordnung auf der Welt. Dieser vermaledeite Luther hat alles von unten nach oben gekehrt!"

Er griff sich eine Armbrust, die mit einem Haken an der Wand befestigt war, und schlurfte hinaus. Wenig später hörte Julia, wie sich die Hufschläge seines Pferdes aus dem Hof entfernten.

„Auch gut, wenn wir beiden Frauenspersonen einmal unter uns sind", sagte die Mutter. „Dann können wir besprechen, was du heute an Arbeiten verrichten könntest."

„Was soll ich tun, Mutter?"

„Du kannst die Hühner füttern und die Eier einsammeln, den Gänsestall reinigen, dann mit den Mägden Kräuter und Gemüse für die Suppe schneiden. Dafür brauchen wir Wacholderbeeren und Safran. Die Beeren wirst du von der Heide holen, den Safran besorgen wir anschließend zusammen auf dem Markt. Und noch einiges mehr."

Mit diesen Worten biss sie kräftig in einen der Hühnerschlegel. Im nächsten Moment schrie sie auf.

„Mutter, was ist?", fragte Julia bestürzt. Frau Eitel spuckte ein Stück Zahn aus.

„Abgebrochen ...nein, das darf nicht sein. Damit kann ich nicht mehr zubeißen. Oh, und es tut so arg weh!"

Ein dünner Blutfaden lief über ihr rosiges Kinn.

„Wenn wir sowieso zum Markt hinuntergehen, können wir doch den Bader aufsuchen, der hat schon viele Zähne gezogen, sagt Anna."

„Zu diesem Quacksalber?"

„Es gibt niemanden sonst, der so etwas kann."

„Also gut", meinte Frau Eitel. „Dann hol den Korb, ich werde rasch ein wenig Geld zusammen richten."

Als sie den Hof betraten, schlug ihnen die Hitze wie aus einem Backofen entgegen, gemischt mit dem beißenden Geruch von Urin. Einige Knechte striegelten Pferde, andere besserten Sättel und Zaumzeug aus. Eine Magd war damit beschäftigt, einen Eimer in den Brunnen hinunterzulassen, zwei weitere Knechte trugen einen Sack mit Getreide zum Vorratslager neben dem Stall. Unter den Lagerräumen befand sich der Keller mit den Weinfässern und den Waren, die kühl gehalten werden mussten. Zwischen Ring- und Zwingermauer hatte die Mutter einen Garten angelegt. Sie passierten die Zugbrücke über den Halsgraben und schlugen den Pfad ein, der durch Gebüsch und Wald in die Stadt hinunterführte.

Der besseren Sicht auf feindliche Angreifer wegen, hatte Eitel den oberen Teil des Berges kahlschlagen lassen. Die Lichtung war inzwischen mit Himbeersträuchern, Farnen und Ebereschen bewachsen. Obwohl sie offensichtlich Schmerzen hatte, redete Frau Eitel fast unentwegt über die Teuerung, die schlechten Zeiten, Männer wie Luther, die der Teufel geritten haben musste. Und dass man bald einen geeigneten Ehemann für Julia finden müsse. Julia äußerte sich nicht weiter dazu. Bald erreichten sie die ersten Häuser der Stadt, über der ein Dunst von der Salzsiederei schwebte. Auf dem großen, unregelmäßig geformten Platz mit dem Rathaus in der Mitte wurde der Markt abgehalten. Hier standen auch das Siedehaus mit seinen Nebengebäuden und der Salzbrunnen, ein größeres Loch im Boden, aus dem das Salzwasser floss. Einige Arbeiter waren mit dem Sieden beschäftigt. Die beiden Frauen ließen sich jedoch nicht aufhalten, sondern steuerten das Haus des Baders an, das sich in einer Seitengasse befand.

Eine Glocke ertönte, als die beiden Frauen durch die Tür traten. Der Raum war angefüllt mit den Utensilien, die ein Bader benötigte, mit Handtüchern, Rasierpinseln, Seifen, Ölen, Scheren, Verbandsmaterial aus Leinenstreifen, Arm- und Beinschienen, Schröpfgläsern, Einlaufschläuchen, chirurgischen Messern und Zangen, die auf einem Tisch und auf Holzbrettern an den Wänden bereitlagen. Auf dem Fenstersims standen Gläser, die mit einer trüben Flüssigkeit gefüllt waren und Blutegel enthielten. Der Bader Gunther erschien und wischte sich die nassen Hände an seinem Kittel ab. Aus dem Nebenraum klangen plantschende Geräusche, und ein Duft nach Bergamotte-Öl lag in der Luft. Der Bader war ein großer, stämmiger Mann mit wirrem, schwarzem Haar. Sein Gesicht war bleich, und die rechte Hälfte schien in irgendeiner Art angefressen, als hätte er sich bei einem seiner Versuche mit Säure verätzt. Ein grauslicher Anblick, dachte Julia. Der Blick seiner dunklen Augen war unstet. Julia spürte ein unangenehmes Gefühl im Magen. „Was kann ich für Euch tun?", fragte er. Statt einer Antwort zeigte Frau Eitel auf ihre Backe, die inzwischen beträchtlich angeschwollen war. Der Bader führte sie zu einem Stuhl, befahl ihr, den Mund weit aufzumachen und ihn nicht etwa zu beißen. Er führte einen Mundspiegel ein und sagte:

„Aha. Einer der Quadrupelzähne."

„Was beabsichtigt Ihr zu tun?", wagte Julia zu fragen. Statt einer Antwort verschwand er in einem angrenzenden Zimmer und kam mit einer Kristallkugel zurück.

„Mit meinem *Speculum oris* habe ich festgestellt, dass der Zahn nicht mehr zu retten ist", sagte er, nun schon etwas freundlicher. „Ich muss ihn ziehen, aber damit Eure Frau Mutter nicht gar so viele Schmerzen erleidet, werde ich sie in einen kurzen Schlaf versetzen."

Aufmerksam schaute Julia zu, wie der Bader die Kugel vor den Augen der Mutter pendeln ließ, bis sich ihre Augen schlossen, die Gesichtszüge entspannten und gleichmäßige Atemzüge verrieten, dass sie in tiefen Schlaf gefallen war. Der Bader klemmte das *Speculum* in ihren Mundwinkel, wies Julia an, ein kleines Tuch bereitzuhalten, um Speichel und Blut aufzufangen, griff nach der Zange und machte sich ans Werk. Er musste mehrmals ansetzen, und Julia schauderte ein ums andere Mal bei dem Krachen und Knirschen. Der Körper der Mutter bäumte sich auf, sie erwachte jedoch nicht bei dieser Prozedur. Schließlich war der Zahn draußen, Julia wischte Blut und Speichel weg, Frau Eitel erwachte, stand auf und lächelte erleichtert.

„Es hat überhaupt nicht weh getan", meinte sie und kramte in dem Lederbeutel, den sie am Gürtel trug, nach Geld. Der Bader warf die Münzen in eine Schale und reichte den Frauen die Hand. Julia fiel auf, dass er sehr kräftige, aber auch feingliedrige Hände hatte, an denen die Adern deutlich hervortraten.

„Was habt Ihr mit dieser Kugel gemacht?", wollte Julia zum Abschied wissen.

„Es ist eine Möglichkeit, den Schmerz bei Operationen zu lindern", gab Gunther Rathfelder zurück. „Der Arzt, Astrologe und Alchimist Paracelsus, der in Basel lehrt, wendet diese Methode an. Ich habe mit ihm Briefe darüber ausgetauscht."

Julia merkte, dass sie großes Interesse an diesen Dingen hatte, wollte den Bader und ihre Mutter, die glückselig dem Ausgang zustrebte, jedoch nicht länger aufhalten.

„Geht mit Gott, liebe Frauen, und beehrt mich wieder einmal mit Eurem Besuch", sagte Rathfelder, wobei er Julia eindringlich musterte. Sie war froh, als sie aus dem düsteren Ladengeschäft in die Hitze des Sommertages zurückkehren konnten.

Frau Eitel strebte dem Markt zu, um noch vor dem Mittagsläuten ihre Einkäufe zu erledigen. Auf dem Platz unterhalb der Kirche herrschte ein großes Gedränge. An den Seiten und an den Gängen in der Mitte waren Zeltplanen aus Leinen gespannt, um Verkäufer und Waren vor der Sonneneinstrahlung zu schützen. Dazwischen gingen die Sieder ihrer Arbeit nach, es roch intensiv nach Salz. Bäuerinnen in derber Tracht boten ihre Erzeugnisse feil, die sie auf Holztischen ausgebreitet hatten. Auf dem Boden standen Säcke mit Gerste, Dinkel, Emmer, Einkorn, Roggen und Buchweizen. Unter den Arkaden des Rathauses war der Platz der Bäcker und Metzger. Das knusprige Weizenbrot und das Gerstenbrot waren für die Herren und reichen Bürger, Haferbrot und Roggenbrot dagegen für die Bauern, die ärmeren Bürger und das Gesinde bestimmt. Von den Metzgern wurden neben Rinderhälften und Schweinepfoten, auf denen sich Fliegen breitmachten, auch Wachteln, Rebhühner, Trappen, Bärenschinken und Biberschwänze feilgeboten. Julia genoss es, die Düfte nach Gebratenem und Gewürzen wie Muskat, Nelken und Galant einzuatmen. In dem Gedränge kamen sie kaum voran. Wasserträger tauchten in der Menge auf, ein Mann schleppte einen Korb mit gackernden Hühnern, und zwischen zwei Ständen zeigte ein Gaukler seine Kunststücke. Um ihn herum hatte sich eine Traube von Menschen gebildet.

„Seht den Taschenspieler!", rief ein Mann. „er wird uns gleich einen seiner Zaubertricks vorführen."

„Das ist kein rechtschaffenes Handwerk", fiel eine Hausfrau mit übergroßer Haube ein. „Der muss mit dem Teufel im Bunde sein, der solche Künste beherrscht!" Julia und ihre Mutter blieben stehen. Der Mann, mit altmodischen Schellenschuhen, einem spitzen schwarzen Hut und Rüschenärmeln ausgestattet, zwirbelte sich die gewichsten Bartspitzen und blickte in die Runde. Seine Haut war dunkel, als hätte er die meiste Zeit seines Lebens im Freien verbracht.

„Ja, das werde ich, euch etwas vorführen nämlich, was Ihr eurer Lebtag nicht gesehen habt", sagte er und zog seinen Hut, um erst einmal Geld einzusammeln.

„Ihr seid gleich Zeugen des Königsspiels der Zauberei. Gebt mir ein Scherflein, denn auch Zauberkünstler müssen leben. Ihr könnt auch bei mir kaufen, ehrbare, rechtschaffene Dinge, Zahnpulver, Heilsalben, Seifen und Bürsten", er wies auf einen Ledersack, der neben ihm stand.

Der Mann stellte sich in die Mitte des kleinen Platzes und rief: „Nun werde ich beginnen!" Auf seinen Ruf hin blieben immer mehr Menschen stehen. Der Gaukler holte drei Kupferbecher aus dem Sack und stellte sie nebeneinander auf einen Tisch. *„Abrakadabra, ubi est res diaboli?"*, rief er und vollführte kreisende Bewegungen mit den Armen. Seine Augen rollten hin und her und verdrehten sich zum Himmel. Dann hob er die Becher auf und das Publikum sah nacheinander drei Korken erscheinen. Julia reckte ihren Hals, um besser sehen zu können.

„Was ist unter diesen Bechern?", rief der Gaukler.

„Drei Korken", kam es aus dem Publikum zurück.

„Komm mal her." Der Gaukler deutete auf einen Jungen, der barfüßig und zerlumpt in der Menge stand. Sein blondes Haar war zerzaust, das kleine, schmale Gesicht hatte einen verschmitzten Ausdruck.

„Ich?"

„Ja, du." Der Junge bahnte sich seinen Weg zu dem Zauberer und blieb abwartend neben ihm stehen.

„Jetzt hebe einmal den mittleren Becher auf", befahl der Gaukler. Der Junge tat es. Unter dem Becher war – nichts! So ging es einige Male hin und her. Mal erschienen die Korken, mal nicht. Schließlich winkte der Gaukler einen Reisigen heran.

„Hebt den rechten Becher auf", sagte er. Alle reckten die Hälse. Der Reisige tat, wie ihm geheißen. Unter dem Becher lag ein Apfel, dick und rotbackig, zum Reinbeißen. Die Leute lachten und riefen: „Mehr davon!" Jetzt sprach der Gaukler einen Mönch an, der anscheinend auf dem Weg zur Mittagshore war, denn er trug die deutsche Bibel unter dem Arm, war also ein Anhänger Luthers. Der Schwarzgewandete sträubte sich und wollte weitergehen, doch zwei Männer hielten ihn fest und schrien: „Euer Luther gehört doch auch zu dieser Sorte, jetzt zier' dich nicht und mach mit bei dem Spiel." Als der Mönch zaghaft den mittleren Becher hob, saß darunter ein Küken, das sich zitternd erhob, seine Notdurft verrichtete und dann davon zu flattern versuchte. Die Menschen johlten, einige bekreuzigten sich.

Julia wusste nicht, was sie von diesem Zauber halten sollte. Waren diese Menschen echte Künstler, die sich auf Jahrmärkten ihr Zubrot verdienen mussten? Wie schafften sie es, die anderen zu täuschen? Allmählich zerstreute sich die Menge, und der Gaukler zählte zufrieden sein Geld. Julia wollte keine weiteren Schaustückchen dieser Art sehen. Sie zog ihre Mutter zu einem Stand, von dem zu Kränzen gebundene Schalotten zusammen mit Zwiebeln und Knoblauch herab hingen. Junge Erbsen, Pastinak, Spinat, Lauch und Pferdebohnen waren ausgebreitet. In Körbchen bot die Marktfrau Vogelbeeren, Holunderbeeren und Berberitzen an. Frau Eitel kaufte Kirschen und späte Erdbeeren, die sie nicht selbst in ihrem Garten zog. Auch ein wenig von dem kostbaren Safran ergatterte sie. Die beiden Frauen begaben sich auf den Rückweg zur Burg Tanneck.

Ein plötzlicher Windstoß fegte über den Platz, so heftig, dass einige Zeltbahnen umfielen und ihre Besitzer unter sich begruben. Eine Bauersfrau mit einfachem, derbem Gesicht versuchte ihren Korb mit Eiern zu retten, doch sie waren auf die Erde gefallen und dort geplatzt und zerlaufen. Sie fing lauthals an zu schreien.
„Gott sei mir gnädig, das ist ein Zeichen!"
„Das ist ein Zeichen!", echoten andere Frauen, schauten zum Himmel, an dem sich wenige Federwölkchen zeigten, und schlugen das Kreuz. Julia sah die Blicke der Bäuerinnen feindselig auf sich gerichtet. Oder bildete sie sich das bloß ein? In aller Eile wurden die Stände wieder aufgerichtet, zerbrochenes Geschirr zusammengefegt und die Körbe ordentlich aufgestellt. Mit rotem Kopf folgte Julia ihrer Mutter, die von dem Markt wegdrängte und den Weg zurück nach Hause nahm. Als sie schweißgebadet am Eingang der Burg anlangten, sah Julia, dass sich über den Hängen des Flusstales große weiße Quellwolken bildeten.

2

Auf Tanneck war alles unverändert. Die Knechte und Mägde gingen pflichtbewusst ihrer Arbeit nach, und Anna hatte offensichtlich in der Zwischenzeit die Bediensteten beaufsichtigt. Julia ruhte sich einen Augenblick in der Fensternische des Speisesaales aus, um wieder zu Atem zu kommen. Hier war es wohltuend kühl. Sie zuckte zusammen, als sie das Schimpfen ihrer Mutter aus der Küche hörte.

„Habe ich euch nicht gesagt, dass die Rüben und die Pastinaken viel kleiner geschnitten werden müssen? Und dem Eintopf fehlt jede Würze. Julia!"

Julia lief hinüber zur Küche, die Mägde Lina und Katherina knicksten, als sie ihrer ansichtig wurden. Lina, mit kess geschürzter Haube und schweißnassem Gesicht, rührte in einem Kessel, der an einem Haken über der gemauerten Feuerstelle hing. Es dampfte und duftete nach frischem Gemüse. Katherina saß auf einem dreibeinigen Schemel am Tisch und zerkleinerte Kräuter in einem Mörser. An den Wänden hingen Töpfe, Suppenkellen, Spieße und Geschirr aus Zinn.

„Julia, du könntest dich ein wenig nützlich machen", sagte Frau Eitel. „Geh doch in die Heide hinüber und hole ein Säckchen mit Wacholderbeeren. Dann ist die Suppe gut gewürzt, wenn dein Vater von der Jagd nach Hause kommt. Aber nimm Joscha mit, man weiß nie, wer sich heutzutage in der Gegend herumtreibt. Und vergiss nicht, danach die Hühner zu füttern."

„Ja, Mutter", sagte Julia, froh darüber, für einige Zeit hinauszukommen. Sie nahm ein Leinensäckchen und überquerte den Burghof. Am Tor saß Joscha, der Knecht und besserte einen Sattel aus. Er nickte ihr flüchtig zu. Warum sollte sie ihn bei seiner Arbeit stören? Sie konnte gut auf sich selbst aufpassen. Julia passierte die Zugbrücke und gelangte zu dem Weg, der durch einen kleinen Buchenwald zur Heide führte. Es war so heiß, dass ihr bald Mieder und Überrock am Körper klebten. Der Wind hatte sich gelegt, und über den Bergen ballten sich Wolken wie riesige, grauweiße Wattebäusche zusammen. Als sie sich der Heide näherte, hörte sie ein Blöken, das sehr rasch vielstimmig wurde, dazwischen das weinerliche Meckern der Lämmer. Es roch nach Schafsmist und Thymian. Der Schäfer, Hans genannt, stützte sich auf seinen Knotenstock und schaute ihr ruhig entgegen. Sein schwarzer Hund umkreiste die Herde mit eifrigem Bellen. Hans war mit einem groben Leinenhemd, ebensolchen Hosen und Holzschuhen bekleidet, und sein faltiges, gebräuntes Gesicht verschwand fast hinter der wilden grauen Mähne und einem langen, zerzausten Bart.

„Heda, Jungfer Julia", sagte er. „Was tut Ihr hier draußen um diese Zeit?"

„Ich hole ein Säckchen mit Wacholderbeeren, die Mutter hat's mir aufgetragen." Grüßend hob sie die Hand.

Der Schäfer blinzelte in den Himmel, dessen Wolken sich inzwischen bleigrau verfärbt hatten.

„Es liegt ein Unwetter in der Luft", meinte er. „Wisst Ihr auch, wozu solche Beeren noch nützen, außer, der Suppe einen besseren Geschmack zu geben?"

„Nein, das weiß ich nicht", gab sie zurück. „Aber Ihr werdet es mir gewiss gleich sagen."

„Es ist gut zum Abhusten, als Tee getrunken, man kann sich mit ihrer Hilfe morgens besser erleichtern, sie helfen bei Gicht und Wassersucht und sind schweißtreibend."

„Das hat gerade noch gefehlt", antwortete Julia und unterdrückte das Bedürfnis zu kichern. „Und wogegen helfen sie noch?"

„Gegen die Pest und gegen ..."

„Gegen was noch? Nun lasst euch doch nicht alles aus der Nase ziehen."

„Gegen Hexen."

Julia war mit einem Schlag hellwach.

„Was sind das eigentlich für Geschöpfe?", fragte sie. „Ein Reisiger berichtete uns, dass im vorigen Monat, im Juni, eine Hexe in Stuttgart festgesetzt worden sei."

„Das war Margarethe Sütterlin, eine Witwe."

„Was ist mit ihr passiert?"

„Sie wurde der Hexerei angeklagt und der Buhlschaft mit dem Teufel. Auf der Ofengabel sei sie über den Gartenzaun geritten."

„Und weiter?"

„Wollt Ihr es wirklich hören? Das ist nichts für ein junges, adeliges Mädchen, wie Ihr eins seid."

„Doch, ich möchte es hören", beharrte sie.

„Sie wurde auf die Folter gespannt und mit Ruten geschlagen. Ihre Schienbeine wurden in Pech getaucht. Die Haare rasierte man ihr ab, zog Seile um den Kopf, steckte ihre Füße in Schweinsschuhe und röstete sie über einem Kohlebecken. Am Schluss wurde sie mit glühenden Kohlen überschüttet."

Ein kalter Schauder erfasste Julia, trotz der glühenden Hitze.

„Hat sie gestanden?", fragte sie.

„Nein. Man sperrte sie in einen Turm auf dem Reichenberg, wo sie immer noch sitzt. Es ist kein Geständnis aus ihr herauszukriegen."

„Dann ist sie sicher auch keine Hexe. Könnt Ihr denn diese Vorgehensweise billigen, Hans?"

„Unsere Kirche, insbesondere der Herr Luther, haben uns immer wieder vor den Hexen und vor dem Teufel gewarnt. Besonders mit leichtsinnigen, leichtgläubigen Personen treiben sie ihr Spiel." Der Schäfer redete sich warm. „Da oben ist ein Wegekreuz", er wies auf die Anhöhe über der Heide, „dort ist vor einem Jahr ein Schäfer mit seiner Herde entlanggezogen. Genau wie heute zog ein Gewitter auf. Spürt Ihr, wie die Luft wabert? Als das Donnerwetter losging, suchte er Schutz unter einer mächtigen Eiche. Und wurde vom Blitz getroffen. Das war die Strafe für sein wenig gottesfürchtiges Leben."

„Ihr meint, wenn man nur gottesfürchtig genug ist, kann einem so etwas nicht geschehen?"

„Die Kirche sagt es, Luther sagt es ..."

„Wessen hat sich der Schäfer Eurer Meinung nach schuldig gemacht?"

„Er handelte mit Stoffen, von denen ein ehrbarer Mensch lieber die Finger lassen sollte."

Er verstummte und schien in sich hineinzuhorchen.

„Was sind das für Stoffe?", drängte Julia.

„Bilsenkraut, Stechapfel, Spanische Fliege und allerhand andere Ingredienzien. Hat Liebestränke daraus hergestellt, und ich bin sicher, so mancher ist dabei zu Tode gekommen. Er kann von

Glück sagen, dass der Blitz ihn getroffen hat, sonst wäre auch er der Hexerei angeklagt worden."

Es war Julia, als erwache sie aus einem schweren Traum. Sie stand hier auf der Heide, sprach mit einem Schäfer über unerhörte Dinge und hatte ganz vergessen, warum sie überhaupt hergekommen war. Die Bienen summten, das trockene Gras knisterte leise, und über dem Burgberg hatte sich der Himmel schwefelgelb verfärbt.

„Ich danke Euch für Eure Auskünfte", stammelte sie, raffte ihren Rock und verließ den Platz, auf dem die Schafe gemächlich grasten.

Das Blöken wurde leiser, während Julia einen steilen Pfad hinaufstieg. Oben erstreckte sich die eigentliche Heide mit Wacholderbüschen und trockenem Gras, in dem Kartäusernelken und Glockenblumen wuchsen. Sie hockte sich vor einen der Büsche. Bei ihrem Versuch, möglichst schnell das Säckchen mit den blauen Beeren zu füllen, riss sie sich die Hände an den Stacheln wund. Viele der Früchte waren noch grün. Als der Beutel halb gefüllt war, richtete sie sich auf und machte sich auf den Rückweg zur Burg. Sie sah, dass sich von Westen her eine dunkle Wolkenwand heranschob. Mäuse huschten in ihre Erdlöcher, die Luft war schwer und zum Schneiden dick, und wieder krochen weiße Schnecken an den Gräsern hinauf. Im Wald war es totenstill, kein Vogel war zu hören. Die Angst vor etwas Unausweichlichem schnürte Julia die Kehle zu. An der Mauer der Burg bemerkte sie im Vorübereilen eine Pflanze, deren Blüten schmutzig gelb und lila geädert waren. Das muss das Teufelskraut sein, dachte sie, vergaß es aber gleich wieder, weil sie an die Vorhaltungen der Mutter dachte. Die Hühner zu füttern und den Mägden beim Kochen zu helfen hatte sie ebenfalls vergessen. Als sie den Burghof erreichte, war alles wie immer. Oder doch nicht. Das Vieh stand in den Ställen und rührte sich nicht. Hühner, Gänse und Enten hatten sich in ihre hölzernen Verschläge zurückgezogen. Julia lief die Treppe zum Obergeschoss des Palas hinauf, in der sich Kemenate, Küche und Speisesaal befanden. Lina und Anna sangen bei ihrer Arbeit, es roch nach Fleisch- und Gemüseeintopf, und in einem Korb neben der Vorratskammer lagen zwei frisch erlegte Fasanen.

Julia betrat die Kemenate, um sich für das Abendessen umzuziehen. Sie stockte, als sie Stimmen hinter dem Vorhang hörte – es waren die ihrer Eltern.

„Sie muss möglichst bald unter die Haube", sagte ihr Vater. „Das Kind hat mir zu viele Flausen im Kopf. Junker Gerold von Sterneck hat mich kürzlich gefragt, ob unsere Tochter schon jemandem versprochen ist."

Julia schoss das Blut ins Gesicht. Hätte man sie nicht in diese Pläne einweihen können?

„Der ist doch doppelt so alt wie sie. Und außer seiner Burg hat er keinerlei Besitz vorzuweisen", erwiderte Frau Eitel.

„Du weißt doch, es gibt dieses ...", die Stimme des Vaters erstarb zu einem Flüstern.

Julia war außer sich. Gab es eine Art Familiengeheimnis? Warum sollte das niemand hören? Warum wurde einfach über ihren Kopf hinweg bestimmt? Sie beschloss, die Eltern beim Abendessen danach zu fragen, zog sich aus der Kammer zurück und ging mit betont lauten Schritten noch einmal hinein. Die Mutter wird schimpfen, dachte sie, dass ich so lange ausgeblieben bin und niemanden mitgenommen habe. Herr und Frau Eitel waren im Begriff, den Raum zu verlassen, so dass Julia ihnen direkt in die Arme lief.

„Wo bist du so lange gewesen, mein Täubchen?", fragte ihr Vater und nahm sie in dem Arm. „Deine Mutter hat sich Sorgen gemacht."

„Du hast Joscha nicht mitgenommen, und die Hühner hast du auch nicht gefüttert", sagte Frau Eitel und verzog ihre Stirn in kummervolle Falten.

„Was soll ich von einer Tochter halten, die immer ihren eigenen Kopf durchsetzen will?"

„Verzeiht, Mutter, aber es war sehr schwierig, reife Beeren zu finden. Meine Hände sind dabei ganz schön zerstochen worden."

Sie hielt der Mutter ihre Hände entgegen.

„Ach, hätte ich dir doch bloß Handschuhe mitgegeben!", sagte Frau Eitel mit einem Kopfschütteln.

„Das ist alles halb so schlimm", antwortete Julia. „Das Wetter macht mir viel mehr Kopfzerbrechen. Da scheint sich etwas Furchtbares zusammenzubrauen."

„Gewitter gibt es in jedem Sommer, zumal, wenn es so heiß ist wie heute. Ich bin froh, wenn wir etwas Regen bekommen", meinte ihr Vater.

„Jetzt lasst uns nicht mehr herumstehen und reden, sondern zum Essen gehen", beendete Frau Eitel die Unterhaltung.

Nachdem Anna Julias Hände mit Ringelblumensalbe bestrichen und verbunden hatte, ging Julia in den Speisesaal hinüber, wo ihre Eltern schon am Tisch saßen. Der Himmel hatte sich inzwischen vollends verdüstert. Ein starker Wind kam auf, der mit seinen Böen die Fensterläden klappern ließ. In der Ferne war ein schwaches Donnern zu hören. Lina brachte den Topf mit der Suppe, eine Kanne Bier und ein Weizenbrot herein, schloss die Läden und stellte einen eisernen Kerzenhalter auf den Tisch. Nachdem sie sich entfernt hatte, nahm Herr Eitel sein Messer aus dem Gürtel, schnitt Brot und Fleisch in Scheiben und verteilte sie. Das Donnern wurde lauter. Die Mutter sprach ein Gebet. Schweigend saßen die drei, aßen und tranken. Der Safran und die Wacholderbeeren gaben der Brühe eine köstliche Würze. Julia konnte die Mahlzeit jedoch nicht genießen. Ihr Magen zog sich immer wieder schmerzhaft zusammen, wenn sie an das dachte, was heute passiert war. Die Donnerschläge krachten immer lauter, und das Licht der Blitze, das durch die Ritzen der Läden drang, erfüllte den Raum mit einem gespenstischen Licht.

„Was habt Ihr Euch eigentlich hinsichtlich meiner Zukunft gedacht?", fragte Julia in das Schweigen hinein. Sie wollte nicht gleich mit dem herausplatzen, was ihr am meisten am Herzen lag. Die Eltern tauschten einen stummen Blick. Herr Eitel räusperte sich.

„Nun, da unsere Mittel nicht weit reichen, schon lange nicht mehr, wäre es das Beste, wenn du bald heiraten würdest und einen eigenen Hausstand gründest." Er schaute seine Tochter erwartungsvoll an.

„Und wenn ich nicht will?", gab Julia kurz zurück.

„Es wird dir nichts anderes übrig bleiben, liebes Kind", sagte Frau Eitel. Ihre Stimme zitterte, und ihr Mund verzog sich kläglich, als würde sie gleich anfangen zu weinen. Wieder krachte es, als hätte jemand direkt neben ihnen einen Arkebusenschuss abgegeben.

„Was ist, Mutter?", fragte Julia und fasste nach ihrem Arm.

„Ich glaube, dass heute noch etwas Schreckliches passiert", fuhr es aus Frau Eitel heraus. „Dieser Bader, die Eier auf dem Markt und jetzt noch ein Unwetter ..."

Nicht zu vergessen die Schnecken und der Schäfer Hans mit seinen Erzählungen von der Hexe, dachte Julia.

„Lasst uns in den Wald gehen und dort abwarten", schniefte Frau Eitel.

„Frau, du hast wohl deine fünf Sinne nicht beisammen", fuhr der Vater sie an. Draußen blitzte und krachte es, dass die Burg in ihren Grundfesten erbebte. Lina kam mit schreckgeweiteten Augen herein. Sie trug eine tönerne Schale mit dem Nachtisch, einer Creme aus Marzipan und Nüssen. Herr Eitel schickte sie fort und erhob sich so abrupt, dass sein Stuhl umfiel.

„Wir gehen alle miteinander in die Burgkapelle, um zu beten", ordnete er an. Die Knechte und Mägde standen wie ein Häuflein Elend vor der Küche. Als sich der kleine Trupp in den Hof begab, begannen erste Tropfen in ihre Gesichter zu klatschen. Die Tür der Kapelle schwang im Wind hin und her. Im Inneren war die Hitze des Tages noch spürbar. Die kleine Kirche war mit einigen Bänken und einem Holzkreuz ausgestattet. Julia ließ sich mit den anderen auf die Knie nieder. Es war ihr, als würde jemand fehlen.

„Verschone uns, gütiger Herr!", begann Herr Eitel.

„Vor allem Bösen und Unglück, vor Sünde, Täuschung und Versuchungen des Teufels, vor Deinem Zorn und vor der ewigen Verdammnis", fuhren die anderen fort.

„Bewahre uns, gütiger Herr!", sagte Herr Eitel.

„Vor Blitz und Ungewitter, vor Erdbeben, Feuer und Flut, vor Seuchen, Pest und Hungersnot, vor Krieg und Mord und vor einem plötzlichen Tod", murmelten Julia und das Gesinde. Ihre Augen suchten den Raum ab. Wo ist eigentlich Anna?, fragte sie sich und erschrak.

„Ich muss noch einmal hinaus", sagte sie, und ohne auf die Rufe ihrer Eltern zu achten, rannte sie über den Hof zurück. Es regnete heftig, so dass sie binnen Kurzem völlig durchnässt war. Bei jedem Zucken eines Blitzes und dem nachfolgendem Einschlag blieb ihr fast das Herz stehen. Sie fand Anna im Pferdestall beim vergeblichen Versuch, die Tiere zu beruhigen.

„Anna, warum tust du das?", schrie sie und packte die Amme am Arm.

„Das sind auch Kreaturen, die unsere Hilfe brauchen", gab Anna zurück und blickte sie mit einem Ausdruck in den Augen an, die Julia an die Zeiten erinnerte, in denen Anna immer ein offenes Ohr für ihre Sorgen und Nöte gehabt hatte.

„Geh und sag den anderen, sie sollen anderweitig Schutz suchen", sagte Anna eindringlich. „Die Kapelle ist besonders gefährdet, weil sie höher steht als die anderen Gebäude!"

Julia fragte sich, woher sie das wusste, lief aber wieder hinaus, um die anderen zu warnen. Ein Blitz fuhr mit gleißender Helligkeit direkt vor ihr nieder, gefolgt von einem Schlag, der den Boden unter ihren Füßen wanken ließ. Wie gelähmt stand sie da und sah, dass die Kapelle buchstäblich in Stücke gerissen war und in der nachfolgenden, entsetzlichen, kurzen Stille vermeinte sie verzweifelte Hilfeschreie zu hören. Sie wollte zu dem Ort des Unglücks eilen, wurde jedoch von zwei kräftigen Armen zurückgehalten.

„Komm mit mir, da ist nichts mehr zu retten", schrie Anna und zog sie in Richtung des Pferdestalles. Die Tiere brüllten in Todesangst und hämmerten mit den Hufen an die Verschläge. Ein helles Licht, das die Augen blendete, ein Zischen, ein Knall, noch stärker als der vorherige, dann barst über ihnen der Palas. Steine polterten herab und verfehlten die beiden Frauen um Haaresbreite. Qualm und Gestank breiteten sich aus, es wurde immer heißer. Aus den oberen Fenstern schlugen die Flammen. Anna drängte Julia die Treppe zum Weinkeller hinab.

„Was hast du mit mir vor?", kreischte Julia, die fürchtete, den Verstand zu verlieren.

„Frag' nicht, hilf mir, eins der Weinfässer zum Tor zu rollen", sagte sie mit befehlendem Ton.

Mit letzter Kraft gelang es den beiden Frauen, ein kleineres, leeres Fass die Treppe hinauf und durch das Inferno hindurch zum Tor zu bringen. Der beißende Rauch und die Hitze nahmen Julia fast den Atem. Auf Geheiß der Amme kletterte sie in das Fass hinein.

Es roch nach Weinstein und Essig, war feucht und muffig.

„Komm mit mir", rief sie Anna zu. Die Haut an ihren Schultern und Beinen schmerzte, dort, wo glühende Bretter sie gestreift hatten.

„Es ist nur Platz für eine", sagte Anna. Das Letzte, was Julia von ihr sah, bevor sie das Fass mit dem Boden verschloss, war ihr Gesicht, dieses Rosinenkuchengesicht, das sie immer so sehr geliebt hatte. Polternd setzte sich das Fass in Bewegung. Julia wurde gerüttelt und geschüttelt, drehte sich im Kreis, immer schneller, ihr wurde schwindelig und alles tat ihr weh. Das Fass hopste, sprang, schlug gegen Hindernisse, blieb kurz stehen, um dann weiter bergab zu rollen. Das war sicher einer dieser Baumstümpfe, dachte Julia, bevor es dunkel um sie wurde.

3

Es war die Hölle, und sie war mittendrin, von Gluthitze und Flammen umgeben, von Teufeln umtanzt, die sich weideten an ihrer Qual. Nach einer Ewigkeit, Hunderte von Höllen weiter hörte sie ein Geräusch. Ein Licht erschien am Ende des Tunnels, die Pforten des Himmels öffneten sich für sie, die geglaubt hatte, für alle Zeit hier unten schmoren zu müssen. Ihr Körper, ihr Kopf, ihre Arme und Beine, alles schmerzte und brannte. Ihre Finger griffen in Erbrochenes, kräftige Hände zogen sie aus dem Gewölbe heraus, in dem sie sich befand. Welche Wohltat, auf weichem, feuchtem Gras zu liegen und einen blassblauen Himmel über den Baumwipfeln zu sehen!

Ein derbes Bauerngesicht beugte sich über sie.

„Es ist ein Wunder, dass Ihr gerettet wurdet", sagte der Mann. „Da droben ist nichts mehr übrig geblieben." Er wies mit dem Daumen in die Höhe, auf die Reste der verkohlten Burg, von der Rauchschwaden aufstiegen.

„Das Wetter hat mal wieder alles gründlich verhagelt", fuhr der Bauer fort. „Doch ich will nicht jammern, Euch hat es viel schwerer getroffen. Ich werde Euch zu meinem Wagen tragen."

Er nahm sie auf seine Arme, was zu einem erneuten Schmerz- und Übelkeitsanfall bei Julia führte. Sie verlor abermals das Bewusstsein. Als sie wieder zu sich kam, lag sie auf einem Wagen, der einen Feldweg entlang rumpelte. Auch hier hatte der Hagel viel zerstört: Die Bäume streckten ihre teilweise entblätterten Zweige in den Himmel, und die hölzernen Räder des Gefährts blieben immer wieder im matschigen Untergrund oder einer großen Pfütze stecken. Julia spürte nichts als Müdigkeit und eine unendliche Trauer. Sie hatte alles verloren, was ihr Leben ausgemacht hatte. Während sie so dalag, die Zähne zusammenbiss, um nicht laut heraus zu schluchzen und auf den Rücken des Bauern starrte, der seinen Gaul durch die Felder und Wiesen lenkte, dachte sie an Anna, ihre Eltern, Lina, Katherina, Joscha und alle anderen. Hätte sie, Julia, nicht versuchen müssen, sie zu retten? Als hätte er ihre

Gedanken erraten, drehte sich der Bauer um und sagte:

„Macht Euch keine Gedanken, Ihr wäret selbst draufgegangen, wenn Ihr versucht hättet, jemanden zu retten. Der Herr hat's gegeben, der Herr hat's genommen."

Der Name des Herrn sei gelobt, dachte Julia. Das konnte aber nicht Gottes Werk gewesen sein. Der Schäfer fiel ihr ein. Ob er auch vom Blitz erschlagen wurde wie sein Vorgänger? Irrten die Schafe jetzt führungslos umher, war der Hund noch bei ihnen? Der Bauer zog die Zügel an, machte „Brr" und das Fuhrwerk kam zum Halten. Vor ihnen stand ein kleines, aus Lehm gebautes Haus mit einem Sockel aus rötlichem Stein. Es war mit Schindeln gedeckt, und aus dem Schornstein stieg eine schmale Rauchsäule. Eine hagere Frau stand in der Tür, stemmte die Arme in die Taille ihres Leinenkleides und rief:

„Wen bringst du mir da, Johann? Ach Gott, wie sieht die denn aus. Bring sie schnell herein." Hinter ihr wurden fünf Kinder mit großen Augen sichtbar, die an ihrem Kleid rissen.

„Sie hat den Brand auf Tanneck überlebt", sagte der Bauer. Er stützte Julia auf dem Weg ins Haus.

„Jemand scheint sie in ein Weinfass gesteckt zu haben, um es den Berg herunterrollen zu lassen. Hab ich nicht gesagt, Sina, habe ich nicht gesagt, da kommt ein Feuerrad den Berg herab?"

„Es war meine Amme, die mich gerettet hat", sagte Julia. Gleich darauf schlug sie die Hände vors Gesicht und schluchzte trocken auf.

„Nun weint mal nicht, so ist das Leben eben", versuchte die Bäuerin sie zu trösten. „Wir haben Glück gehabt, dass der Hagel unser Feld verschonte. Andere sind jetzt arm wie Kirchenmäuse. Gott allein weiß, warum es diesen trifft und jenen nicht. Legt Euch da auf die Ofenbank in der Küche. Ich hole etwas Wasser vom Brunnen." Julia tat, wie ihr geheißen. Die Kinder standen stumm und scheu um sie herum. Die Bäuerin kehrte mit einem Eimer zurück, scheuchte die Kinder hinaus und begann, Julia zu reinigen. Auf ihre Wunden strich sie einen Brei aus Ringelblumen und Asche. Dann brachte sie ihr ein Stück Brot und einen Becher mit Bier, breitete eine Decke über sie, die nach Ziegen roch, und ließ sie allein. Innerhalb kurzer Zeit war Julia eingeschlafen.

Die nächsten Tage lebte Julia unter der Pflege der Bäuerin sichtbar auf. Als sie wieder herumlaufen und der Frau bei leichteren Arbeiten zur Hand gehen konnte, sprachen die Bauern sie nach dem Abendessen an.

„Habt Ihr Verwandte?", fragte Johann. „Wir haben selber nicht genug, um noch jemanden durchfüttern zu können." Darüber hatte Julia sich noch keine Gedanken gemacht, so betäubt war sie von dem Geschehen gewesen, eher daran gedacht, sich bei einem reichen Bauern als Magd zu verdingen. Ihre Tante fiel ihr ein. Wie hatte sie noch geheißen? Kreszentia.

„Ich habe eine Tante in der Stadt, weiß aber nicht mehr, wo sie wohnt."

„Das finden wir heraus", meinte der Bauer. „Aber vorerst gibt es noch eine Beerdigung." Er räusperte sich. „Von dem, was dort oben gefunden wurde zwischen den Überresten. Aber haben sie nicht ein ehrliches Begräbnis verdient?"

Julia verschluckte sich an dem Bier, das sie gerade trank.

„Ich werde hingehen", sagte sie. „Und dann nach meiner Tante suchen."

Am Tag der Beerdigung zog Julia ein schlichtes, graues Wollkleid an, das sie von der Bäuerin bekommen hatte, darüber eine schwarze Schaube, und setzte eine dunkle Haube mit einem Schleier auf. Die Bauersleute konnten sie nicht begleiten, da sie ihren Hof versorgen mussten, und so trat Julia allein den Weg zur Kirche an. Es war ein strahlender Sommermorgen. Die vom Hagel niedergedrückten Halme hatten sich wieder aufgerichtet und trugen dicke, goldene Ähren. An den Ackerrändern blühten Rittersporn und Klatschmohn. Das Licht fiel heiter auf die Landschaft, die sich lindgrün und wellig vor ihr ausbreitete. In der Ferne sah sie die Berge bläulich aufragen, weiter vorn den Hügel mit der Burgruine und die Stadt mit ihren Toren und Türmen. Es geht weiter, es muss weitergehen, sagte sie vor sich hin, während sie den Blick zum Boden wandte. Ein Hirschkäfer kroch über den Weg. Alles Lebendige geht seinen Gang, dachte sie, der Tod ist nicht das Ende. Vielleicht ist es besser dort, wo sie jetzt sind. Julia stieg die Anhöhe zur Kirche hinauf. Sie war gedrungen, mit einem Spitzdach gekrönt und von einer

Mauer umgeben. Eiserne Kreuze und verwitterte Steine zeigten die Stellen, an denen die Menschen ihre Liebsten zu Grabe getragen hatten. Ein Loch war frisch ausgeworfen. Julia fühlte sich, als wenn ein unsichtbarer Schleier sie umgebe, als ginge sie das alles nichts an. Sie warf einen Blick zum schlanken Turm hinauf und entdeckte Dämonenskulpturen sowie zwei einander zugekehrte Drachen. Ob die Böses von der Kirche abwehren sollten? Julia betrat das Kirchenschiff. Ein roh gezimmerter Sarg stand neben dem schlichten Steinaltar. Er war mit einem Strauß frisch gepflückter Nelken und Kornblumen bedeckt. Julia setzte sich in die vorderste Bankreihe, die für die Angehörigen vorgesehen war. Der Chor war von einem Netzgewölbe überspannt, an den Seiten standen Grabplatten. Die schwarz verschleierte, hagere Frau neben Julia wandte sich zu ihr um. Das war doch ...

„Tante Kreszentia", flüsterte sie. Die Tante schaute sie mit zusammengekniffenen Augen an.

„Du und deine Familie, ihr habt gesündigt", zischelte sie so leise, dass nur Julia es hören konnte. „Oh, ich habe es schon immer gesagt, über diese Menschen kommt einmal ein Unglück."

„Aber warum ...", wollte Julia entgegnen, hielt aber inne, da nun der Klang der Orgel ertönte.

„Ein' feste Burg ist unser Gott,
Ein gute Wehr und Waffen;
Er hilft uns frei aus aller Not,
Die uns jetzt hat betroffen.
Der alt' böse Feind,
Mit Ernst er's jetzt meint,
Gross' Macht und viel List
Sein' grausam' Ruestung ist,
Auf Erd' ist nicht seingleichen",

sangen der Pfarrer und die Handvoll Leute, die ihren Weg zu der Beerdigung gefunden hatten. Dieser Mann namens Luther hatte das Lied erst in diesem Jahr erdichtet und es mittels Druckschriften unter die Leute gebracht. An manchen Orten vermischten sich Protestanten und Katholiken, keiner wusste mehr, welcher denn nun der rechte Glaube sein sollte. Anna hatte ihr das erzählt und es oft mit ihr zusammen an den Sonn- und Feiertagen in der Burgkapelle gesungen. Die Tränen liefen Julia über die Wangen, aber die Tante sah starr geradeaus und bewegte die fleischlosen Lippen zur Melodie.

„Und wenn die Welt voll Teufel wär'
Und wollt' uns gar verschlingen,
So fürchten wir uns nicht so sehr,
Es soll uns doch gelingen.
Der Fürst dieser Welt,
Wie sau'r er sich stellt,
Tut er uns doch nicht,
Das macht, er ist gericht't,
Ein Wörtlein kann ihn fällen",
sangen die Anwesenden.

Die Welt voller Teufel? Und ein Wort kann ihn fällen, den Fürst dieser Welt? Julia überlegte, was das für ein Wort sein könnte. Der Pfarrer, ein dicklicher, älterer Mann in einer schwarzen Soutane, stellte sich jetzt hinter den Altar und begann mit seiner kurzen Predigt. Wahrscheinlich wartete er darauf, dass alles schnell vorbeigehen möge und er heim zu seinen Fleischtöpfen und Pfründen kam. Und zu seiner Magd. Um Gottes Willen, was denkst du da, schalt sich Julia im selben Augenblick. Er tut doch nur seine Pflicht.

„Wir bitten Dich, erhöre uns gütiger Herr!", begann der Pfarrer mit seiner Litanei.

„Gib uns ein Herz, Dich zu lieben, Dich zu fürchten und eifrig nach Deinen Geboten zu leben. Wir bitten Dich, erhöre uns, gütiger Herr! Lass Dein ganzes Volk in der Gnade wachsen, dass es Dein Wort demütig höre, mit reiner Liebe aufnehme und Früchte des Geistes hervorbringe."

„Wir bitten Dich, erhöre uns, gütiger Herr!", murmelten die Kirchenbesucher.

Eine Fliege hatte sich auf dem Unterarm von Julia niedergelassen und putzte sich gelassen die Flügel. Sie war versucht, nach ihr zu schlagen, unterdrückte jedoch diesen Wunsch.

„Leite alle Verirrten und Verführten zurück auf den Weg der Wahrheit; Wir bitten Dich, erhöre uns, gütiger Herr! Stärke die Stehenden, tröste die Verzagten und richte auf alle Gefallenen. Schließlich trete Satan unter unsere Füße." Julia machte eine energische Bewegung mit dem Arm, um die Fliege zu verscheuchen, gleich darauf landete diese jedoch wieder an derselben Stelle. Satan unter unsere Füße? Julia hatte das Lutherlied oft gehört, es oft gesungen, war sich aber der Bedeutung der Worte nie bewusst gewesen. War sie auf der Erde, um Satan unter ihre Füße zu treten? Was bedeutete das? Sie beschoss, ihre Tante zu fragen, auch wenn die ihr nicht gerade gut gesinnt zu sein schien. Die Fliege kitzelte jetzt derart, dass sie nach ihr schlug, was ihr einige ärgerliche Blicke der Tante und der Kirchenbesucher eintrug.

„Wir bitten Dich, erhöre uns, gütiger Herr!", betete der Pfarrer.

„Helfe allen in Gefahr, Not und Bedrängnis, unterstütze und tröste sie."

„Wir bitten Dich, erhöre uns, gütiger Herr!", gaben die Frommen zur Antwort.

Die Orgel endete mit einem brausenden Akkord, was Julia die Tränen in die Augen trieb. Wie im Nebel folgte sie, Seite an Seite mit Kreszentia, den Sargträgern zu der Grube. Mit Seilen wurde der Sarg in die Gruft hinabgelassen.

„Erde zu Erde, Asche zu Asche", sagte der Pfarrer mit sonorer Stimme und warf einen Klumpen in die Tiefe.

„Der Herr segne euch und behüte euch. Der Herr lasse sein Angesicht leuchten auf euch und gebe euch Frieden. Amen." Auf einen Wink vom Pfarrer begann der Totengräber sein Werk. Die Besucher zerstreuten sich, ohne weiter Notiz von Julia und ihrer Tante zu nehmen. Sie solle gleich mit ihr kommen, sagte die Tante, schließlich sei sie das ihrem toten Bruder schuldig.

Kreszentia sprach wenig auf dem Weg zu ihrem Haus, und so hatte Julia ausgiebig Muße, die Blumen in den Gärten zu betrachten. Mit einem jähen Schmerzgefühl wurde ihr bewusst, wie schön Gott seine Schöpfung gestaltet hatte. Warum hatte er sie so geprüft, warum musste er ihr das Liebste, was sie hatte, entreißen? Sie sah Malven und Vergissmeinnicht, stattliche gelbe Königskerzen mit schwarzen Augen auf den Beeten, aber auch Kratzdisteln und Natternköpfe am Wegesrand. Vielleicht hatte Gott es ihr zur Aufgabe gemacht, etwas von dem Geheimnis seiner Natur zu enträtseln. Es gab Schönes und Hässliches, Gutes und Böses, es gab Kriege und friedliche Zeiten, und immer kam etwas Neues hervor, wenn das Alte untergegangen war. Sie folgte der Tante durch die Gassen der Stadt, in denen der Kot lag und sich die Bewohner im Abendlicht zu schaffen machten, jeder mit seinem eigenen Ding. Eine Frau trat aus dem Haus und leerte einen Eimer mit übelriechender Flüssigkeit auf die Straße. Ihre runzligen Lippen verzogen sich zu einem Lächeln, das die gelben Zahnstummel freigab.

„Vorsicht, Ihr könntet nass werden", scherzte sie. Kreszentia nahm ihre Nichte am Arm und zog sie weiter. Julia erkannte das Haus ihrer Tante sofort wieder. Es war klein, mit einem hübschen alemannischen Fachwerk ausgestattet, das Obergeschoss kragte über das untere hinaus, mit einer runden, niedrigen Tür, über der die Namen von Schutzheiligen eingraviert waren. Direkt neben den Wohnräumen lag der Stall, aus dem das Schnattern von Gänsen drang. Seitlich befand sich ein Garten mit Buschrosen, Birken, einem Zwetschgenbaum, Sommerfrüchten und Kräutern.

„Komm mit in den Garten", sagte Kreszentia. Jetzt, nachdem sie den Schleier zurückgeschlagen hatte, sah Julia ihre Gesichtszüge, die ihr schon damals alt erschienen waren, obwohl die Tante da höchstens fünfunddreißig Jahre gewesen sein mochte. Das Gesicht war spitz, leicht gerötet, zwei tiefe Furchen zogen sich von der Nasenwurzel zum Mund herab. Ihre Augen waren grau, wachsam und misstrauisch, ihre Gestalt mager, aber aufrecht, als habe sie einen Gehstock verschluckt. „Dieser Garten wird für die nächste Zeit deine Aufgabe sein", bestimmte Kreszentia mit einer Stimme, die keinen Widerspruch duldete. „Später, am Ende des Sommers, wird man dann weitersehen. Deine Mahlzeiten wirst du zusammen mit meiner Magd Franziska einnehmen. Sie ist ein junges, dummes Ding vom Land. Deine Mutter hat dich doch gewiss in Gartenbau und Kräuterkunde unterwiesen?"

„Ja, hat sie" presste Julia zwischen den Zähnen hervor.

„Dann ist es ja gut", meinte die Tante und rauschte davon. Wenig später kam ein Mädchen mit rundem Gesicht aus dem Haus gelaufen. Über einem einfachen Wollkleid trug sie eine grobe Leinenschürze. In ihrem Gesicht war alles lebendig: die dunklen Knopfaugen, ihre rosigen Bäckchen und eine kleine Stupsnase. Der lächelnde, breite Mund, der eine Reihe gesunder Zähne sehen ließ, und ihre lebhaften Bewegungen verrieten, dass Julia es mit einer aufgeweckten Altersgenossin zu tun hatte. Franziska ging unbefangen auf sie zu.

„Wie schön Ihr seid", sagte sie mit einer hellen Stimme und lachte gleich darauf, als ertöne eine Glocke. „Mit Euren blauen Augen und dem rehfarbenen Haar. Nehmt doch einmal die Haube ab, damit Licht und Luft daran kommen."

Julia war froh, sich der Kopfbedeckung entledigen zu können. „Kommt, ich zeige Euch unser Wundergärtlein", sagte sie und nahm Julia bei der Hand.

„Hier seht Ihr die Gewürzkräuter", sagte Franziska und blieb vor einem Beet mit Petersilie, Koriander und Liebstöckel stehen. „Dazwischen habe ich *Sponsa solis* – das ist Sonnenkraut oder auch Ringelblume – Raute und Lavendel gepflanzt." Julia sog den Duft der Pflanzen ein. „Daneben stehen Zitronenmelisse und Majoran. Die Blumenbeete sind von Buchs gesäumt. Vorsicht ...", sie senkte ihre Stimme zu einem Flüstern. „Das hier ist der Spindelstrauch oder Pfaffenhütchen. Die Samen dieser Pflanze enthalten ein starkes Gift."

„Wozu braucht meine Tante Gift in ihrem Garten?", wollte Julia wissen. „Es sind Heilpflanzen. Schaut hier den purpurroten Fingerhut, ein Herzgift und eine Arzneipflanze, die seit alters her in Gebrauch sind und ...", sie strahlte Julia sichtlich vergnügt an, „hier der hochgiftige Eisen- oder Sturmhut, eines der stärksten Pflanzengifte überhaupt."

Julia bemerkte, dass wie zur Tarnung Gänseblümchen zwischen Taglilien blühten, von Bienen umsummt, und auf einem anderen Beet Kohl, Lauch und Winterwirsing angebaut waren, alles gerahmt von Johannisbeer- und Himbeerbüschen. Von der Haustür her wurden Stimmen laut. Zwei Männer verabschiedeten sich von der Tante. Einer kam Julia bekannt vor. War das nicht eben der Bader, der ihrer Mutter am Tag des Unglücks den Zahn gezogen hatte? Ein Schauder überlief sie, nicht nur wegen des schlechten Omens, das diese Begegnung bedeutete, sondern auch wegen des Mannes, der ihr so widersprüchliche Gefühle bereitet hatte. Der Bader war in einen schwarzen Kapuzenmantel gehüllt und redete mit heftigen Bewegungen auf die Tante ein. Der andere Mann war, wie der Bader, Anfang zwanzig und hatte langes, welliges, dunkles Haar. Er trug eine Bruche mit Beinlingen und Stiefeln, ein Seidenhemd und ein Barett mit Flaumfedern. Jetzt schauten beide zu ihr hinüber und verbeugten sich leicht. Julia spürte, wie ihr die Röte in die Wangen stieg und wandte sich schnell wieder Franziska zu.

„Wer war das?", fragte sie, als die beiden Männer in der Abenddämmerung davonschritten.

„Das sind die Kostgänger von Frau Kreszentia", entgegnete das Mädchen. „Gunther Rathfelder, der Bader unserer Stadt und Wolfram von Lauterach, studierter Rechtsgelehrter und Schreiber im Rathaus. "

Soso, dachte Julia, das ist also der Bader, der meiner Mutter den Quadrupelzahn gezogen hat. Er war ein Heiler, aber irgendwie war er ihr unheimlich. Der andere gefiel ihr wesentlich besser. Hoffentlich würde sie bald Gelegenheit haben, die beiden Männer näher kennenzulernen. Sie konnte sich nicht mehr auf das konzentrieren, was Franziska ihr erzählte. Julia schaute sich die Blumen, die Gemüsepflanzen, Gartenkörbe und Werkzeuge an, die das Dienstmädchen ihr eifrig zeigte, aber sie nahm nichts mehr richtig wahr. Eine Angst hatte sie ergriffen vor dem, was ihr bevorstehen könnte. Sie war nicht in der Lage, es zu benennen. Wann immer sie an ihre Eltern, an Anna, die Knechte und Mägde dachte, spürte sie einen brennenden Schmerz. Sie konnte sich nicht damit abfinden, dass sie alles verloren hatte. Es würde nie mehr so sein wie zuvor. Doch gleichzeitig war sie ein wenig neugierig auf das, was kommen würde. Es war wie damals in der Kindheit, wenn Anna sie ein wenig zu wild geschaukelt hatte. Der Abend war noch immer so heiß, dass Julia am ganzen Körper schwitzte. Nicht einmal die Nacht würde Abkühlung bringen.

4

Die nächsten Tage brachten neue Gluthitze. Frühmorgens verrichtete Julia ihre Arbeit im Garten, jätete Unkraut, bearbeitete die Erde mit einem Grubber, pflanzte Lauch und goss die Pflanzen mit Wasser, das sie aus dem nahegelegenen Fluss holte. Nach der Beerenernte musste sie die Sträucher schneiden, welke Blätter von den Bohnen entfernen und zum Komposthaufen tragen. Kreszentia ließ ihr keine Ruhe, immer musste sie etwas für sie erledigen, nie durfte sie einen Moment die Arbeit niederlegen. Sie machte Botengänge für die Tante, half Franziska beim Fegen oder Wäschewaschen und träumte nachts von Feuer und Zerstörung. Die beiden Kostgänger bekam sie nicht mehr zu Gesicht, auch wenn sie ihr nicht mehr aus dem Kopf gingen, besonders der Schreiber nicht. Sie aß mit Franziska in der Küche und musste auf ihr Zimmer gehen, bevor die Männer kamen. Dabei wurde das Gefühl in ihr immer stärker, dass sie Schuld trage an dem Unglück, dass über ihre Familie gekommen war. Hatte sie sich nicht gewünscht, fortzugehen von der Burg, den Eltern, dem Leben, das sie dort führte? Und jetzt? War ihr Leben nur einen Deut besser geworden? Mitnichten. Selbst der Gestank in den Gassen war hier nicht geringer, weil die Menschen ihre Nachttöpfe einfach auf die Straße leerten. Sie beschloss, sich vorerst in ihr Schicksal zu ergeben und auf eine Gelegenheit zu warten, bei der sie ihrem Leben noch einmal eine andere Wendung geben konnte. In den wenigen Mußestunden nahm sie den Stickrahmen zur Hand, las in der Bibel oder spielte auf einem verstimmten Cembalo. Kreszentia entließ Franziska, zum großen Kummer von Julia, die das Mädchen liebgewonnen hatte. Sie könne sie nicht mehr bezahlen, jetzt, wo sie eine weitere Esserin im Hause habe, sagte die Tante. Franziska würde in einem Haus in Reutlingen als Zimmermädchen anfangen.

In den nächsten Tagen verschlechterte sich das Wetter. Es wurde empfindlich kalt. Julia trug warme Wollsachen unter ihrem Mantel, die hatte Kreszentia ihr abgetreten, Kleidung, die sie selbst nicht mehr benötigte. Ein Blick aus dem Fenster reichte, um Julias Laune auf einen Tiefpunkt zu bringen: Nebel, so dicht, dass sie kaum die Bäume im Garten erkennen konnte.

„Julia!" Wie sie die herrische Stimme von Kreszentia hasste!

„Geh zur Fleischschranne und hol mir einen Topf Metzelsuppe", befahl sie. „Dann brauche ich einen Laib dunkles Roggenbrot, du weißt ja, wo der Bäcker seinen Stand hat. Aber trödle nicht, sonst schicke ich dich ohne Abendessen ins Bett."

Es war schon schlimm genug, dass Julia immer allein auf ihrem Zimmer essen musste. Sie nahm Geld und Topf von Kreszentia und verließ mit trüben Gedanken das Haus. Was, wenn das Leben immer so weiterging? Vielleicht wollte die Tante sie bald verheiraten, damit sie ihr nicht mehr auf der Tasche lag. Mit dem Metzger, diesem Schweinchengesicht, der war doch im letzten Jahr Witwer geworden. Oder mit dem Schuster, dem finsteren Gesellen, der nie ein Wort sprach. Der Nebel hing zwischen den Häusern der Stadt, kroch in ihre Kleider, machte alles klamm. Es war, als hätte sich eine riesige Wolke über den Ort gebreitet, sei dort liegengeblieben und würde nie mehr weichen. Nur wenige Menschen waren unterwegs. Julia erreichte den Salzbrunnen und das Salinenhaus, die mit einfachem Fachwerk geschmückt waren. Hier wurde emsig gearbeitet. Sie bog in eine Nebengasse ein. An der Fleischbank hielt sie dem Metzger ihren Topf hin.

„Eine schöne Portion Metzelsuppe hätte ich gern", sagte sie und schlug die Augen nieder, weil sie den eindringlichen Blick des Metzgers spürte. Rund und rosig sah er aus, mit seinen kleinen blauen Augen, die zwischen einer dicken Nase und wulstigen Augenbrauen kaum zu sehen waren. Er hörte auf, in dem großen Kessel zu rühren, unter dem ein kräftiges Feuer brannte. Der Geruch nach Blut, Leberwurst und Brühe drang zu Julia hinüber.

Der Metzger stemmte die Arme in die Hüfte, sah sie herausfordernd an.

„Die Suppe ist noch nicht fertig", sagte er. „Kommt in einer Stunde wieder."

Sie sah, dass in dem Topf alles schwamm und brodelte, was der Metzger nach dem Schlachten nicht verkaufen konnte: Gekröse, Pfoten, Zähne, Ohren, Schwänze von der Sau. Später kamen Bauchlappen, Blut- und Leberwürste dazu. Gegessen wurden nur die Würste und das fette Fleisch. Was sollte sie jetzt tun? Sie hatte keine Lust, noch einmal zurückzugehen, denn sie wollte Kreszentia nicht mit leeren Händen gegenübertreten. Julia seufzte. Dann musste sie eben solange spazieren gehen. Das Brot konnte sie ja schon mal kaufen. Sie erstand beim Bäcker einen großen Brotlaib und ging in Richtung des unteren Tores nach Norden.

Gedankenverloren lief Julia weiter. Schemenhaft standen Bauernhäuser im Dunst. Julia konnte kaum die Getreideähren erkennen, die auf den Feldern standen. Da vorne stand eine Kapelle, vielleicht die des Siechenfriedhofes. Doch als sie weiterging, war nichts mehr zu sehen als grauweißer Nebel, die Umrisse der Bäume und der Weg zu ihren Füßen. Ihr Herz begann schneller zu klopfen. Wo befand sie sich eigentlich? Sie drehte sich um, ging in der entgegengesetzten Richtung weiter. Das Gleiche: Nebel, Bäume und hölzerne Zäune. Der Boden war federnd und weich. Zu ihrer Bestürzung erkannte Julia, dass sie sich nicht mehr auf dem Weg befand, sondern auf einer Wiese. Sie blieb stehen, horchte in die Welt hinein. Es war alles still, so grenzenlos still, als hätte Gott die Erde erst heute gemacht. Kein Vogel rief, keine Grille zirpte, kein Ruf eines Menschen, kein Knarren eines Wagens war zu hören. Julias Knie wurden weich. Sie wäre am liebsten zu Boden gesunken und hätte um Hilfe geschrien. Doch niemand würde sie hören, die Welt war verlassen, ausgestorben, sie war dazu verdammt, immer im Kreis zu laufen. Ihre Hände und Füße waren kalt. Um sich aufzuwärmen, lief Julia weiter in die Richtung, aus er sie gekommen war. Da war wieder die Turmspitze der Kapelle. Sie lief darauf zu. Und richtig, eine verwitterte Mauer tauchte auf, eiserne Kreuze markierten die Gräber des Siechenfriedhofs. Julia hätte fast aufgeschluchzt vor Erleichterung. Jetzt wusste sie wieder, wo sie war. Sie hastete durch die Reihen. Auf einem der Gräber lagen frische Blumen, Astern und Zweige von einem Wacholderbusch. Die Beerdigung ihrer Eltern kam ihr in den Sinn. Sie war häufig auf dem kleinen Stadtfriedhof gewesen und hatte immer Blumen mitgebracht. Sie stand lange vor dem fremden Grab, betete, dachte an die schöne Zeit, die sie mit ihren Eltern verbracht hatte. Das Blöken von Schafen näherte sich dem Friedhof. Julia schaute angestrengt in die Richtung, aus der es kam. Eine Gestalt tauchte auf. Es war der Schäfer Hans.

„Ihr seid doch Julia Eitel, der ich droben kurz vor dem Gewitter begegnet bin", sagte er. In seinem grauen Bart hingen winzige Wassertropfen.

„Ja, ein trauriger Anlass, bei dem wir uns wiedersehen", antwortete sie.

„Aber ich freue mich, Euch gesund und munter hier anzutreffen."

„Ich weiß, wie man sich bei solchen Unwettern verhalten muss", meinte der Schäfer. „Und habe mich nicht unter einen Baum gestellt, wie mein Vorgänger. Stattdessen überlebte ich in einer Mulde, patschnass zwar, aber quicklebendig. Eins von den Schafen wurde vom Blitz getroffen, ein anderes verirrte sich und stürzte ab."

„Mein Gott." Julia fiel etwas ein. „Da stehe ich und schwätze und vergesse meinen Auftrag."

„Wer hat Euch denn einen Auftrag erteilt? Eure Tante?"

„Ihr wisst ..."

„Ich erfahre viel von den Leuten. Aber gebt Acht auf Euch, Julia. Kreszentia Eitel ist eine Frau, die wohl mal angesehen war, aber aus mir nicht bekannten Gründen nie geheiratet hat. Man spricht davon, dass sie sich manchmal mit einem feinen Herrn trifft, andere Male mit einer Matrone, mit der sie in den Ecken der Stadt steht und tuschelt. Die führt sicher nichts Gutes im Schilde."

Endlich einmal jemand, der sie verstand und der ihre Meinung über Kreszentia teilte.

„Ich passe auf mich auf. Doch jetzt muss ich gehen. Sagt mir bitte, wie ich zur Stadt zurückkomme."

„Immer geradeaus. Seht, dort bricht gerade die Sonne durch den Nebel. Das ist der Süden. Ihr müsst nur den Strahlen der Sonne folgen."

Julia drückte dem Schäfer die Hand. Sie schritt weit aus, um die versäumte Zeit wieder hereinzuholen. Hungrig geworden, brach sie Stücke von dem Brot ab und schon sie sich in den Mund. Das Stadttor kam in Sicht. Ihre Schritte wurden immer schneller. Als sie beim Metzger ankam, füllte er dampfende Suppe, Wurst und Fleisch in ihren Topf. Bemüht, nichts davon überschwappen zu lassen, ging Julia das letzte Stück bis zu Kreszentias Haus. Eine fremde, verschleierte Dame stand vor der Haustür und verabschiedete sich gerade von der Tante. Sie schienen miteinander zu streiten. Die Frau rauschte an Julia vorüber. Ein herber Duft ging von ihr aus, wie von ... Knoblauch.

„Wer war denn das?", fragte sie ihre Tante, als sie an der Haustür war.

„Das geht dich überhaupt nichts an", schimpfte Kreszentia. „Wo bist du so lange gewesen?"

„Der Metzger hatte die Suppe noch nicht fertig."

„Und das Brot hast du auch angefressen. Herr im Himmel, womit habe ich eine solche Nichte verdient?"

Sie verdrehte ihre Augen nach oben. Julia merkte, dass sie rot wurde.

„Jetzt gib mir schon den Topf", sagte Kreszentia mürrisch. „Und dann verzieh dich in dein Zimmer, ich will dich heute nicht mehr sehen. Erzähle niemandem, dass du diese Frau hier gesehen hast. Sonst bringe ich dich ins Armenhaus."

In ihrer Kammer kämpfte Julia mit den Tränen. Es gab niemanden mehr, mit dem sie sprechen, dem sie sich anvertrauen konnte. Hans war der einzige, der ihr aus der Zeit vor diesem langweiligen, quälenden, erniedrigenden Dasein geblieben war. Lange konnte sie nicht schlafen. Sie stand immer wieder auf, schaute aus dem Fenster, sah die beiden Kostgänger kommen. Ihre Bewegungen waren heftig, als wenn sie nicht gerade in bestem Einvernehmen miteinander standen. Sie hätte gern an den gemeinsamen Abendmahlzeiten teilgenommen, doch sich der Tante zu widersetzen war nicht geraten. Schließlich gab es sonst keinen Ort, an dem sie hätte bleiben können.

Der Sommer verlief für Julia recht eintönig. Sie erledigte ihre Arbeiten, und wenn ihr das einigermaßen gelang, ließ die Tante sie auch in Ruhe. Eines Tages, es war Anfang August und im Garten hingen schon prall die Zwetschgen am Baum, rief Kreszentia ihre Nichte zu sich in die Stube, die der Tante als Aufenthaltsraum diente und in der sie mit den Kostgängern speiste. Julia hatte diesen Raum bisher nie betreten dürfen. Es war ein niedriges Zimmer, vollständig mit Holz ausgekleidet. In der Ecke stand ein Ofen, mit grünen Kacheln und Butzenscheiben aus Marienglas, ihm schräg gegenüber ein Tisch mit vier einfachen Stühlen. Rund um das Zimmer, nur unterbrochen von Ofen und Türöffnung, verlief eine Bank, auf der früher wohl das Gesinde geschlafen hatte.

„Ich muss für zwei Tage zum Kloster Bischofsbronn, um eine dringende Angelegenheit zu erledigen", sagte die Tante. „Ich erwarte, dass du den Haushalt anständig führst, den Herren aufwartest und nur sprichst, wenn du gefragt wirst."

„Ja, Tante, ich verspreche es", sagte sie.

„Bevor ich gehe, musst du mir noch Roggenmehl und gemahlene Mandeln von der Mühle am oberen Tor holen. Aber beeil dich und trödle nicht herum wie letztes Mal. Hier hast du Geld und einen Korb."

Julia war froh, der Fuchtel ihrer Tante wieder einmal entrinnen zu können.

Sie verließ mit ihrem Korb das Haus. Wen Kreszentia wohl in dem Kloster besuchte? Was für ein Geheimnis versuchte sie zu verbergen?

Julia durchquerte die Stadt und nahm den Pfad, der zur alten Mühle führte. Die Bäume in den Gärten trugen rotbackige Äpfel und Mostbirnen. Das Leben hätte so schön sein können, wenn es ihr die Tante nicht so schwer gemacht hätte. Nichts von dem, was sie tat, war ihr gut genug, immer hatte sie etwas auszusetzen. Julia hatte den Eindruck, als sei sie Kreszentia im Wege. Sie konnte nicht mehr tun, als zu versuchen, es ihr in allem Recht zu machen.

Auf ihrem Weg begegneten ihr Bauern, die mit ihren Ochsenkarren unterwegs zur Mühle waren. Das Mühlengebäude war stellenweise mit Moos bedeckt. Auf dem schindelgedeckten Dach wuchs Gras. Das Mühlrad drehte sich ächzend, Wassertropfen versprühend, das Neckarwasser rauschte heran, wurde über eine hölzerne Rinne zum Mühlrad geführt und sorgte dafür, dass innen die Mahlsteine zum Laufen gebracht wurden. Julia stieg die Treppe zur Mahlstube hinauf. In dem Raum arbeiteten mehrere Männer, die von Getreidestaub umwirbelt waren. Es roch nach frisch gemahlenem Mehl. Sie trat zum Müller, einem grobschlächtigen Gesellen, dessen Kopf sich von der Anstrengung rot verfärbt hatte. Julia wusste, dass der Beruf des Müllers wie der des Scharfrichters oder Abdeckers als unehrenhaft galt, warum, wusste sie nicht.

„Ich brauche je ein Pfund Mandelmehl und Roggenmehl", sagte sie.

Der Müller gab keine Antwort, sondern ging mit schweren Schritten in eine Ecke des Raumes, wo er mit einer Holzschaufel das Mehl in kleine Säcke füllte. Julia gab ihm das Geld und legte die Säckchen in ihren Korb.

„Seid Ihr nicht Julia Eitel, die seit dem Tod ihrer Eltern bei Kreszentia Eitel lebt?", fragte er und entblößte seine schadhaften Zähne zu einem Lächeln.

„Ja, die bin ich", sagte Julia.

„Ich habe läuten hören, dass Ihr gar nicht gut behandelt werdet von der alten Vettel", fuhr der Müller fort. „Wenn es Euch zu viel wird, könnt Ihr gern als Magd in meine Dienste treten."

War das ein unehrenhaftes Angebot?

„Das ist sehr freundlich von Euch", stammelte sie. „Ich werde vielleicht darauf zurückkommen."

Schnell nahm sie ihren Korb und eilte die Treppe hinunter. Das Lachen der Männer dröhnte ihr nach. Auf dem Rückweg überlegte sie, was der Müller damit gemeint haben könnte. Er würde sicher nicht jeder jungen Frau eine Stelle anbieten. Es musste etwas mit dem zu tun haben, was sie als Kind im elterlichen Schlafzimmer mitbekommen hatte. Sie wollte nicht gleich ins Haus der Tante zurückzukehren. So schlenderte sie noch einmal am Salzbrunnen und am den Siedehaus entlang. Dort standen die Solepfannen, in denen das Siedesalz hergestellt wurde, das Sulz im ganzen Land berühmt gemacht hatte. Julia kannte dieses Gewerbe seit ihrer Kindheit. Es hatte immer zu ihrem Heimatort gehört. Die Sieder waren mit Fülleimern und Zubern vom Brunnen zum Siedeherd unterwegs. Diese Öfen wurden mit Stroh und Holz beheizt. Eine Frau rührte mit einer Schaufel in einem Bottich herum. Die Siedepfannen waren mit Hornbrettern abgedeckt. Ein paar Männer zogen das Salz mittels Schaufeln und Salzkrücken aus. Die Frau des Sieders stand neben einer Pfanne und goss ab und zu Blut aus einem Becher oder Bier aus einer Kanne hinein, aus der sie selbst gelegentlich trank. Julia stand in Gedanken versunken, als sie jemand anredete. Sie drehte sich um. Es war Wolfram, der Stadtschreiber und Kostgänger ihrer Tante. Sie spürte, dass sie errötete. Noch nie hatte sie ihn so sehr aus der Nähe gesehen. Wolfram war mittelgroß und schmal mit einer leicht gebogenen Nase, blauen, wachen Augen und langen dunklen Locken. Er trug ein pelzbesetztes Wams, einen kurzen, geschlitzten Rock und Beinlinge aus einem leichten Stoff.

„Das ist schön, dass ich Euch einmal treffe", sagte er.

„Ich muss nach Hause, meine Tante kann es nicht leiden, wenn ich zu spät komme."

Und doch blieb sie stehen und sah ihn an. Er tat so, als würde er sie schon lange kennen.

„Das nehme ich auf mich", meinte er gutgelaunt, nahm sie beim Arm und führte sie auf den Weg, der am Fluss entlangführte. Das Wasser hatte eine fast unnatürliche blaue Farbe. In einem Kastanienbaum sang eine Amsel.

Das erste Mal seit Tagen, ja Wochen fühlte Julia sich wie befreit. Sie hätte immer weiter gehen können an der Seite dieses Mannes, der ihr allerlei lustige Sachen aus seiner Tätigkeit im Rathaus erzählte. Dann kam er auf ihre Tante zu sprechen.

„Sie hat uns einiges über Euch erzählt. Aber irgendetwas an ihr gefällt mir nicht", meinte er. „Und auch der Bader ist ein undurchsichtiger Bursche. Seid vorsichtig bei allem, was Ihr tut, Julia."

Er kannte sogar ihren Namen!

„Ich fand ihn ganz bemerkenswert, als ich mit meiner Mutter bei ihm war", erwiderte sie.

„Der hat doch keine Ahnung. Er will nur großtun vor Euch", entgegnete er heftig.

Sie waren in der Nähe von Kreszentias Haus angelangt.

„Ich hoffe, Euch bald mal beim Abendessen zu sehen", sagte er.

„Morgen wird meine Tante weg sein, und ich habe dann die Ehre, Euch Männern aufzutragen", sagte sie und lächelte verschmitzt. „Doch jetzt muss ich mich sputen, ich bin spät dran."

Als sie durch den Garten auf die Haustür zueilte, sah sie aus dem Augenwinkel etwas Helles im Zwetschgenbaum hängen, doch sie achtete nicht weiter darauf. Kreszentia empfing sie mit zornesrotem Gesicht in der Diele.

„Wo warst du so lange?", fuhr sie Julia an.

„Entschuldigt, Tante, ich wurde aufgehalten."

„Von wem? Ich habe dir doch gesagt, du sollst nicht herumtrödeln und an jeder Ecke Maulaffen feilhalten."

„Vom ... Müller ... und dem Stadtschreiber."

„Auch das noch." Kreszentia schlug sich mit der Hand an die Stirn. Hoffentlich schlägt sie mich nicht, dachte Julia.

„Ich habe es immer gewusst." Kreszentia hielt ihre Hände jetzt gefaltet wie zum Gebet. „Aus so einem B...", sie biss sich auf die Lippen, ...kann ja nichts Gescheites werden. Ich bete zu Gott, das aus dir keine Hure wird."

Julia wusste, dass dieser Beruf noch unehrenhafter war als der des Müllers, Scharfrichters oder Abdeckers. Sie reckte ihren Kopf in die Höhe.

„Das werde ich nicht, Tante. Lasst mich endlich in Ruhe mit Euren Anfeindungen. Hier habt Ihr Euer Mehl und Eure gemahlenen Mandeln!"

Sie warf Kreszentia den Korb vor die Füße und lief die Treppe hinauf.

Später lag sie mit knurrendem Magen und Tränen in den Augen auf ihrem Bett. Sie hörte die Kostgänger hereinkommen. Wenig später durchzog ein Duft nach gebackenen Mandeln das Haus. Julia weinte sich in den Schlaf.

Am nächsten Morgen kam sie herunter in die Küche. Alles lag still und verlassen. Ihre Tante Kreszentia war schon abgereist.

5

Die Äbtissin des Klosters Bischofsbronn unterbrach immer wieder ihre Tätigkeit, um aus dem Fenster zu schauen. Wo blieb Kreszentia nur, sie wollte doch zur Zeit der Vormittagshore da sein. Clarissa war schon lange Vorsteherin dieses Klosters. Sie genoss es, die Fäden in der Hand zu haben, andere dienen zu lassen. Sie selbst unterwarf sich nur einem: dem Herrn. Und doch war es nicht das Leben, das sie sich als junges Mädchen vorgestellt hatte. Es hätte alles ganz anders kommen können. Aber es war nun mal, wie es war. Wenn man als Frau keine Mitgift aufzuweisen hatte, wurde es schwer, einen Mann zu bekommen. Was damals geschehen war, hätte sie am liebsten aus ihrem Gedächtnis getilgt. Ihr Leben verlief mit Beten und Arbeiten. Die einzige Abwechslung brachten die Bücher aus der Bibliothek und die Besuche von Kreszentia, dem Bischof und dem Mann, von dem sie sich eine Änderung ihrer Umstände erhoffte.

Jetzt näherten sich Schritte ihrer Tür. Es klopfte. Nursia, die junge Nonne mit den Grübchen und dem Lockenkopf, führte Kreszentia herein. Nursia war eines der wenigen Mädchen, die freiwillig nach Bischofsbronn gekommen waren. Clarissa hatte den Eindruck, sie sei sehr wissbegierig. Sie verbrachte jede freie Minute damit, Bücher aus der Klosterbibliothek zu lesen. Ihre Herkunft war der Äbtissin nicht bekannt. Entweder waren die Eltern während der Bauernkriege umgekommen oder zu arm geworden, um ihrer Tochter eine ausreichende Mitgift zu geben.

„Gott zum Gruße, Ehrwürdige Mutter", sagte Nursia, trat ein paar Schritte vor und küsste ihren Ring. Kreszentia tat es ihr nach.

„Lass uns jetzt allein", befahl Clarissa der jungen Nonne.

Nursia senkte den Kopf und verschwand. Kreszentia ließ sich in einen der dunklen Nussbaumholzstühle fallen, von denen Clarissa insgesamt drei besaß. Als Vorsteherin des Klosters durfte sie sich eine gewisse Behaglichkeit ihres Raumes leisten. Sie schaute Kreszentia an. Wie schon oft beschlich sie ein Widerwillen gegen diese Frau. Ihre Gestalt war mit den Jahren hagerer geworden, die Nase immer spitzer, und in den Augenwinkeln hatten sich Krähenfüße tief eingegraben. Ihre kerzengerade Gestalt war in ein mausgraues Gewand gehüllt, das ihre nicht vorhandenen Formen noch mehr verschleierte. Dagegen war sie selbst eine Frau auf der Höhe ihres Lebens, zwar auch schon weit jenseits der Dreißig, aber ihr Körper war noch straff und in ihre Haare hatten sich zwar die ersten Silberfäden gesponnen, was sie jedoch umso mehr kleidete, wenn sie sich – selten genug – im Spiegel besah.

„Ich habe dir etwas mitgebracht", sagte Kreszentia. Ihre Stimme war näselnd, aber befehlsgewohnt. Sie konnte unangenehm schrill werden, wie Clarissa wusste. Kreszentia zog ihren Beutel heran, den sie auf den Boden gestellt hatte. Ein Duft nach Mandeln breitete sich aus.

„Mandeltörtchen, die habe ich selbst gebacken", hörte Clarissa ihre harte Stimme.

„Das ist sehr aufmerksam von dir. Nur kann ich im Augenblick nichts zu mir nehmen, weil ich gerade erst zu Mittag gegessen habe."

„Das macht nichts. Du kannst sie später essen oder zur Nacht, bevor du schlafen gehst."

„Was führt dich diesmal zu mir?", fragte Clarissa.

„Eigentlich müsstest du es wissen. Ich bin einzig und allein in unserer Angelegenheit da. Wie weit ist sie gediehen?", fragte Kreszentia aufgeregt.

„Du meinst die Sache mit dem Bischof und dem Kloster? Ich bin sicher, dass er unser Vorhaben unterstützen wird", antwortete die Äbtissin ruhig und gelassen.

„Wenn nur nichts dazwischen kommt!"

Clarissa verzog ihren Mund zu einem verschwörerischen Lächeln.

„Dafür können wir doch sorgen, dass nichts dazwischenkommt, oder?" Der Blick, den Clarissa der Frau ihr gegenüber zuwarf, versprach nichts Gutes.

„Du meinst den ... Bastard?", fragte die Kreszentia.

„Genau den meine ich", antwortete Clarissa. „Zu allen Zeiten haben sich Frauen zu helfen gewusst. Nicht umsonst besitzen wir einschlägige Bücher in unserer Bibliothek. Und auch im Klostergarten ist so manches Kraut für einen solchen Fall gewachsen."

„Da kenne ich mich nicht so aus", meinte Kreszentia.

„Du hast dich Zeit deines Lebens nicht ausgekannt, Kreszentia. Warum hast du eigentlich nie geheiratet?" Spöttische Neugier war in Clarissas Blick getreten. Kreszentias Gesicht lief rot an, sie senkte die Augen zu Boden.

„Das weißt du ganz genau. Dasselbe könnte ich auch dich fragen."

„Das brauchst du mich nicht zu fragen. Ich weiß, wo mein Platz im Leben ist. Dieses Kloster habe ich zum Blühen gebracht, und ich werde es noch mehr zum Blühen bringen. Es soll eine hervorragende Stellung unter den Klöstern unserer Zeit einnehmen."

„Wenn du nur nicht zu hoch greifst, Clarissa!"

„Das passt zu dir und deinem Wesen, Kreszentia. Du bist nur neidisch auf meine Stellung, auf das, was ich erreicht habe. Was bist du denn schon? Eine alte Jungfer, die Studenten in Kost nimmt und dabei langsam aber sicher abstirbt. Ich habe gehört, man mache sich schon lustig über dich. Und alleweil läufst du in die Kirche und betest, dass dir deine Kostgänger nicht weglaufen mögen, denn sonst müsstest du ins Armenhaus", sagte Clarissa.

Kreszentias Nasenspitze zitterte.

„Da muss ich gar nicht hin", wehrte sie sich mit dünner, hoher Stimme. „Außerdem läufst du auch dauernd in die Kirche, den ganzen Tag. Was hast du denn schon vom Leben? Aber immerhin hast du mehr als ich und könntest mich unterstützen."

„Ach ja?", höhnte Clarissa, „jetzt, wo das Hungertuch angesagt ist, erinnerst du dich wieder an die alte Clarissa? Den Teufel werde ich tun!"

Kreszentia bekreuzigte sich.

„Clarissa, um Gottes Willen, denk an das, was uns verbindet!"

Die Züge der Äbtissin, die gerade noch vor Hass verzerrt waren, glätteten sich.

„Verzeih', Kreszentia, ich vergaß mich."

„Wann endlich werden wir uns mit unserem Los versöhnen?" Kreszentia wandte ihre Augen zum Himmel, als wenn von dort Hilfe kommen könnte.

„Ich bin sicher, es wird alles gut, wenn wir die Angelegenheit erst bereinigt haben", entgegnete Clarissa.

„Ich werde jetzt in eure Kirche gehen und beten", sagte Kreszentia.

„Ich bleibe über Nacht, aber du brauchst nicht zu befürchten, dass ich noch einmal deine Ruhe stören werde."

Kreszentia erhob sich, zog ihren Mantel an und küsste Clarissa erst die Hand, dann die Wange. Hoffentlich ist das kein Judaskuss, dachte Clarissa. Nachdem die andere Frau verschwunden war, holte sie ein schlichtes Tongefäß, verschloss die Mandeltörtchen darin und stellte sie in den Schrank.

Es war inzwischen Zeit für die abendliche Vesper. Während der Wechselgesänge schweiften Clarissas Gedanken immer wieder ab. Sie erwartete noch einen weiteren Besuch an diesem Abend. An einer bestimmten Stelle eines Liedes horchte sie auf:

„Der Herr behütet dich,
der Herr ist dein Schatten über deiner rechten Hand,
dass dich des Tages die Sonne nicht steche,
noch der Mond des Nachts."

Mehrstimmig klang der Gesang der Nonnen durch das hohe Kirchenschiff.

Wäre es doch so, dachte Clarissa, dann könnte sie in den Nächten besser schlafen. Gott hatte sie verlassen. Sie sah das demütig gebeugte Haupt von Kreszentia.

Wir sind nicht auf Erden, um zu hassen, sondern um Liebe unter die Menschen zu bringen. Mein Gott, wie weit war sie davon entfernt! Die Zeit bis zur Komplet, dem letzten Stundengebet der Nacht, verbrachte sie in ihrem Zimmer mit dem Lesen der Bibel. Am meisten Trost verschaffte ihr das Buch Hiob. Während der Komplet ließ sie unaufhörlich den Rosenkranz durch die Finger gleiten. Nach dem Segen drängte Clarissa, ohne Kreszentia noch eines Blickes zu würdigen, in ihr Zimmer. Sie hatte nicht die Wahrheit gesprochen beim Schuldbekenntnis im Komplet. Stattdessen hatte sie Schuld auf sich geladen und würde es weiterhin tun. Ganz in deine Hände begebe ich mich, oh Herr, betete sie. Clarissa lag auf dem Boden, geißelte sich mit einer Birkenrute. Einige Zeit verharrte sie, ohne einen weiteren Gedanken fassen zu können. Ihr Rücken schmerzte, aber das war ihr gerade recht. Nur so spürte sie sich. Sie wandelte durch ihre Tage wie jemand, der sein Leben schon hinter sich gebracht hat. Nur wenn Er bei ihr war, hatte sie das Gefühl, lebendig zu sein, war sich in sich selbst sicher, nicht umsonst auf dieser Welt zu sein. Der andere – hah! – den brauchte sie für ihr Fortkommen. Dieser Begegnung sah sie mit gemischten Gefühlen entgegen. Aber es musste sein, sie tat es für ihr Kloster und damit für ihr eigenes Seelenheil. Etwa eine Stunde später zog sie ihren Mantel über und spähte aus der Tür. Alles war ruhig. Sie eilte die Treppe hinunter, durch den Kreuzgang und den Garten zum Nordostturm. Oben brannte Licht. Einige Nonnen, insbesondere Nursia, hatten sie schon neugierig gefragt, was denn das für ein nächtliches Licht sei, das manchmal dort brenne. Sie hatte sich jedes Mal damit herausgeredet, dass sie Studien zur Vermehrung des geistigen und materiellen Reichtums des Klosters betreibe. Sie stieg die Treppe hinauf. In einem breiten Armlehnstuhl saß ein Mann, der auf sie gewartet hatte.

Er stand nicht etwa auf, als sie hereinkam, sondern fing gleich an zu reden. „Spät kommst du, Clarissa. Es ärgert mich, wenn ich warten muss, das weißt du."

„Ich musste Buße tun für meine Sünden."

„Das wirst du auch nötig haben. Vielleicht wirst du es einmal noch viel nötiger haben."

„Nicht nur ich, auch du wirst eines Tages vor deinem Richter stehen."

„So etwas möchte ich nicht hören", sagte er. „Mein Streben ist das nach Vollkommenheit. Schon weil du eine Frau bist, wirst du diese Vollkommenheit niemals erlangen."

„Du auch nicht. Schon wegen deiner Herkunft nicht."

„Was willst du damit sagen?"

„Man munkelt, du seist der Sohn einer Hexe. Vielleicht sogar das Früchtchen dieser Margarethe Sütterlin, die auf dem Asperg im Gefängnis sitzt."

„Schweig still, Weib", schrie er. „Ich bin der Sohn einer Heilerin. Sie hat mich alles gelehrt, was ich heute weiß!"

„Kein Rauch, der nicht von irgendeinem Feuer kommt."

„Das ist einfach nur Weibergeschwätz. Ich kenne euch doch, wenn ihr zusammenkommt und einmal nicht schweigen müsst. So sind schon viele Gerüchte entstanden."

„Und wenn es wahr ist?"

„Es ist nicht wahr. Eher bist du die Tochter Satans, als ich der Sohn einer Hexe!"

Vielleicht hat er gar nicht so Unrecht, dachte Clarissa.

„Wie weit ist die Sache nun fortgeschritten?", wollte er wissen.

„Man ist interessiert, hat sich aber noch nicht entschieden. Erst wenn diese Entscheidung gefallen ist, dann können wir tätig werden."

„Bis es soweit ist, können wir ja in anderer Weise tätig werden." Er blickte sie lüstern an. Gebe ihm nach und verberge deinen Abscheu, dachte Clarissa.

„Du bist zwar eine alte, nach Knoblauch stinkende Frau und eine Nonne dazu", fuhr er fort. „Doch dein Körper ist begehrenswert geblieben."

„Sind diese seltsamen roten Flecken wieder aufgetaucht?", fragte sie zaghaft.

„Deine Abreibung mit dem Quecksilber hat Wunder gewirkt", sagte er und lehnte sich zufrieden lächelnd zurück. „Ich fühle mich gesund wie ein Fisch im Wasser. Komm her zu mir."

Clarissa biss die Zähne zusammen. Mit einem schmelzenden Lächeln auf den Lippen trat sie auf ihn zu. Er nestelte am Schlitz seiner Hose herum, stand auf, packte sie und zog sie zu sich auf den Stuhl. Clarissa spürte seine Erektion. Während er keuchend ihr Unterkleid hochschob, schloss sie die Augen. Dafür wird er mir noch büßen, dachte sie. Als er fertig war, stieg sie von ihm herunter und verließ den Raum. Im Kreuzgang schaute sie sich vorsichtig um, trat zum Brunnen. Trotz der Kälte benetzte sie ihre Kutte mit dem kalten Wasser und wusch sich verstohlen. Sie betrat die Kirche, warf sich vor die Statue der Maria und betete inbrünstig.

6

Als Julia am nächsten Abend den beiden Kostgängern auftrug, standen beide Männer auf und zogen ihre Hüte. Wolfram bat Julia darum, sich zu ihnen zu setzen und mit ihnen zu speisen. Dabei schaute er sie direkt an. Kreszentia hat es verboten, dachte sie, doch sie holte einen weiteren Becher und einen Holzteller aus der Küche.

„So schnell sieht man sich wieder", begann Gunther das Gespräch, nachdem die Männer sich am Tisch niedergelassen hatten. Julia legte den beiden das Abendessen aus einer Kupferschüssel vor und tat sich selbst eine Scheibe kalten Rinderbraten auf den Teller. Dazu gab es Brot und Hagebuttenmus.

„Ich habe von dem Unglück auf Burg Tanneck gehört", erzählte Gunther. „Und ich freue mich, Euch gesund hier wiederzusehen."

„Das mit Euren Eltern tut mir sehr leid für Euch", warf Wolfram ein.

Julia stieg das Blut in den Kopf.

„Ich kann nicht darüber sprechen", sagte sie.

„Das Feuer hat eine reinigende Kraft", antwortete Gunther. „Es dient dazu, Dinge, auch lebendige, von einem Zustand in einen anderen zu überführen."

Julia verstand nicht, was er meinte, wollte aber nicht nachfragen.

„Unser Herr Bader ist nämlich Alchimist", sagte Wolfram in das nachfolgende Schweigen hinein. „Da solltet Ihr Euch auf einiges gefasst machen." Julia war es, als hätte er ihr zugezwinkert. Die Röte schoss Gunther ins Gesicht.

„Die Welt sollte sich auf einiges gefasst machen", donnerte er und schlug mit der Faust auf den Tisch. Julia zuckte zusammen. „Wenn sich unsere Ideen erst einmal verbreiten und durchsetzen, wird keiner von euch mehr über uns lachen!"

„Ich lache nicht über diese Forschungen", beschwichtigte ihn Wolfram. „Aber hat man nicht Doktor Faust, den Alchimisten aus Knittlingen, als Jahrmarktsschreier und Betrüger entlarvt und ihn davongejagt?"

„Den solltet Ihr nicht als leuchtendes Beispiel anführen", versetzte der Bader. „Auch Alchimisten und Ärzte müssen leben. Faust ist berühmt für seine Heilungserfolge."

„So wie Ihr?", stichelte Wolfram.

„Ja, so wie ich", war die Antwort. „Wer hat denn diese Wunden und Schrunden behandelt?", wandte sich Gunther an Julia und zog die Augenbrauen hoch. „Die sehen gar nicht gut aus."

„Eine Bäuerin hat mich gepflegt."

„Was hat sie verwendet?"

„Ringelblumensalbe."

„Sie hätte Euch zu mir schicken sollen. Ich verfüge über wesentlich bessere Heilmittel als diese Weiber vom Land."

Wolfram warf ihm einen scharfen Blick zu.

„Worin bestehen diese Heilmittel, wenn ich fragen darf?"

„Das sind Geheimrezepte der Klöster, die darf ich nicht jedem weitergeben."

„Ich habe mit einem Schäfer gesprochen, der war ebenfalls heilkundig", sagte Julia. „Er sprach von gewissen Kräutern."

„Bilsenkraut, Stechapfel und Belladonna?"

„Ja, ich glaube, die hat er erwähnt."

„Das sind starke Gifte", erklärte Gunther. „Doch die Medizin erforscht die Inhaltsstoffe von den Pflanzen und Mineralien. Mein Lehrer Paracelsus hat sich immer wieder damit beschäftigt. Jedes Gift ist gleichzeitig Medizin, in geringer Dosierung angewendet. Und getreu meinem großen Vorbild studiere ich die Kräfte, die dem Menschen zur Abwehr von Krankheiten innewohnen."

Wolfram machte eine abwehrende Handbewegung.

„Sein wahrer Name ist Theophrastus Bombastus von Hohenheim", sagte er. „Dieser Gelehrte soll in verlauster, dreckiger Kutscherkleidung durch die Stadt gegangen sein und sei beim Trunk, dem er sich häufig ergebe, eingeschlafen."

„Das ist eine Verleumdung", sagte Gunther. „Ich habe nicht nur Briefe mit Paracelsus gewechselt, sondern auch Vorlesungen bei ihm in Basel gehört. Obwohl er stets gegen die herrschende Lehrmeinung ankämpfte, bekam er 1515 seinen Doktortitel. Anfang dieses Jahres wurde er als Stadtarzt und Professor nach Basel berufen, geriet aber bald in Streit mit den dortigen Ärzten und Apothekern. Lange wird er sich dort nicht mehr halten können, auch wenn er große Erfolge aufzuweisen hat."

„Was für ein Mensch ist dieser Paracelsus eigentlich?", fragte Julia. Dabei vergaß sie völlig, was die Tante ihr eingeschärft hatte.

„Er ist der uneheliche Sohn eines verarmten Stuttgarter Adligen, dem Arzt Wilhelm Bombastus von Hohenheim, der ihm einiges beigebracht hat", antwortete Gunther, nun in einem versöhnlicheren Ton. „Aber das ist keine Schande. Geboren wurde er in Einsiedeln in der Schweiz, wo seine Mutter Leibeigene des Klosters war. Die Eltern betrieben eine Gastwirtschaft an der heutigen Teufelsbrücke."

Wohin ich auch gehe, mit wem ich auch spreche, dachte Julia, der Teufel ist in aller Munde und an jedem Ort.

„Theophrastus Paracelsus, der Sohn, wanderte später nach Villach in Kärnten", fuhr Gunther fort, „und kam durch die Bergarbeiter mit dem Schmelzen von Metallen in Berührung."

„Welches bahnbrechende Wissen hat er denn nun errungen, Euer hochwerter Herr Doktor?" Wolfram funkelte den Bader herausfordernd an.

„Er ist der Erste, der den Ärzten, die er Friedhofsbefüller nennt, was sie auch sind, den Kampf angesagt hat. Sein Wissen und seine Forschung beruhen nicht auf dem, was geschrieben steht, sondern auf dem, was er erfahren hat auf seinen Wanderungen durch Europa. Er hat von den Zigeunern gelernt, von alten Weibern und Zauberkünstlern, von Badern, Seifern, Steinschneidern und Scherern. Er studiert das Leben und die Kranken, kuriert auf Jahrmärkten und verbreitet seine Lehre von den Lehrstühlen der Universitäten. Für mich ist das Naturwissenschaft, die ‚weiße Magie' und damit Gotteswerk, während die Mehrheit der Menschen es als ‚Teufelswerk' bezeichnet."

Nachdem die beiden Männer gegangen waren, räumte Julia auf und sann noch lange diesem Gespräch nach. Auch den warmen, festen Händedruck des Schreibers konnte sie nicht vergessen, wogegen sie sich an die feuchte, kalte Hand des Baders nur ungern erinnerte.

Am nächsten Abend war die Tante schon wieder zurück. In ihrem Vogelgesicht lag etwas Triumphierendes.

„Habt Ihr im Kloster erreicht, was Ihr wolltet?", fragte Julia.

Kreszentia kniff die Lippen zusammen.

„Das geht dich nichts an. Hast du die beiden Herren gut bedient und dich nicht aufgedrängt?", fragte sie Julia.

Sie würde die Wahrheit ja doch erfahren.

„Ja, habe ich", antwortete Julia. „Allerdings wurde ich gebeten, mich zu ihnen zu setzen. Es war ein sehr gutes Gespräch."

Kreszentias Augen verengten sich zu Schlitzen.

„Du hast ... was? Das ist unerhört! Von nun an wirst du wieder allein auf deinem Zimmer essen."

Es war sinnlos, Widerworte zu geben. Julia seufzte und ging hinüber in die Küche, um das Abendessen vorzubereiten. Es klopfte an der Tür, und aus der Diele drang Gemurmel. Kurze Zeit später erschien Kreszentia erneut. Mit einem verbissenen Gesichtsausdruck meinte sie: „Die beiden Herren wünschen deine Gesellschaft. Diesen Wunsch kann ich ihnen nicht abschlagen, da ich auf das Zubrot angewiesen bin. Nun komm und mach ein freundliches Gesicht."

Julia hatte sich noch nie Gedanken darüber gemacht, warum ihre Tante allein in diesem Haus wohnte. Der Schäfer hatte über ihre Ehelosigkeit gesprochen. Ein Ausbund an Schönheit war sie sicher auch in jungen Jahren nicht gewesen. Als Julia mit einer Schüssel in den Händen die Stube betrat, ließ die Tante sich gerade mit sauertöpfischer Miene am Kopfende des Tisches nieder. Wolfram und Gunther hießen Julia willkommen. Nachdem sie vorgelegt hatte, setzte sie sich zu ihnen.

„Ich würde gern an das Gespräch von gestern anschließen", wandte sich Gunther an Julia.

Kreszentia räusperte sich.

„Was waren das denn für Tischgespräche? Glaubt Ihr, das ist das Richtige für eine junge Frau, die erst vor kurzem ihre Eltern, ihren Wohnsitz und ihre gesamte Habe verloren hat?"

„Es war schon recht", beeilte sich Julia zu sagen. „Das Gespräch hat mir gutgetan, es hat mich von meinen düsteren Gedanken abgelenkt."

„Dann ist ja gut. Also, worüber wolltet Ihr sprechen?", fragte Kreszentia und nahm einen Schluck Wein.

„Über die Alchimie", antwortete Gunther. „Das ist eine alte Wissenschaft, müsst Ihr wissen, die von dem Arzt Paracelsus ganz neu ausgelegt wird. Schon Plato glaubte ..."

„Jetzt wird's philosophisch", meinte die Tante.

„Also gut, dann mache ich es einfacher", fuhr Gunther unbeirrt fort. „Wir alle sind auf der Suche nach dem Stein der Weisen, der minderwertige Metalle in Gold verwandelt. Es ist ein Elixier, das alle Krankheiten heilt, das Leben unbeschränkt verlängert und seinen Besitzer reich macht."

„Und wie soll Euer Stein aussehen?", fragte Kreszentia, die sich gar nicht bemühte, ihre Ungläubigkeit zu verbergen.

„Das weiß niemand, und wenn ich es wüsste, würde ich es Euch nicht verraten. Der Stein der Weisen ist die Quintessenz, das fünfte Element, und wenn die Materie – also auch der Mensch – durch verschiedene Zustände hindurchgegangen ist, verkörpert er die Vollkommenheit."

Das verstand Julia nicht.

„Was bedeutet das?", fragte sie.

„Nun ja", sagte Gunther. „Es ist Symbol einer Askese in vier Stufen, die den Alchimisten reinigt."

„Gilt das nicht für jeden Mann und jede Frau?"

„Nein, es muss ein Philosoph sein. Nur Philosophen können beispielsweise Gold aus niederen Metallen gewinnen."

„Und Ihr brüstet Euch, ein solcher Philosoph zu sein?", fragte Wolfram.

„Seid Ihr nicht genau solch ein Schwindler wie die Jahrmarktsschreier, Wahrsager, Zauberer und Spielleute?"

Der Bader erhob sich jäh und schob den Stuhl zurück, dass es krachte. Die Adern an seinen Schläfen waren angeschwollen.

„Ihr wagt es, das zu bezweifeln? Ich stehe in einer Reihe mit Paracelsus, Dr. Faust und den berühmtesten Alchimisten unserer Zeit!"

„Nun beruhigt Euch doch", lenkte die Tante ein. „Ich glaube daran, dass Ihr dazu ausersehen seid, ein Gotteswerk zu vollbringen."

Gunther nahm wieder Platz und brach ein Stück Gerstenbrot ab.

„In meinen Augen ist das Teufelszeug und dieses Gerede von einem Stein der Weisen schlicht und einfach Blödsinn!", sagte

Wolfram aufgebracht. Er wollte anscheinend nicht, dass Julia solche Geschichten zu hören bekam.

„Der Teufel bringt ganz andere Dinge zuwege", setzte die Tante dagegen. „Er macht Gewitter, bringt die Kühe dazu, keine Milch mehr zu geben und stört die Eheleute in der Hochzeitsnacht. Ich sage immer, wenn wir alle nur gottesfürchtig leben, hat er keinerlei Macht über die Menschen."

Julia horchte auf. Gab es da eine Verbindung zu den Hexen, über die der Schäfer auf der Heide gesprochen hatte? Wolfram lachte kurz und trocken auf.

„Was gibt es da zu lachen?", fuhr Gunther ihn an.

„Ich musste gerade an das Kloster Schönthal denken. Im Jahre 1270 ergriff den Abt und alle Mönche der Wahnsinn, wahrscheinlich verursacht durch allzu eifrige Askese. Da rüttelten nachts die Teufelchen an den Betten, und an gewissen Tagen regneten sie geradezu vom Himmel herunter. Jeder hatte sein eigenes Teufelchen, das ihn an der pflichtgemäßen Ausführung seiner Ämter, wie dem Lesen der Messe, hinderte."

„Diese Mönche hatten sicher Philosophen in ihrer Umgebung", meinte Gunther. „Gott hält seine Hand über diejenigen, die ihm dienen. Darum, und allein darum ging es mir. Die Heilung von Menschen ist Gotteswerk."

Julia, die ihm gegenübersaß, spürte seinen Fuß an ihrem. Schnell zog sie ihn zurück.

„Kann ich ein wenig Wein haben?", fragte sie Kreszentia.

„Diese Getränke sind nichts für junge Mädchen", sagte die Tante schroff.

„Trink Wasser, mein Kind."

„Im Gegenteil", brauste Gunther auf. Das Gespräch und wohl auch der Weingenuss schienen ihn gereizt zu haben. „Im Gegenteil, meine Liebe. Frauen sind in ihrem Innern so von Feuchtigkeit durchdrungen, dass sie solche Getränke viel besser aufnehmen als Männer."

„Ich werde dir einen Krug mit Brunnenwasser holen", sagte Kreszentia. „Dann kannst du es mit dem Wein mischen. Nein, bleib nur sitzen, ich tue es gern für dich."

Das Gemisch schmeckte ein wenig sauer. Da war wieder ein Fuß an dem ihren, aber Julia wusste nicht, ob es der von Wolfram oder der von Gunther war. Eine Hitze stieg ihr von den Zehen bis zum Kopf. Sie fühlte sich benommen. War es der Wein? Da alle mit dem Essen fertig waren, räumte sie das Geschirr zusammen, trug es in die Küche und bat darum, sich zurückziehen zu dürfen.

„Ich hoffe, Euch wieder einmal in der Stadt zu begegnen", sagte Wolfram und lächelte sie an.

„Meine Nichte treibt sich nicht in der Stadt herum", bemerkte Kreszentia spitz. Gunther schaute düster vor sich hin.

Am anderen Morgen hatte Julia einen trockenen Mund und Kopfschmerzen. Sie ging hinaus zum Brunnen und trank Wasser aus der hohlen Hand. Die Gänse schnatterten im Garten, eine Nachbarin trieb ihre Kuh durch die Gasse, ein Kind mit verschlafenem Gesicht ließ einen Reifen durch den Dreck trudeln. Das Wasser stillte Julias brennenden Durst, und sie fühlte sich schon ein wenig besser. Der Tag verging gleichförmig wie alle anderen Tage. Kreszentia bestand darauf, dass sie zu den Mahlzeiten von dem Brunnenwasser trank. Am Nachmittag bezog sich der Himmel, es wurde merklich kühler, und um die Bäume im Garten zogen Nebelschwaden.

„Du könntest mir noch einen Korb Zwetschgen holen", sagte die Tante. „Ich will ein Pflaumenmus zum Nachtisch machen."

Julia nahm einen der Körbe aus der Küche und ging hinaus in den Garten. Die Umgebung hatte sich verändert. Der Nebel kroch als weißer Dampf über den Boden, legte sich als Tau auf die Blätter und verhüllte die Nachbarhäuser. Die Hexen kochen ihr Abendessen, hatte Anna ihr gesagt, wenn im Tal diese Gespinste auftauchten. Julias Herz klopfte heftig. Was war das da im Zwetschgenbaum? Eine helle Fratze mit hohlen Augen und Hörnern, die aus der Mitte des Kopfes ragten? Das ist er, mein Gott, das ist er, dachte sie, er hat mich eingeholt! Weil ich fortwollte von meinen Eltern, weil ich unkeusche Gedanken gehabt habe in der Nacht. Sie wollte schreien, brachte aber nur ein ersticktes Röcheln heraus. Lange Zeit stand sie so, wagte nicht, sich zu rühren, noch ein weiteres Mal zu der Erscheinung im Baum hinüberzublicken.

„Wo bleibst du denn so lange?" ertönte die Stimme ihrer Tante. Jetzt stand die hagere Gestalt mit der gekrümmten Nase und der

Haube neben ihr.

„Ich ...", mehr brachte Julia nicht heraus.

„Ist etwas mit dem Baum?", fragte Kreszentia und steuerte gleich mit ihren langen, energischen Schritten darauf zu.

„Du Dummchen", rief die Tante ihr zu. „Das ist der Schädel einer Geiß. Wahrscheinlich wollten uns die Nachbarskinder einen Streich spielen. Und du hast gedacht, es wäre ..."

„Der Teufel", flüsterte Julia fast unhörbar.

Kreszentia kam auf sie zu und fasste sie am Arm. Julia zuckte zurück, weil der Griff so fest war, dass es sie schmerzte.

„Du gefällst mir nicht in letzter Zeit, Julia. Ist es die Erinnerung an das Furchtbare, das du erleben musstest? Ich habe schon von Menschen gehört, die nach solchen Geschehnissen den Verstand verloren haben."

War es vielleicht das? Julia versuchte, in sich hineinzuhorchen, aber sie fand keine Antwort. Sie musste herausfinden, was mit ihr los war.

„Diese Männergespräche reizen dich und regen dich unnötig auf", fuhr Kreszentia fort. „Ich werde dafür sorgen, dass du eine gute Behandlung bekommst. Später werde ich dir eine Hühnerbrühe hinaufbringen, die wird dich stärken."

Julia hatte keinen Hunger; ihr war übel, und die Trockenheit im Mund hatte sich wieder eingestellt. Ihre Haut war gerötet und heiß, aber sie schwitzte nicht, im Gegenteil, sie spürte ein inneres Frieren, das sich im Zittern der Zehen und Fingerspitzen fortsetzte. Vielleicht hatte sie etwas Verdorbenes gegessen, aber dann hätten doch die anderen sich auch unwohl fühlen müssen.

Sie war froh, als sie in ihre Kammer hinaufgehen, in ihr Bett mit der Strohmatratze und der leichten Daunendecke kriechen und die Augen schließen konnte. Alles drehte sich im Kreis, um sie herum tanzten rote Pünktchen. Die Kälte wich nicht aus ihrem Körper, dabei brannte ihr Gesicht, als wäre es mit Ruten geschlagen worden. Ihre Arme und Beine zitterten und ihre Zähne schlugen gegeneinander. Kreszentia erschien mit der heißen Brühe und verschwand erst, als ihre Nichte den letzten Schluck getrunken hatte. Die Wärme sickerte Julia in die Glieder, und bald darauf war sie eingeschlafen. Mitten in der Nacht schreckte sie hoch.

Ein Knarren der Tür hatte sie geweckt. Ihr war so übel, dass sie glaubte, sich übergeben zu müssen. Sie taumelte aus dem Bett. Es würgte sie, doch es kam nichts aus ihrem Mund als grüner Schleim. Wo war bloß der Nachttopf? Ihr Herz klopfte zum Zerspringen. Als sie sich aufrichtete, sah sie eine Gestalt. Ihr Magen stülpte sich wieder um. War es die Tante, war es der Bader oder der Schreiber? Zitternd und schweißgebadet setzte sie sich auf ihr Lager. Die Gestalt bewegte sich auf sie zu. Sie hatte Hörner, ein wulstiges, rotes Gesicht, und aus den Ohren wuchsen schwarze Haarbüschel. Ein widerlicher Gestank erfüllte den Raum. Schwarze Augen, die wie Kohlen glühten, näherten sich den ihren. Dann griff eine Hand nach ihr, feucht und kalt, die andere legte sich auf ihren Mund. Sie wollte schreien, beißen, um sich schlagen, aber der Druck der Hände wurde immer stärker. Das Letzte, was sie spürte, war der kühle, harte Stoff des Lakens unter ihrem Rücken.

„Sie ist irrsinnig geworden", hörte Julia eine Stimme sagen. Erschrocken fuhr sie auf. Wo war sie? Was war geschehen? Ihre Tante Kreszentia stand mit dem Bader am Fußende ihres Bettes. Julia ließ sich wieder zurücksinken.
„Gestern Nacht hörte ich Lärm aus ihrem Zimmer. Ein Fauchen, Trappeln und dann gurgelnde Schreie. Ich so schnell wie möglich hinauf und da sehe ich, wie sie auf ihrem Bett mit einer unsichtbaren Gestalt zu ringen scheint. Ich lege ihr die Hand auf die Stirn: sie ist ganz heiß. Ich sage Euch, das Mädchen ist besessen, wahrscheinlich hat es den Tod der Eltern nicht verkraftet, das arme Ding."
„Solche Fälle von Besessenheit habe ich schon öfter erlebt", entgegnete der Bader. Jetzt schauten die beiden zu ihr herüber.
„Julia, mein Armes, du bist sehr krank", sagte Kreszentia. „Ich habe den Bader geholt, denn einen studierten Arzt kann ich mir nicht leisten."
„Die Ärzte sollen bleiben, wo der Pfeffer wächst", fiel Gunther ihr ins Wort. „Das sind Friedhofsbefüller, wie Paracelsus sagte. Ich werde die Kleine schon heilen mit meinen Künsten."
Der Bader wollte sie heilen? Eine neue Welle der Übelkeit überrollte Julia. Nein, sie wollte raus hier, sie fühlte sich nicht mehr sicher in diesem Haus.

„Jemand will mich vergiften", schrie sie. „Ich will raus, ich will heim zu meinen Eltern, lasst mich los, ich kann nicht mehr, es ist alles zu viel, ich will weg, es stinkt so sehr, es bleibt mir ..."
Von einem Weinkrampf geschüttelt, sank Julia in ihr Kissen zurück. „Seht Ihr", sagte der Bader. „Viele dieser Kranken bilden sich ein, man wolle sie vergiften oder auf eine andere Art zu Tode bringen. Sie hören Stimmen, wo keine sind, sehen Gespenster, Hexen und Teufelsgestalten, reden ununterbrochen und führen sich auf wie Wahnsinnige. In schlimmen Fällen müssen sie sogar eingesperrt werden."
„Ich will nicht eingesperrt werden!", schrie Julia und setzte sich wieder auf. Ihr Körper fühlte sich steif an. Als sie versuchte, vom Bett aufzustehen, knickten ihr die Beine ein. Der Bader fing sie auf und drückte sie zurück in die Kissen. Halb in Fieberträumen versunken, wurde ihr bewusst, dass sie nur ein Hemdchen aus Nesselstoff trug. Sie fühlte sich wie gelähmt, konnte sich nicht bewegen. Die Gesichter der beiden verschwammen vor ihren Augen, teilten sich, wurden zu Hexen- und Teufelsfratzen, schwebten zur Decke empor. Halb wahnsinnig vor Angst kroch Julia in sich zusammen, rollte sich ein wie ein Igel, hörte Stimmen, die immer lauter wurden, wie Paukenschläge auf sie niedertrommelten, ihr schließlich das Bewusstsein nahmen.

7

Nachdenklich schritt Wolfram durch die Straßen der Stadt. In der Nacht hatte es geregnet; überall standen Pfützen, in denen sich eine blasse Sonne spiegelte, die sich ihren Weg durch den Dunst zu kämpfen versuchte. Karren rumpelten an ihm vorbei, krachend wurden Läden geöffnet. Die ersten Hausfrauen und Handwerker waren unterwegs, bemüht, sich die Schuhe nicht allzu schmutzig zu machen. Julia war gestern nicht beim Abendessen gewesen. Sie sei krank, hatte Frau Kreszentia ihm erklärt. Am Abend davor hatten ihre Augen allerdings einen starken Glanz gehabt, immer ein erstes Anzeichen eines Unwohlseins des Körpers. Was konnte ihr aber fehlen? Sein Blick fiel auf die Auslage der Apotheke mit ihren hölzernen Medizinbehältern, den Fläschchen und Phiolen. Der Bader war ein Kerl, der sich gewaltig viel auf seine Kunst einbildete, dabei konnte er selber mehr als mithalten. Julias Gestalt trat vor sein inneres Auge, und er wünschte, sie zu sehen. Aber erst einmal musste er sein Tagwerk vollbringen. Im Rathaus auf dem Marktplatz stieg er die Treppe zum Sitzungssaal hinauf. Der Raum war hübsch getäfelt, mit Jagdszenen an den Wänden, und in seiner Mitte stand ein schwarzer Eichenholztisch, an dem die Ratsmitglieder versammelt waren. Einer von ihnen erhob sich, als er Wolfram eintreten sah. Sie gingen in die kleine Amtsstube hinunter, in der Wolfram sein Pult, die Feder und den Streusand für seine Schreibarbeiten stehen hatte. Auf einem Regal lagen Papierrollen in verschiedenen Größen.

„Unser Bote hat gestern neun Briefe gebracht", sagte der Ratsherr und händigte dem Schreiber die Schriftrollen aus. „Einer ist vom Bischof von Speyer mit dem Vermerk ,Dringlich'. Er hält sich zurzeit in Rottenburg auf."

„Ich werde ihn als erstes bearbeiten", versprach Wolfram und ließ sich auf dem bequemen Hocker vor dem Pult nieder. Er schaute aus dem Fenster. Der Geruch des Siedesalzes stieg ihm in die Nase, und wenn er aufstand und sich hinauslehnte, konnte er die Kastanien am Fluss sehen. Die Früchte dieses Baumes mussten jetzt reif sein.

Er dachte an seine Kindheit, in der seine Mutter oft gemahlene Kastanien unter das Mehl zum Brotbacken gemischt hatte. Es war eben knapp hergegangen im Hause Lauterach in diesen Jahren. Sein Weg wurde ihm von außen geebnet, denn glücklicherweise hatte ihn ein Geistlicher, der mit den Eltern bekannt war, gefördert, so dass er die Lateinschule und später sogar die Universität besuchen konnte. In dem halben Jahr, das er nun in dieser Stadt lebte und arbeitete, kannte er fast alle Einwohner, wusste von jedem, was er trieb und welche Geschichte er hinter sich hatte. Wollte er bis zu seinem Lebensende hier hocken und immer die gleichen Schriften studieren, die immer gleichen Antworten geben? Naja, er hatte sich den Beruf ausgesucht, und da seine Herkunft ihm nicht gestattete, Mitglied des Rates zu werden, würde er wohl auf diesem Posten bleiben müssen. Das Leben hier wurde nur unterbrochen von den Festen zur Weihnacht, zu Ostern und zu Pfingsten sowie von den ehemals katholischen Feiertagen, die weiterhin zu begehen gestattet war, selbst die Prozessionen, und auch die Fress- und Saufgelage. Aber selbst die Fasnacht wurde nicht mehr so ausgelassen gefeiert seit der Reformation. Luther und Zwingli tauschten sich seit einiger Zeit über die Bedeutung des Heiligen Geistes beim Abendmahl und über andere religiöse Fragen aus. Überall regierte die Kirche hinein.

War es für ihn mit seinen dreiundzwanzig Jahren nicht an der Zeit, sich eine Frau zu suchen und eine Familie zu gründen? Julia stand ihm wieder vor Augen, ihr kleines, liebes Gesicht mit den hochgebundenen Zöpfen, ihre schmale Gestalt, die nicht in ein Mieder gezwängt war wie die vieler anderer Frauen, sondern deren gerafftes Oberteil, geschlitzte Ärmel und der weite, bis übers Knie herabreichende Rock ihre Figur mehr ahnen ließen als sie zu betonen. Seufzend machte er sich daran, die Schriftrollen zu entblättern und sie der Reihe nach zu lesen. Ein angesehener Bürger bat darum, sein Haus um zwei Stockwerke erhöhen zu dürfen, weil er mehr Platz brauche. Das musste er dem Rat vorlegen. Ein Bruderzwist um das väterliche Erbe, das würde er nachher gleich beantworten. Hinzu kamen noch einige Bagatellangelegenheiten, und dann schließlich nahm er das Schreiben des Bischofs in die Hand. ‚Streng geheim' stand über dem Text geschrieben. Der Inhalt war folgender, wie Wolfram las: Der Bischof sei am Englischen Schweiß erkrankt, einem Fieber, das zuerst während der englischen Rosenkriege 1445 bis 1485 aufgetreten war und sich durch die Luft verbreitete, wie Wolfram wusste. Die Krankheit begann sehr plötzlich mit Angstgefühlen, hohem Fieber und Schüttelfrost. Sie endete meist tödlich für den Betroffenen, wer jedoch die ersten vierundzwanzig Stunden überstanden hatte, für den bestand die Hoffnung zu genesen.

Kein Arzt habe dem Bischof bisher helfen können. Ob die Stadt sich bereit erkläre, ihren Bader unverzüglich nach Rottenburg zu schicken, da er für seine Heilungserfolge bekannt sei. Paracelsus sitze in Basel, und da es mehr als eine Tagesreise brauchen würde, bis er eintraf, sei man davon abgekommen, ihn zu konsultieren.

Darüber musste der Rat in einer Eilentscheidung entschließen. Wolfram nahm das Schreiben und eilte hinüber in den Sitzungssaal. Die Ratsherren saßen um den großen Tisch herum und debattierten über die Verwendung der Steine von der Burg, die vor einiger Zeit durch zwei Blitzschläge zerstört worden war.

„Der Bischof von Speyer weilt zurzeit in Rottenburg. Er wünscht die Hilfe unseres Baders", sagte er und unterbrach dabei den Schultheißen, der sich gerade mit gewichtiger Miene über die Möglichkeiten ausließ, das Rathaus umzubauen. „Es ist dringend."

„Dann schickt einen Boten zu ihm", sagte der Schultheiß und machte eine wegscheuchende Handbewegung.

„Der Bote ist in anderer Sache unterwegs", wandte ein Ratsmitglied ein.

„Dann soll der Schreiber selbst gehen", war die Antwort des Schultheißen, und damit war Wolfram entlassen. Mit schnellen Schritten durchquerte er die Stadt und fand die Tür des Baders verschlossen.

„Der ist zum Haus von Frau Kreszentia gegangen", erzählte ihm ein kleiner Junge mit abstehenden Ohren, der sich die Zeit damit vertrieb, einen Gassenköter zu ärgern.

„Woher weißt du das?"

„Ich weiß es eben." Der Junge machte ein patziges Gesicht.

Wolfram wandte sich abrupt um und machte sich auf den Weg. Das Haus war nur einen Steinwurf entfernt. Die Tür stand offen.

Aus der Kammer oben an der Treppe drangen Stimmen. Er nahm immer zwei Stufen auf einmal und stürmte in das Zimmer, in dem er Kreszentia und den Bader über Julia gebeugt fand. Sie war mit einem Nesselhemd bekleidet und schien zu schlafen. Auf dem Laken waren Blutspuren zu sehen.

„Was habt Ihr mit dem Mädchen gemacht?", rief Wolfram.

„Was geht Euch das an? Aber nun gut. Ich habe sie geschröpft und ein paar Blutegel angesetzt, das ist immer meine erste Hilfsmaßnahme."

„Ihr sollt sofort zum Bischof nach Rottenburg kommen, das ist ein Ratsbeschluss", sagte Wolfram, froh, dass er den Bader aus Julias Nähe fortbekam.

„Aus welchem Grund, wenn ich fragen darf?", fragte Gunther lauernd.

„Er ist vom Englischen Schweiß befallen", antwortete Wolfram.

Gunther packte wortlos seine Utensilien zusammen und ging hinaus.

„Frau Kreszentia, Ihr müsst den Bader begleiten", setzte Wolfram in einer plötzlichen Eingebung hinzu.

„Ich kann doch meine Nichte in diesem Zustand nicht allein lassen", sagte Kreszentia und verzog ihr Gesicht.

„Habt keine Sorge, gute Frau, ich werde bei ihr bleiben und sie mit allem versorgen, was sie braucht. Auch ich habe Medizin studiert. Der Bischof wird Euch für Euren Aufwand entschädigen."

Nachdem die beiden fort waren, öffnete Wolfram das Fenster und wandte sich an Julia.

„Wie geht es Euch?", fragte er, als er sah, dass sie die Augen geöffnet hatte.

„Ich fühle mich sehr matt, als hätte mir jemand das Blut ausgesaugt", sagte sie mit schwacher Stimme. „Nachts dachte ich, die Hölle wäre über mich hereingebrochen. Heute Morgen hat der Bader diese glitschigen, kalten Tierchen auf meine Arme gesetzt. Beim Anbeißen war es, als wenn ich gestochen würde. Dann war es wie ein Ziehen, und als sie sich voll gesogen hatten, sind sie wieder abgefallen. Da, es sind dreieckige Wunden, die der Bader mit Leinzeug verbunden hat. Es blutet vierundzwanzig Stunden, hat er gesagt."

„Geschröpft hat er Euch auch?"

Sie schloss einen Moment erschöpft die Lider.

„Das Schröpfen habe ich als sehr unangenehm empfunden. Die Haut meines Rückens wurde von erhitzten Schröpfgläsern eingesogen, jetzt tut es weh und ich habe lauter rote Flecken", beschwerte sie sich leise, „aber besser fühle ich mich dennoch nicht.

„Hat er sonst noch etwas gemacht?", fragte Wolfram weiter.

„Ja, er hat die Läden zugemacht, auch Öllichter angezündet, Beschwörungsformeln gemurmelt und eine Glaskugel so lange vor meinen Augen hin und her bewegt, bis ich in einen ganz merkwürdigen Zustand geriet."

„Was war das für ein Zustand?", fragte Wolfram mit wachsender Erregung.

„Ich habe nicht geschlafen, war aber auch nicht wach. Ich habe es so ähnlich schon bei Tagträumen erlebt, kurz bevor ich eingeschlafen bin oder wenn ich mich in das Lesen der Bibel vertieft habe. Ich habe die ganze Zeit auf seine Worte gehört, die ich aber nicht verstand. *Diabolus venit*, das habe ich aus seinem Mund gehört."

„Gottseidank hat er Euch nicht auch noch zur Ader gelassen", sagte Wolfram „Das hätte tödlich enden können. Wann habt Ihr zuletzt etwas zu Euch genommen?"

„Gestern Abend, ich glaube, es war eine Hühnerbrühe."

„Ich werde gleich etwas besorgen."

„Aber nicht aus diesem Haus", rief sie angstvoll. „Ich glaube nämlich, dass mich jemand vergiften will."

„Wie kommt Ihr darauf?", fragte Wolfram besorgt.

„Immer nach dem Essen ging es mir schlecht, schon seit zwei Tagen. Und dann hatte ich noch solche seltsamen Erscheinungen."

Julia wurde über und über rot.

„Letzte Nacht war es der Teufel persönlich", sagte sie.

„Bilsenkraut", murmelte Wolfram wie zu sich selbst.

„Meine Tante meint, ich sei irrsinnig, wegen der Dinge, die ich erlebt habe."

Wolfram musste wider Willen lächeln.

„Julia, Ihr seid nicht irrsinnig. Ihr seid eine ganz gesunde junge

Frau. Ich werde jetzt Brot, Butter und Käse in der Stadt besorgen und um die Mittagszeit wiederkommen." Er half ihr, die Decke richtig über sich zu breiten, und machte sich auf den Weg in die Stadt.

Nachdem Wolfram gegangen war, richtete sich Julia im Bett auf, drehte vorsichtig ihren Körper und setzte beide Füße auf den Bretterboden. Von der Stadt her hörte sie die Kirchenglocke zwölfmal schlagen. Sie ging die paar Schritte zum Fenster, ohne zu wanken, und schaute hinaus. Das Mittagslicht überglänzte den Garten und die umliegenden Häuser. Eine Nachbarin erntete ihre Bohnen. Sie winkte ihr zu.

„Julia, wie schön, Euch zu sehen. Seid Ihr wieder gesund?"

„Ich glaube, ja", erwiderte Julia. „Zum Glück ist es nichts Ernsteres gewesen. Bald werde ich wieder im Garten arbeiten können."

„Der Kohl wird langsam reif und auch die gelben Rüben. Meine haben die Schnecken gefressen, leider."

„Die habe ich jeden Abend eingesammelt und verbrannt", sagte Julia.

Eine Stimme zerschnitt diesen Augenblick der Ruhe. Julia drehte sich hastig um und blickte in das vor Ärger verzerrte Gesicht ihrer Tante.

„Warum bist du aufgestanden?", fragte sie, kam auf sie zu und packte sie am Arm, wie schon einmal.

„Ich habe mich schon viel besser gefühlt, und da dachte ich, ich versuche mal aufzustehen."

„Junge Dinger wie du sollten nicht zu viel denken, das macht Falten. Pack ein paar Sachen in den Reisekorb, wir fahren weg."

„Aber wohin denn, um Gottes willen?"

„Ich bringe dich an einen Ort, an dem du richtig gesund werden wirst. Du musst fort aus dem Dunstkreis dieser Stadt."

„Aber ich will nicht!"

„Was du willst, tut nichts zur Sache. Solange du unmündig bist, habe ich über deinen Aufenthalt zu bestimmen."

Wäre ich doch dieser Person nicht so ausgeliefert, dachte Julia.

„Denk nicht, dass dein Verehrer kommt, um dich aus dieser Lage zu befreien", sagte Kreszentia, als hätte sie ihre Gedanken erraten.

„Ich habe mich im Rathaus erkundigt. Die Anwesenheit des Baders beim Bischof war erforderlich, meine nicht. Dein Schätzchen wird sicher Schwierigkeiten bekommen, dieser dahergelaufene Tunichtgut."

„Das ist er nicht", begehrte Julia auf.

„Jetzt pack und sei still, die Kutsche ist schon angespannt." Zerknirscht holte Julia ihre Sachen aus dem Schrankkasten und legte sie in den Korb. Als sie ins Freie traten, hielt sie Ausschau, aber von Wolfram war weit und breit nichts zu sehen. Sie wollte versuchen, ihm eine Nachricht zukommen zu lassen, wo auch immer Kreszentia sie hinbringen würde. Die Nachbarin rief herüber: „So, wohin soll denn die Reise gehen?"

„Das geht Euch einen feuchten Dreck an", schnaubte die Tante, drängte Julia auf den Sitz, kletterte selbst auf den Kutschbock und nahm die Zügel in die Hand. Das Pferd war eine fahle Mähre, die schon bessere Tage gesehen hatte, mit filzigem Fell und lückenhafter Mähne. Gehorsam zottelte es los. Die letzten Häuser lagen hinter ihnen. Sie fuhren zuerst über eine Brücke, dann weiter am Fluss entlang in die Ebene hinein. Der Wagen ratterte und quietschte und bald taten Julia alle Knochen weh. Trotz der Ungewissheit und der Strapazen genoss sie es, fortzukommen aus der Stadt. Der Fluss floss in großen Windungen durch das Tal. An seinem Ufer wuchsen Silberweiden, und an einigen Stellen hatten sich weiße Sandbänke gebildet. Der Duft blühenden Klees wehte von den Feldern herüber. Die bewaldeten Flusshöhen wichen zurück, weiteten sich zu Ebenen mit steinigen Äckern. Ein paar dunklere Wolken hatten sich vor die Sonne geschoben. Ihre Strahlen fielen schräg, wie ein sich nach unten erweiternder Trichter, auf die Erde. Es ist, als würde Gott sich den Menschen darin offenbaren, dachte Julia. Manche Kirchen und Kapellen am Weg waren verwüstet, und die Leute hatten kein Geld, sie wieder aufzubauen nach dem Krieg. An diese Zeit dachte Julia ungern zurück. Doch der Weg kam ihr bekannt vor.

8

Wolfram kehrte noch einmal in die Amtsstube des Rathauses zurück, berichtete über die Erfüllung seines Auftrags und machte sich hastig daran, die anderen Schriftrollen zu öffnen. Die erste war mit dem Wappen eines Ritters von Sterneck verziert, und als er sie entfaltete, verschlug es ihm den Atem. Herr Johann Eitel, stand dort, habe ihm die Hand seiner Tochter versprochen, bevor er bedauerlicherweise auf so tragische Weise ums Leben kam, und er erhebe nun die Forderung, diese Verlobung einzulösen und ihm Julia Eitel zur Frau zu geben. Bei Frau Kreszentia, der Tante des unmündigen Mädchens, sei er schon vorstellig geworden. Sie habe ihm jedoch die Hand ihrer Nichte verweigert. Alles diktiert und besiegelt auf Burg Sterneck, im Juli 1527. Dem würde er eine saftige Antwort schreiben, nämlich, dass er einen Beweis für seine Behauptung erbringen müsse. Die übrigen Briefe enthielten Bagatellen, deren Bearbeitung auf sich warten lassen konnte. Dem letzten, einer Anklage gegen einen Schäfer, konnte er sich heute Nachmittag widmen. Die Glocke der nahegelegenen Kirche schlug zwölfmal. Wolfram legte die Rollen zurück auf das Pult und eilte hinunter. Zu den Bäckern und Metzgern auf dem Marktplatz hatte sich inzwischen ein Kräuterhändler gesellt, der seine Ware auf einem Brett ausgelegt hatte. Kümmel, Fenchel und Dragun verströmten einen starken Duft. Eine Frau schimpfte lauthals, dass der Händler ihr eingelegte grüne Wacholderbeeren als teuren grünen Pfeffer verkauft hätte.

„Ihr seid doch der Schreiber, verhelft mir gefälligst zu meinem Recht", zeterte sie.

„Ich habe jetzt keine Zeit, gebt Eure Beschwerde im Rathaus ab", sagte Wolfram, kaufte Brot, eine Kanne Bier und Käse und eilte zurück zum Haus von Kreszentia.

Am späten Nachmittag ließ die Tante das Pferd anhalten. Sie standen vor den mächtigen Mauern eines Klosters. Es war Bischofsbronn, Julia erinnerte sich, früher einmal hier gewesen zu sein. Die Nonne ließ sie durch das Tor passieren. Als die Hufe des Gauls auf dem Pflaster des Hofes klapperten, sah sie die Kirche, das Konventsgebäude und das Kameralamt, wie sie es in Erinnerung hatte. Sogar die große Linde stand noch vor den Steinbögen des Hauptgebäudes. Durch den Kreuzgang gelangten sie zu einer Tür mit eisernen Beschlägen. Kreszentia klopfte, die Tür wurde aufgetan. Sie betraten einen Raum, der mit dunklen Möbeln ausgestattet war, einem Lesepult, einer geschnitzten Doppeltruhe, die als Schrank diente, und einem Silberkreuz mit dem Erlöser an der Wand. Fußboden, Decke und Wände waren mit Buchenholz verkleidet. Die Frau, die ihnen entgegenblickte, mochte etwas jünger als Kreszentia und früher einmal eine Schönheit gewesen sein. Die dunklen Haare zeigten weiße Fäden, um die schmalen Lippen und in den Augenwinkeln waren zahlreiche Fältchen wie Spinnennetze eingegraben. Die schwarze Ordenstracht der Zisterzienserinnen verstärkte noch das Matronenhafte ihrer Erscheinung. Kreszentia ging auf die Frau zu, die ihr die Hand mit einem Siegelring zum Küssen entgegenstreckte. Nachdem Julia es ihr gleichgetan hatte, stellte die Tante vor:

„Das ist Mutter Clarissa, die Äbtissin dieses Klosters. Und das hier ist meine Nichte Julia, die sich in die Obhut der Schwestern begeben möchte."

Julia öffnete den Mund, um etwas zu sagen, aber Kreszentia machte „Pscht".

„Wesentlich ist für uns der Gehorsam vor Gott und die Suche nach ihm", sagte die Äbtissin. „Hier wird gebetet und gearbeitet. Schwester Nursia wird dich auf die Krankenstation führen und dich pflegen."

Kreszentia rauschte hinaus. Die Äbtissin wandte sich wieder ihrem Buch zu, doch Julia merkte, dass sie immer wieder verstohlen von ihr gemustert wurde. Nursia erschien, ein frisches, hübsches, lebhaftes Mädchen mit Haselnussaugen und Grübchen im Kinn. Sie nahm den Reisekorb und eine Öllampe und ging Julia voraus durch den Kreuzgang und eine breite Treppe hinauf. Die Krankenstation war eine niedrige Stube mit Querbalken an der Decke. Auf dem Boden standen mehrere hölzerne Laden mit Strohmatratzen und Wolldecken.

„Willst du noch etwas essen, Julia?", fragte Nursia. Julia verneinte, denn sie war zu müde.

„Morgen früh nach Virgil und Laudes komme ich wieder und weise dich in das Klosterleben ein", sagte Nursia und wünschte eine gute Nacht. Obwohl es draußen noch hell war, schlief Julia augenblicklich ein.

Je näher Wolfram dem Haus von Kreszentia kam, desto schneller wurden seine Schritte, denn eine dunkle Ahnung hatte ihn befallen. Die Tür war verschlossen, und auch auf sein Klopfen hin rührte sich nichts. Hätte ich mich doch mehr beeilt, schalt er sich. Wohin in aller Welt war Julia gebracht worden? Eine ältere Frau näherte sich ihm. Sie blieb stehen, ihre Kleidung war trotz ihrer offensichtlichen Armut gepflegt und sauber.

„Wen sucht Ihr, Herr?", fragte sie und schaute ihn listig an.

„Die Nichte der Frau Kreszentia", gab Wolfram zur Antwort. „Aber ich glaube nicht, dass Ihr mir sagen könnt, wohin sie verbracht worden ist."

„Das gerade nicht, Herr", lispelte die Frau. „Aber ich habe sie mit ihrer Tante fortfahren sehen, und ich habe diese Kreszentia Eitel beobachtet. Ab und zu verschwindet sie und kehrt erst nach einigen Tagen zurück. Danach hat sie dann jedes Mal etwas Neues gekauft. Das kann nicht mit rechten Dingen zugehen, oder was meint ihr, Herr?" Sie schaute Wolfram fragend an.

„Wie lange wohnt sie denn schon hier?"

„Solange ich mich erinnern kann. Ich glaube, sie hat sich das Haus auf irgendeine Art erschlichen. Zwei- oder dreimal war auch ein Herr bei ihr, der mit einem feinen Wagen daherkam, mit Kutscher, und zwei schönen braunen Rössern davor gespannt."

„Was glaubt Ihr denn, wer das gewesen sein könnte?", fragte sie Wolfram.

„Ein hoher Herr auf jeden Fall, bei meiner Seele."

„Woran habt Ihr das erkannt?"

„Nun, er trug eine rote Schaube mit einem großen, weichen Pelzkragen, und er hatte einen Biberpelzhut auf dem Kopf."

„Ich danke Euch für Eure Auskünfte", sagte Wolfram und drückte ihr einen Kreuzer in die Hand, worauf sich die Frau mit vielen

Verbeugungen und Worten bedankte. Unschlüssig stand er eine Weile vor der niedrigen Tür und dachte nach. Er musste Julia finden, wer wusste, was diese Kreszentia und der Bader mit ihr anstellen würden. Doch wo sollte er beginnen? Die abendlichen Gespräche kamen ihm in den Sinn. Erwähnte Julia nicht eine Bauersfrau, die sie gesundgepflegt hatte? Wolfram beschloss, sich auf die Suche nach dieser Frau zu machen. Aber erst musste er den Brief des Ritters von Sterneck beantworten und die letzte Schriftrolle öffnen. Seine Pflichten als Ratsschreiber durfte er nicht vernachlässigen. Er hatte doch heute Morgen darüber nachgedacht, ob es ewig so weitergehen sollte für ihn. Vielleicht war ja dieser Gerold von Sterneck eine Möglichkeit, bei der Suche nach Julia fündig zu werden. Er machte sich noch einmal auf den Weg zum Rathaus. Dort erfuhr er, dass eine Frau Kreszentia Eitel vorgesprochen und sich nach dem Inhalt des bischöflichen Schreibens erkundigt habe. Warum er die Wahrheit verdreht hätte, wollte ein Ratsmitglied wissen. Anstatt eine Antwort zu geben, ging er in seine Stube, um eine Anklageschrift gegen den Gewürzhändler aufzusetzen. Mitten hinein platzte wiederum der Ratsherr und erinnerte ihn barsch an die Sache mit dem Schäfer. Die hatte er vollkommen vergessen! Er spürte, dass er rot wurde, murmelte etwas von dringenden Geschäften und machte sich dann über das Papier her. Spielende Kinder hatten gesehen, wie zwei Raben dem Schäfer, Hans war sein Name, auf die Schultern flogen, er sich dann mit Hilfe eines Hirtenstabes in die Lüfte erhoben habe und über sie hinweggeflogen sei. Zeugen hätten dem städtischen Büttel bestätigt, dass der Schäfer Wacholderbeerenextrakt zum Schutz vor Hexen verkaufe, auch mit Zaubertränken, Liebesmitteln und allerlei anderen Ingredienzien handle. Das furchtbare Gewitter, bei dem die Burg Tanneck schwer beschädigt worden sei, habe ihn verschont, obwohl er nachweislich in der Nähe gewesen wäre. Also müsse er mit dem Teufel im Bunde stehen. Der arme Mann wird von der Schäferei allein nicht leben können, dachte Wolfram. Ich werde ihn heute noch aufsuchen, nahm er sich vor. Hatte nicht Julia auch von einem Schäfer gesprochen? Wolfram machte sich gerade daran, den Brief an den Sternecker aufzusetzen, als die Tür erneut aufgerissen wurde und derselbe Ratsherr den Kopf hereinsteckte.

„Da ist ein gewichtiger Mann" sagte er im Ton der Verschwörung, „ein gewisser Gerold von Sterneck. Er wünscht unverzüglich vorgelassen zu werden."

Wolfram seufzte. Dann musste er sich mit ihm also persönlich auseinandersetzen. Aber sei's drum, wer wusste, wozu das gut war. Der Ankömmling betrat den Raum mit einer Selbstverständlichkeit, als sei er hier zu Hause. Er war von mittlerer, breiter Statur, etwa vierzig Jahre alt.

Sein runder, massiger Kopf war mit grauen, kurzgeschnittenen Locken bedeckt. Darüber hatte er schief ein Barett gestülpt, das mit Bändern und Edelsteinen geschmückt war. Sein Hemd bestand aus Goldbrokat, dessen Beutelärmel gezaddelt und mit bunten Tüchern versehen waren. Aus seinem Rock stach die mehr als faustgroße Braguette, die Schamkapsel, hervor. Der hat es wohl nötig, dachte Wolfram.

„Habt Ihr meine Eingabe bekommen?", polterte der Ritter.

„Immer mit der Ruhe", gab Wolfram zurück. „warum habt Ihr es denn so eilig, Junker Gerold? Denkt Ihr, das Täubchen könnte Euch wegfliegen?"

„Das Mädchen Eitel wurde mir von ihrem Vater versprochen", beharrte der Ritter. „Die Hochzeit soll an ihrem 18. Geburtstag stattfinden."

„Bei welcher Gelegenheit soll dieses Versprechen bitte gegeben worden sein?", fragte Wolfram. Das war sicher ein schöner Kuhhandel.

„Wir waren zusammen auf der Jagd und sprachen über unsere Verhältnisse. In einer Waldschänke setzten wir uns beim Wein zusammen, und da machte er mir dieses Angebot."

„Habt Ihr einen Beweis dafür?", fragte Wolfram.

Gerold von Sterneck nestelte an seinem Gürtel, brachte ein zerknülltes Stück Papier zum Vorschein, entfaltete es und las:

„Ich, Wilhelm Eitel, Herr und Obervogt von Burg Tanneck, verspreche dem Ritter Gerold von Sterneck meine einzige Tochter Julia zur Frau zu geben, und zwar soll die Hochzeit an ihrem 18. Geburtstag, am 24. des Monats Januar anno 1528 stattfinden. Unterzeichnet am 25. Juli 1527, in der Waldschänke nahe der Stadt Sulz."

Er übergab Wolfram das Dokument. Der schluckte. Diese Verlobungsurkunde sah verdammt echt aus. Wie kam der alte Eitel dazu, seine Tochter diesem ungeschlachten, noch dazu wesentlich älteren Ritter zu versprechen, der noch dazu als Haudegen und Habenichts bekannt war?

Wolfram musste sich erst einmal sammeln.

„Im Augenblick kann ich Euch nicht weiterhelfen", sagte er. „Julia ist aus dem Haus ihrer Tante verschwunden. Angeblich soll das Mädchen durch die Ereignisse irr geworden sein."

„Irr?" Der Junker machte große Augen. „Das macht mir nichts aus. Bei mir soll sie es gut haben. Aber tut gefälligst alles, was in Eurer Macht steht, um sie zu finden und beizubringen."

„Das werde ich tun, allerdings nicht Euch zu Gefallen, sondern weil ich glaube, dass sie Hilfe braucht."

Gerold stapfte hinaus. Wolfram nahm die Anklageschrift gegen den Schäfer, ordnete sein Pult und ging in den Versammlungsraum hinüber. Nur der Gerichtsdiener war noch da.

„Wo ist dieser Schäfer untergebracht, den man der Hexerei beschuldigt?", fragte Wolfram.

„Im Stadtgefängnis", war die Antwort. Wolfram verließ das Rathaus und wandte sich nach Nordosten, an der Kirche vorbei in Richtung Stadtmauer und unterem Tor. Die Bürger hatten hier vor ihren Häusern kleine Gärten angelegt. Das Gefängnis befand sich in einem Turm, der den Rittern von Geroldseck gehört hatte. Wolfram gab sich dem Wächter, der auf einem Fass saß und in die Gegend stierte, zu erkennen und stieg mit ihm die steile Holztreppe hinauf. Der Wächter schloss mit einem großen Bartschlüssel auf. In dem niedrigen Raum mit den zwei vergitterten Fenstern roch es muffig. Der Schäfer saß auf einer schmutzigen Matratze und blickte Wolfram aus trüben Augen entgegen. Sein Bart war verfilzt, seine Kleider zerlumpt.

„Lasst uns allein", sagte Wolfram zum Wächter, der sich brummend über die Steinstufen verzog.

„Wie kam es zu der Anklage, Hans?", fragte er. Den Schäfer hatte er schon in seiner Jugend gekannt und oft mit ihm gesprochen, wenn er mit seiner Herde vorüberzog. Die Augen des Mannes irrten hin und her, als suche er nach einem Fluchtweg.

71

„Ich habe nichts getan, Herr, dessen ich mich schämen müsste. Am Tag, als das große Gewitter kam, bin ich einem Mädchen begegnet, auf der Heide hinter der Burg Tanneck."

Wolfram war plötzlich hellwach.

„Wisst Ihr, wer das Mädchen war?"

„Julia Eitel, die Tochter des damaligen Burgherrn."

„Was hat sie dort gemacht?"

„Sie wollte Wacholderbeeren pflücken für ihre Mutter, und ich habe ihr erzählt, dass sie ein Mittel gegen Hexen seien. Sie wollte alles darüber wissen. Ich habe sie noch vor dem Gewitter gewarnt, bei dem alle außer ihr umgekommen sind. Später habe ich sie dann noch mal auf dem Siechenfriedhof getroffen."

Eine Träne lief dem Schäfer über die unrasierte Wange.

„Und Ihr habt keinen Zauber versucht, zu keiner Zeit?"

„Ich habe versucht, anderen Menschen mit meinen Heilkünsten zu helfen, Salben und Tinkturen hergestellt und sie jedem verkauft, der sie brauchen konnte."

„Wisst Ihr nicht, dass es verboten ist, solche Mittel herzustellen?", fragte Wolfram und versuchte, Strenge in seine Stimme zu legen. „Es ist nur den Ärzten, Apothekern und Badern erlaubt, einen Heilberuf auszuüben."

„Das wusste ich", entgegnete der Schäfer und dabei zitterte seine Unterlippe. „Aber ich konnte doch von der Wolle, dem Fleisch und dem Käse meiner Tiere nicht leben. Zudem muss ich einen großen Teil dessen, was ich verdiene, an meinen Lehnsherrn abgeben."

Der Schäfer machte ein trauriges Gesicht. Ein wenig schien er zu ahnen, was hier auf ihn zukommen konnte.

„Ich werde sehen, was ich für Euch tun kann", meinte Wolfram. „Eine Frage noch: Wie kamen die Kinder zu der Behauptung, Ihr wäret durch die Luft geflogen, nachdem zwei Raben auf Euren Schultern gelandet seien?"

Die Lippen des Schäfers verzogen sich zu einem Grinsen. „Die Raben sind meine Freunde. Ihr könnt Euch denken, dass der Beruf des Schäfers ein recht einsamer ist. Und die Kinder? Kinder erzählen viel, um sich wichtig zu machen."

„Dann sagt mir nur noch eins: Wohin könnte das Mädchen Julia gebracht worden sein?"

„Verzeiht mir, Herr, ich weiß es nicht"

„Schon gut", meinte Wolfram. „Ich werde dafür sorgen, dass Ihr eine Decke bekommt und etwas Anständiges zum Essen." Damit verabschiedete er sich, verließ den Raum und gab dem Wächter seine Anweisungen. Für das Essen und Trinken würde die Stadtkasse aufkommen müssen. Es war gegen die siebte Stunde des Abends, die Sonne stand schon tief. Wolfram mietete ein Pferd bei einem Fuhrmann und ritt zum Südtor hinaus. Dem Torwächter teilte er mit, dass er möglicherweise vor acht Uhr, dem Torschluss, nicht zurück sein würde. Die Felder waren teilweise schon abgeerntet. Diejenigen, die der Hagel zerstört hatte, lagen brach. Gruppen von Bauern schafften Getreidegarben, Stroh und Heu auf die Rücken ihrer Esel oder auf klapprige Handkarren. Staub und Ährenteilchen schwebten dort in der Luft, wo in aller Eile vor der Dunkelheit noch gedroschen wurde. Die Säcke mit Korn mussten heute noch zur nahen Mühle geschafft werden.

„Wo wohnen die Bauern, die nach dem Unwetter einer jungen Frau Zuflucht gewährt haben?", fragte Wolfram einen Jungen mit einem verschmitzten Gesicht, der Ziegen heimwärts trieb.

„Die junge Frau hab ich auch schon woanders gesehen", sagte der Junge und begann, ein Lied zu pfeifen.

„Was du nicht sagst! Wo denn?"

„Auf dem Markt, am Vormittag, bevor das Unglück geschah. Sie war mit ihrer Mutter beim Einkaufen, und beide schauten sich einen Gaukler an, der seine Zauberstückchen vorführte."

„Gut beobachtet. Aber wo wohnen nun die Bauern?"

Der Junge zeigte auf ein Gehöft, das inmitten einer Gruppe von Bäumen in der Ebene lag. Wolfram gab seinem Pferd die Sporen und ritt geradewegs darauf zu. Eine hagere Frau in Schürze und Kittel war damit beschäftigt, ihre Kinderschar ins Haus zu holen. Wolfram stieg vom Pferd.

„Gute Frau", sprach er sie an. „Seid Ihr diejenige, die einem Mädchen namens Julia Eitel kurz nach dem Unwetter Aufnahme gewährt hat?"

Die Frau musterte ihn misstrauisch.

„Wieso bei uns? Es gibt viele Bauern hier in der Gegend."

„Fürchtet Euch nicht, ich komme nicht in böser Absicht. Das

Mädchen ist verschwunden, und ich bin dankbar für jede Auskunft, die mich auf ihre Spur bringen könnte", beruhigte Wolfram die Frau.

„Ja, mein Mann hat sie gefunden", sagte die Bäuerin. „Wir haben ihr aber nichts Unrechtes getan, ihr nur zu essen und zu trinken gegeben und sie zur Beerdigung ihrer Eltern geschickt. Wir haben nichts gestohlen!", beteuerte sie.

„Niemand verdächtigt Euch", beruhigte Wolfram sie. „Ich habe nur eine Frage: Hat sie irgendetwas erzählt, über einen Ort, den sie kannte, außer dem Haus ihrer Tante?"

Die Züge der Frau wurden weicher.

„Ja, ich erinnere mich. Sie hat davon gesprochen, dass ihre Eltern während des Krieges in einem Kloster waren, etwas weiter von der Stadt Sulz entfernt."

Jetzt fiel es ihm wieder ein. Julia hatte vom Kloster Bischofsbronn gesprochen, zu dem ihre Tante gereist war, einer Zisterzienserabtei, die den Krieg relativ unbeschadet überstanden hatte.

„Vergelt's Euch Gott, gute Frau", sagte Wolfram, drückte ihr etwas Geld in die Hand, saß auf und galoppierte wieder der Stadt zu, die er im letzten Moment vor Torschluss erreichte.

9

Julia wurde von einem Gesang geweckt, der aus der Chorkapelle des Klosters herüberklang. Hymnen, Psalmen, Lesungen, Gebete wechselten miteinander ab. Es dauerte noch einige Zeit, bis Nursia erschien.
„Wir haben, wie jeden Morgen, noch eine Tagesbesprechung gehabt, das heißt, wir empfangen die Anweisungen der Äbtissin. Um halb sieben gibt es Frühstück im Refektorium. Ich bringe dir dann etwas herüber."
Um sieben kam Nursia mit einem halben Laib Brot und einer Schweinswurst.
„Fleisch von vierfüßigen Tieren essen wir normalerweise nicht, aber die Kranken dürfen es zu sich nehmen, damit sie zu Kräften kommen."
„Das freut mich", meinte Julia, „denn ich habe einen Bärenhunger, habe schon seit Tagen nichts Richtiges mehr gegessen."
Sie brach ein Stück Brot ab und biss herzhaft in die Wurst hinein.
„Ich werde dich jetzt in den Tagesablauf des Klosters einführen, in deinen Krankenstand und die Aufgaben, die künftig auf dich warten", sagte Nursia, nachdem Julia ihr Frühmahl beendet hatte.
„Muss ich denn im Kloster bleiben?"
„Deine Tante hat es so angeordnet, sie ist dein Vormund."
„Das ist auch nicht der schlechteste Platz, um gesund zu werden."
„Nein, das ist er wahrhaftig nicht", meinte Nursia lächelnd. „Gegen acht Uhr nehmen die Nonnen ihre Arbeit auf. Die Zisterzienserinnen streben danach, Gott zu finden, der Tageslauf ist von Gebet und Gottesdienst bestimmt. Jedoch ist Müßiggang jeden Lasters Anfang, sagte der Heilige Benedikt, und so ist die Arbeit eine wichtige Grundlage der Lebensgestaltung."
„Du sprichst so gelehrt", unterbrach Julia sie. „Wo hast du das alles gelernt?"
„Ich wurde schon früh in ein Kloster gesteckt, weil meine Eltern, es waren Adlige wie deine, meine Begabung für die Sprache entdeckt hatten. Dann fand ich selber Freude daran und bin

freiwillig geblieben. Wir lesen hier nicht nur die Bibel und Texte geistlicher Herren, sondern auch die Humanisten."

„Wo leben deine Eltern?", fragte Julia.

Nursias Augen schimmerten feucht.

„Die sind während des Krieges ums Leben gekommen."

„Das tut mir Leid. Meine sind auch kürzlich gestorben, bei einem Brand."

„Ich weiß", sagte Nursia.

Ihre Geschichte musste ihr vorausgeeilt sein. Natürlich, Kreszentia hatte es der Äbtissin erzählt.

„Wie geht es weiter mit dem Tagesablauf?", wollte Julia wissen.

„Kurz vor zwölf Uhr unterbrechen die Nonnen ihre Arbeit und kommen für eine Viertelstunde in der Chorkapelle zum Mittagsgebet zusammen. Gemeinsam gehen sie im Anschluss zum Mittagessen ins Refektorium. Ein Segensgebet eröffnet und ein Dankgebet beendet die Mahlzeit. Eine kurze Anbetung in der Chorkapelle schließt sich an. Der Nachmittag ist wieder der Arbeit in den verschiedenen Bereichen vorbehalten, als da sind: Wäscherei, Bäckerei, Landwirtschaft, Garten, Näherei und Bierbrauerei. Wir versorgen uns selbst und brauchen nur wenig von draußen. Das wenige, was wir hier nicht herstellen, das bringen uns fahrende Händler vorbei."

„Und wie geht es dann weiter?", wollte Julia wissen.

„Gegen viertel vor sechs beenden die Zisterzienserinnen ihren Arbeitstag. Um sechs Uhr versammelt sich die Gemeinschaft zu Vesper und Eucharistiefeier in der Kirche. Beim Abendessen im Anschluss darf nicht gesprochen werden, wie bei allen Mahlzeiten. Während des Essens werden einzelne Kapitel aus der Benediktsregel oder von verschiedenen geistlichen Schriftstellern vorgelesen. Nach dem Dankgebet tauschen sich die Nonnen bei der Rekreation, einer offenen Runde, über die Ereignisse des Tages aus. Mit der Komplet, dem Nachtgebet, in der Chorkapelle endet gegen viertel vor acht der Tag."

„Wann kann und soll ich an dem Tagesablauf teilnehmen?", fragte Julia.

„Sobald du zwei Tage ohne Krankheitssymptome bist. Du kannst aufstehen, wenn dir danach ist, kannst im Garten und auf dem

Klostergelände spazieren gehen, aber es ist dir nicht gestattet, das Gelände zu verlassen."

„Ist Kreszentia, ist meine Tante noch hier?", wollte Julia wissen.

„Sie ist heute früh abgefahren und überlässt dich unserer Obhut."

Ein Gefühl der Erleichterung überkam Julia. Nachdem Nursia gegangen war, erhob sie sich, kleidete sich in die schwarze Tunika, die Nursia bereitgelegt hatte, legte einen Mantel über und schlüpfte in die Schuhe aus Leder und Hanf. Im Kreuzgang war niemand zu sehen. Das Brunnenhaus war dem Gang vorgebaut, die Mauern bestanden aus rotem Sandstein. Aus einer eingemauerten Schale floss das Wasser in das darunterliegende Becken. An den Wänden waren Fresken aus dem Leben des Heiligen Benedikt angebracht, und das Geviert zwischen den Gängen war mit Buchsbäumen in Form eines Kreuzes bepflanzt. Durch das Paradies, die Vorhalle zur Kirche mit ihren gewölbten Bögen, trat sie ins Freie. Überall sah sie Nonnen in ihrer schwarzen Tracht arbeiten. Neben dem Refektorium war die Eingangspforte zum Garten. Sie ging hinein und sah sich bald von wuchernden Blumen umgeben. Julia erkannte Rittersporn, Königskerze und Lavendel, das hatte auch ihre Mutter angepflanzt. Weiße Rosenblüten lagen auf dem Kiesweg verstreut. Die Nonnen hatten eine Quelle umgeleitet und zu einem kleinen Teich gestaut, auf dem Seerosen blühten und in dem kleine, silbrig glänzende Fische schwammen. In der Mitte war ein Kräutergarten angelegt, von niedrigem Buchs umstanden. Zwei der schwarzgekleideten Frauen waren damit beschäftigt, Petersilie und Koriander zu pflücken. Zitronenmelisse, Majoran und Liebstöckel verströmten einen starken Duft. Der größte Teil des Gartens war den Obstbäumen vorbehalten, daran schloss sich der Friedhof mit moosüberwucherten Steinen und eisernen Kreuzen an. Zwei Nonnen waren damit beschäftigt, Frühäpfel, Pflaumen und Himbeeren zu ernten. Julia zog sich aus dem grellen Sonnenlicht in den Schatten einer Linde zurück. Sie setzte sich auf die Bank, die den mächtigen alten Baum umspannte und betrachtete das Idyll. An der Mauer, die den Garten und das gesamte Kloster umgab, bewegten sich kleine, schemenhafte Gestalten. Julia kniff die Augen zusammen. Doch sie waren immer noch da, fassten sich an den Händen, tanzten einen Reigen und schienen sie mit einem leisen, boshaften Gesang zu verhöhnen. Sie raffte ihre Kutte zusammen und eilte hinaus aus der Pforte, zurück zur Krankenstation und ins Bett. Dort fand Nursia sie einige Zeit später.

„Du siehst furchtbar bleich aus, und du zitterst an allen Gliedern", sagte sie und legte Julia besorgt die Hand auf die Stirn. „Was ist passiert?"

„Ich saß unter der alten Linde und habe komische Gestalten gesehen."

„Was für komische Gestalten?"

„Ich glaube, es waren kleine Teufel."

Nursia setzte sich auf die Kante des Bettes. Ihre Knopfaugen funkelten, aber sie lächelte. „Ich glaube nicht, dass du irrsinnig bist, wie deine Tante und die Äbtissin uns weiszumachen versuchen. Du musst irgendetwas eingenommen haben."

„Ich habe wissentlich nichts zu mir genommen, das solche Trugbilder hervorrufen könnte. Es sei denn, jemand hätte etwas in mein Frühmahl getan. Auch bei meiner Tante hatte ich das Gefühl."

„Was für ein Gefühl?"

„Dass sie mich vergiften wolle. Ich habe aber gehört, wie der Bader zu ihr sagte, das sei immer so bei den Irrsinnigen, dass sie glauben, man wolle sie vergiften."

„Ich werde die Nahrungsmittel, die für dich bestimmt sind, austauschen. Vielleicht könnte ich sie auch bei einem Tier ausprobieren, einem Pferd oder einem Esel."

Nursia verließ den Raum, versprach aber, bald wiederzukommen. Als die rötlichen Strahlen der Sonne zum Zellenfenster hereinkamen, erschien sie erneut und brachte Julia eine Schüssel Gerstenbrei mit Sahne, dazu einen Krug frisches Bier.

„Ich habe Brot und Fleisch, das für dich bestimmt war, einem Hund zum Fressen gegeben. Rate, was passiert ist."

„Das kann ich nicht erraten."

„Der Hund fing bald nach seiner Mahlzeit an, zu rennen, sich um sich selber zu drehen und nach allem zu schnappen, was ihm in den Weg kam. Hier passiert etwas ganz Seltsames. Warum könnte jemand die Absicht haben, dich irrsinnig zu machen oder dich allmählich aus dem Weg zu räumen?"

„Ich weiß es nicht", sagte Julia. Sie hatte keinen Hunger, aber Nursia bestand darauf, dass sie etwas zu sich nahm.

„Auf jeden Fall musst du erst einmal wieder zu Kräften kommen", meinte sie. „Ich werde in den nächsten Tagen die Speisen eigenhändig für dich aussuchen."

„Das beruhigt mich sehr. Ich fühle mich auch schon viel besser. Der Schwindel, die Trockenheit im Mund und das Brennen der Haut sind schon verschwunden."

„Hier ist eine kleine Glocke", sagte Nursia. „Sie hat einen sehr feinen, hohen Ton, den ich hören werde, wenn du mich damit rufst. Ich schlafe in einer Zelle direkt neben der Krankenstation, weil ich für dein Wohl verantwortlich bin."

„Ich weiß gar nicht, wie ich dir danken soll, Nursia. Du bist die Einzige, der ich vertrauen kann."

„Dass ich dir vertrauen kann, wusste ich schon vom ersten Moment unseres Kennenlernens an. Klingle nur getrost nach mir, wenn du mich brauchst."

Nachdem Nursia gegangen war, legte Julia sich auf ihr Bett. Das erste Mal seit langer Zeit fühlte sie sich aufgehoben und geborgen. Im Haus der Tante hatte sie keinen Vertrauten gehabt, mit dem sie über ihre Ängste hätte sprechen können. Die einzigen, denen sie vertrauen konnte, waren Wolfram und Nursia. Sie lauschte den Abendgeräuschen des Klosters. Aus der Kirche kamen die hohen Stimmen der Nonnen. Sie sangen gemeinsam zur Abendvesper. Oder war es schon das Komplet? Sie würde die Regeln schon noch lernen, solange sie hier war. Allzulange wollte sie aber nicht bleiben, denn diese Äbtissin hatte etwas an sich, das ihr Furcht einflößte. War es ihr scharfer Blick, ihre Strenge? Julia beschloss, ihr nach Möglichkeit aus dem Weg zu gehen.

10

Am Morgen darauf wurde Julia früh um sechs von Nursia geweckt. Die Äbtissin habe sie geschickt, Julia solle an den *Laudes* teilnehmen. Die Luft war noch frisch. Als Julia schweigend hinter der Nonne durch den Kreuzgang schritt, hörte sie den liturgischen Gesang der Schwestern. Die Kirche war ein gedrungener Bau, deren Chor von einem Kreuzrippengewölbe getragen wurde. Das Licht brach sich in den buntverglasten Fenstern. Nach dem Gesang folgten Gebete. Die Äbtissin verlas einige der Ordensregeln des Heiligen Benedikt. Nach der Messe begaben sich die Nonnen zum Frühmahl ins Refektorium. Eine ältere Schwester saß in einer Fensternische und las aus dem Buch Jonas vor. Jonas, der arme Jonas, dachte Julia. Anna, ihre Amme hatte ihr die Geschichte vom armen Jonas mehrmals in ihrer Kinderzeit erzählt. Jonas, der von einem Walfisch verschluckt wurde.

„Ich rief aus meiner Not zum Herrn,
und er gab mir Antwort.
Aus der Tiefe der Unterwelt flehte ich,
und du hörtest meine Stimme." (Jonas 2,3)
So ein Gefühl hatte sie ebenfalls gehabt, als es ihr übel ging. Konnte nur Gott einen Menschen aus solch einer Not befreien? Sie musste mit Nursia darüber reden, sobald das Sprechen wieder erlaubt war. Nach dem Frühmahl tauchte die Äbtissin Clarissa auf und ließ sich von allen Anwesenden den Friedenskuss geben.

„Weißt du, warum der Kuss erst nach dem Gebet gegeben wird?", fragte Nursia, während sie Julia zum Garten begleitete, dem Arbeitsort für diesen Tag – und wahrscheinlich auch für viele weitere Tage.

„Nein, das weiß ich nicht. Aber es hat ja alles so seine Bewandtnis in einem Kloster, nicht wahr?"

„Der Kuss wird erst nach dem Gebet gegeben, weil der Teufel uns sonst täuschen könnte. Er bemächtigt sich besonders gern armer, unschuldiger Frauenzimmer."

„Wer reinen Herzens ist, über den hat der Teufel keine Macht."

„So einfach ist das nicht", widersprach Nursia und zog die Nase kraus.

„Gerade die, die reinen Herzens sind, haben oft nicht die Fähigkeit, das Böse zu erkennen und sich davor zu schützen."

„Warum hat die Äbtissin mich holen lassen?", fragte Julia. „Bis jetzt war ich doch im Krankenstand."

„Ich habe ihr gesagt, dass du wieder bei Kräften seist. Um deiner armen, verirrten Seele zur Erlösung zu verhelfen, lässt sie dich an den Gottesdiensten, den Mahlzeiten und an der Arbeit teilnehmen."

„Der armen, verirrten Seele ...", kicherte Julia, und Nursia stimmte in das Lachen herzlich ein. Zwei der im Garten arbeitenden Nonnen schauten missbilligend zu ihnen herüber.

„Unser Benehmen ist nicht erwünscht", raunte Nursia der Freundin zu. „Ich zeige dir jetzt, wo die Gartengeräte sind. Wie man die Beete bearbeitet, weißt du sicherlich?" Nursia ging voraus zum Schuppen, der in der Ecke des Kräutergartens lag und Julia folgte ihr.

„Ich habe es bei meiner Mutter gelernt. Gott sei ihrer Seele gnädig. Aber sag mir noch eins, Nursia: Kann nur Gott uns aus unseren Nöten befreien?"

„Gott befreit dich aus deinen Nöten, wenn du nur an dich selber glaubst."

Bei diesen Worten spürte Julia ein Gefühl, als zerplatze ein Knoten in ihrem Inneren. All das Vergangene tat sich ihr auf und sie erkannte, dass ein Anfang nur in ihr allein, von ihr selbst gefunden werden konnte. Warum hatten die Geschehnisse immer mit ihr zu tun? Die Burg traf der Blitz, sie war plötzlich allein, dann die Tante, die anscheinende Vergiftung und schließlich diese zwielichtige Clarissa und die Fortsetzung der Vergiftungen. Sie musste anfangen, nach dem Grund dieser Taten zu suchen, und am ehesten konnte ihr vielleicht Wolfram helfen, vielleicht.

„Du hast mir sehr geholfen, weißt du", sagte sie nach einer Weile zu der Freundin und gab ihr herzlich die Hand. Erneut waren sie den kritischen Blicken der Nonnen ausgesetzt.

„So ganz kann ich das noch nicht glauben, hinter diesen Vergiftungen steckt irgendetwas, das wir noch nicht wissen. Und in diesem Kloster gehen Dinge vor, von denen ich nicht weiß, ob ich darüber wirklich etwas wissen will. Neben der Küche gibt es einen Raum, zu dem nur die Äbtissin und ein geheimnisvoller Fremder, der alle paar Wochen erscheint, das Versteck eines Schlüssels kennen. Manchmal dringt ein merkwürdiger Geruch daraus hervor, wie nach faulen Eiern. In dem Turm an der Westseite sehe ich nachts öfter ein Licht, das nach Mitternacht, wenn die Glocke zur Virgil läutet, wieder erlischt."

„Vielleicht sollten wir diesen Dingen einmal auf den Grund gehen?", fragte Julia.

„Es ist sehr gefährlich, auf eigene Faust etwas ergründen zu wollen. Normalerweise müssten wir ein Bittgesuch bei der Äbtissin einbringen, um auf dem üblichen Wege etwas über diese Umtriebe zu erfahren. Denn Ungehorsam gegenüber ihr oder den älteren Nonnen wird streng bestraft."

Nursia machte sich nun auf den Weg zu ihrer Arbeit, und Julia blieb allein zurück. Eine der Frauen kam heran und wies Julia an, welche Arbeiten zu verrichten waren.

„Ich werde dir die Kräuter genau erklären", sagte sie. „Die Wurzel des Alants hier hilft zum Beispiel bei Dauerhusten, die Arnika ist eine Arznei für Wunden und Entzündungen. Und diese rosafarbenen Blüten gehören zum Baldrian, der beruhigend auf das Nervensystem und den Körper wirkt. Wäre eine gute Medizin gerade für dich. Dazu Rosmarin und Salbei gegen Erschöpfungszustände und Nervenstörungen sowie Spitzwegerich. Man zerkaut ihn und legt ihn auf offene Wunden. Und nun zur Arbeit: Das Beet muss gehackt und gemulcht werden. Später kannst du noch das Gras der Obstbaumwiese mähen."

Damit ließ die Nonne Julia stehen und machte sich an ihre eigene Arbeit.

Julia nahm eine hölzerne Hacke und bearbeitete den Boden des Kräuterbeetes. Aus Laub und Rasenschnitt bereitete sie eine Mulchschicht, die den Boden vor dem Austrocknen schützen sollte. Mit einem Messer schnitt sie die Rosen unterhalb der vertrockneten Fruchtkapseln ab, damit sich noch einmal Blüten bilden konnten. Die Wiese mit den Obstbäumen musste gemäht werden, wie die Nonne gesagt hatte. Nach einer Stunde mit der Sense in der Hand taten Julia alle Muskeln weh. Ihr wurde jedoch nicht erlaubt, sich auszuruhen, sondern sie wurde gleich auf den Friedhof geschickt, um das Unkraut von den Gräbern zu entfernen. „Arbeit ist Kontemplation", sagte die Nonne, die sie angeleitet hatte. Es herrschte eine tiefe Stille auf dem Friedhof, nur unterbrochen vom Summen der Bienen und dem Rauschen der Blätter in den Bäumen. Julia jätete Unkraut von den Gräbern, Gras, Taubnesseln und Quecken. Sie geriet ins Träumen. Etwas knackte wie ein dürrer Zweig. Erschrocken blickte Julia auf. Hinter der Mauer, die an dieser Stelle etwas niedriger war, stand ein Ahornbaum. Ein mächtiger Ast ragte in das Klostergelände herein und darauf saß – Wolfram. Er lächelte über das ganze Gesicht, als er sie sah, legte aber gleichzeitig den Finger auf den Mund.

„Woher wusstet Ihr?", entfuhr es Julia. Sie eilte die paar Schritte zur Mauer.

„Ich wollte gestern schon kommen, kam aber nicht fort aus dem Rathaus. Ein Prozess, der die Gemüter sehr erregt."

„Wer hat Euch gesagt, wo ich bin?"

„Es war nicht besonders schwer, das herauszufinden. Von Eurer Tante hätte ich allerdings kein Wort erfahren. Ich habe mit einer Bauersfrau gesprochen, die Euch kannte."

Die Bauernfamilie fiel Julia wieder ein. Es war, als gehörten sie zu einem anderen Leben, in einer anderen Zeit.

„Ich bin froh, dass Ihr da seid", sagte Julia. „Aber wir dürfen uns nicht erwischen lassen, ich glaube nicht, dass Herrenbesuch hier erwünscht oder erlaubt ist."

Sie lauschte in die Richtung der anderen Frauen. Die gingen alle weiter ihrer Arbeit nach. Anscheinend war Wolframs Besuch bisher unbemerkt geblieben.

„Kommt heute Abend nach der Vesper, so gegen die siebte Stunde, wieder hierher", raunte sie Wolfram zu. Gleich darauf verschwand sein Kopf hinter der Mauer. Die Kräuternonne kam zu Julia herüber. „Was stehst du hier herum und starrst vor dich hin? Das ist nicht gut für deine kranke Seele. Du sollst arbeiten, Buße tun und Gott zu Gefallen sein, das allein wird dich wieder auf den richtigen Weg bringen."

Gehorsam nahm Julia die Arbeit wieder auf. Nach der Mittagsmesse zog sie sich wie die anderen Frauen in ihre Zelle zurück. Am

Nachmittag half sie in der Wäscherei aus, erhitzte Wasser in großen Bottichen, rubbelte und schrubbte Kleider und Bettwäsche mit einem harten Stück Seife, spülte sie aus und hängte sie dann zum Trocknen draußen auf die Leinen.

Sie konnte das Ende der Vesper kaum erwarten. Endlich schlug die Uhr der Klosterkirche siebenmal. Nach den letzten Gebeten stand den Nonnen eine Stunde zur freien Verfügung, diese wenige Zeit konnten sie für sich ausfüllen, spazieren gehen, sich im Kreuzgang unterhalten oder einer privaten Beschäftigung wie Beten oder Lesen nachgehen. Julia zupfte sich eine Locke in die Stirn und erzählte Nursia von Wolfram und seinem Besuch an der Klostermauer. Auch, dass sie sich gleich im Garten mit ihm treffen wolle.

„Viel Glück", sagte Nursia. „Gib Acht auf dich."

Nur wenige Minuten waren seit dem siebten Glockenschlag vergangen. Wolfram saß auf der Mauer, als Julia kam, und half ihr hinauf. Alles war still, kein Mensch zu sehen. Sie ließ sich auf der anderen Seite herabfallen und landete auf allen Vieren. Der Ratsschreiber reichte ihr die Hand zum Aufstehen und hielt sie einen Augenblick lang fest. Die Sonne stand schon tief, als sie über eine Wiese zu einem Wäldchen liefen. Das Licht fiel strahlenförmig durch das Geäst der Tannen und färbte das Moos goldgrün. Mücken tanzten ihren ewig gleichen Tanz.

Sie setzten sich auf ein einladendes Plätzchen, und Julia schaute Wolfram an. War er derjenige, der ihr helfen konnte? Wie weit konnte sie sich auf ihn verlassen? Durfte sie sich in ihrer Situation überhaupt auf jemand anderen als auf sich selbst verlassen? All diese Fragen gingen ihr im Kopf herum, als Wolfram das Gespräch begann: „Gehen wir gleich mal in *medias res*", sagte Wolfram. „Das heißt: mitten hinein", lachte er, als er Julias verständnislosen Blick bemerkte. Er merkte wohl, dass er ein wenig über das Ziel hinausgeschossen war. Mit seiner Bildung konnte er bei Julia nun wahrlich keine Meriten ernten.

„Entschuldigt", sagte er nur kurz. „Habt Ihr irgendetwas darüber herausgefunden, warum Ihr in das Kloster, ja, eigentlich verschleppt wurdet?", fragte er.

„Ich soll hier gesund werden. Aber ich glaube, man hat mir weiterhin etwas ins Essen getan. Nursia – das ist meine ‚Leibnonne' – hat sich aber schon bald eigenhändig um meine Verpflegung gekümmert. Inzwischen fühle ich mich wesentlich besser."

„Könnt Ihr Nursia vertrauen?"

„Vollkommen."

„Mir ist noch etwas eingefallen", meinte Wolfram. „In der Bibliothek soll sich unter den vielen Bänden ein sehr alter und auch sehr besonderer Band mit speziellen Rezepten aus Heilkräutern und Giftpflanzen befinden."

„Das ist ja außerordentlich! Woher wisst Ihr das?"

„Nun, wissen tue ich das ehrlich gesagt nicht. Aber während meines Studiums habe ich mich gerade mit solchen Pflanzen für die Anwendung in der Medizin interessiert. Dabei war in alten Schriften immer wieder von einem alten Buch die Rede, das viele der Autoren in Bischofsbronn vermuteten."

„Ich werde danach schauen, sobald ich kann. Woran kann ich es erkennen? Ihr wisst, ich bin weder des Lateinischen noch des Griechischen mächtig!"

Wolfram überlegte kurz. „Am besten", sagte er dann, „ Ihr haltet euch an den Umschlag, es muss ein sehr buntes Buch sein, das allein durch seine Fülle an Pflanzenformen und auch Farben unter den anderen hervorsticht. Mehr kann ich Euch nicht auf den Weg geben." Julia konnte sich zwar nicht vorstellen, wo in der Bibliothek sie ein so beschriebenes Buch suchen sollte, aber mit ein wenig Glück würde sie es schon finden.

Vom Hauptgebäude her läutete ein Glöckchen, das war das Zeichen zur Versammlung der Nonnen im Kreuzgang und zur anschließenden Bettruhe. Sie eilten zum Kloster zurück. Einen Moment lang stand Wolfram vor ihr, als wenn er noch etwas auf dem Herzen hätte, dann half er ihr, nach einem warmen Händedruck und Gruß, über die Mauer.

Julia träumte. Sie lief mit Wolfram über eine Wiese. Als sie in den Wald kamen, drang ein süßlich-stechender Geruch in ihre Nase. Vor ihr stand eine halbhohe Pflanze mit dunkelgrünen Blättern und einer kelchförmigen Blüte, die außen braun rot, innen gelb und violett geädert war. Von dem Duft schwanden ihr die Sinne. Im nächsten Augenblick befand sie sich in einer Nische der Bibliothek und sah die Äbtissin zur Tür hereinkommen. Ihr Gesicht war unter der dunklen Kapuze kaum zu erkennen, aber Julia wusste, dass sie es war. Clarissa schwebte an den Regalen mit den Büchern entlang, ja, sie schwebte, ihre Füße berührten den Boden nicht. Sie holte einen dicken, farbigen alten Band hervor und setzte sich damit an einen der Tische. Kichernd schlug sie ihn auf. Mit den Fingern fuhr sie die Buchstabenreihen entlang. Ihr gegenüber saß eine Gestalt, die Julia bisher noch nicht bemerkt hatte, ebenfalls in einem Kapuzenmantel. Die beiden tuschelten miteinander. Jetzt schauten sie zu ihr herüber. Ihr lief der kalte Schweiß den Rücken herunter. Sie tauschten einen Blick aus, standen auf und kamen direkt auf sie zu.

Julia erwachte mit klopfendem Herzen. Sie war nassgeschwitzt und musste sich besinnen, wo sie war. Von der Krankenstation hatte man sie ins Dormitorium verlegt, wo auch die anderen Nonnen schliefen. Es herrschte Dunkelheit in der Zelle, nur durch das kleine, vergitterte Fenster fiel ein wenig Sternenlicht herein. Glücklicherweise wurden die Zellen nachts nicht abgeschlossen. Also stand sie auf und spähte in den Gang hinaus. Die anderen Türen des Dormitoriums waren geschlossen, kein Laut war zu hören. Barfüßig huschte Julia die Treppe hinunter, durch den Kreuzgang und auf der anderen Seite wieder die Treppe hinauf. Die Tür zur Bibliothek war angelehnt, als hätte jemand sie gerade erst besucht und dann vergessen, sie wieder zu schließen. An der Wand war ein mit Werg umwickelter Kienspan befestigt. Sie nahm ihn aus seiner Halterung, spähte vorsichtig durch den Türspalt. Nachdem sie sich vergewissert hatte, dass niemand darin war, schlich sie in den Raum hinein. Es war alles so, wie sie es im Traum gesehen hatte. Hellgestrichene Apsiden überwölbten den Raum, in dem es nach Staub und altem Leder roch. An den Wänden standen Regale mit Hunderten von Büchern, eine Sammlung, die einen ungeheuren Wert haben musste. Julia ging zu der Stelle, an der Clarissa im Traum das Buch herausgezogen hatte. Da standen Bände über die Verwendung von Heilkräutern, fromme Erbauungsliteratur für Frauen und Bücher über die richtige Zubereitung von Nahrungsmitteln für Gesunde und Kranke. Das da musste es sein. Ein Band, so prächtig eingebunden, wie sie es noch nie vorher gesehen hatte, mit unzähligen Pflanzen und Blattformen, und Farben über Farben, als hätte der Zeichner den Versuch unternommen, diese Fülle der wunderbaren Natur auf einem Einband zu fassen. Auf dem Buchrücken klebte ein Deutsch geschriebener Zettel: *Von den Giften und anderen Zaubermitteln* stand darauf. Das war das Buch, es musste das Buch sein! Schnell klemmte Julia den Kienspan in eine leere Tintenbüchse, setzte sich und schlug den Band auf. Seltsame Pflanzen und ihre Wirkungen waren abgebildet und beschrieben. Den eigentlichen Text konnte sie nicht lesen. Aber über verschiedenen Passagen klebten wiederum Zettel mit einer einfachen deutschen Übersetzung. Warum das so war, darüber dachte sie im Augenblick nicht weiter nach. Sie begann zu lesen. Das Bilsenkraut wurde erwähnt, Tollkirsche und Stechapfel. Julia erstarrte. Die Blüte der Tollkirsche sah aus, wie die in ihrem Traum. Und sie meinte sie auch schon im Wald bei der heimatlichen Burg gesehen zu haben. Nervös schaute sie sich um und las: Das Gift der Tollkirsche löst Unruhe und allgemeine Erregung oft auch in erotischer Hinsicht aus. Das hatte sie bei sich gespürt. Ob es auch ihre Gefühle für Wolfram beeinflusst hatte? *Starke Euphorie, Lachen, übersteigerte Heiterkeit, die aber schnell in Weinkrämpfe umschlagen können.* Starker Bewegungsdrang. Ja, sie hatte einen heftigen Drang gespürt, herumzulaufen, sich aber letztendlich zu schwach dafür gefühlt.

Diese Zustände verstärken sich und paaren sich mit Verwirrtheit, Halluzinationen, Zunahme des Erregungszustandes bis hin zu Tobsuchtsanfällen. Zu Anfällen war es Gott sei Dank nicht gekommen. Weitere Vergiftungserscheinungen: *Herzklopfen, Herzrasen, Rötung und Austrocknen der Haut, stark erhöhte Körpertemperatur. Eine Atemlähmung führt schließlich zum Tod.* Die Buchstaben verschwammen vor Julias Augen. Hatte sie das nicht alles, bis auf die letzten, tödlichen Erscheinungen selbst erlebt? Hatte man sie mit dem Gift der Tollkirsche umbringen wollen? Aber warum um alles in der Welt? *Laudanum – Stein der Unsterblichkeit – roter Löwe – Paracelsus*', las sie da. Plötzlich hörte sie ein Geräusch vom Fenster her. Sie erschrak. Es war aber nur der Wind, der am Laden rüttelte. Es fuhr ihr durch alle Glieder. Schnell klappte sie das Buch zu, verbarg es unter ihrem Mantel und stahl sich wieder hinaus. Den Kienspan löschte sie und hängte ihn in seine Halterung an der Wand zurück. Als sie die Treppe zum Dormitorium hinaufgehen wollte, rief eine Stimme sie an.

„Julia! Was machst denn du hier zu nachtschlafender Zeit?" Es war unverkennbar die Stimme der Äbtissin.

„Habt Ihr mich erschreckt, ehrwürdige Mutter", sagte Julia. „Ich lag wach und bin ein wenig herumgegangen, um zu meditieren. Und ich habe mir das Gesicht am Brunnen gewaschen, weil ich so erhitzt war."

Misstrauisch blickte Clarissa ihr ins Gesicht.

„Das ist deiner Gesundheit gar nicht zuträglich. Genesende wie du sollten schlafen und ihre Zelle des Nachts auf keinen Fall verlassen. Es zeigt mir, dass das Irresein dich noch immer im Besitz hat, wenn es nichts Schlimmeres ist, was Gott verhüten möge. Zur Strafe und für dein Seelenheil wirst du morgen nach der Mittagshore zehn Psalmen extra beten."

„Jawohl, ehrwürdige Mutter", sagte Julia.

„Hast du da etwas unter deinem Mantel versteckt?"

„Nein, ehrwürdige Mutter, ich…", stammelte Julia und wollte sich abwenden, wäre am liebsten im Boden versunken.

Doch die Äbtissin riss ihren Mantel auf und sah das Buch, das Julia unter ihre Armbeuge geklemmt hatte. Sie nahm es an sich und schüttelte den Kopf.

„Das ist die Höhe. Du bist unser Gast und entwendest Bücher aus unserer Bibliothek!"

„Aber ich wollte doch nur …"

„Bring das sofort zurück!"

„Aber ich dachte, es ist gut für meine Arbeit mit den Kräutern im Garten", sagte Julia schnell.

„Und das soll ich dir glauben? Mein Gott", Clarissa drehte ihre Augen zur Decke und faltete die Hände. „Verzeih mir, ich vergaß, dass dieses Mädchen schwer gezeichnet ist. Bring das Buch zurück in die Bibliothek, mein Kind."

Julia tat, wie ihr geheißen, kehrte zurück, knickste und lief an der Äbtissin vorbei zu ihrer Zelle hinauf.

„Wir sprechen uns morgen", rief die Äbtissin ihr nach.

11

Das, was sie gesehen und erlebt, aber auch das, was ihr so durch den Kopf ging, ließ Julia lange Zeit keinen Schlaf finden.

Was hatte das alles für einen Sinn? Warum wollte die Tante, warum wollte die Äbtissin, dass sie für irre angesehen wurde? Es gab Momente, da hatte sie selbst schon daran geglaubt. Wer wusste denn, was mit Menschen passierte, die Schlimmes erlebt hatten? Solche Leute bildeten sich häufig ein, sie würden vergiftet. Der einzige Grund, den sie sich vorstellen konnte war, dass sie der Tante auf der Tasche lag. Und die Zustände im Kloster? Die hatte sie sich sicher auch nur eingebildet. Aber, was war mit dem Hund, der sich so merkwürdig verhalten hatte? Darauf fand sie einfach keine Antwort, und mit diesem Gedanken schlief sie endlich ein.

Der Morgen war frisch, und so langsam gewöhnte sich Julia an die Abläufe im Kloster. Gleich nach dem Frühmahl ließ Clarissa Julia zu sich rufen. Die Worte der Äbtissin klangen ihr noch im Ohr nach. Der einfachste Weg, durch dieses Verhör zu kommen, war der, eher Schwachheit, als Stärke und Neugier zu zeigen. So konnte sie dieser Frau vielleicht am besten entgegentreten.

„Ich muss dich warnen, Julia. Die Beschäftigung mit solchen Dingen wie Heilkräutern und Zaubertränken ist jemandem wie dir nicht erlaubt. Versuche einfach, dich in unsere Ordnung einzufügen, ein gottgefälliges Leben zu führen und die Gebote des Heiligen Benedikt zu erfüllen. Dazu gehört auch absoluter Gehorsam deiner Äbtissin gegenüber."

„Ja, ehrwürdige Mutter", sagte Julia mit unterwürfiger Stimme.

„Gestern bist du zu spät aus der Abendstunde zurückgekommen. Was hast du gemacht?"

„Ich bin im Garten spazieren gegangen."

„Kann das jemand bezeugen?"

„Nein."

„Es braucht auch niemand zu bezeugen. Zwei Schwestern haben gesehen, dass du dich mit einem Mann getroffen hast und über die Mauer geklettert bist."

Julia merkte, dass sie rot wurde. Das hatte sie nicht erwartet. Dieses Kloster hatte seine Augen und Ohren überall, das hatte Nursia schon früh angedeutet. Und sie war so blauäugig gewesen, sich an der Mauer mit einem Mann zu treffen und sich einzubilden, dass niemand hier drinnen das bemerken würde!

„Er ist ein Bekannter meiner Tante", sagte sie ohne rechte Überzeugung.

„Eigentlich sollte ich dich aus dem Kloster entfernen, so undankbar, wie du dich verhältst", fuhr die Äbtissin in strengem Ton fort. „Aber ich will Gnade vor Recht ergehen lassen. Du wirst den Rest der Woche in deiner verschlossenen Zelle verbringen und in dich gehen, bei Wasser und Brot. Ich hoffe bei Gott dem Allmächtigen, dass dich das läutern wird." Damit war die Audienz beendet und Julia war beinahe froh, dass dabei nicht mehr ans Licht gekommen war. Anscheinend genügte es der Äbtissin, sie zu bestrafen und dafür zu sorgen, dass keine weitere Zusammenkunft mehr stattfinden würde.

Drei Tage eingeschlossen zu werden in ihrer Zelle – Julia fühlte sich zu Unrecht bestraft. Aber sie wusste auch, dass ihre Gedanken nicht falsch waren. Hinter all diesen Geschehnissen war etwas im Gange, das immer wieder seine kleinen Zeichen setzte. Aber sie saß nun hier, und ihre einzige Gesellschaft war die Bibel, und die konnte sie nur lesen, solange es hell war. Gut, dass Luther dieses Buch ins Deutsche übersetzt hatte, jetzt konnte auch das einfache Volk die Heilige Schrift lesen. Und zu diesem einfachen Volk gehörte auch sie, abgesehen von ein wenig Französisch, das sie gelernt hatte. Sie las in der Bibel.

In der Nacht lag sie unruhig wach. Worte und Satzfetzen schwirrten durch ihren Kopf.

„Das Feuer ... reinigende Kraft ... Dinge, auch lebendige, von einem Zustand in einen anderen überführen ... Doktor Faust ...Geheimrezepte der Klöster ...der Schäfer ... Gift ist Medizin ... Paracelsus ... Teufelswerk"

Zweimal täglich kam Nursia und brachte Wasser und frisches Brot. Gegen sie liege wohl kein Verdacht vor, sagte sie augenzwinkernd.

„Ergib dich nicht in dein Schicksal, nimm es selbst in die Hand", meinte sie. „So, wie ich selbst darüber entschieden habe, den Schleier zu nehmen."

„Aber mir wird ja nie eine Wahl gelassen!", protestierte Julia. „Ich kann doch nichts dagegen machen, wenn ein Unwetter mir die Familie nimmt, eine Tante über mich bestimmt und dann auch noch eine Äbtissin. Selbst wenn ich heiraten würde, könnte ich nicht selbst über mich bestimmen. Und auf Dauer ins Kloster möchte ich nicht, das liegt mir nicht im Blut."

„Das muss es auch gar nicht", erwiderte Nursia. „Du musst nur wissen, was du willst, dann wirst du es auch für dich durchsetzen."

„Ganz allein?"

„Notfalls auch ganz allein. Aber du wirst immer Helfer oder Freunde finden, die dich auf deinem Weg begleiten."

„So wie dich?"

„Ja, so wie mich oder Wolfram. Nach dem, was du mir über ihn erzählt hast, kannst du ihm sicher vertrauen."

Wie meinte sie das, sicher? Konnte man sich dessen nicht sicher sein? Ach, wenn nur nicht immer die ewigen Zweifel wären.

„Ich muss jetzt gehen", sagte Nursia. „Morgen früh bin ich wieder da, und dann ist deine Zeit hier drin auch bald vorbei."

Julia dachte über die Worte der Freundin noch lange nach. Was würde bald vorbei sein? Steckte auch Nursia mit den anderen unter einer Decke? Hatten sich alle gegen sie verschworen? Und wenn es so wäre, würde es ihr nichts nützen, denn sie käme doch nicht dahinter. Das Einzige, was sie tun konnte, war, die Rätsel zu lösen, sich ihnen zu stellen.

„Du solltest fort von hier", begrüßte Nursia sie am anderen Morgen. „Du bist gänzlich ungeeignet für das Klosterleben."

„Wo soll ich denn hin?"

„Das ist die Frage, aber das musst du selbst herausfinden."

„Zunächst einmal möchte ich hinter das Geheimnis von Küche und Turm kommen", antwortete Julia. „Ich habe so eine Ahnung, als wenn ich damit auch eine Menge über mich selbst erfahren würde."

„Sei aber vorsichtig, Julia, die Äbtissin hat schon ein wachsames Auge auf dich geworfen."

„Das weiß ich, aber gerade dem zum Trotz will ich es herausfinden."

„Sobald du wieder am täglichen Klosterleben teilnimmst, kannst du ja deine Nachforschungen anstellen. Du solltest aber einen Zeitpunkt abwarten, an dem Clarissa nicht im Hause ist."

„Noch etwas, Nursia." Julia holte ein Stück Papier aus ihrer Kutte und übergab es der Nonne. „Könntest du diese Nachricht an Wolfram überbringen? Zum Glück hatte ich etwas zum Schreiben in der Zelle, unter der Matratze versteckt."

Nursia ging zur Tür und spähte in den Gang.

„Ich werde ihm die Nachricht zukommen lassen. Ich muss mir nur überlegen, was ich während der Freistunde mittags in der Stadt zu erledigen hätte. Da brauche ich einen guten Vorwand."

„Normalerweise dürfen die Nonnen das Kloster nicht verlassen, nicht wahr?"

„Nur mit Erlaubnis der Äbtissin. Wenn sie morgen außer Haus ist, kann ich es wagen. Der Priorin kann ich immer noch sagen, dass ich einen Krankenbesuch zu machen habe."

Julia nahm die Freundin in den Arm.

„Durch dich bin ich wieder zu mir selbst gekommen", sagte sie.

„Es ist meine Christenpflicht, dich vor Schaden zu bewahren. Außerdem habe ich dich gern."

Nursia umarmte Julia, zwinkerte ihr zu und verließ leise summend die Zelle.

12

Als Wolfram morgens zum Rathaus kam, fiel ihm ein bedrucktes Stück Papier auf, das an dessen Tür geheftet war. So etwas hatte er hier noch nie gesehen. Eine Traube von Menschen hatte sich darum gebildet. Ein kleiner Mann mit Augengläsern, der seine Finger wichtigtuerisch abspreizte, krähte:

„Die werden wir schon kriegen, diese Unholde. Meiner Mutter haben sie die Kühe verhext, dass sie keine Milch mehr geben wollten."

„Und was ist mit dem Schäfer?", rief ein anderer. „Der hat das Wetter gemacht, das unsere Felder zerstörte."

Wolfram bahnte sich einen Weg durch die Menge und las das Schreiben:

„Vorladung.
Wir, der Vikar des weltlichen Obervogts, ersehnen, dass das uns anvertraute christliche Volk in der Einheit und Klarheit seines Glaubens gepflegt und von aller Pest ketzerischer Verkehrtheit ferngehalten werde. Unter der Strafe der Exkommunikation befehlen und ermahnen wir dazu, uns unmittelbar zu enthüllen, ob eine Person der Hexerei oder Ketzerei verdächtigt wurde oder etwas betreibt, was zur Schädigung der Menschen, der Haustiere und Feldfrüchte und zum Schaden des Staatswesens auszuschlagen vermag. Wenn jemand sein Wissen nicht in der rechten Zeit enthüllt, wisse er, dass er vom Dolche der Exkommunikation durchbohrt und mit ernsthaften weltlichen Strafen belegt werde."

Mein Gott, dachte er, jetzt fängt das hier auch an mit der Hexenjagd. Sicherlich hatte die Denunziation des Schäfers dazu beigetragen. Wolfram erinnerte sich daran, dass der Inquisitor Heinrich Kramer über die mangelnde Verfolgung von Hexen so erbost war, dass er den Papst um Hilfe bat. Im Jahr 1484 erließ Papst Innozenz der Achte die sogenannte "Hexenbulle".

Heute war die Vernehmung der Zeugen angesetzt, bei der Hans, der Angeklagte, nicht zugegen sein durfte, weil er die Zeugen, den Obervogt und anderen Anwesenden verhexen könnte. Jahrelang hatte es solche Umtriebe gegeben, auch wenn im Jahr 1509 noch in Tübingen eine Hexe verbrannt worden war. Die Angeklagten in Hexenprozessen wurden manchmal auch freigesprochen oder zu Gefängnisstrafen verurteilt. Auf jeden Fall musste er als Schreiber immer zugegen sein, auch beim peinlichen Verhör. Bei dieser Vorstellung wurde ihm übel. Immer zwei Stufen auf einmal nehmend, rannte er die Treppe zum Sitzungssaal hinauf.

Der Obervogt, der Vikar, der Schultheiß und zwölf Ratsherren, alle in langen, grauen, Schauben, waren dabei, sich am Tisch niederzulassen. Vor ihnen saßen die Zeugen. Zu Wolframs Erstaunen der kleine, verschmitzte, blondhaarige Junge, den er bei den Bauern nach dem Weg gefragt hatte, ein ebenso blondes Mädchen, die Zöpfe wie eine Schnecke um den Kopf gelegt, ein Mann, den Wolfram als den städtischen Apotheker erkannte, und eine ältere Frau in Bauernkleidung. Was der Apotheker hier wohl zu suchen hatte? Seufzend ließ er sich an seinem Schreibpult neben dem Tisch nieder, nachdem er das Gericht begrüßt hatte.

Der Obervogt, ein noch junger Mann mit einem Zirbelbart, nahm seinen Gerichtsstab in die Hand, erhob sich und begann:

„Wir sind heute zusammengekommen, um die Zeugen im Prozess gegen den Schäfer Hans Leiblin zu verhören. Das Ketzerische des Angeklagten ist seiner Natur nach so schwer, dass man es nicht unter Zudrücken der Augen hingehen lassen kann."

Wolfram tauchte seine Feder in das Tintenfass und begann zu schreiben.

Der Obervogt verlas die Anklageschrift, die von dem Schultheißen verfasst worden war. Dann fuhr er fort:

„Ich selber habe mich herabgelassen und verhöre die Zeugen in der Weise wie folgt:

Zeuge Johann Plinius, Apotheker der Stadt Sulz, vorgeladen und vereidigt, kennt Ihr den Angeklagten Hans?"

„Ja, ich kenne ihn", antwortete der Apotheker. Sein Bauch spannte sich unter dem Wams, an dem eine goldene Kette hing.

„Ist er hinsichtlich des Glaubens und der Moral ein Mensch von gutem oder schlechtem Rufe?"

„Von schlechtem", kam schnell die Antwort des Apothekers.

„Geht an diesem Ort das Gerücht, dass er als Hexer etwas gegen den Glauben betreibt?"

„So ist es, Herr Obervogt. Man hat mir berichtet, dass er Mittel verkauft, welche die Menschen heilen sollen. Sie sind aber davon erkrankt und verhext worden."

Wolfram schrieb weiter mit. Er sah es kommen. Der Verlauf ähnelte dem, was er schon von anderen Orten gehört hatte. Die Hexenverfolgung gab vielen Menschen die Möglichkeit, sich ihrer Konkurrenten zu entledigen, oder sich einfach wichtig zu machen. Und soweit er wusste, war noch keiner wegen eines Meineids oder einer falschen Aussage belangt worden. Das machte die Sache für die vermeintlichen Zeugen so unbedenklich und für die Angeklagten so gefährlich.

„Zeugin Barbara Reuschlin", rief der Obervogt die ältere Frau auf. „Was habt Ihr uns über den Angeklagten zu berichten?"

„Er hat, an dem und dem Tag im August, ich glaube es war der fünfte, einen Wetterzauber gemacht, so dass die Burg unserer lieben Herren und unsere Felder zerstört wurden. Vorher schon hat er, unter dem Vorwand, sie zu heilen, meine beste Kuh verhext, so dass sie fortan keine Milch mehr gab."

„Kinder, ihr müsst auch gehört werden, insbesondere ihr eine wichtige Beobachtung gemacht habt. Wo und wann habt ihr den Schäfer Hans gesehen und was ist dort nach euren Beobachtungen geschehen?"

Das Mädchen hatte den Finger in den Mund gesteckt und blickte mit großen Augen auf den Obervogt. Der Junge blickte sich hilfesuchend im Saal um und sagte ebenfalls nichts.

„Ihr braucht keine Angst zu haben", beruhigte sie der Obervogt. „Der Angeklagte ist nicht hier und kann euch keinen Schaden antun."

„Wir haben ihn oben auf der Heide gesehen", meldete sich jetzt der Junge zu Wort. „Kurz, bevor das Gewitter anfing. Er brunzte in eine kleine Mulde, rührte mit dem Finger darin herum und murmelte Zauberformeln. Dann landeten zwei Raben auf seinen Schultern und er setzte sich auf seinen Stab und flog durch die Luft davon. Gleich darauf fing es an zu regnen, und wir hatten Mühe, noch vor dem großen Gewitter nach Hause zu kommen."

„Das genügt erst einmal" sagte der Obervogt. „Es wird euch allen auferlegt, dies geheim zu halten. Verhandelt im Ratssaal zu Sulz, den fünfundzwanzigsten August im Jahre des Herrn 1527."

Verhandelt im Jahre des Herrn 1527, schrieb Wolfram, schüttete Sand auf das Geschriebene, blies darüber und folgte den Zeugen aus dem Saal. Das üble Gefühl in seiner Magengrube hatte sich verstärkt.

In der Schreiberstube las er seine Aufzeichnungen noch einmal durch. Die Vorwürfe gegen den Schäfer waren unhaltbar. Wolfram wusste zwar von seiner Mutter, dass es Heilmittel gab, die den Leuten wie Zaubereien erscheinen mussten, auch, dass der Aberglaube weit verbreitet war. Sie selbst hatte sich mit allerlei Amuletten, Alraunen und dergleichen vor Zauberei und Hexen geschützt. Aber dieses Wettermachen und Fliegen durch die Lüfte waren reine Einbildungen, auch die Buhlschaft mit dem Teufel. Da würde er noch einiges zu hören bekommen, dessen war er sich sicher. Leider konnte er als Gerichtsschreiber nicht viel Einfluss nehmen auf den Prozess, allenfalls in Vertretung eines Notars oder eines in manchen Fällen hinzugezogenen Advokaten. Es klopfte an der Tür: Der Ratsherr meldete ihm den Besuch einer Ordensschwester. Wolframs Herz begann schneller zu klopfen. Sollte es etwa Julia sein?

Die junge Frau, die seine Schreibstube betrat, war eine Nonne, gehüllt in die schwarze Tracht der Zisterzienserinnen. Der Ratsherr zog sich zurück, und die Frau legte verschwörerisch den Finger auf den Mund.

„Womit kann ich dienen, werte Schwester?", fragte Wolfram.

„Ich bin Nursia, eine Freundin von Julia", sagte die Nonne. „Und ich bringe eine Botschaft von ihr."

Jetzt fiel es Wolfram wieder ein, dass Julia von dieser Freundin gesprochen hatte, und dass sie ihr vertrauen könnte. Nursia holte einen kleinen Brief aus ihrer Gürteltasche und reichte ihn Wolfram. Das Schreiben war in hastiger, zierlicher Schrift hin gekritzelt.

„Wolfram", las er, „ich bin in Nöten, da ich für ein paar Tage in meiner Zelle eingesperrt bin. Jemand muss uns bei unserem Treffen belauscht haben. Kommt bitte heute Abend ins Kloster, Nursia wird dir sagen, in welcher Zelle ich mich befinde."

„Wie geht es ihr?", fragte er und sah Nursia in die Augen. Die schlug sie verschämt nieder und errötete.

„Ich besuche sie täglich und bringe ihr Essen und Trinken. Sie will nicht im Kloster bleiben. Nach meinem Dafürhalten ist sie auch nicht krank, sondern man versuchte, sie im Haus ihrer Tante und auch im Kloster zu vergiften. Sie ist Euch sehr zugetan."

Wolfram spürte Wärme in sich aufsteigen.

„Mir ist sie auch sehr wichtig. Sagt ihr, ich werde kommen, sobald heute Nachmittag der Prozess vertagt wird. Er wird sich länger hinziehen. Aber sagt einmal, da Männerbesuch im Kloster verboten ist: Wie soll ich zu ihr gelangen, wie soll ich sie denn dann treffen können?", fragte er.

Nursia verzog ihre Lippen zu einem Lächeln.

„Wenn Ihr wüsstest, wie es in den Klöstern zugeht! Die Adligen bedienen sich auf breiter Ebene, und auch Mönche und Nonnen haben sich zwar der Ehelosigkeit verpflichtet, nicht aber der Keuschheit. Aber Ihr habt Recht, wir müssen vorsichtig sein. Sagt mir, wann Ihr ungefähr kommt, dann werde ich Euch das Tor aufschließen."

„Wenn ich mit den Ratsgeschäften fertig bin, kann ich losreiten und werde so gegen acht Uhr an der Klosterpforte sein."

„Das Klostertor ist um diese Zeit schon geschlossen. Aber an der westlichen Mauer ist eine Nebenpforte. Dort werde ich Euch zu der Zeit erwarten."

Nursia gab ihm die Hand und fuhr fort: „Julia will im Kloster Nachforschungen anstellen. Das ist gefährlich! Vielleicht könntet Ihr sie davon abbringen."

Wolfram sicherte es ihr zu.

Gegen zwei, nach der Mittagspause, ging das Verfahren gegen den Schäfer weiter. Hans Leiblin saß verloren auf einem Stuhl vor dem großen Tisch. Die Zeugen waren diesmal nicht zugegen. Noch einmal verlas der Obervogt die Anklageschrift und begann mit der Befragung des Angeklagten.

„Hans Leiblin, schwörst du, die Wahreit zu sagen und nichts als die Wahrheit?"

Der Schäfer hob die Hand zum Schwur.

„Ich schwöre."

„Schwörst du bei Gott dem Allmächtigen?"

„Ich schwöre bei Gott dem Allmächtigen."

„Leg deine Hand an den Richterstab."

Ein Gerichtsdiener brachte den Stab, der silbern, rot und blau bemalt war. Der Schäfer legte seine zitternde Hand darauf.

„Warum vermeinst du, hierhergebracht worden zu sein?"

„Weil mich einige Leute denunziert haben."

„Wie lang ist es her, dass du in dies hochverdammte Laster der Hexerei geraten bist?"

Der Schäfer drehte die Augen zum Himmel und jammerte:

„Ich weiß nicht, warum ich angezeigt worden bin. Ich bin ein Schäfer ohne Arg und List, ich handle mit Heilkräutern und Tinkturen, die schon so manchem seine Gesundheit zurückgebracht haben."

„Was hat dich dazu bewegt?", fragte der Obervogt und zog seine Augenbrauen zusammen.

„Ich kenne mich aus mit den Kräutern und Heilmitteln", gab der Mann zur Antwort.

„Was hast du mit den teuflischen Salben und Pulvern für Leute gemacht und was für Vieh umgebracht?", fragte der Obervogt unbarmherzig weiter.

Wolfram sträubten sich die Haare, doch er schwieg und schrieb das Protokoll.

„Ich habe niemanden umgebracht", sagte der Schäfer verzweifelt.

„Wer hat dir dazu verholfen?"

„Niemand, ich habe immer allein gearbeitet."

„Also gibst du zu, dass du mit dem Teufel gearbeitet und das Vieh verhext hast? Dazu Hagel und Gewitter gemacht?"

„Gott der Allmächtige allein kann Hagel und Gewitter machen", begehrte der Schäfer auf.

„Wie oft bist du ausgefahren?"

Der Mann schwieg.

„An welche Orte bist du beim Ausfahren gekommen? Hat es Brot und Salz gegeben? Hast du mit den anderen getanzt?"

Der Mann schwieg weiter.

„Deine Verstocktheit werde ich dir schon austreiben! Was für Leute hast du bei diesen teuflischen Zusammenkünften gesehen?

Wie heißen sie?"", fragte der Obervogt mit lauter Stimme.

„Ich habe niemanden gesehen, und ich bin nicht ausgefahren und habe niemanden verhext", wimmerte der Schäfer.

„Wo hast du das Wetter gemacht und den Hagelschlag, und wer hat dir dazu verholfen?"

„Ich kann kein Wetter machen. Auf der Heide war ich, als das Gewitter kam, habe meine Schafe gehütet."

„Wer war bei dir?"

„Niemand."

Triumphierend schwenkte der Obervogt das Protokoll vom Morgen in der Hand.

„Anna und Lorenz, die Kinder des Bauern Schäufele, haben ausgesagt, sie hätten dich auf der Heide gesehen. Du hättest in eine Mulde gebrunzt und mit dem Finger darin herumgerührt. Gleich darauf seien zwei Raben auf deine Schultern geflogen, du hast dich mit deinem Stock in die Lüfte erhoben, und dann brach das Unwetter los."

„Ja, es ist wahr, dass ich meine Notdurft verrichtet habe", sagte der Schäfer unglücklich. „Und die Raben sind meine Freunde, die mir manchmal Gesellschaft leisten in meiner Einsamkeit. Alles andere ist nicht wahr."

„Wer war bei dir, als dies geschah?"

„Niemand."

Der Obervogt wandte sich an den Schultheißen.

„Sollten wir nicht das peinliche Verhör anwenden, um die Namen der Verbündeten und das ganze schändliche Treiben aufzudecken?"

Der Schultheiß nickte zustimmend.

„Jetzt noch eins." Der Obervogt nahm den Angeklagten wieder ins Visier. Sein Zirbelbart zitterte.

„Wann und wo hast du die Kuh der Bäuerin Veronika Domin verhext?"

„Ich gab ihr ein Mittel, das erfahrungsgemäß immer gut gegen den Rotz geholfen hat. Leider ist die Kuh gestorben, aber das ist nicht meine Schuld. Ohne das Mittel wäre das ebenfalls passiert."

Der Obervogt stand auf und legte den Richterstab auf den Tisch.

„Die Verhandlung ist unterbrochen und wird morgen in der peinlichen Gerichtskammer fortgesetzt."

Wolfram lief ein Schauer den Rücken herunter. Wäre ein Notar oder Advokat dabei gewesen, hätte er diese peinliche Befragung verhindert.

Am frühen Abend sattelte Wolfram sein Pferd, stieg auf und gab ihm die Sporen. Nach Einbruch der Dunkelheit erreichte er das Kloster, band sein Pferd an den Ahornbaum und ging in westlicher Richtung um die Mauer herum, bis er die kleine Pforte fand. Nursia öffnete ihm und erzählte ihm flüsternd, wo sich Julias Zelle befand. Dann ließ sie ihn allein. Der Mond stand wie eine Sichel am nachtdunklen Himmel. Ein Käuzchen schrie. Das ist das Zeichen des Todes, dachte Wolfram unwillkürlich, und eine düstere Stimmung überkam ihn. Sei nicht abergläubisch, rief er sich gleich darauf zur Ordnung. Der Kauz schreit wahrscheinlich, weil er einsam ist und eine Gefährtin braucht. Massig ragten die Klostergebäude vor ihm auf. Er umrundete das Kloster, vorsichtig Fuß vor Fuß setzend. Endlich hatte er, nach Nursias Beschreibung, das Dormitorium erreicht. Die Fenster im ersten Stock waren alle dunkel. Im diffusen Licht des Mondes erkannte er eine Spalierbirne, die an dem Gebäude emporwuchs. Im Beklettern von Bäumen hast du ja Erfahrung, sagte er sich, und begann vorsichtig hinaufzusteigen. Bei jedem Knacken eines Astes hielt er inne und lauschte. Schließlich war er auf Augenhöhe mit dem Fenster von Julias Zelle. Und wenn es nun die falsche war? Wolfram holte tief Luft und schaute durch die Gitterstäbe hindurch in den Raum. Es war nichts zu erkennen.

„Julia", rief er halblaut. Eine Gestalt erhob sich und näherte sich dem Fenster. Er erkannte Julias Gesicht und Gestalt.

„Schön, dass Ihr gekommen seid", sagte Julia und streckte ihm die Hand durch das Gitter entgegen.

„Angesichts dieser vertraulichen Begegnung könnten wir auch ‚du' zueinander sagen", flüsterte er.

„Schön, dass du gekommen bist", sagte Julia leise. „Verzeih mir, dass ich dich in Gefahr gebracht habe. Ich weiß nicht, was passiert, wenn wir entdeckt werden."

„Da möge Gott vor sein. Nein, es wird schon nichts passieren. Ich will dir helfen, Julia!"

„Ich möchte wissen, was in diesem Kloster geschieht. Ihr seid ...du bist doch in juristischen Dingen erfahren. Begehe ich eine Straftat, wenn ich Nachforschungen anstelle? Oder kann ich jemandem damit schaden?"

„Nur dir selber, Julia. Du hast doch kein Gelübde abgelegt und bist somit der Äbtissin nicht zum Gehorsam verpflichtet. Du bist als Gast hier, als Kranke. Und doch habe ich Angst um dich. In dem Prozess gegen den Schäfer, dem ich als Schreiber beiwohnen muss, bahnt sich eine Entwicklung an, die mir Sorge macht. Du hast diesen Schäfer doch kurz vor dem Gewitter getroffen?"

„Ja, so war es", flüsterte Julia.

„Gehe bitte mit aller Vorsicht vor, die dir zu Gebote steht", sagte er.

„Das werde ich, Wolfram. Und ich werde, sobald ich etwas erfahren habe, das Kloster verlassen."

„Wo willst du denn hin? Zu deiner Tante?"

„Ich werde mir eine Stellung als Hausmädchen oder als Magd beschaffen."

„Du kannst auch bei meinen Eltern wohnen."

„Du musst gehen, Wolfram, jemand könnte aufwachen und uns belauschen."

Julia streckte ihm die Hand entgegen. Er drückte sie fest.

„Gott schütze dich, ich liebe dich", sagte er.

Wolfram warf ihr einen letzten Blick zu, bevor er sich vorsichtig am Stamm des Birnbaums hinunterließ. Kurz, bevor er den Boden erreichte, brach krachend ein Ast. Er ließ sich fallen, duckte sich in den Schatten des Baumes.

„Ist da jemand?", tönte eine weibliche Stimme von oben herab.

Wolfram wagte nicht, sich zu rühren. Sein Herz pochte stark; er hörte das Blut in den Ohren rauschen. Alles blieb still. Er warf noch einen Blick zu Julias Fenster hinauf, lief gebückt durch den Garten zur Mauer, zog sich daran hoch und verschwand auf der anderen Seite. Schnell suchte er sein Pferd und machte sich auf den Ritt zurück in die Stadt. Einem der Wächter hatte er vor seinem Ausritt ein paar Kreuzer gegeben. Dafür ließ der ein kleines Tor aus Versehen für die Nacht offen. So kam er ohne Umstände und ohne Aufsehen zurück.

13

Die Folterkammer befand sich im Keller des Rathauses, damit die Schreie der Unglücklichen nicht die Bürger erschreckten. Mit einem mulmigen Gefühl im Bauch trat Wolfram ein. Anwesend waren der Herr Obervogt, der Scharfrichter, ein Büttel, ein Gerichtsdiener sowie der Delinquent, den man kahl rasiert und in ein schmutziges Büßerhemd gesteckt hatte. Er hielt den Kopf demütig gesenkt. Nachdem Wolfram sich an sein Pult gesetzt und die Feder in die Tinte getaucht hatte, begann der Obervogt mit den Worten:

„Wir, Obervogt und Beisitzer, finden nach sorgfältiger Prüfung aller Punkte, dass du, Hans Leiblin, in deinen Aussagen veränderlich und doppelzüngig bist. Nichtsdestoweniger sind Indizien und Zeugenaussagen vorhanden, welche genügen, dich den peinlichen Fragen und Foltern auszusetzen. Wir haben dir in der vergangenen Nacht einen Priester geschickt, der dir mitgeteilt hat, dass du dem Tode entgehst, wenn du die Wahrheit sprichst. Du aber hast weiterhin geleugnet, wozu der Teufel dich in seiner ihm eigenen Weise anleitete. Büttel, entkleidet den Delinquenten."

Der Schäfer stand nun nackt und bloß vor seinen Anklägern. Der Obervogt befahl, die Kleidung und den Mann nach geheimen Hexenwerkzeugen zu durchsuchen. Als nichts gefunden wurde, auch kein Hexenmal, forderte er ihn wiederum auf, die Wahrheit zu gestehen. Der Schäfer schwieg. Der Gerichtsdiener wurde nach dem Scharfrichter geschickt. Der Henker war ein großer, kräftiger Mann, in ein rotgrünes Gewand mit Zaddeln und Bobbeln gekleidet. Er begann mit der sogenannten territio verbalis, der Beschreibung der Folterinstrumente:

„Das hier ist die Daumenschraube", sagte er und wies auf ein eisernes Instrument. „Mit ihrer Hilfe werden der Daumen oder andere Finger in diese Zwinge gespannt. Ihre Backen werden schraubenförmig zusammengezogen. Das ist äußerst schmerzhaft und kann zum Brechen der Knochen führen."

Der Schäfer starrte unverwandt auf den Boden, als hätte er die

Worte des Henkers nicht gehört. Wolfram merkte, dass seine Hände zu schwitzen begannen.

„Dies hier ist eine Streckbank", fuhr der Scharfrichter fort. „Du wirst darauf gelegt, an Armen und Beinen mit einem Seil gefesselt. Das Seil wird mit einem Rad langsam hochgezogen, so dass die Gelenke gedehnt und möglicherweise aus den Pfannen gelöst werden. Wenn du dann nicht gestehst, werden wir dich mit glühenden Zangen zwicken oder heiße Kohlen über dir ausschütten."

Der Delinquent schwieg weiterhin. Wolfram spürte eine Übelkeit, die sich zunehmend verstärkte.

„Nun, du scheinst unbeeindruckt von diesen Instrumenten", schaltete sich der Obervogt ein. „Scharfrichter, Ihr könnt fortfahren."

„Der Spanische Stiefel besteht aus zwei Eisenplatten. Sie werden um das Schienbein und die Wade gelegt und dann zusammengedreht. Wenn das nicht zum Geständnis führt, gießen wir flüssiges Pech hinein. Oder wir fixieren dich auf dem Nürnberger Teller." Er wies auf eine große Scheibe, die in der Mitte des Raumes angebracht war. „Zwei Folterknechte treiben diese Scheibe an, dabei wird dir das Blut zu den Ohren rauskommen."

Der Schäfer hielt sich die Ohren zu. Hoffentlich ist es bald vorbei, dachte Wolfram. Aber das war ja nur der Anfang, das Zeigen der Folterwerkzeuge. Was dann folgen würde, war die territio realis, die eigentliche Folter. Der Scharfrichter riss dem Schäfer die Hände vom Kopf, und der Obervogt fuhr fort:

„Das ist üblicherweise für die Privilegierten gedacht, ebenso die *Camera silens,* der schweigende Raum, in dem du lange Zeit in völliger Dunkelheit verbringen musst. Nach einiger Zeit wirst du weder Hunger noch Durst noch das Bedürfnis spüren, zu urinieren. Du wirst Kopfschmerzen bekommen, nicht schlafen können und Dinge sehen, die nicht wirklich sind. Das hat schon manchem Hexer und mancher Hexe den Willen gebrochen und sie für immer verrückt gemacht!"

„Wie oft bist du ausgefahren?", schnarrte der Obervogt. Sein Zirbelbart wackelte bedenklich. Der Schäfer veränderte seine Haltung nicht. Er schwieg. Der Obervogt gab dem Henker ein Zeichen. Der Scharfrichter packte den willenlosen Mann, führte ihn zu der Daumenschraube, legte seine Hände hinein und begann, an den Schrauben zu drehen. Ein Stöhnen entrang sich den Lippen des Gepeinigten.

„Wie oft bist du ausgefahren?", schrie der Obervogt.

„Ich bin nicht ausgefahren."

Der Obervogt machte eine wegwerfende Handbewegung, und der Henker drehte die Schrauben fester zu. Der Schäfer brüllte laut vor Schmerz.

„Wie oft bist du ausgefahren?", fragte der Obervogt schneidend.

„Nur einmal in der Woche, meistens Donnerstag", wimmerte der Schäfer.

„Womit bist du ausgefahren?"

„Mit meinem Hirtenstab."

„An welchen Ort bist du gekommen?"

„Auf den Berg hinter der Heide, da, wo die Burg stand."

„Was für Sachen hast du dort gesehen?"

Der Schäfer stöhnte. Der Schweiß lief ihm von der Stirn, und aus den Daumen quoll Blut.

„Einspruch", sagte Wolfram laut; seine Stimme zitterte unmerklich. „Die Folter soll zunächst ohne Blutvergießen ablaufen."

Der Obervogt gab dem Henker abermals ein Zeichen, woraufhin der die Schrauben etwas lockerte.

„Wenn du gestehst, kommst du mit dem Leben davon", sagte der Obervogt, indem er einen versöhnlicheren Ton anschlug.

„Ich habe auf dem Berg Männer und Weibspersonen gesehen", sagte der Schäfer. Er blickte den Obervogt direkt an, doch der drehte den Kopf zur Seite.

„Versuch nicht, mich zu behexen", sagte er. „Fahre fort mit deinem Geständnis. Was gab es zu essen?"

„Es war Brot und Salz da, Gebratenes, aber nichts Gesottenes, und wir haben weißen Wein aus silbernen Bechern getrunken. Nach der Mahlzeit haben wir getanzt, die Weiber mit ihren Buhlteufeln und ich mit einem Weib. Ein stattlicher Herr mit einem schwarzen Samtkleid ist da gewesen, mit einem roten Bart, dem haben wir Ehrerbietung leisten müssen.

„Wen hast du von den anderen erkannt?"

Wolfram hielt im Schreiben inne. Sein Herz setzte einen Moment aus.

„Habe niemanden erkannt ... außer ...“

„Wen hast du erkannt? Sage es gleich, sonst musst du wieder auf die Folter.“

„Julia Eitel. Ich habe sie auch kurz vor dem Gewitter getroffen und glaube, dass sie das Wetter gemacht hat.“

„Einspruch, Herr Obervogt“, rief Wolfram. „Julia Eitel ist eine gut beleumdete Person, dafür kann ich mich verbürgen!“

„Es haben sich einige Zeugen gemeldet, die das Gegenteil behaupten“, antwortete der Obervogt. „Am Morgen des Wetterzaubers haben Marktfrauen und der Junge, der gestern ausgesagt hat, Lorenz Schäufele, gesehen, wie Julia Eitel einen Wind gemacht hat, der alles durcheinanderwirbelte.“

„Das steht aber nicht im Protokoll.“

„Dann werdet Ihr es jetzt aufnehmen. Angeklagter“, wandte er sich wieder an den Schäfer. „Wen hast du sonst noch erkannt bei dem Teufelstanz?“

„Niemanden sonst“, sagte der Mann mit gebrochener Stimme.

„Henker, waltet Eures Amtes“, bellte der Obervogt.

„Ich erhebe Einspruch“, rief Wolfram. „Die Folter darf nicht wiederholt angewandt werden, erst müssen neue Indizien da sein!“

Der Obervogt sackte ein wenig in sich zusammen und legte dann den Richterstab auf den Tisch.

„Dem Einspruch wird stattgegeben“, meinte er. „Die Verhandlung wird auf morgen vertagt. Der Angeklagte ist in sein Verlies zurückzuführen. Er soll Verpflegung und Wasser erhalten sowie Zuspruch durch wohlbeleumdete Bürger. Wenn er ein Geständnis ablegt, wird es nicht zur Einäscherung kommen, sondern die Strafe wird in eine Gefängnishaft umgewandelt.“

Wolfram packte seine Sachen zusammen und verließ die Folterkammer. Die anderen waren schon zur Mittagspause gegangen, der Schäfer wurde vom Henker in sein Verlies zurückgebracht. Wolfram hatte keine Lust, zum Essen zu Kreszentia zu gehen. Sie war die Letzte, die er in der jetzigen Lage hätte sehen wollen. So kaufte er sich ein Fladenbrot mit Gehacktem und machte sich auf den Weg zu seinem Elternhaus, das am anderen Ende der Stadt lag. Unterwegs begegnete er einer Schar von zerlumpten, bunt angemalten Kindern, die sangen:

„Schmalzblume Dotterblume
Otterzunge Kräutermume
Hundeherz und Katzenpfote
Feuerwurz und Blocksberggrotte
Fingerhut und Haselmaus
Krötenblut und du bist aus."
Die haben ihren Spaß an der Sache, dachte Wolfram, aber wehe,
das Geschick wendet sich einmal gegen sie selbst. Er drückte sein
Barett tiefer in die Stirn und eilte weiter. Aus dem Augenwinkel
nahm er wahr, wie die Menschen ihren Geschäften nachgingen, als
sei nichts geschehen. Für sie war auch nichts geschehen, nichts hatte
sich verändert. Er dagegen fühlte sich, als habe man ihm den Boden
unter den Füßen weggezogen. Würden die Büttel Julia ergreifen
und ins Gefängnis werfen? Wie sollte es weitergehen mit ihr, mit
ihnen beiden? Konnte er sie vor dem, was ihr möglicherweise
bevorstand, schützen? Die Gesichter der Menschen schienen ihm
leer. Jeder sorgte für sich selbst, war froh, wenn das Unglück den
Nachbarn traf und nicht ihn und seine Familie. Eine rundliche Frau
mit wirrem Haar bot ihm Kämme und anderen Trödelkram an. Er
schüttelte den Kopf und hastete weiter.
„Das werdet Ihr noch bereuen, nichts bei mir gekauft zu haben",
rief sie ihm mit schriller Stimme nach. Fing es so nicht häufig
an? Jemand sandte einem anderen einen Fluch nach, es passierte
irgendein Ungemach, und schon wurde die betreffende Person
wegen Hexerei angeklagt. Er hatte von so einem Fall gehört. Es
war genau wie das, was ihm eben passiert war. Der Mann, der
nichts gekauft hatte, drehte sich um, und schon spannte sich die
Haut seines Gesichtes bis zu den Ohren, verzerrte und lähmte es
derart, dass er tagelang das Bett hüten musste. Die Frau wurde
ergriffen und auf dem Scheiterhaufen verbrannt.
Endlich erreichte Wolfram das Haus seiner Eltern. Sein Vater war
als Gerber in der Vorstadt beschäftigt, die Mutter wusch Wäsche
für begüterte Leute. Eigentlich ähnelte das Schicksal seiner
Familie dem von Julia. Auch seine Eltern hatten einmal bessere
Zeiten gesehen. Sein Großvater hatte mit Leder- und Pelzhandel
begonnen und war schon bald in den Burgen und Schlössern der
Gegend als ein guter Lieferant bekannt gewesen. Der Vater hatte

darauf aufgebaut und eine kleine Werkstatt eingerichtet, in der die Rohwaren weiter verarbeitet wurden. Wolfram erinnerte sich an den Marktstand und an die Ausflüge mit seinem Vater zu den Kunden, die natürlich alle besser gestellt waren und in den Burgen und Schlössern lebten. Als der Aufstand der Bauern kam, ging für seine Familie alles ganz schnell. Zuerst wurde sein Vater unterwegs überfallen und ausgeraubt, überlebte aber Gottseidank. Dann kam der Bauernkrieg nach Vöhringen, einer kleinen Ortschaft in der Nähe von Sulz, und die wütenden Bauern brandschatzten und raubten, was es zu fassen gab. Auch das Lager seines Vaters fiel dem Brand zum Opfer, und die Familie blieb mit wenig mehr als dem, was sie am Leibe trug, zurück. So führte ihr Weg nach Sulz, wo die Eltern bei Verwandten hatten unterkommen können und wo Wolfram dann seine Jugendjahre verbracht hatte. Dank des reichen Großvaters hatte Wolfram in Tübingen studieren können.

In der Küche roch es nach Seifenlauge. Seine Mutter war damit beschäftigt, weiße Laken auf einem Waschbrett zu schrubben. Ein Wäscheberg lag in einem Bottich daneben. Sie wandte sich um, als er grüßte, und verzog ihr breites Gesicht zu einem Lächeln.

„Mein Sohn, Wolfram, schön, dass du uns mal wieder beehrst in unserer kleinen Hütte. Was führt dich hierher?"

Wolfram nahm sie in die Arme und küsste sie herzlich auf beide Wangen.

„Ich wollte euch mal wieder besuchen und habe auch ein Anliegen, das ist schon wahr", sagte er. „Komm, ich trage dir die Wäsche zum Bach, da können wir ein bisschen reden."

Er nahm den Bottich und ging mit seiner Mutter einen Wiesenhang hinunter zu dem Fluss, der klar dahinfloss. In der Strömung wedelten grüne Wasserpflanzen. Die Mutter spülte die Wäsche, Wolfram wrang sie aus und legte sie in den Trog zurück.

„Ich hänge sie dir auch noch auf die Leine", sagte er. „Jetzt aber zu dem, was mich hierhergebracht hat. Ich kenne ein Mädchen, das in Schwierigkeiten geraten ist."

„Was für Schwierigkeiten?"

„Sie ist krank geworden, wahrscheinlich durch Gift, und jetzt wurde sie in einem Hexerprozess als Zauberin denunziert."

„Hast du für sie gebetet?"

„Beten hilft nicht, auch wenn du es mir immer angeraten hast."

„Uns hat es schon geholfen, bei vielen Gelegenheiten. Aber du hast Recht, in einem solchen Fall helfen nur andere Mittel. Bring' sie hierher, ich werde mit dem Vater sprechen. Wir könnten sie bei uns verstecken."

„Mutter, du bist die beste Mutter der Welt!"

„Wir haben auch hier in Sulz wieder einen guten Ruf", sagte sie. „Es wird keiner auf die Idee kommen, wir würden etwas Unrechtes tun."

„Ich danke dir."

„Willst du nicht noch etwas bleiben und einen Krug Bier trinken?" Wolfram nahm sie abermals in die Arme, drückte sie und sagte: „Verzeih, Mutter, aber ich muss weiter. Die Mittagspause ist vorbei, und ich habe noch sehr viel Arbeit."

Auf dem Rückweg zum Rathaus schaute er jedem Menschen, dem er begegnete, ins Gesicht. Wahrscheinlich waren sie alle gleich, alle glaubten an Hexen, Unholde und den Teufel. Die Frau da, mit den zusammengekniffenen Lippen, den bösen kleinen Augen, der steifen Haube, die gehörte gewiss dazu. Und der Bauer mit seinem roten Weingesicht. Die Kinder, die mit Holzstecken Ritter spielten. Jeder von ihnen kam sich bestimmt großartig vor, als hätte nur er allein Recht auf der Welt. Er hatte das Gefühl, die Mehrheit der Menschen litte an einer Krankheit, und die hieß ‚Hexenirresein' oder ‚Teufelsbesessenheit'. Nicht diejenigen, die sie anklagten, waren krank oder böse, sondern alle, die mit dem Finger auf andere zeigten. Stand nicht in der Bibel geschrieben: *Wer den Splitter im Auge des Nächsten sieht, soll auch den Balken im eigenen Auge sehen?* Wenn es einen gerechten Gott gab – und manchmal befielen ihn Zweifel daran, nicht, dass es ihn gab, sondern ob er wirklich gerecht war – dann musste er irgendwann diesem hässlichen Treiben ein Ende setzen.

14

Julia hatte Wolfram nur ungern scheiden sehen. Am liebsten wäre sie mit ihm zusammen nach Sulz zurückgekehrt. In der Nacht schlief sie nur wenig, in der Ahnung, dass etwas Unheilvolles geschehen könnte. Nach dem Frühmahl gab sie Nursia durch ein Handzeichen zu erkennen, dass sie mit ihr sprechen müsste. Während Julia im Garten arbeitete, kam Nursia heran, indem sie sich vorsichtig nach den anderen Nonnen umschaute. Es war weit und breit niemand zu sehen.

„Clarissa ist heute früh in die Stadt gefahren", sagte Nursia. „Und sie wird nicht vor dem Abend zurückkehren. Vielleicht ist es die einzige Gelegenheit, deine Pläne in die Tat umzusetzen."

„Das will ich tun", entgegnete Julia. „Bloß, wann ist der beste Zeitpunkt?"

„Du könntest dich während der Arbeitszeit davonmachen, musst dann nur spätestens zum Mittagsgebet wieder zurück sein."

„Kommst du mit?"

„Ja, ich lasse dich nicht allein da hineingehen. Heute wird nicht so arg auf die Regeln geachtet. In der Näherei werde ich meine Abwesenheit mit Kopfschmerzen entschuldigen." Ganz in Gedanken pflückte Julia ein Sträußchen mit Kerbel und Petersilie, bevor sie der Freundin in Richtung der Hauptgebäude des Klosters folgte. Kurze Zeit später trafen sich die beiden im Kreuzgang. Das Licht der Sonne fiel durch die verschiedenartigen Ornamente der Pfeiler und Bögen herein. Auf den Stufen zur Küche saß die Nonne, die für das Kochen verantwortlich war. Sie las ganz versunken in einem Buch.

„Wir haben ein Kräutersträußchen gepflückt", sagte Julia zu ihr.

„Das ist brav von dir", sagte die Nonne, „das könnt ihr kleinhacken und in die Suppe geben. Schaut auch, wie weit das Fleisch gegart ist."

„Fleisch?"

Die Nonne lächelte.

„Von zweifüßigen Tieren. Ganz ohne geht es nun auch wieder nicht."

Julia und Nursia betraten die Küche. Es war ein großer, dunkler Raum mit geschwärzten Wänden. An der Längsseite war ein kleines, vergittertes Fenster eingebaut. An den Wänden zogen sich Regale mit Töpfen und anderen Gerätschaften entlang. In der Mitte stand der gemauerte Herd. Über ihm, an einer eisernen Vorrichtung aufgehängt, hing ein Kupferkessel, in dem die Suppe brodelte. Es roch nach Huhn und Wurzelwerk. Julia erinnerte sich an den Tag, als sie für den Eintopf ihrer Mutter Wacholderbeeren gesammelt hatte. Kurz traten ihr Tränen in die Augen. Sie wischte sie weg, griff zu einem Hackbrett und zu einem Gemüsemesser. Schnell hackte sie die Kräuter klein und warf sie zu dem Hühnerfleisch in die Suppe.

„Da hinten", sagte Nursia. „Das ist der Raum, in dem manchmal die Äbtissin mit diesem Mann verschwindet. Niemand außer ihnen hat diesen Raum je betreten."

„Wie sollen wir da hineinkommen?", fragte Julia.

„Ich weiß, wo der Schlüssel ist. Ich habe die beiden einmal beobachtet", antwortete Nursia.

„Und warum hast du bis jetzt noch nicht nachgeschaut, was sich darin verbirgt?"

„Da musste erst so ein liebes, neugieriges Wesen kommen wie du, bis auch meine Neugier geweckt war. Ich bin so erzogen, dass ich mich um die Angelegenheiten anderer wenig kümmere", sagte Nursia schnell, aber Julia hatte eher den Eindruck, dass der Freundin der nötige Mut gefehlt hatte, das zu tun. Diesen Mut hatte sie, das merkte sie nun, wenn es darum ging, Worten Taten folgen zu lassen. Sie wollte endlich mehr wissen.

„Also, wo ist der Schlüssel?"

Nursia ging in die Hocke und rüttelte an einem der Steine des Herdes. Als sie sich wieder erhob, hielt sie Julia einen kleinen Schlüssel entgegen.

Julias Herz begann schneller zu klopfen, Was würde sich ihnen in diesem Raum offenbaren? Nursia steckte den Schlüssel ins Schloss und drehte ihn herum. Mit einem Knarren öffnete sich die Tür. Die beiden hielten einen Moment inne und lauschten. Als sich nichts regte, gingen sie hinein. Ein dämmriges Gewölbe lag vor ihnen. Durch ein Loch in der Decke fiel strahlenförmig Licht herein. Als ihre Augen sich an die trübe Beleuchtung gewöhnt hatten, erkannte Julia einen schweren, gusseisernen Ofen, Öllampen, Reagenzgläser, Pipetten und Bücher. Auf schmalen Regalbrettern schwamm allerlei Gewürm in Gläsern mit gelblicher Flüssigkeit. In der Ecke war ein Apothekerschrank mit vielen Schubladen, die mit kleinen Schildern beschriftet waren. Eine ausgestopfte Katze hing an einer Kette von der Decke.

„Ich finde das sehr verwirrend", flüsterte Julia der Freundin zu. „Was mag das wohl sein?" Sie deutete auf einige poröse Schälchen, die auf einem Tisch arrangiert waren und Reste von glänzenden Metallen enthielten.

„Ich habe mal die Schrift eines Alchimisten in den Händen gehabt", gab Nursia ebenso leise zurück. „Wenn ich nicht irre, sind es Kupellen. Sie sind aus Knochenasche gepresst und dienen zum Schmelzen von Proben, die Silber oder Gold enthalten. Nach dem Schmelzen, frag mich nicht wie, bleibt dann ein Edelmetallkorn zurück."

„Und das Glas mit der Öffnung, die man verschließen kann?" Julia zeigte darauf.

„Das ist eine Retorte zum Destillieren. Lass mich nachdenken: Das hier ist die Kerotakis." Sie zeigte auf eine flache dreieckige Platte. „Die ist zum Schmelzen oder Rösten von Metallen."

Julia schwirrte der Kopf. Was hatte so ein Alchimistenlabor in der Küche eines Klosters zu suchen? Was machten die hier eigentlich? Und was hatte das alles mit ihr zu tun?

„Hier ist ein Kühlfass", fuhr Nursia fort. „Durch diesen Behälter wird ein Rohr geführt, der sogenannte Vorstoß, und das hier nennt man den Mohrenkopf zur Kühlung der Alembik."

Bewundernd schaute Julia die Nonne an.

„Ich wusste schon immer, dass du sehr gelehrt bist. Warum hat man nicht dich zur Äbtissin dieses Klosters gemacht?"

Nursia lachte leise. „Ach, dazu gehören andere Eigenschaften als Gelehrsamkeit."

„Welche denn?"

„Der Wille zur Macht, zum Beispiel. Aber wir können hier nicht länger herumstehen und über alchimistische Geräte disputieren. Die Nonnen draußen könnten etwas gemerkt haben. Lass uns wieder gehen."

„Warte einen Moment", sagte Julia. „Wir brauchen unbedingt den Schlüssel für den Turm. Vielleicht befindet er sich ja in diesem Raum."

Suchend schaute sie sich um. Zielsicher steuerte sie auf ein Wandschränkchen zu, auf dem ein schwarzer Engel abgebildet war, mit einer Feuerzunge, die ihm aus dem Mund fuhr, und einem Schwert in der Hand. Und richtig, in dem Kasten hing, neben anderen Werkzeugen, ein Bartschlüssel aus Eisen, der schon Patina angesetzt hatte. Schnell steckte sie ihn in die Tasche ihrer Kutte und verschloss das Schränkchen wieder. Die beiden Frauen eilten zurück in die Küche. Nursia drehte den Schlüssel im Schloss. Vorbei an dem dampfenden Kessel schritten sie hinaus in den Kreuzgang. Das Licht blendete Julia. Die Nonne sah von ihrer Lektüre auf.

„Habt ihr die Suppe gut gewürzt? Ist das Fleisch bald fertig gegart?"

„Wir haben noch ein paar Töpfe abgewaschen, um dir behilflich zu sein", sagte Nursia. „Deshalb hat es so lange gedauert."

„Ach, das habe ich gar nicht bemerkt", meinte die Nonne, stand langsam auf, reckte sich und begab sich in die Küche.

Beim Mittagessen stellte Julia fest, dass einige der Nonnen das Gesicht angewidert verzogen. Der Eintopf war natürlich verkocht. Sie grinste in sich hinein. Wenn ihre Schwestern und vor allem die Äbtissin wüssten, warum das so war! Nach dem Segen und der Anbetung in der Kapelle begab sich Julia wieder an ihre Arbeit im Garten. Sie konnte ihre Gedanken kaum zusammenhalten. Nach einiger Zeit traf sie mit Nursia im Kreuzgang zusammen. Vorbei am Cellarium, in dem Rüben und Getreide lagerten, gelangten sie in den grasbewachsenen Innenhof des Klosters. An der Nordseite der Mauer stand der Turm. Er war aus massivem rotem Sandstein erbaut und mit einem Fachwerkaufbau gekrönt. Die beiden spazierten über die Wiese und verhielten sich so, als suchten sie nach Ackersalat oder anderen essbaren Pflanzen. Bevor sie den Turm erreichten, drehte Julia sich um. Es war alles still. An der Turmtür drehte Julia den Schlüssel im Schloss. Es gab ein knirschendes Geräusch Sie traten schnell ein. Von innen schlug ihnen muffige Luft entgegen. Eine ausgetretene, stark gewundene Treppe führte nach oben. Glücklicherweise war die Tür der Studierstube nicht abgeschlossen. Ohne zu reden gingen sie hinein. Es sah aus wie bei einem Gelehrten. An der Wand befand sich ein Schreibtisch mit Tinte und Feder und ein paar Büchern, davor ein breiter Armlehnstuhl. Julia stieß einen unterdrückten Schrei aus. Auf dem Schreibtisch hatte sie einen Totenkopf entdeckt. Beim näheren Herangehen erkannte sie den Geißenschädel, der sie im Garten ihrer Tante so erschreckt hatte. Also war es keine Einbildung gewesen. Aber wie kam er hierher? Steckte der Alchimist, der hier hauste, mit ihrer Tante unter einer Decke? Was sollte das für einen Sinn haben?

„Schnell, wir müssen uns beeilen", sagte Julia. „Clarissa kann bald zurück sein und ich möchte nicht, dass sie uns hier erwischt. Untersuche du den Schreibtisch und die Bücher, ich schaue mal in den Kastenschrank da an der Wand."

Sie machten sich an die Durchsuchung der Stube, und bald wurde Julia fündig. In dem Schrank war ein Kästchen, in dem neben allerlei geheimnisvollen Fläschchen und Dosen ein zusammengefaltetes Stück Papier lag. Julia erbrach das Siegel und las:

„Dies ist eine Erklärung und ein Testament des Bischofs von Speyer. Julia Eitel, deren Eltern gegenüber ich mich tief verpflichtet fühle, soll an dem Tag ihres 18. Geburtstages das Schloss Lichteneck sowie die umliegenden Ländereien erhalten, dazu eine Kiste mit zehntausend Golddukaten. Bedingung hierfür ist jedoch, dass sie eine standesgemäße Ehe eingeht. Im Falle ihres Todes oder wenn sie ihres Verstandes nicht mehr mächtig sein sollte, fällt es an die nächsten Verwandten, dann an das Kloster Bischofsbronn.
Geschrieben und niedergelegt zu Speyer im Jahre des Herrn 1510."

Julia hatte das Gefühl, nach Luft ringen zu müssen. Mit heftig klopfendem Herzen faltete sie das Papier zusammen.

„Ich habe etwas sehr Wichtiges gefunden", sagte sie zu Nursia. „Ein Testament, das besagt, dass ich vom Bischof von Speyer ein Vermögen bekomme, wenn ich an meinem 18. Geburtstag standesgemäß heirate. Aber was hat dieses Vermächtnis für eine Bedeutung für mein Leben? Warum fühlte er sich meinen Eltern verpflichtet?"

„Das können wir hier jetzt nicht klären. Ich bin natürlich so überrascht wie du. Aber was das alles zu bedeuten hat, da bin ich überfragt", sagte Nursia und machte sich auf den Weg aus dem Turm. Julia folgte ihr nach kurzem Zögern.

„Vergiss nicht, abzuschließen", sagte Nursia und brachte Julia damit wieder auf den Boden der Tatsachen zurück. „Den Schlüssel werde ich auf demselben Weg zurückbringen, wie wir ihn geholt haben."

„Ich verstehe das nicht", sagte Julia auf dem Rückweg zum Kreuzgang.

„Eigentlich solltest du dich darüber freuen, dass du von diesem Bischof so viel geschenkt bekommst", erwiderte Nursia.

„Aber nur unter der Bedingung und so weiter. Aber, jetzt kommt mir ein Gedanke." Julia legte den Zeigefinger an die Nase. „Genau deshalb wollte mein Vater mich an den Ritter von Sterneck verheiraten."

„Das ist gut möglich. In dem Fall hätte dein Gatte das Vermögen für dich verwaltet, du wärest eine reiche Frau geworden."

„Und vor allem hätte mein Vater auch noch etwas davon gehabt!", sagte Julia, war sich aber über die Bedeutung dessen nicht ganz im Klaren. Gab es womöglich andere Interessen, die dahintersteckten?

„Und Wolfram? Hat er es vielleicht deswegen auf mich abgesehen?"

„Das glaube ich nicht", meinte Nursia kopfschüttelnd. „Ich bin überzeugt, dass er dich liebt und von der ganzen Sache nichts weiß."

„Mein Geburtstag ist nicht mehr so lange hin. In vier Monaten werde ich achtzehn Jahre alt."

Im Kreuzgang begegneten sie zwei Nonnen und verstummten. Den Rest des Nachmittags verbrachte Julia im Garten. Die Arbeit mit den Pflanzen und der Erde ließen ihr Zeit, über alles nachzudenken. Gegen Abend kam Nursia und überbrachte das

Schreiben eines Boten. Ihre Tante sei lebensgefährlich erkrankt, schrieb eine unbekannte Frau, Julia solle so schnell wie möglich kommen, bevor Kreszentia sterbe.

Julia wusste nicht so recht, was sie bei dieser Nachricht empfinden sollte. Einerseits hegte sie nur wenig Sympathie für ihre Tante, aber sie gehörte schließlich zur Familie und hatte sie aufgenommen. Und schließlich, wenn sie es genau bedachte, dann war Kreszentia jemand, der sie dem Geheimnis, das hinter all dem lag, ein Stückchen näherbringen konnte.

„Die Äbtissin ist wieder zurück", sagte Nursia. „Sie erlaubt dir zu reisen, mit der Kutsche des Klosters."

Der Kutscher sprach während der Fahrt kein Wort. Als sie am Abend das Stadttor von Sulz erreichten, war der Wächter gerade dabei, es zu schließen. Die Straßen waren wie leergefegt. Tintenschwarze Wolken hatten sich vor die untergehende Sonne geschoben. Das Haus der Tante stand da wie immer, nichts deutete darauf hin, dass sich hinter seinen Fensterläden eine Tragödie abgespielt haben könnte. Vorsichtig öffnete Julia die Tür. Ein Geruch nach Krankheit und Medizin schlug ihr entgegen. Von oben, wo sich die Schlafkammer der Tante befand, hörte sie Murmeln und Weinen. Julias Beine waren schwer, als sie die Treppe hinaufstieg. Die Nachbarinnen hatten sich um Kreszentias Bett versammelt. Um die Kranke herum waren Talgkerzen und Öllampen aufgestellt. Also war Tante Kreszentia tot. Ihr Gesicht war kreideweiß und schmerzlich verzerrt, das Bettlaken nass von Schweiß. Die Hände lagen verkrampft auf dem Laken. Ein scharfer Geruch hing im Raum, metallen, oder wie nach Erbrochenem. Ich habe sie nicht besonders gemocht, dachte Julia, aber so einen Tod hat sie nicht verdient! Ein Schluchzen stieg ihr in die Kehle. Sie ging auf das Bett zu und nahm die Hände der Tante, die mit bräunlichen Flecken übersät waren. Sie waren eiskalt.

„Verzeih, mir, Kreszentia, ich bin zu spät gekommen", sagte sie leise. „Verzeih mir, dass ich deinen Wünschen nicht immer entsprochen habe, du hast es sicher nur gut gemeint."

Die Tränen liefen ihr die Wangen herab.

„Ich hoffe, dass du dort, wo du jetzt bist, deinen Frieden hast und dass die Gerechtigkeit Gottes um dich ist."

Es war Julia nicht möglich, angesichts der Frauen, die sie mit starren, und wie es Julia schien, neugierigen Augen betrachteten, zu beten. Sie drückte einen Kuss auf die kühle, bitter riechende Stirn der Toten.

„Kommt bitte einmal hinaus zu mir", sprach sie nun eine männliche Stimme von hinten an. Julia schrak zusammen und drehte sich um. Im Türrahmen stand Gunther, der Bader. Er führte sie in die Kammer, in der Julia während ihres Aufenthaltes bei Kreszentia genächtigt hatte. Es war keine schöne Erinnerung.

„Eure Tante ist an einem Herzanfall verschieden", sagte Gunther in einem sachlichen Ton, aber seine Augen, mit denen er Julia fixierte, straften ihn Lügen.

„Wie konnte das so plötzlich geschehen?", fragte sie. Sie fühlte sich wie gelähmt und hatte Mühe zu sprechen.

„Sie hat sich übernommen", sagte Gunther. „Aber ich muss Euch noch etwas anderes sagen: Der Schäfer Hans Leiblin hat Euch in seinem Prozess wegen Hexerei und Teufelsbuhlschaft denunziert. Die Äbtissin von Bischofsbronn war heute als Zeugin geladen und hat gegen Euch ausgesagt. Die Indizien sind erdrückend. In dieser Kammer hier wurde eine Kanne mit Sauerwasser gefunden. Als man davon einem Hund zu trinken gab, erbrach er sich und starb kurz darauf. Das ist ein Hinweis auf die Tollkirsche. Eure Tante wurde vergiftet!"

Julia hatte das Gefühl, dass ihr der Boden unter den Füßen weggerissen wurde.

„Aber warum hätte ich so etwas tun sollen? Ich habe ja selbst von dem Sauerwasser getrunken und meinte, ich würde vergiftet!"

„Das sind nur Ausreden. Aber ich kann Euch helfen. Wenn man mich als Gutachter zu Eurem Prozess hinzuzieht, werde ich aussagen, dass Ihr nicht im Vollbesitz Eurer geistigen Kräfte gehandelt habt. Das könnte Euch vor der Einäscherung retten."

„Aber ich bin im Vollbesitz meiner geistigen Kräfte" begehrte sie auf.

„Man hat versucht, mich durch Gift verrückt zu machen, es ist keine Krankheit!"

„Das würde ich an Eurer Stelle dem Obervogt lieber nicht erzählen", sagte der Bader und blickte sie streng an. „Es könnte Euer Todesurteil sein."

„Aber warum denn?" Julia konnte nicht verhindern, dass sie vor Anspannung stöhnte.

„Weil es eine Verleumdung ist, und weil Ihr Euch schon länger verdächtig gemacht habt in der Stadt. Nachdem Ihr damals mit Eurer Mutter bei mir wart, hörte ich munkeln, Ihr habet ein Wetter gemacht, das Tische umwarf. Ein Korb Eier ist heruntergefallen, die Eier sind zerplatzt. Niemand hat der armen Frau den Schaden ersetzt."

Mit Schrecken erinnerte Julia sich daran. Sie hatte gleich so ein merkwürdiges Gefühl gehabt. Und eines wusste sie: Ihren Gefühlen konnte sie immer trauen!

15

Sie sah, dass Gunther seinen Blick über ihren Körper wandern ließ.

„Ihr seid in höchster Gefahr, Julia", sagte er. „Ich werde Euch an einen sicheren Ort bringen."

Julia fühlte sich noch verwirrter als zuvor.

„An welchem Ort sollte ich denn sicher sein? Das Unglück holt mich ja doch wieder ein."

„Das muss nicht so bleiben", antwortete er. „Aber die Austreibung der Dämonen ist mir nicht gelungen, das muss ich zugeben. Wenn ich in den Zeugenstand berufen würde, hätte ich große Schwierigkeiten. Kommt mit mir, ich kann Euch helfen, wieder gesund zu werden."

„Ich fühle mich aber gesund."

Gunther packte sie am Arm. Julia wehrte sich gegen den groben Griff.

„Lasst mich gehen", sagte sie. Augenblicklich ließ der Bader sie los.

„Wohin wollt Ihr denn gehen?", rief er ihr nach, als sie die Treppe hinunterlief. Sie gab keine Antwort. Draußen wurde sie allmählich ruhiger. Sie wandte sich in Richtung Oberes Tor. Eigentlich hatte Gunther Recht, zumindest in diesem Punkt. Wohin sollte sie tatsächlich fliehen? Das Tor war jetzt geschlossen, also musste sie die Nacht in der Stadt verbringen. Es war empfindlich kühl geworden, und es roch schon ein wenig nach Herbst. Sie wickelte ihre Schaube enger um sich. Wenn sie der Hexerei und Teufelsbuhlschaft verdächtigt wurde, gab es kein Entrinnen für sie. Man würde sie ergreifen, ins Gefängnis werfen, ihr den Prozess machen. Julia wusste, wie solche Verfahren, insbesondere für Frauen, gewöhnlich endeten. Die Frau aus Stuttgart fiel ihr ein, die immer noch auf dem Hohenasperg gefangengehalten wurde. Ob sie da jemals wieder herauskam? Und wenn, wie sollte sie dann weiterleben? Was blieb einer Frau übrig, die der öffentlichen Schande ausgesetzt war? Konnte sie als Marketenderin ihren

Lebensunterhalt verdienen, ein Handwerk erlernen, sich als Mann verkleiden und durch die Lande ziehen? Aber wer ließ ein Mädchen schon ein Handwerk erlernen, noch dazu ein übel beleumdetes. Diese Frauen endeten als Huren oder, wenn sie älter waren, als Kupplerinnen. Julia kannte das Frauenhaus der Stadt, hatte die aufgeputzten Mädchen gesehen, die in den Fenstern saßen und sich wie unabsichtlich vorbeugten, dass ihre prallen Brüste aus den Miedern sprangen. Auch im Badehaus sollte es toll zugehen. In letzter Zeit war dieses Lotterleben allerdings ein wenig eingedämmt worden, weil die Franzosenkrankheit sich immer mehr ausbreitete. Der Seefahrer Kolumbus sollte sie aus dem neu entdeckten Land mitgebracht haben. Doch was waren das für Gedanken, sie musste überlegen, wie sie aus dieser Misere herauskam. Hätte sie Gunthers Angebot annehmen sollen? Es schüttelte sie. Was war heute noch gewesen? Sie griff in ihre Manteltasche und hielt das Papier aus dem Turm in den Händen. Konnte ihr das helfen? Musste sie einen passenden Ehemann finden, um an das Vermögen zu kommen? Doch welcher Mann war passend für sie? Was bedeutete „standesgemäß"? Ihr eigener Stand? Sollte sie sich an den Bischof selbst wenden, um seinen Schutz bitten? Ihre Gedanken drehten sich im Kreis, und sie stolperte voran in der Hoffnung, niemandem zu begegnen, der sie erkannte. In der mondlosen Dunkelheit sah sie eine Gestalt auf sich zukommen. Deren Schritte klangen dumpf auf dem festgestampften Lehm der Gasse. Julia wollte sich umdrehen und weglaufen, doch sie ging mit aufgerichtetem Kopf weiter. Die Gestalt kam direkt auf sie zu und blieb vor ihr stehen.

„Julia", sagte eine vertraute Stimme.

Ihre Knie knickten ein, und er fing sie auf, bevor sie zu Boden sinken konnte. Eine Zeitlang hielt Wolfram sie fest, strich ihr beruhigend über den Rücken. Dann schob er sie auf Armeslänge von sich.

„Ich habe dich im Haus deiner Tante gesucht, aber du warst schon weg", sagte er. „Du musst aus den Augen der Öffentlichkeit verschwinden. Meine Eltern sind bereit, dich aufzunehmen, und da sie unbescholtene Bürger sind, wird man dich dort nicht suchen."

„Wie kommst du ausgerechnet in diesem Augenblick hierher?", wollte sie wissen.

„Ich war auf dem Weg zu deiner Tante, weil ich dich dort vermutete."

„Weißt du, was geschehen ist?", fragte ihn Julia.

Er nickte nur. „Ja, ich habe von ihrem Tod erfahren. So etwas spricht sich wie ein Lauffeuer herum."

„Der Bader war ebenfalls da und hat mir von den Anschuldigungen gegen mich berichtet", sagte sie.

„Jetzt gehen wir erst einmal nach Hause, du bist ja ganz verfroren", entschied er. „Morgen reden wir weiter."

Wolframs Eltern schliefen schon, als die beiden ins Haus kamen. Er zeigte ihr die leere Mägdekammer und verabschiedete sich mit einem Kuss auf ihre Wange. Ein Gefühl von Wärme und Erleichterung durchzog Julia. Der Vater war schon aus dem Haus, als sie morgens herunterkam. Wolfram schickte sich gerade an zu gehen.

„Der Prozess gegen den Schäfer wird heute fortgesetzt", meinte er. „Wahrscheinlich wird der Obervogt seinen Urteilsspruch fällen." Er drückte Julias Hand und verließ das Haus. Die Mutter stellte Julia ein Frühstück hin, einen festen Gerstenbrei mit Milch, und machte sich dann an ihre Arbeit. Während des Tages erzählte sie Julia von ihrer Familie und deren Schicksal, das Julia zum Teil schon kannte. Da die Familie ursprünglich aus Vöhringen stammte, hatten sie auch verwandtschaftliche Verbindungen nach Rottenburg, wo ein Bruder von Wolframs Vater mit seiner großen Familie lebte. Als Julia den Stadtnamen hörte, horchte sie auf. Dort war doch der Bischof, der ihr ein Vermögen vermachen wollte, zu Besuch gewesen!

Julia erzählte Wolframs Mutter von ihrem eigenen Schicksal, der Burg, den Toten und ihrer Rettung. Aber auch von den Vorkommnissen, die nun Anlass ihrer Anklage waren.

„Es ist eine schlimme Zeit", sagte Frau Lauterach, „man ist sich seines Lebens und Auskommens nicht mehr sicher. Die Leute reden, und eine Kleinigkeit kann einen üblen Ausgang nehmen. Wie in deinem Fall! Bloß weil ein Windstoß einen Tisch umwirft und Eier zu Bruch gehen, sollst du eine Hexe sein. Das ist lächerlich! Und doch kommt dann eines zum andern. Hier bei uns bist du sicher, Julia!" Sie strich der jungen Frau übers Haar, und dann machten sie sich daran, die täglichen Arbeiten zu erledigen und für die Männer ein Abendessen zuzubereiten.

Nach dem einfachen Nachtmahl suchte Wolfram Julia in ihrer Kammer auf. Er wirkte zerknirscht.

„Der Obervogt hat den Schäfer noch einmal der verstärkten Folter ausgesetzt. Diesmal ist Blut geflossen und es haben Knochen geknackt. Er hat ein umfassendes Geständnis abgelegt und dich ganz übel mit hineingeritten!"

„Was soll ich tun?", fragte sie. Ihre Knie hatten zu zittern begonnen.

„Ich weiß nicht, wie lange wir dich hier verstecken können. Vielleicht könnte ich dich in ein anderes Kloster bringen, eines, das weiter entfernt liegt."

„Das hat der Bader mir auch angeboten. Aber was nützt mir das? Auch dort kann ich entdeckt werden."

„Der Bader soll seine dreckigen Pfoten von dir lassen!"

Julia schaute ihn verwundert an.

„Er ist der Letzte, der dir helfen kann! Die nächsten Tage bleibst du auf jeden Fall hier. Sei aber vorsichtig und zeige dich nicht am Fenster."

„Ich verspreche es, Wolfram", sagte sie.

Er umfasste ihre Schultern und gab ihr einen Kuss auf die Stirn. Am liebsten hätte sie sich in seine Arme geworfen, doch sie trat einen Schritt zurück. Sollte sie es ihm sagen? Doch sie schwieg und schloss die Tür hinter ihm.

Das Warten in der dunklen Kammer wurde unerträglich. Draußen schien die Septembersonne, die Menschen lebten ihr Leben. Doch sie war schon wieder eingesperrt und konnte nichts tun. Warum beendete Wolfram ihren Zustand nicht? Er hatte doch Jurisprudenz studiert und wusste sicherlich, wie man jemanden vom Verdacht der Hexerei freiwusch. Was hatte Nursia gesagt? Man müsste selbst über sein Leben entscheiden. Konnte man das in einer solchen Lage überhaupt? Wie wäre es, wenn sie zu dem Schloss Lichteneck ginge, oder besser noch zum Bischof selbst? Stundenlang saß sie auf ihrem Bett und grübelte, kam aber zu keinem Ergebnis. Aus der unteren Etage hörte sie die Geräusche des Tages. Frau Lauterach ging mit schweren Schritten hin und her. Immer wieder drang der Seifengeruch in Julias Nase. Einmal hörte sie die Hausfrau mit einer Nachbarin sprechen, und der Schweiß brach ihr aus allen Poren. Als alles wieder still war, trat sie gedankenverloren ans Fenster. Es war mit einer dünnen Tierhaut bespannt. Sie schob sie ein wenig beiseite. Auf dem Platz vor dem Haus spielten ein paar Kinder mit Murmeln. Etwas weiter hinten blinkte der Fluss in der Abendsonne. Die Glocke der Kirche schlug sechs Mal. Eines der Kinder, ein etwa neunjähriger Junge, schaute zu ihr herauf. Er nahm eine Murmel in die Hand, richtete sich auf und verzog den Mund zu einem Grinsen. Gleich wird er mit dem Finger auf mich zeigen und zu schreien beginnen, dachte sie und zog hastig den Kopf zurück. War das eben wirklich gewesen oder hatte sie es sich nur eingebildet? Sie musste weg von hier, sonst war sie verloren. Kurzentschlossen wickelte sie die Schaube über ihr Kleid, zog die Kapuze über den Kopf, verließ die Kammer und blieb horchend an der Treppe stehen. Wolframs Mutter war anscheinend draußen, um Wäsche abzuhängen. Julia atmete tief durch und ging leise, Stufe für Stufe, die Treppe hinunter. Bei jedem Knarren machte ihr Herz einen Satz. Die Tür stand offen, sie huschte hinaus, tauchte unter in einer der Gassen. Die Menschen eilten hin und her, niemand achtete weiter auf sie. Und so ließ sie auch der Torwächter ohne Fragen passieren. Sein Gesicht war ihr nicht bekannt. Das Schloss Lichteneck, Julias Ziel, lag etwa drei Meilen entfernt von der Stadt Sulz. Doch woher sollte sie wissen, welches der Weg war und in welcher Richtung das Schloss lag? Möglichst unbefangen fragte sie den Wächter danach. Er wies auf den Berg, der sich auf der anderen Seite des Flusses erhob. Julia überquerte die Brücke und nahm den Pfad auf der anderen Seite der Straße, der sich steil durch den Wald hinaufwand.

Immer wieder schaute sie sich um. Niemand folgte ihr. Und immer wieder blieb sie stehen. Was erwartete sie dort, wo sie hinging? Wäre es nicht besser gewesen, zu bleiben und auf Gott und die Hilfe Wolframs zu vertrauen? Sie stand wie gelähmt. Ihr ganzes bisheriges Leben zog in kurzer Zeit an ihr vorüber, die Jahre auf der Burg, die Wochen bei ihrer Tante, die Begegnung mit Wolfram, dem Bader Gunther, mit Clarissa, Nursia und Wolframs Eltern. Sollte sie umkehren? Julia gab sich einen Ruck, löste sich aus der Erstarrung. Sie ging ein paar Schritte den Berg hinunter, blieb wieder stehen. Sie dachte an den Jungen, der zu ihr hinaufgeschaut hatte, an den Tod von Kreszentia, das Gesicht von Clarissa stand vor ihr. Unter ihr lag die Stadt, ihre Heimat. Niemals hätte sie gedacht, dass sie alles einmal so schnell, ohne Abschied, würde verlassen müssen. Aus den Schornsteinen der Häuser stieg Rauch. Dort bereiteten die Frauen nun das Abendessen vor, die Männer kamen von der Arbeit heim und die Kinder saßen um den Tisch, trommelten vielleicht mit ihren Löffeln darauf herum. Von der Straße her ertönte der Ruf eines Mannes. Sie drehte sich abermals um, lief den Berg weiter hinauf. An den ratternden Geräuschen erkannte sie, dass der Mann ein Kutscher gewesen sein musste. Trotzdem, sie musste weiter, wie hatte sie sich nur so vergessen können.

Die Stille war jetzt geradezu gespenstisch. Julia hörte nichts außer ihrem eigenen keuchenden Atem und das Knacken von Ästen unter ihren Füßen, das Rascheln der Blätter und trockenen Nadeln. Ein Häher rätschte und flatterte vom Gipfel einer Tanne auf. Julia fuhr zu Tode erschrocken zusammen. Endlich war sie oben und trat aus dem Wald heraus auf eine Wiese. Kühe grasten hier, blickten ihr mit großen Augen entgegen. Sie musste langsam gehen, sonst fiel es auf. Die Sonne stand schon ziemlich tief, aber es konnte nicht mehr weit sein bis zu ihrem Ziel. Weiter vorn auf einem Acker sah Julia eine alte Bäuerin, die kniend Steine aus der Erde klaubte und sie neben sich aufschichtete. Suchend blickte Julia sich um: Es waren keine Büsche oder Bäume da, hinter denen sie sich hätte verstecken können. Mit klopfendem Herzen ging sie weiter. Sie musste direkt an der Bäuerin vorbei, wollte sie sich nicht verdächtig machen.

„Gott zum Gruße", sagte sie, als sie auf einer Höhe mit der Frau war.

Die Bäuerin wandte sich um und erhob sich schwerfällig.

„Gott zum Gruß, junge Frau. Was macht Ihr hier so allein auf weiter Flur?"

„Ich besuche meinen Onkel in Lichteneck", erwiderte Julia und war froh, dass sie nicht errötete.

„Dann sputet Euch, bevor es dunkel wird. Ach", sie verzog schmerzlich das Gesicht und drückte ihre Hände in den Rücken, „alt werden ist furchtbar. Überall reißt und zwickt es. Wer weiß, wie lang ich meine Arbeit noch verrichten kann. Und dann muss ich um mein Gnadenbrot bei den Jungen betteln."

„Wir werden alle einmal alt", sagte Julia und wollte weitergehen.

„Nun bleibt doch einen Moment", sagte die Alte. „Unsereins findet nicht oft jemanden zum Reden. Habt Ihr schon die Geschichte vom Schäfer gehört, dem Hexer?"

Was sollte sie bloß erwidern?

„Ja, ich habe davon gehört. Wir wollen hoffen, dass es ein gerechtes Urteil geben wird."

„Brennen soll der Teufelsbuhler, brennen! Sie sollen ihm die Eingeweide herausreißen, als Abschreckung für andere Unholde."

„Ich muss jetzt wirklich weiter", meinte Julia schaudernd.

„Was zittert Ihr denn so, junge Frau? Ist es die Kühle des Abends oder habt Ihr vielleicht selbst was auf dem Kerbholz?"

„Ihr habt doch selber gesagt, ich solle mich sputen", sagte Julia.

„Immer so eilig, diese jungen Leute. Aber wir waren auch einmal so. Ach, waren das Zeiten. Bis dieser Luther kam und alles in Aufruhr brachte. Es ging uns schon vorher elend, aber jetzt geht es uns noch viel schlechter. Tausende von Bauern hingerichtet, oder von den Soldaten der Adligen erschlagen!"

Eine Träne rollte der Alten die runzlige Wange herunter.

„Vertraut auf Gott", sagte Julia und wandte sich endgültig zum Gehen.

„Also dann geht mit Gott", rief die Frau ihr nach. „Lasst Euch aber von keinem verführen zu einer gotteslästerlichen Tat!"

Julia verabschiedete sich, froh, noch einmal davon gekommen zu sein. Ihr war jetzt viel leichter zumute, weil sie doch nicht so bekannt war, wie sie befürchtet hatte. Sie wanderte an abgemähten Kornfeldern vorbei und hätte sich wegen der Wärme gern ihrer Schaube entledigt, doch sie wagte es nicht. Die Sonne glänzte auf den Blättern der Bäume. Am Wegrand lagen rotbackige Äpfel und pralle Zwetschgen, doch Julia hatte keine

Augen dafür. Merkwürdig, dass die Leute sie liegenließen, die Bäuerin hatte doch so sehr über die schlechten Zeiten geklagt. So angefressen, so ausgehöhlt wie dieses Fallobst fühlte sich Julia. Sie war jetzt nur noch von dem Gedanken besessen, einen sicheren Ort zu finden. Mit der Angst, von Dämonen verfolgt zu werden, rannte sie weiter. Schließlich senkte sich der Weg in einen düsteren Tannenwald hinab. Sie blieb abermals stehen. Der Himmel zeigte letzte rosarote Wölkchen, aber hier war es feucht, modrig und dunkel. Das gelbe Laub einzelner Birken stach aus der beginnenden Nacht hervor. Julias Herz begann schneller zu klopfen. Was wäre, wenn sie hier jemandem begegnete? Sie beschleunigte ihre Schritte. Immer steiler ging es hinunter. Julia glaubte, jemanden hinter sich zu hören, vermeinte schon den Anruf eines Büttels zu vernehmen: Hexe, bleib stehen! Im Laufen stolperte sie über eine Wurzel und fiel der Länge nach hin. Nichts rührte sich. Sie stand langsam auf, klopfte sich den Schmutz von Händen und Kleidern. Schließlich sah Julia es hinter den Tannen heller werden, es schien das Ende des Waldes zu sein. Unter sich sah Julia ein paar Lichter, die sich auf dem Vorplatz einer Kirche bewegten. Wahrscheinlich waren es fromme Christen, die mit ihren Fackeln zur Messe gingen. Je näher sie dem Flecken kam, desto froher wurde sie. Nie wieder wollte sie in einer solchen Stunde durch den Wald gehen. Sie entbot den Menschen, die auf dem Weg zur Nachtmesse waren, ihren Gruß. Bald hatte sie den kleinen Ort durchquert. Schattenhaft kündigte eine Allee die Nähe des Schlosses an. Aus seinen Fenstern verstrahlten Lichter Wärme, tauchten das Gebäude und seine Umgebung in ein gelbliches Licht. Es war eine viereckige, massige Wehranlage mit mehreren Stockwerken und einem Turm an jeder Ecke. Die Steine waren mit blassbraunen Ornamenten verziert. Im Graben, der den Bau umgab, schwammen Enten still auf dem Wasser. Um diese Wasserburg herum standen ein paar Bauernhäuser. Julia gab sich einen Ruck, ging über die schwankende Zugbrücke und klopfte an die Tür. Nach einer Zeit, die ihr endlos erschien, wurde geöffnet. Ein Diener in einem verblassten Wams stand vor ihr.

„Heda", sagte er. „Wer kommt uns um die Zeit noch besuchen?"

„Ich suche ein Obdach für die Nacht", antwortete Julia mit dem

Mut der Verzweiflung. „Und bin auch mit einem Lager im Stall zufrieden."

Er musterte sie von Kopf bis Fuß.

„So seht Ihr aber gar nicht aus", meinte er. „Wartet hier einen Augenblick, ich will meinen Herrn fragen."

Während er sich entfernte, spähte sie in den Schlosshof hinein. An den Wänden waren Grabplatten von Rittern und ihren Edelfrauen eingelassen. Schließlich kam der Diener zurück und erbot sich, sie zu seinem Herrn zu führen. Julia stieg hinter ihm eine gewundene Treppe hinauf. Die Fackel in der Hand des Dieners beleuchtete düstere Ahnenbilder an den Wänden. Schließlich klopfte er an eine Tür, ließ sie mit einer Verbeugung eintreten. Der Hausherr saß in einem brokatbezogenen Lehnstuhl vor einem Feuer, das im offenen Kamin brannte. Er war mit einem rostroten Obergewand und Pluderhosen bekleidet. Den habe ich doch schon einmal gesehen, dachte sie. Diese breite Nase, das wulstige Kinn, das graue, kurz geschnittene Haar. Julia fiel im Moment nicht ein, wann sie diesem Menschen schon einmal begegnet war. Es musste weit zurück liegen.

Der Burgherr erhob sich und richtete seine kleinen Augen auf sie.

„Dachte ich es mir doch", sagte er im Ton der Genugtuung. „Das gebratene Täubchen fliegt mir direkt in den Mund."

„Was sagt Ihr da?", brauste Julia auf. Jetzt fiel es ihr ein: Bei einer Jagdgesellschaft des Vaters war sie ihm schon einmal begegnet.

„Es ist schön, dass Ihr direkt in mein Haus gekommen seid", antwortete der Ritter. „Täubchen, so hat Euch Euer Vater doch immer genannt. Mein herzliches Beileid übrigens noch."

Er setzte eine bedauernde Miene auf.

„Ich kenne Euch", sagte Julia. „Ihr seid ein Jagdfreund meines Vaters gewesen."

„Eben der hat Euch mir zur Frau versprochen. Das habe ich mit Brief und Siegel. Wenn Ihr mich heiratet", er verzog den fleischigen Mund zu einem Lächeln, „bekommt Ihr an Eurem achtzehnten Geburtstag dieses Schloss nebst Ländereien und einem Goldschatz."

„Woher wisst Ihr das? Und überhaupt, was habt Ihr in diesem Schloss zu suchen?", fragte Julia in scharfem Ton.

„Von Eurem Vater. Und von ihm leite ich auch die Berechtigung ab, hier zu wohnen."

„Gab es keinen rechtmäßigen Besitzer des Schlosses?"

„Der ist gestorben, ohne einen Erben zu hinterlassen."

„Wisst Ihr nicht, welchen Verdächtigungen ich ausgesetzt bin?"

Der Sternecker lachte dröhnend, so dass sein Bauch und der Lehnstuhl ins Wanken kamen.

„Das ist doch nur eine Kleinigkeit, Täubchen", sagte er. „Als meine Frau wird Euch keiner in der Stadt auch nur ein Haar krümmen. Keiner wird es wagen, die neue Herrin von Lichteneck als Hexe zu denunzieren!"

Es klopfte. Der Diener kam herein, brachte einen Leuchter mit brennenden Kerzen und stellte ihn zusammen mit einer Schale Nusskonfekt auf einen Beistelltisch.

„Das kommt für mich alles sehr plötzlich", sagte Julia. „Wenn Ihr mir für eine Nacht Aufnahme gewährt, werde ich die Sache überdenken. Aber gestattet mir noch eine Frage: Woher habt Ihr die Mittel, um Euch dieses Leben leisten zu können?"

Er schien ihr diese Worte nicht übel zu nehmen.

„Vielleicht habt Ihr von den Fuggern gehört?", fragte er sie, „den Geldverleihern mit den großen Handelskontoren?" Julia nickte.

„Genau. Unser Zeitalter ist eins der Umwälzung. Die Ritter sind allmählich am Aussterben, so auch ich." Er lachte dröhnend. „Die Zeiten für Menschen meines Schlags sind bald vorbei, Kraft, Geschicklichkeit und Mut sind nicht mehr sehr gefragt, und statt der Ritter und der Handwerker haben jetzt die Kaufleute das Sagen. Dank des Geldsegens der Fugger habe ich einen Handel mit Seide und Gewürzen angefangen, und ich werde damit bald genug verdienen, um hier Hof zu halten und mir einen Michelangelo oder Dürer leisten zu können."

„Das sind so viele Neuigkeiten für mich", versetzte Julia. „Wenn Ihr gestattet, möchte ich mich jetzt auf mein Zimmer zurückziehen."

In der geräumigen Schlafkammer, dessen Wände mit vergilbten Gobelins verhangen waren, lag sie in einem weichen Bett, das von einem Himmel überspannt war. Sterne glitzerten auf sie herab. Oder waren es die Sterne, die durch das geöffnete Fenster hereinschauten? Ich werde noch ganz wirr im Kopf, dachte sie.

War es ihr Ziel gewesen, an der Seite eines solchen Mannes zu versauern? Hof zu halten in einem goldenen Käfig, die Seitensprünge des Gatten zu ertragen, beide Augen zuzudrücken und sich selbst einen Liebhaber zu nehmen? All dies hatte sie bei den Gesellschaften gesehen, die ihre Eltern in bescheidenem Rahmen gaben. Julia dachte an die beiden Lehnstühle, die sich in dem großen, leeren Raum gegenüberstanden. Ihr Entschluss war gefasst. Bevor der Morgen graute, packte sie ihre wenige Habe zusammen und schlich sich wieder einmal wie ein Dieb aus dem Haus. Wo soll diese Flucht nur enden?, dachte sie angstvoll. Der Weg aus dem Schloss war einfacher, als es Julia erwartet hatte. Niemand war zu dieser Tageszeit auf den Gängen unterwegs. Sie fand eine kleine Seitenpforte, die sich leicht öffnen ließ.

Durch das Neckartal wagte sie nicht zu gehen, weil dort viele Fuhrwerke, Reisige und einfaches Volk unterwegs waren. So wanderte sie über die Höhen, durch Wälder und über Felder der alten Stadt Rottenburg zu. Sie mied die Nähe der Siedlungen. Wenn ihr Menschen begegneten, waren es Bauern, die auf ihren Äckern arbeiteten und sie nicht weiter beachteten. Manchmal hatte sie das Gefühl, jemand schaue ihr nach. Von den Misthaufen am Wegrand leuchteten ihr zuweilen grüne Flaschenkürbisse entgegen. Als sie sich allein glaubte, grub sie Rüben aus und stillte ihren Hunger notdürftig damit. Die hereinbrechende Nacht verbrachte sie in einer Scheune. Das Stroh kitzelte sie an der Nase und stach sie durch ihr Kleid hindurch. Eine Eule heulte. Das ist das Zeichen des Todes, hatte ihr Anna erzählt. Eine unheimliche, langanhaltende Stille folgte. Es raschelte und knisterte überall. Julia wusste nicht, ob es von innerhalb oder außerhalb der Scheune kam. Sie hörte ihren eigenen, stoßweisen Atem. Jetzt wurde die Tür des Schobers aufgerissen. Es muss sein, dachte sie, lag ganz still und bekreuzigte sich. Drei Gestalten näherten sich mit einer Laterne.

„Das ist sie", sagte eine männliche Stimme.

„Bist du Julia Eitel, Tochter des verstorbenen Wilhelm Eitel?" Das Licht fiel dem Mann ins Gesicht, es war rot und wirkte schadenfroh.

„Ja, so nennt man mich."

„Ich habe den Auftrag, dich an die Obrigkeit auszuliefern. Du bist wegen Hexerei und Teufelsbuhlschaft denunziert worden. Ich werde dich für diese Nacht in den Schuldturm von Sulz bringen." Dann musste es eben sein. Die Flucht war vergebens gewesen. Julia stand auf. Rohe Hände griffen nach ihr, fesselten ihr Hände und Füße. Sie wurde auf einen Karren geworfen, der sich rumpelnd in Bewegung setzte. Das eintönige Knarren und Schaukeln schläferte sie ein, doch sie schreckte immer wieder aus dem Schlafe hoch. Die drei Männer erzählten Zoten, lachten dröhnend, tranken Bier aus einem Fass, das sie mit sich führten. Einer riss ihren Kopf hoch, wollte ihr etwas von dem Getränk einflößen. Angewidert drehte sie den Kopf weg. Sie würde alle Kraft, die sie noch hatte, für das brauchen, was ihr bevorstand. Ob es besser gewesen wäre, der Werbung des Sterneckers nachzugeben? Sie verwarf den Gedanken wieder. Nicht um diesen Preis! Hatte sie nicht schon einmal einen Schutzengel gehabt, in der Nacht, als die Burg abgebrannt war? Oft traten diese Engel in Gestalt eines Menschen auf.

16

Sie wusste nicht mehr, wie sie die restliche Fahrt auf dem Ochsenkarren überstanden hatte. Alles tat ihr weh, sie war überzeugt, dass ihre Haut mit zahllosen blauen Flecken übersät war. Bei der Einfahrt in die Stadt steckten ihr einige Leute die Zunge heraus oder verspotteten sie mit anzüglichen Worten. Der Gefängnisturm befand sich im Nordosten der Stadt. In einem der beiden Räume wurde der Schäfer bis zu seiner Hinrichtung gefangengehalten. Durch das winzige vergitterte Fenster erhaschte Julia einen Blick auf ihn. Er saß zusammengekauert auf dem Boden. Julia wurde in den engen Raum daneben gebracht, der mit Stroh ausgelegt war. Der Büttel löste ihre Fesseln und schloss einen ihrer Arme und ihr rechtes Bein mit einer Kette an die Wand. Die Tür schlug mit einem Krachen zu. Julia sank in sich zusammen. Das hatte sie sich wahrhaftig nicht erträumt, einmal so zu enden. Sie begann haltlos zu weinen. Lange saß sie da und lauschte dumpf auf die Geräusche, die von außen hereindrangen. Wenn sie Schritte zu hören glaubte, zuckte sie zusammen. Schließlich öffnete sich die Tür mit einem Quietschen. Verschwommen nahm sie Wolfram wahr. Der Wächter zog sich zurück; Julia schämte sich ihrer vom Weinen verschwollenen Augen. Als wenn es noch darauf ankäme. Er setzte sich neben sie.

„Das ist ja eine üble Geschichte, Julia. Ich habe versucht, den Prozess in die richtigen Wege zu leiten, aber es ist mir leider nicht gelungen. Warum bist du nicht im Haus meiner Eltern geblieben?"

„Ich glaubte, jemand hätte mich entdeckt, ein Kind, ein kleiner Junge."

„Ich verstehe, dass deine Nerven aufs Äußerste gespannt sind und du sehr verängstigt bist. Wahrscheinlich hätte ich auch nicht anders gehandelt in dieser Lage", sagte Wolfram.

„Ich wollte deine Eltern nicht in mein Schicksal hineinziehen. Sie sind rechtschaffene und brave Menschen!", stammelte Julia unter Tränen. „Aber warum ist es dir erlaubt, mich im Gefängnis zu besuchen?", fragte sie Wolfram dann.

„Ich habe gesagt, ich würde dich zu einem Geständnis überreden. Und auch dazu, andere Leute zu besagen."

„Und, willst du das?", fragte sie ihn mit forschendem Blick.

„Um Gotteswillen, nein. Das war nur ein Vorwand. Ich wollte mit dir besprechen, wie wir in dem Prozess gegen dich vorgehen könnten. Hör zu." Er schaute sich um, beugte sich näher zu ihr hin und sagte leise:

„Du erinnerst dich doch an unsere Gespräche im Hause deiner Tante. Die wird übrigens morgen beerdigt, das nur nebenbei. Leider wirst du nicht dabei sein können, dagegen musst du an der Hinrichtung des Schäfers teilnehmen, wegen der Wirkung auf deine Geständnisbereitschaft. Das kann ich dir nicht ersparen, genau so wenig, wie ich dem Schäfer seinen Tod durch das Feuer ersparen kann."

Neben der Trauer, die eine solche Nachricht in ihr auslöste, keimte ein Hoffnungsschimmer in Julia auf.

„Was soll ich tun?"

„Ich habe die Schriften des Paracelsus gelesen. Er berichtet zwar auch über Hexen, kommt aber zu dem Schluss, dass sie nicht durch das Gericht, sondern durch den Arzt zu behandeln seien."

„Ich glaube, ich weiß, worauf du hinauswillst. Ich soll die Kranke spielen. Wenn es weiter nichts ist, darein kann ich mich gut einfühlen."

„Dann gebe ich dir folgenden Rat: Die ersten Fragen des Obervogts werden die nach der Teufelsbuhlschaft sein. Verweigere dich nicht, aber gib die Antworten nicht den Fragen entsprechend, sondern so, wie du es im Haus von Kreszentia erlebt hast. Es wird nicht einfach werden. Clarissa, die Äbtissin sowie der Bader Gunther sind als Zeugen geladen."

Wolframs Gesicht verzog sich zu einem Ausdruck, von dem Julia nicht wusste, ob er Sorge oder Wut bedeutete. Er drückte ihr zum Abschied fest die Hand.

Die Stunden vergingen unendlich langsam. Julia konnte keinen Schlaf finden und wenn, dann schlummerte sie für kurze Zeit ein, um dann wieder hochzuschrecken. Wenn sie wach war, befielen sie Ängste und Zweifel. Dann wieder war sie zuversichtlich und voller Hoffnung. Es wird schon alles gutgehen, dachte sie. Doch was

würde passieren, wenn der Obervogt sich nicht erweichen ließ?
Wenn Clarissa und Gunther gegen sie aussagten? Die Meinung
der Bürger war offensichtlich gegen sie gerichtet, da hatte sie kein
Erbarmen zu erwarten. Und wenn sie nun für toll erklärt würde?
Konnte sie das vor dem sicheren Tod bewahren? Und wenn ja:
Dann konnte sie das Vermögen nicht beanspruchen. Was war sie
nur für eine Törin. Das würde ihr nichts mehr nützen, wenn sie
brannte, eingeäschert wurde, wie sie es nannten. Sie musste einfach
auf Wolfram vertrauen.

Doch erst einmal sollte sie die Hinrichtung des Schäfers miterleben.
In Absprache mit dem Notar hatte Wolfram das zu verhindern
versucht, jedoch ohne Erfolg.

So saß sie am folgenden Tag auf einem Armesünderbänkchen nicht
weit von dem Scheiterhaufen, der für Hans Leiblin auf der Höhe
über dem Städtchen Sulz errichtet worden war. Ihre Hände und
Füße waren mit schweren Ketten gefesselt. Sie selbst war in ein
schmutziges, wohl ehemals weißes Gewand gekleidet worden.
Mit tränenerfüllten Augen nahm sie die hohen Linden wahr,
die den Richtplatz säumten. Die ganze Stadt schien sich auf die
Beine gemacht zu haben, stand seit den frühen Morgenstunden
auf dem Platz herum und hielt Maulaffen feil. Wahrscheinlich
hatten sie Wetten auf den Schäfer abgeschlossen, etwa, wie
lange er am Leben bleiben, ob er seine Peiniger verfluchen und
Gott abschwören, dafür aber dem Teufel huldigen würde. Die ihr
wohlbekannte Übelkeit stieg Julia aus dem Magen herauf und
brannte ihr in der Kehle. Die an ihr vorüberkamen, warfen ihr
derbe Scherzworte zu, verhöhnten und verspotteten sie. Manche
ließen sich sogar dazu hinreißen, sie anzuspucken oder nach ihr zu
schlagen. Fast wünschte sie sich wieder in die schmutzige Stille
ihres Kerkers zurück. Sie sagte sich jedoch, dass sie es überstehen
würde, dass auch andere es überstanden hatten, nicht zuletzt
die Frau aus Stuttgart. Irgendwann mussten sie die auch wieder
freilassen. Wolfram stand bei einer Gruppe von Männern, die Julia
als Notar, Obervogt und Scharfrichter erkannte. Die Ratsherren
waren vollständig versammelt, und auch einer der Büttel, die
sie eingefangen hatten, plauderte vergnügt mit ihnen. Jetzt kam
Bewegung in den riesigen Menschenleib, wie eine Welle ging es

hindurch. Julia hörte ein halblautes Stöhnen aus Hunderten von Mündern. Der Karren mit dem Schäfer kam in Sicht. Die Arme und Beine des Hans Leiblin waren ausgerenkt und baumelten kraftlos vom Körper herunter. Die Brust war aufgerissen, das Blut auf dem Kittel eingetrocknet. Julia drehte den Kopf zur Seite und hielt sich die Hand vor den Mund. Der Obervogt trat vor und sagte im Vorbeigehen zu ihr:

„Warte nur, dir blüht das Gleiche. Entscheide dich nur gleich, zu gestehen."

Der Schäfer wurde von dem Karren abgeladen, auf den Holzstoß geschleift und dort festgebunden.

„Dies ist deine letzte Gelegenheit, Buße zu tun", rief der Obervogt ihm zu. „Bereust du deine Sünden, deinen Teufelspakt und den Umstand, dass du von Gott abgefallen bist?"

Der Schäfer schüttelte fast unmerklich den Kopf, aber doch so deutlich, dass es der Obervogt und die Umstehenden merkten. Julia hatte Hans Leiblin so verstanden, dass er meinte, diese Verbrechen nicht begangen zu haben.

„Er meint, er sei unschuldig", sagte Wolfram in festem Ton zum Obervogt.

„Ist das wahr, Verurteilter?", fragte der Obervogt den Schäfer. Der nickte.

„Der Widerruf des Geständnisses vor der Einäscherung bewahrt dich nicht vor dem Tode", sagte der Obervogt in ebenso festem Ton. Ein Geistlicher hielt dem Delinquenten ein Kreuz entgegen. Der Schäfer begann zu weinen.

„Er ist kein Hexer, schaut, er vergießt richtige, lebendige Tränen", rief jemand aus dem Volk. Der Obervogt hielt den Richterstab über sich und zerbrach ihn.

„Anzünden", befahl er. Der Henker wies seine Knechte dazu an, Feuer zu legen. Es begann an allen vier Seiten des Holzstoßes zu glimmen und zu qualmen. Julia verbarg ihr Gesicht in den Händen. Sie hörte es knistern, prasseln, hörte das Stöhnen und die erstickten Schreie von Hans Leiblin, das begeisterte Anfeuern der Menge, spürte, wie es immer heißer wurde, und sie flüsterte in ihre Hände hinein, die nass vor Schweiß waren: Verzeih mir, Hans, ich konnte nichts für dich tun. Möge deine Seele bald in Frieden ruhen.

Nach der Verbrennung des Schäfers wurde Julia in den Turm zurückgebracht. Sie glaubte, die Nacht nicht überstehen zu können. Gab es keine Rettung, war niemand da, der ihr hätte helfen können? Die Stille des Raumes nebenan bedrückte sie. Wie hatte der Schäfer wohl seine letzte Nacht verbracht? Gegen Morgen fiel sie in einen kurzen, unruhigen Schlaf. Und dann kamen sie, zwei Büttel in schwarzer Kleidung. Sie zerrten sie hoch, stießen sie durch die Tür, die Treppe hinunter, auf einen bereitstehenden Wagen.

Der Raum, in dem das Gericht abgehalten wurde, war mit dunklem Holz getäfelt, ein paar Jagdszenen an den Wänden, ein Eichenholztisch, volle Bierhumpen für die Ratsherren. Der Prozess erschien Julia wie eine Fortsetzung des Albtraums mit dem Schäfer. Die Fragen des Obervogts prasselten auf sie ein. Mitleidlos versuchte er sie zu überführen. Seine Stimme hallte durch den Saal:

„Wie oft bist du ausgefahren?"

„Ich bin nicht ausgefahren."

„War es finster, konntest du in der Luft erkennen, wo du bist?"

„Ich bin nicht ausgefahren."

„An welche Orte seid ihr gekommen?"

„An keine Orte."

„Ah", schrie der Obervogt. „Du gibst also zu, ausgefahren zu sein?"

„Nein."

„Was für Dinge hast du unterwegs gesehen?"

„Keine. Ich war nicht unterwegs."

Der dreht mir ja das Wort im Mund herum, dachte sie verzweifelt.

„Was für Speisen hast du beim Hexensabbat gesehen? Was habt ihr miteinander geredet? Was für Spielleute waren zum Tanzen da? Wo war der Buhlteufel?"

„Der Buhlteufel war in meinem Bett. Ich bin mir aber nicht sicher, was er da gemacht oder gewollt hat."

„Unsinn, du musst dich erst mit ihm vermählt haben, beim Hexensabbat. Mit wem hast du getanzt? Was für Leute waren bei dem Hexensabbat dabei?"

„Er war bei mir zuhause, in meinem Bett."

„Wie oft hat er dich besucht?"

„Ein Mal."

„Wie oft habt ihr Unzucht getrieben?" Die Augen des Obervogts wanderten über ihren Körper, er leckte sich fast unmerklich die Lippen.

„Er hat vielleicht Unzucht getrieben, ich wollte es nicht."

„Hast du nicht Gott abgeschworen? Hast du ihm nicht den Hintern geküsst?"

„Nein, niemals."

„Hat er nachts oder tagsüber Unzucht mit dir getrieben?"

„Nachts."

„Wie hast du ihn empfunden?"

„Als sehr kalt. Glitschig."

„Das war ein Teilgeständnis. Schreiber, notiert das gewissenhaft. Jetzt die Zeugin Clarissa, Äbtissin von Bischofsbronn. Die beiden Zeugen haben sich bereit erklärt, auch in Anwesenheit der Angeklagten auszusagen", sagte der Obervogt.

Julia warf einen Blick zu Wolfram hinüber, der ihr zunickte. Sie hatte also ihre Sache gut gemacht – bis jetzt.

Clarissa trat vor den Obervogttisch.

„Clarissa, Äbtissin aus Bischofsbronn, schwört Ihr, die Wahrheit zu sagen?", fragte der Obervogt.

„Ich schwöre bei Gott dem Allmächtigen."

„Legt Eure Hand an den Richterstab." Clarissa tat, wie ihr geheißen.

„Seit wann kennt Ihr die Delinquentin Julia Eitel?", fuhr der Obervogt fort.

„Erst seit Kurzem. Kreszentia Eitel, ihre Tante, hat sie ins Kloster gebracht, weil sie krank war."

„An welcher Krankheit litt sie Eurer Meinung nach?"

„An Besessenheit. Sie war aber so schnell wieder auf den Beinen, dass ich Zweifel daran habe, ob es überhaupt eine Krankheit war."

Der Teufel soll sie holen, dachte Julia. Auch sie verdreht alles.

„Was war es dann, Eurer geschätzten Meinung nach?"

„Ich glaube, dass sie eine Hexe ist. Eine meiner Nonnen hat berichtet, dass sie einen Hund verhext habe. Er gebärdete sich wie toll und hat sich lange nicht erholt von dem Gift, das sie ihm gegeben hat."

„Wurde schon einmal jemand aus ihrer Blutsverwandtschaft eingeäschert?", fragte der Obervogt lauernd.

„Nicht dass ich wüsste", erwiderte Clarissa.

„Empfindet Ihr Todfeindschaft für die Delinquentin?"

„Nein. Kreszentia Eitel hat sie mir gebracht, um sie gesund pflegen zu lassen."

Der Obervogt wandte sich wieder an Julia.

„Was hast du auf dem Feld zur Zeit des Gewitters gemacht?"

„Ich habe Wacholderbeeren für meine Mutter gepflückt."

„Was hat der Schäfer zu dir gesagt? Was hat er getan?"

„Er hat gesagt, dass Wacholderbeeren gut gegen Hexen seien."

„Das stimmt nicht", geiferte der Obervogt. „Oder nur dann, wenn sie geweiht sind."

„Er hat sie gewiss weihen lassen."

„So kommen wir nicht weiter. Bringt den Zeugen Gunther Rathfelder herein."

Der Bader wurde vom Gerichtsdiener in den Raum geführt. Als er Julia sah, verbeugte er sich leicht. Er wurde gefragt, ob er die Angeklagte kenne. Der Prozess begann mehr und mehr an Julias Nerven zu zerren, und sie hörte kaum noch die Worte, die der Obervogt wie eine Litanei an den Zeugen stellte.

„Wie habt Ihr den Exorzismus praktiziert?"

Julia horchte auf. Jetzt ging es ums Ganze.

„Ich habe sie geschröpft und Blutegel angesetzt. Dann habe ich sie mittels einer Glaskugel in einen Halbschlaf versetzt und Formeln gesprochen, das hat den Teufel teilweise ausgetrieben. Ganz ist es mir nicht gelungen, das muss ich gestehen."

„Waren es Worte der Heiligen Schrift?"

„Es waren Worte, die ich bei meinem verehrten Meister Paracelsus gelernt habe."

Der Obervogt sagte förmlich:

„Weiß Er nicht, dass es Teufelswerk ist, was Paracelsus, dieser Jahrmarktsschreier, lehrt? Ihr macht Euch selbst verdächtig, wenn ihr hier solchen Unsinn verbreitet!"

„Einspruch, Herr Obervogt", sagte Wolfram. „Er ist als Zeuge geladen und nicht als Verdächtiger."

„Nider, der von Instistoris und Sprenger im *malleus malleficarum* zitiert wird, schreibt, dass der Exorzist sich hüten müsse, etwas Abergläubisches oder als Hexenwerk Verdächtiges anzubringen, sonst wird er kaum der Strafe entgehen."

„Der Bader hat es sicher Recht gemacht", schaltete sich ein anwesender Ratsherr ein. „Schließlich hat er den Bischof vom Englischen Schweiß geheilt. Der hält seitdem seine Hand schützend über ihn."

„Hieronymus sagt: *daemonium substinenti.* Es ist erlaubt, Steine oder Kräuter anzuwenden, aber Beschwörungsformeln dürfen nicht angewandt werden", beharrte der Obervogt.

„Ich fasse zusammen", sagte Wolfram laut. „Die Angeklagte wird als eine Person bezeichnet, die eine Zeit lang krank war und es wahrscheinlich immer noch ist. Dieser Umstand sollte bei einem Urteil mildernd gelten."

Der Obervogt lief rot an.

„Der Wahnsinn, die Besessenheit, von der gesprochen wurde, ist nach den Ärzten am meisten disponiert zur Entfremdung des Geistes und folglich zur Aufnahme der dämonischen Bedrängnis", rief er. „Das ist nachzulesen in eben diesem glorreichen Werk der beiden Dominikaner. Also wären die Wahnsinnigen besonders zu verfolgen!"

„Sie sollten unseren besonderen Schutz und unsere Pflege genießen", antwortete der Bader.

„Seht Euch vor, sonst ...", drohte ihm der Obervogt. Aber einen kurzen Augenblick später schien er sich zu besinnen.

„Also gut, ich werde Eure Aussage als eine Art Gutachten betrachten. Der Verdacht, der auf sie fiel, ist nur leicht und nicht etwa ungestüm, zudem noch von jemandem besagt, der eingeäschert wurde. Ich werde nun mein Urteil verkünden. Da die Angeklagte geständig und anscheinend auch reuig ist, jedoch eine Gefahr für die Allgemeinheit darstellt, soll sie weder dem Scheiterhaufen noch dem Schwert noch dem Kerker übergeben werden, sondern zwei Tage im Narrenanzug auf dem Marktplatz aufgestellt werden. Danach hat sie die Stadt zu verlassen."

„Ich erhebe Einspruch", trumpfte Wolfram auf. „Das ist keine angemessene Strafe für jemanden, der vom Verdacht der Hexerei freigesprochen wird. Die Vertreibung ist wahrlich schon genug!"

„Dem gebe ich statt", brummte der Obervogt. Der Schultheiß nickte zustimmend.

Julia glaubte ihren Ohren nicht zu trauen. So einfach, so folgenlos endete dieser Prozess? Hatten der Bader und Wolfram den Obervogt überzeugt?

Clarissa begann zu protestieren: „Sie ist eine Hexe! Sie hat einen Hund verhext und mein Kloster zu einem Ort der Unzucht und des Verderbens gemacht!", rief sie laut.

„Einspruch", sagte Wolfram und blinzelte Julia zu. „Das Urteil ist gesprochen, und es sind keine neuen Indizien hinzugekommen."

Der Obervogt ließ den Richterstab mit einem lauten Krachen auf den Tisch niederfallen.

„Die Verhandlung gegen Julia Eitel ist damit beendet. Beschlossen und verkündet zu Sulz, am fünfundzwanzigsten Tag des September 1527."

Julia spürte Erleichterung, ahnte jedoch, dass das noch nicht das Ende der Anfeindungen gegen sie sein würde.

17

Noch am selben Tag brachte Wolfram Julia in einer Kutsche nach Rottenburg, zum Bruder seines Vaters. Julia fühlte sich wie aus einem bösen Traum erwacht. In Rottenburg war der Bischof gewesen, und er schien ihr aus irgendeinem Grund gewogen. Sie fühlte sich zum ersten Mal seit Wochen wieder sicher und geborgen, konnte den Tag genießen, den Gott nur für sie gemacht zu haben schien. Die herbstlichen Sonnenstrahlen hatten die Natur noch einmal zum Glänzen und Blühen gebracht. Die roten Beeren der Eberesche leuchteten ihnen aus den Hecken entgegen, in den Bäumen zankten Elstern, und über allem spannte sich ein seidiger Himmel.

„Ich bin froh, dass es überstanden ist", sagte Julia.

„Jetzt, nachdem alles vorbei ist, können wir ja heiraten", meinte Wolfram und schaute Julia direkt in die Augen. Sie stutzte. Hatte ihm jemand von ihrer ‚Erbschaft' erzählt? War er genauso darauf aus wie der Sternecker?

„Hättest du mich auch geheiratet, wenn ich als Hexe überführt worden wäre?"

„Aber gewiss", meinte er. „Das hat schon so manche arme Frau vor dem Feuertod bewahrt."

Wieso hatte er es ihr dann nicht gleich angeboten? Sie biss sich auf die Unterlippe und schaute starr geradeaus.

„Du verbirgst mir etwas", sagte er. „Ich merke das schon länger."

„Ja, ich habe vor einigen Tagen etwas erfahren, das mein Leben völlig verändern könnte. Aber nun, nach diesem Prozess, sieht es schon wieder anders aus."

Er zügelte das Pferd und ließ die Kutsche anhalten.

„Komm, steig' aus, wir gehen ein Stück am Fluss entlang. Und dann berichtest du mir alles, was sich zugetragen hat."

„Wie soll ich wissen, ob ich dir vertrauen kann?"

„Vertraust du dir denn selbst?"

„Nun ja, nicht immer."

„Denk einmal, du wärest an meiner Stelle. Würdest du dann nicht auch wissen wollen, was dein Freund für Geheimnisse hat?"

„Schon."

„Also, dann fass' dir ein Herz und lass mich teilhaben an deinen Gedanken."

Er hat mich bisher nie enttäuscht, dachte Julia. Vielleicht gab es auch für sie noch Menschen, die es ehrlich meinten. Und während sie am Flussufer entlanggingen, erzählte sie ihm von den Funden, die sie gemeinsam mit Nursia gemacht hatte, auch von ihrer Begegnung mit dem Sternecker. Wolfram begann lauthals zu lachen.

„Was gibt es da zu lachen?", fragte sie.

„Wir sind uns ebenbürtig", meinte er und wischte sich eine Träne aus dem Auge. „Das mit dem Sternecker habe ich dir verschwiegen, weil ich nicht wollte, dass er dich mir vor der Nase wegheiratet."

Zwei Schwäne flogen mit klatschenden Flügelschlägen über den Fluss. Julia musste ebenfalls lachen.

„Aber nun mal im Ernst", sagte Wolfram. „Das sind trotz allem schwere Geschütze, die von allen Seiten aufgefahren worden sind. Angefangen mit deiner angeblichen Krankheit, die nur durch eine Vergiftung hervorgerufen worden sein konnte, über das Treiben der Äbtissin, ihre Anklagen gegen dich, den Tod von Kreszentia und die Werbung durch den Ritter von Sterneck. Wenn ich das alles vorher gewusst hätte, wäre der Prozess vielleicht ganz anders gelaufen."

„Ich wusste nicht mehr, wem ich trauen konnte."

„Das weißt du jetzt hoffentlich besser", meinte er, blieb stehen und zog sie an sich. Seine Augen waren den ihren ganz nah. Die Pupillen wirkten ungewöhnlich groß. Sie entwand sich ihm wieder.

„Bleib doch da. Ich tue dir nichts."

„Es ist alles so verwirrend. Wo waren wir stehengeblieben?"

„Ich möchte herausfinden, wer und was hinter dieser Sache steckt", meinte er.

„Und ich möchte dir dabei helfen", sagte sie, ergriff seine Hand und ging mit ihm zurück zum Wagen.

Die Stadt Rottenburg mit ihren Kirchen, Türmen und Mauern kam in Sicht. Sie lag am Ausgang des engen Flusstales in einer weiten, fruchtbaren Aue, umgrenzt von bewaldeten Bergrücken. Durch schmale Gassen gelangten sie zum Haus von Wolframs Onkel, einem Bau aus dem vierzehnten Jahrhundert mit alemannischem

Fachwerk und angrenzender Scheune. Julia wurde herzlich von der Familie Lauterach aufgenommen. Der Vater war ein Mann in mittleren Jahren, wohlbeleibt und freundlich, die Mutter dagegen klein und schlank. Sie bewegte sich in ihrem Haus wie ein Wiesel. Es gab vier halbwüchsige Kinder, die dem Vater in der Landwirtschaft halfen. Wolfram kehrte am nächsten Tag nach Sulz zurück. Er wollte ein Versetzungsgesuch nach Rottenburg einreichen.

Die Tage vergingen. Der Oktober kam ins Land und färbte die Blätter der Buchen in den Hangwäldern bunt. Späte Spinnenfäden schwebten durch die Luft. Julia half der Familie und streifte durch die Stadt, in der die Österreicher stärker als anderswo ihre Spuren hinterlassen hatten. Das Rathaus war ein typischer Bau der Renaissance mit Arkaden und Fresken an der Fassade. Auf dem weiten Marktplatz gingen die Hausfrauen mit ihren Körben zum Einkaufen, fuhren Kutschen und ritten Edelleute vorbei. Vor der Kirche stand ein Brunnen mit einem filigranen, kirchturmähnlichen Aufbau, vor dem Julia oft bewundernd stehen blieb. Auf dem Fluss, der von einer mächtigen Brücke überspannt war, flickten Fischer ihre Netze. Kinder ruderten in Booten und warfen sich manchmal gegenseitig ins Wasser. Gelbe Ahornblätter schwammen auf der Oberfläche.

Das Gesuch von Wolfram um die Versetzung wurde positiv beschieden. Er kam in den ersten Oktobertagen nach Rottenburg und richtete sich häuslich ein. Erst einmal bezog er ein Zimmer im Haus seines Onkels, der sich einen bescheidenen Wohlstand bewahrt hatte. Die mit feinem Leinen und Spitzen gefüllten Truhen in der Diele zeugten ebenso davon, wie die schön geschnitzten und verzierten Schränke. Am dritten Tag, nachdem er seinen Dienst im Rathaus angetreten hatte, kehrte Wolfram abends aufgeregt nach Hause zurück. Seine Finger trommelten auf dem Tisch, an dem die Familie ihr Abendbrot einnahm.

„Mir wurde berichtet", erzählte er dann, „ dass heute eine Frau beim Bischof um eine Audienz gefragt hat. So, wie sie mir beschrieben wurde, könnte es Clarissa vom Kloster Bischofsbronn gewesen sein. Kannst du dir vorstellen, Julia, was sie vom Bischof will?"
„Ist der Bischof denn überhaupt noch hier?", fragte Julia. „Musste er nicht nach Speyer zurück?"

„Er muss sich ein wenig erholen und hat noch etwas zu erledigen", gab Wolfram zurück.

„Es ist stadtbekannt", schaltete sich der Onkel ein, „dass die Äbtissin von Bischofsbronn und der Bischof sich häufiger treffen, wenn er sich hier aufhält. Das Kloster gehört schließlich zum bischöflichen Besitz."

Julia dachte nach. War das eine Spur zu dem Vermächtnis, das ihr im Klosterturm in die Hände gefallen war? Sie beschloss, weiterhin vorsichtig, aber immer mit ihrem Ziel im Auge vorzugehen.

„Wo finden diese Audienzen statt?", fragte sie wie beiläufig.

„Im Chorherrenstift, manchmal auch in der Kirche St. Moritz. Dort feiern sie ihre Gottesdienste, gut katholisch natürlich, dafür sorgt schon Kaiser Karl V., dass seine Untertanen dem rechten Glauben anhängen."

„Am Sonntag werden wir euch in die Kirche begleiten", meinte Wolfram und wandte sich wieder der Suppe zu. Nach dem Essen begaben sich Wolfram und Julia nach draußen. Sie gingen Seite an Seite über den Metzgerplatz. Julia bemerkte mit Freude, dass die Menschen ihnen wohlgesonnen waren und den Hut vor ihnen zogen, obwohl sie sie nicht kannten. Am mächtigen Fruchtkasten vorbei gelangten sie zur Brücke, die sich breit über den Fluss wölbte, und an deren Pfeilern das Wasser sich brach. Die Dämmerung sank schnell herab.

„Sollen wir uns nicht mal die Kirche anschauen?", fragte Julia mit einem Blick auf St. Moritz. Wolfram drückte ihren Arm.

„Es ist schon recht spät, der letzte Gottesdienst hat schon zur sechsten Stunde stattgefunden, soweit ich weiß."

„Ich könnte den Bischof um eine Audienz ersuchen, aber ich weiß nicht, wie ich meine Bitte formulieren soll. Mich sticht der Hafer, ich möchte einfach wissen, wie es in der Kirche aussieht."

Statt einer Antwort schritt Wolfram schneller aus, so dass Julia ihm kaum folgen konnte. Sie überquerten die Brücke und strebten auf die Kirche zu. Durch eine enge, dunkle Gasse gelangten sie zum Vorplatz des Gotteshauses, der mit mächtigen Linden bepflanzt war. Vom Fluss her ertönte das Schnattern von Enten. Ein Wind kam auf, wirbelte Blätter im Kreis herum und trug den Duft von gerösteten Kastanien herüber. Das Portal war verschlossen. An der Längsseite fanden sie eine kleine, spitzbogige Seitenpforte, deren Tür angelehnt war. Darüber entdeckte Julia einen Löwenkopf, der in den roten Sandstein konstvoll gemeißelt war. Leise traten sie ein. Ein Duft nach Weihrauch kam ihnen entgegen. Auf dem Altar brannten dicke Talglichter, die den Chor in ein gedämpftes Licht hüllten. Das hohe Schiff lag in fast völliger Dunkelheit, doch erkannte Julia auf einem der Pfeiler ein Fresko mit dem Markuslöwen, dem Adler, dem Stier und dem Engel, den Symbolen für die Evangelisten. Vom Altar her hörte sie Stimmen, sah drei schemenhafte Gestalten. Wolfram zog sie in einen der Beichtstühle, in dem sie dicht nebeneinander niederkauerten. Wenn man uns hier erwischen würde, dachte Julia, doch sie drängte den Gedanken gleich wieder fort und starrte angestrengt zu den drei Menschen hinüber.

„So schnell geht das nicht mit dem Goldmachen", hörte sie eine tiefe männliche Stimme sagen. Die kannte sie doch! Es war die von Gunther, dem Bader aus Sulz.

„Wir brauchen das Gold, um das Kloster instand zu setzen. Es sollen Maler kommen und die Gewölbe ausmalen. Heiligenfiguren sollen geschaffen, und diese sollen mit Gold übergossen werden."

Das musste der Bischof sein, der da gerade gesprochen hatte. Was hatte er mit den beiden anderen zu tun, fragte sich Julia. Im flackernden Licht der Kerzen erkannte Julia einen Mann von mittelhohem Wuchs mit einer Kappe und Haaren, die ihm wie ein Strahlenkranz um den Kopf standen.

„Nicht zu vergessen das Geld, das die Erze und Mineralien kosten, die umgeschmolzen werden sollen." Das war Clarissa, wie sie leibte und lebte. Die drei blickten unwillkürlich um sich, als hätten sie ein Geräusch gehört. War es ihr, Julias, Atem gewesen? Der Bischof dämpfte seinen Ton, so dass Julia nichts mehr verstand. Sie meinte, so etwas wie „Staufen", „Faust" und „Stein" gehört zu haben. Schließlich segnete der Bischof Clarissa und den Bader, indem er ihnen die Hand auflegte.

„Der Herr sei mit euch und begleite euch auf euren Wegen. Amen." Gunther blies die Kerzen aus bis auf eine, die er in die Hand nahm und den anderen damit vorausleuchtete. Mit hallenden Schritten setzten sie sich in Bewegung. Julia wagte nicht zu atmen. Ihr war heiß, und sie spürte die Gegenwart Wolframs stärker als je zuvor. Ein süßlicher Geruch stieg ihr in die Nase, Schweißgeruch. Eigentlich konnte sie ihn sehr gut riechen. Dem Himmel sei Dank, die drei Gestalten gingen vorüber, und kurze Zeit später fiel die Tür der Nebenpforte mit einem Klacken ins Schloss. Der Schlüssel wurde von außen herumgedreht. Julia hatte einen Seufzer der Erleichterung ausstoßen wollen. Stattdessen kroch eine eisige Kälte in ihr hoch. Wie sollten sie hier wieder herauskommen? Wolfram stand auf und half ihr in der Dunkelheit auf die Beine. Sie tasteten sich zum Altar vor.

„Durch diese Fenster können wir nicht hinaus", sagte Wolfram. Seine Stimme zitterte leicht.

„Die Hauptpforte?", fragte sie und erschrak sogleich über das Echo, das ihre Stimme im Kirchenraum hervorrief.

„Die ist abends immer geschlossen. Die Sakristei. Das könnte der einzig mögliche Weg sein."

Er zog sie hinter sich her. Julia merkte, dass ihre Hand feucht war. Oder war es seine? Wolfram tastete sich vor in den Altarraum zu der Stelle, an der er die Sakristei vermutete. Gott sei gelobt, dachte Julia, als sich eine Tür öffnete. Wolfram suchte lange nach einem Fenster und fand schließlich eines, das sich öffnen ließ. Er schwang sich auf die Fensterbank, ließ sich auf der anderen Seite hinuntergleiten und gab Julia die Hand. Glücklich landete sie neben ihm auf dem Kirchhof. Er zog sie an sich und küsste sie. Alle Anspannung fiel in diesem Moment von ihr ab. Sie ließ es einfach geschehen, dachte nicht an gestern und nicht an morgen. Seine Hände streichelten ihren Rücken. Sie hätte ewig so stehenbleiben können. Langsam löste er sich von ihr.

„Ich liebe dich", sagte er.

Ob er das wirklich so meinte?

„Wir müssen gehen", sagte sie. „Wer weiß, vielleicht kommen die drei noch einmal zurück." Sie liefen zum Fluss und zur Brücke. Der Mond warf seine schimmernde Bahn auf das Wasser. Am Ufer brannte ein Feuer, und das Klirren von Bechern und der weiche Klang einer Mandoline wehten herüber. Sie verlangsamten ihre Schritte.

„Das sind wirklich erstaunliche Neuigkeiten, die wir erfahren haben", sagte Wolfram.

„Ich kann mir keinen Reim darauf machen", erwiderte sie. „Nur, dass Gunther derjenige ist, der in der Alchimistenküche und in dem Klosterturm zugange war."

„Ich vermute, dass es den beiden andern mehr um das Gold, als um den Stein der Weisen geht. Es ist Gunther, der hinter dem Stein und dem ewigen Leben her ist. Es scheint, nun ist er auf dem besten Weg, verrückt zu werden", meinte Wolfram.

„Was hat dieser Stein zu bedeuten? Und warum streben so viele Menschen danach, ihn zu besitzen?"

„Er soll nicht nur der Schlüssel zu dem Verfahren, aus niederen Metallen Gold herzustellen, sein, sondern auch ein Mittel, das ewige Jugend, Gesundheit, Schönheit und Reichtum verspricht. Aber das ist eine Legende, die sich seit Jesu Tod am Kreuz durch die Geschichte der Menschheit zieht. Denk nur an die Ritter der Artusrunde und ihre Suche nach dem heiligen Gral. Aber anscheinend glaubt Gunther, diesen Stein finden zu können. Wir müssen vorsichtig sein, wer weiß, was er vorhat. Denn mir scheint, du spielst dabei eine gewichtige Rolle. Sonst hätte er sich nicht so bemüht, in deine Nähe zu kommen."

„In meinem Kopf dreht sich wieder alles", sagte Julia. „Was spiele ich dabei für eine Rolle? Warum will mir denn der Bischof ein Vermögen vermachen?"

„Ich weiß es nicht", antwortete Wolfram. Aber Julia merkte ihm die Ungeduld an, die ihn ergriffen hatte.

„Solange du als, entschuldige, Irre giltst, kannst du dieses Erbe sowieso nicht antreten."

Was sagte er da? Irre? Aber sie hatte das ja selbst gedacht. Wie sie es drehte und wendete, es kam immer nur etwas Wirres dabei heraus.

„Ich könnte dich natürlich auch heiraten", fuhr er fort. Es klang in ihren Ohren wie Hohn. „Das wäre die einzige Möglichkeit, das Erbe zu retten."

Da war es wieder, dieses Gefühl in der Magengegend. Er hatte es doch, ebenso wie der Sternecker, auf das Vermögen abgesehen, auf ein Vermögen, das sie noch nicht einmal besaß. Ihm konnte sie also auch nicht vertrauen. Ein Zorn stieg in ihr hoch, dessen sie sich nicht erwehren konnte. Sie presste ihre Lippen zusammen und zischte:

„Jetzt weiß ich, wer du in Wirklichkeit bist, Wolfram Lauterach. Ein verarmter Schreiber, der versucht, an eine Mitgift zu kommen, um der staubigen Luft seiner Schreibstube zu entkommen!"

Das saß. Sie merkte, dass sein Körper sich versteifte. Er blieb stehen.

„Wenn du das von mir denkst, Julia ... ich weiß nicht, wie du darauf kommst. Wie kann ich dir beweisen, dass ich dich liebe?"

„Das hast du mir schon zur Genüge bewiesen. Wer hat mich denn aus dem Prozess mit heiler Haut herausgebracht? War es nicht der Bader? Du hast mich dort zu einer Irren gestempelt."

„Julia, sei nicht undankbar. Ich habe doch getan, was ich konnte. Und es war die einzige Möglichkeit. Habe ich dir nicht sogar die öffentliche Schande erspart?" Er schaute sie eindringlich an. Was ging da in ihr vor, woher kam dieser Zorn, diese Unsicherheit?

Sie schluchzte auf. Die Ereignisse der letzten Zeit hatten zu sehr an ihren Nerven gezerrt. In verbissenem Schweigen gingen sie nach Hause. Unser Weg ist kein gemeinsamer, dachte sie immer und immer wieder.

Als sie am nächsten Morgen herunterkam, war Wolfram schon zum Rathaus gegangen. Das war jetzt auch einerlei. Wahrscheinlich würden sie nie wieder miteinander sprechen. Sie musste ihren Weg allein gehen. Julia verließ das Haus und wandte sich in Richtung Moritzkirche, wo sich das Chorherrenstift befand. Hier erholte sich der Bischof von Speyer von den Folgen seiner Krankheit. Es war ein weiß getünchter Bau, mit einem runden, sandsteinverzierten Eingang und Szenen aus dem Neuen Testament, die auf den Putz der Außenmauer aufgetragen waren. Julia zog an dem Klingelzug. Ein Geistlicher in schwarzem Ornat erschien und machte eine scheuchende Handbewegung.

„Was wollt Ihr?", fragte er barsch.

„Ich muss den Bischof in einer dringenden Angelegenheit sprechen", sagte sie.

„Der Bischof ist in einer Besprechung und kann sich nicht mit jedem Bittsteller abgeben. Was braucht Ihr? Einen Obolus?"

„Lasst mich bitte zu ihm. Sagt ihm, Julia Eitel aus Sulz bittet um eine Audienz."

Der Mann machte die Tür wieder zu. Kurze Zeit später erschien er wieder und winkte sie herein.

„Aber nur kurz, der Hohe Herr ist noch nicht ganz von seiner Krankheit genesen."

Der Geistliche führte Julia eine steinerne Treppe hinauf. Er öffnete eine Tür, und Julia sah den Bischof auf einem Stuhl mit gerader Lehne sitzen. Er trug eine rostbraune Mitra und eine grüne Soutane, über die zwei Enden einer seidenen Stola fielen und auf dem leicht vorgewölbten Bauch lagen. Der Hirtenstab lehnte neben ihm am Stuhl. Die graublonden Haare quollen unter der Kopfbedeckung hervor und erinnerten Julia wieder an einen Strahlenkranz. Sein Gesicht war etwas bleich, aber sonst schien er sich recht gut erholt zu haben.

„Was führt Euch zu mir, mein Kind?", fragte er mit einer angenehmen, sonoren Stimme, während er ihr die Hand mit dem Ring zum Kuss entgegenstreckte. Julia küsste den Ring und sagte: „Euer Exzellenz, ich hoffe, es geht Euch besser und Ihr könnt Euer Amt wieder nach besten Kräften ausüben."

Der Bischof lächelte fein.

„Dank der Behandlung Eures Baders, befinde ich mich auf dem Weg der Besserung. Aber ich muss mich noch schonen. Was also führt Euch zu mir?"

„Ich bin Julia Eitel und fand dieses Schreiben in einem Kloster nicht weit von hier." Sie griff in die Tasche ihrer Schaube und holte das Schriftstück heraus. Als der Bischof das Schreiben in ihren Händen sah, änderte sich seine Haltung. Er beugte sich eilig vor und nahm das Schreiben, das sie ihm entgegenstreckte. Seine Augenbrauen zuckten, während er las.

„Ja, das habe ich geschrieben", sagte er dann und gab ihr das Papier zurück. „Warum habt Ihr es in einem Kloster gefunden? Wurde es Euch nicht ausgehändigt?"

„Nein, ich fand es durch eine Eingebung. Und ich möchte wissen, warum Euer Exzellenz mich mit einem solchen Segen bedacht hat."

Seine Miene verhärtete sich. Der Blick seiner Augen, die eben noch so gütig auf sie geschaut hatten, wurde strenger.

„Das sind Dinge, über die ein junges Mädchen lieber nichts erfahren sollte", sagte er. „Nur so viel möchte ich Euch verraten: Ich habe Eurem Vater eine Menge zu verdanken. Deshalb wollte ich seiner einzigen Tochter ein wenig Unterstützung zukommen lassen. Und

Ihr könnt es doch auch brauchen, nach alldem, was euch widerfahren ist. Ich hörte von dem Prozess, der gegen Euch geführt wurde."

„Gewiss kann ich es brauchen. Nur möchte ich wissen, welche Geheimnisse sich hinter dieser Angelegenheit verbergen."

„Es gibt viele Geheimnisse auf dieser Welt, die man ihrer Verborgenheit nicht entreißen sollte. Geht hin in Frieden, findet einen Mann, und das Versprechen soll wahr gemacht werden."

„Und wenn ich keinen Mann finde?"

„Ihr findet einen, dessen bin ich gewiss." Er schaute sie wieder mit dem warmen Ausdruck seiner graublauen Augen an.

„Ihr wisst ...dass ich als Hexe angeklagt war?"

Sein Lächeln wurde schief und verlieh seinem Gesicht einen so komischen Ausdruck, dass Julia lachen musste.

„Das ist das kleinste Übel. Ich kann Euch die Absolution erteilen."

„Auch wenn ich, sagen wir einmal, krank sein sollte?"

„Auch dann."

„Ich bitte um die Erteilung der Absolution, Euer Exzellenz."

Sie kniete vor ihm nieder. Der Bischof legte ihr seine rechte Hand auf den Kopf.

„Bereust du alle deine Sünden und gelobst du Besserung?"

„Ja, Euer Exzellenz."

„Dann vergebe ich dir vor Gott und kraft meines Amtes als Christi Hirte auf Erden."

Er benetzte die Hand mit Weihwasser, das in einer Schale auf einem Tisch neben ihm stand und bespritzte sie damit. Dann holte er einen Beutel aus schwarzem Ziegenleder unter seiner Soutane hervor.

„Nimm das, es sind Golddukaten, die dir vielleicht weiterhelfen können. Nun gehe hin in Frieden und tue das, was du tun musst und werde das, was du werden willst. Amen."

„Noch etwas, Euer Exzellenz."

„Ja?" Seine Augenbrauen hoben sich erneut.

„Was hat mein Vater für Euch getan, dass Ihr Euch ihm so verpflichtet fühlt?"

Der Bischof lächelte.

„Darüber kann und will ich nicht sprechen", sagte er.

Julia erhob sich, warf ihm einen letzten Blick zu und ging hinaus.

18

Gedankenverloren schritt Julia durch die Gassen zum Haus von Wolframs Onkel. Sie überlegte, was sie als nächstes tun könnte. Schließlich setzte sie sich in ihrem Zimmer an das Schreibpult und verfasste einen Brief an den Bader.

„Werter Herr Rathfelder", schrieb sie. „Gewisse Umstände in meinem Leben zwingen mich, Euch um Euren Rat und Eure Hilfe zu ersuchen. Da ich die Stadt Sulz nicht mehr betreten darf, bitte ich Euch, morgen Abend zu der Kapelle im Weggental bei Rottenburg zu kommen. Ich werde Euch dort erwarten." Aber wie sollte der Brief in die Hände des Baders gelangen? Julia nahm einen Gulden aus ihrem Beutel, ging hinaus und fand den ältesten Sohn des Hauses im Stall. Er war mit Ausmisten beschäftigt und sattelte gleich ein Pferd, nachdem sie ihm ihr Anliegen vorgetragen hatte. Wolfram und sie wechselten kein Wort mehr miteinander. Sie gingen sich aus dem Weg, und auch wenn es Julia wehtat, konnte sie sich nicht dazu durchringen, auch nur einen Satz an ihn zu richten. Die Familienmitglieder warfen ihnen ab und zu erstaunte Blicke zu, fragten aber nicht weiter nach dem Grund für ihr Schweigen.

Am Abend des nächsten Tages machte sich Julia auf den Weg ins Weggental. Niemand versuchte, sie aufzuhalten. Es war herbstlich kühl. Die Menschen, denen sie begegnete, warfen lange Schatten auf der Straße. Sie durchquerte einen Hain von lichten, jungen Buchen, deren Blätter Sonnenlicht vortäuschten. Plötzlich stach ihr ein seltsamer Geruch in die Nase. Diesen Geruch kannte sie, doch woher? Sie sah einen niedrigen Strauch, der mit schwarzglänzenden Beeren behangen war. Solche Beeren hatte sie schon im Wald hinter der väterlichen Burg gesehen. Aber sie erinnerte sich nicht an ihren Namen. Schließlich gelangte Julia an den Fuß des Hügels, auf dem die Kapelle erbaut war. Eine Allee aus Walnussbäumen führte hinauf. Beim Aufstieg krachten die Nüsse unter ihren Füßen. Normalerweise hatte Julia keine Schwierigkeiten, höhere Steigungen zu überwinden, aber sie

fühlte sich innerlich so beschwert, dass sie schnaufte, als sie oben
ankam. Die Wallfahrtskapelle war ein einfacher, weißgetünchter
Bau mit einer runden Rosette, einer Linde und einer windschiefen,
mit Flechten bewachsenen Bank davor. Sie ließ sich nieder, stand
aber nach einer Weile wieder auf, um einen Blick ins Innere der
Kapelle zu werfen. Zu Füßen der Muttergottes brannten zahlreiche
Talglichter. Julia sandte ein Stoßgebet zu Maria und ging wieder
hinaus. Sie saß auf der Bank und wartete. Das ungute Gefühl,
das sie schon den ganzen Tag gehabt hatte, wurde stärker. Was
wäre, wenn er nicht kam? Dann war alles verloren, dann war ihr
Leben richtig verwirkt und umsonst gewesen. Was war schon ein
Menschenleben wert vor Gott und den anderen Leuten? Würde
überhaupt ein Hahn nach ihr krähen, wenn sie nicht mehr da
wäre? Vielleicht habe ich Wolfram Unrecht getan, dachte sie. Er
hat sich wirklich sehr bemüht. Aber ... da war wieder dieses Aber.
Die Dämmerung senkte sich herab, Bäume, Sträucher, Gräser und
Blumen verloren ihre Konturen. Wie lange mochte sie hier gesessen
haben? Eine Stunde, zwei Stunden? Seufzend erhob sie sich und
machte sich auf den Rückweg in die Stadt. Möglicherweise hatte
der Bader den Brief gar nicht bekommen. Oder das Schreiben
war abgefangen worden. Konnte es sein, dass die Briefe einer
Hexe oder Irren dem Empfänger nicht ausgehändigt wurden?
Aber sie hatte doch die Absolution vom Bischof bekommen.
Wahrscheinlich hatte sich das noch nicht herumgesprochen. Sie
fand kaum den Weg zurück in dem dunklen Wäldchen, fast hätte
sie sich verlaufen. Seltsame Geschöpfe huschten durch die Nacht,
wahrscheinlich waren es Fledermäuse. Erschöpft gelangte sie zum
Haus der Lauterachs. Mit erstaunter Miene öffnete der Hausherr.
Sie habe sich beim Kräutersammeln verlaufen, erklärte Julia kurz
angebunden. Als sie die Treppe hinaufging, hatte sie das Gefühl,
oben warte jemand auf sie. Und richtig, Wolfram stand an ihre
Kammertür gelehnt und blickte ihr entgegen.
„Ich muss mit dir sprechen", sagte er.
„Was gibt es denn noch zu besprechen?", antwortete sie schroff.
„Ich verstehe, dass du durcheinander bist. Aber du kannst doch
nicht einfach so fortgehen, ohne ein Wort. Ich habe mir Sorgen
um dich gemacht!"

„Ja, so wie man sich Sorgen macht um eine Irre", gab Julia zurück und merkte, wie unnötig giftig ihr Ton war. „Lass mich eine Weile allein weitergehen, ich muss einfach zur Ruhe kommen", fuhr sie in einem etwas versöhnlicheren Ton fort.

„Lass' mich aber nicht zu lange warten", antwortete er, schaute sie noch einmal kurz an und lief die Treppe hinunter, immer zwei Stufen auf einmal nehmend. In dieser Nacht träumte Julia von einem Stechen zwischen ihren Brüsten, das sich zu einem glühenden Schmerz ausweitete. Es wurde immer stärker, sie glaubte schon, den Geruch verbrannten Fleisches zu riechen. Um sie herum sangen, knisterten und heulten Flammen. Als sie erwachte, glaubte sie den Schmerz immer noch zu spüren. Allmählich löste sich ihre Benommenheit, sie stand auf und ging zum Frühmahl hinunter. Nachdem sie den bereitgestellten Gerstenbrei verzehrt hatte, begann sie, aufzuräumen und die Stube zu kehren. Die Hausfrau wies ihr weitere Arbeiten zu. Draußen tobte ein Sturm mit heftigen Regenfällen. Am späten Vormittag brachte ein völlig durchnässter Bote ein Schreiben von Gunther. Julia trug es hinauf in ihre Kammer. Fast hatte sie ein wenig Angst, es zu öffnen. Sie erbrach das Siegel und las, dass der Bader ihren Brief erhalten und sich darüber gefreut habe. Er glaube, dass er ihr helfen könne. An dem von ihr vorgeschlagenen Abend habe er keine Zeit gehabt, aber er bitte sie, sofort nach Erhalt dieses Schreibens in die Kirche St. Moritz zu kommen, er habe eine wichtige Nachricht für sie. Nachdenklich ließ sie das Blatt sinken. Was konnte das für eine Nachricht sein? Angenehm war ihr dieser Mann nie gewesen. Doch schließlich siegte die Neugier über ihre Furcht. Sie befestigte den Beutel mit den Golddukaten am Gürtel und verließ das Haus. Es sah alles grau und trübe aus. Regenschwere Wolken verdunkelten den Himmel und es tropfte aus den Kastanienbäumen, abgerissene Äste verteilten sich in den Gassen, die schwer passierbar waren vor Schmutz. In den Gärten lagen verfaulte Quitten im Gras. Der Fluss war angeschwollen und wälzte seine braunen Wassermassen, versetzt mit abgerissenen Ästen, Fässern und Unrat, dahin. Der Haupteingang der Kirche war geöffnet. Julia benetzte sich mit Weihwasser und schritt durch das Schiff zum Altar hinüber, auf dem wieder Kerzen brannten. An den Säulen nahm sie Fresken der heiligen Anna und des heiligen Christophorus wahr, die sich wie Teppiche um den Stein schmiegten. Wie sehr hatten alle diese Heiligen gelitten; dagegen erschien ihr das eigene Unglück nichtig. Sie setzte sich in einen der Sitze des Chorgestühls und wartete. Eine bäuerlich gekleidete, alte Frau kam herein, schlich wie ein Schatten vorbei und ließ sich vor der Marienstatue des Seitenaltars nieder. Julia wartete weiter. Lange Zeit geschah nichts. Die Frau stand auf, bekreuzigte sich und verschwand durch den Nebenausgang. Julia begann, im Chorraum auf- und abzugehen. Jemand berührte sie am Arm. Sie fuhr zusammen, sie hatte niemanden kommen gehört. Der Bader stand vor ihr. Er erschien ihr noch düsterer, als sie ihn in Erinnerung hatte. Sein Haar hing ihm wirr ins Gesicht, seine dunklen Augen starrten sie an.

„Gut, dass Ihr da seid", stieß er hervor. „Gestern Abend war es mir nicht möglich zu kommen, aber heute bin ich schon früh losgeritten und habe Euch den Brief durch den Boten vorausgeschickt."

„Ich brauche Eure Hilfe", sagte Julia nur.

„Das weiß ich schon seit langem. Wartet, hier könnte man uns belauschen. Kommt in die Sakristei, dort können wir ungestört reden."

In der Sakristei war sie erst kürzlich mit einem anderen Mann gewesen. Und hatte diesen hier, vom Beichtstuhl aus, belauscht. Sie hatte den heftigen Wunsch, sich umzudrehen und wegzulaufen. Doch er hatte sie schon am Arm gefasst und führte sie zum Sakramentraum hinüber. Als er die Tür hinter sich geschlossen hatte, entspannten sich seine Züge.

„Ich habe vor einiger Zeit angefangen, Euch zu behandeln", sagte er ohne weitere Vorrede. „Und diese Behandlung möchte ich fortsetzen."

„Aber ich bin doch gesund!", erwiderte sie.

„Das seid Ihr nicht. Diese Art von Krankheit verschwindet zeitweise, um sich dann umso stärker wieder hervorzudrängen. Ihr werdet in den Genuss kommen, ein Wundermittel auszuprobieren, das Euch ewige Gesundheit und ein langes Leben verschaffen wird. Ihr und ich, wir werden berühmt, das berühmteste Paar der Medizingeschichte!"

War dieser Mann verrückt? Julia wurde es schwindelig im Kopf.

„Ihr seid so blass", hörte sie den Bader sagen. „Hier, nehmt einen

Schluck von dieser Medizin." Er zog ein Fläschchen aus der Tasche seiner Schaube. *Öl des Cardamus* stand in schnörkeliger Schrift darauf.

„Was ist das?", fragte sie.

„Medizin", sagte er und reichte ihr die Flasche.

„Das möchte ich nicht trinken."

„Es kommt nicht darauf an, was Ihr wollt und was nicht." Er packte sie grob am Arm, wie schon einmal. Julia begann zu zittern.

„Das sind die Symptome", sagte Gunther triumphierend, setzte die Flasche an ihren Mund und versuchte, ihr das Öl einzuflößen. Sie hustete und spuckte. Das Zeug schmeckte widerlich süß und bitter. „Alle Medizin schmeckt scheußlich", sagte er. Sie fiel zu Boden, schlug mit Armen und Beinen um sich. Doch sie hatte schon einen Teil des Serums geschluckt. Die Konturen der Umgebung verschwammen, und mit einem Mal fühlte sie sich leicht und frei, bevor es dunkel um sie wurde.

Vor ihren Augen tanzten grauenhaft verzerrte Gesichter, Köpfe von Menschen, die sie kannte oder gekannt hatte. Es waren Teufelsgesichter, Hexengesichter, Dämonengesichter. Bäume wurden lebendig und marschierten mit wehenden Bärten davon. Ihre Eltern saßen auf einer Wolke und schwebten über sie hin. Sie selbst befand sich auf dieser Wolke, fühlte sich wohl und geborgen, eine ganze Ewigkeit lang.

„Einen schönen, guten Morgen, Julia", hörte sie eine Stimme direkt über sich sagen. „Ihr seid jetzt in Freiburg, der Stadt der Künste und Wissenschaften."

Julia lag auf einem breiten Bett mit rosafarbenem Himmel. Sie war angekleidet. Ihre Kehle war trocken und rau, ihr war übel. Sie versuchte sich zu erinnern. Dieser Mann, der jetzt so freundlich lächelnd auf sie herunterschaute, war mit ihr in einer Kirche in Rottenburg gewesen. Aber was dann geschehen war, wusste sie nicht mehr. Plötzlich war alles schwarz geworden, und sie konnte beim besten Willen keine Erinnerung daran in sich wachrufen.

„Wie komme ich hierher?", fuhr sie auf. „Was habt Ihr mir gegeben?"

„Ich habe Euch mit einem Wagen durch das Kinzigtal hierhergebracht", sagte er und zeigte seine weißen Zähne. „Das

Mittel stammt von einem Gelehrten namens Cardamus und führt dazu, dass Ihr Eurer Seele wieder näher kommt."

„Wie lange habe ich geschlafen?"

„Zwei Tage."

„Und was habt Ihr jetzt mit mir vor?"

„Ich habe es doch schon gesagt", erwiderte er. „Ich werde Euch gesund machen und dann der Öffentlichkeit vorstellen. Bei der Suche nach dem Mittel dazu brauche ich Eure Hilfe."

„Und wenn ich mich weigere?"

„Das wird nicht geschehen. Wir fahren gleich weiter zu der kleinen Stadt Staufen. Dort werden wir mit einem Doktor der Alchimie zusammentreffen."

„Mit Dr. Faust? Mit Paracelsus?"

„Nein, so berühmt ist mein Doktor nicht. Er heißt Galum, nicht zu verwechseln mit dem Galen, der die die Viersäftelehre aufgestellt hat. Wir werden eine schöne kleine Fahrt durchs Rheintal machen. Zu Paracelsus möchte ich auch noch gehen. Er weilt zurzeit in Basel. Wenn ich alles erfahren habe, was ich wissen muss, kehren wir zurück und lassen uns irgendwo als Ehepaar nieder. Ich werde Kranke heilen, und du darfst mir dabei zur Hand gehen."

Aber das wollte sie doch alles gar nicht. Sie hatte Angst vor diesem Mann, eine richtig fürchterliche Angst.

„Du brauchst keine Angst vor mir zu haben", sagte er, als hätte er ihre Gedanken erraten. „Ich bin ein Geist, der Widerspruch erzeugt, doch nur zu den herrschenden Meinungen unserer Zeit. Du wirst sehen, man wird uns anerkennen, uns werden Ruhm und Ehre zuteil!"

„Ist nicht alles Streben danach eitel und damit nichtig?"

Wie kam sie nur darauf? Sie hätte etwas anderes tun sollen, als diesem Teufel von einem Mann in die Arme zu laufen, sich von ihm entführen zu lassen und dann auch noch mit ihm zu disputieren, als wäre nichts geschehen. Julia beschloss, vorsichtiger zu sein. Ach, wie oft hatte sie das schon beschlossen.

19

Als Wolfram mittags ins Haus seines Onkels kam, merkte er, dass etwas nicht stimmte.

„Wo ist Julia?", fragte er seine Tante, die gerade das Essen vorbereitete.

„Ich weiß es nicht. Sie ist heute Morgen aus dem Haus gegangen."

„Hat sie nicht gesagt, wohin sie will?"

„Nein, und ich habe auch nicht danach gefragt."

Er verließ das Gebäude und sattelte in Windeseile sein Pferd, das er im Stall des Onkels untergestellt hatte. Eine Ahnung sagte ihm, wohin sie gegangen sein könnte. Den Weg durch die Stadt und über die Brücke nahm er im Galopp, Menschen und Federvieh stoben davon. Die Tür der St. Moritzkirche stand offen. Das hohe Schiff mit seinen bemalten Säulen warf das Echo seiner Schritte zurück. Vor dem Altar brannten Kerzen. Doch von Julia keine Spur. Er setzte sich in eine der Bankreihen im Chorgestühl, stützte das Kinn auf die Hände und dachte nach. Mit wem hätte sie sich treffen können? Gestern Abend war sie ebenfalls länger fort gewesen, er hatte es wohl bemerkt. Nur zwei Personen kamen in Frage: der Bischof oder der Bader. Den Bischof hätte sie aber im Chorherrenstift aufgesucht. Gedankenverloren stand er auf und öffnete die Tür zur Sakristei, suchend wanderten seine Augen umher. Da lag etwas auf dem Boden. Es war eine Spange, die er schon als Schmuck an ihrem Kleid gesehen hatte. Freiwillig hätte Julia sie sicher nicht abgelegt, es musste ein Kampf stattgefunden haben. Welche Stadt wurde damals genannt, als sie hier im Beichtstuhl dem Gespräch zwischen Clarissa, dem Bischof und dem Bader lauschten? Staufen. Staufen im Breisgau, südlich von Freiburg. Die Glocke der Kirche schlug ein Mal. Er lief hinaus, preschte zurück in die Stadt, besann sich und ritt zum Rathaus, um sich für einige Tage abzumelden. Ob er schaffen würde, Julia in dieser Zeit zu finden? Er ritt nach Süden, durch das Neckartal und in den Schwarzwald hinein. Voller Sorge gab er seinem Pferd die Sporen. Wind und Regen peitschten ihm ins Gesicht. Vorbei am Schloss Lichteneck, über Hopfau und

Dornhan gelangte er am späten Abend nach Alpirsbach. Dort nahm er Quartier in der „Klosterschänke", ließ sich kalten Braten und Brot bringen. Während er aß, blickte er sich in der Schankstube um. Die Wände waren mit dunklem Holz vertäfelt, ein Bruder in schwarzem Ornat stand hinter dem Schanktisch, ein anderer brachte die Speisen von der Küche in den Gastraum. Gerade eilte er mit einer gebackenen Forelle herbei. Wolfram erstarrte. Dahinten, das war doch ...der Sternecker! Schon durch seine Kleidung versuchte dieser Narr aufzufallen. Sie machte ihn doppelt so breit, wie er war, die geschlitzten, bunten Stoffe und die Pluderhosen fand Wolfram einfach kindisch. Schon hatte ihn der Ritter erblickt, nahm seine Schüssel mit dem Sauerkraut, auf dem ein fettes Stück Fleisch lag, und ließ sich ihm gegenüber am blankgeputzten Tisch nieder.

„Wolfram Lauterach", sagte er und entblößte seine Zähne, „was treibt Ihr hier zu dieser Stunde?"

„Dasselbe wollte ich Euch gerade fragen. Was bringt Euch in den Schwarzwald?"

Der Sternecker lachte dröhnend.

„Eine Frage und eine Gegenfrage, das gefällt mir. Wenn Ihr wirklich wissen wollt, in welcher Sache ich unterwegs bin, dann will ich es Euch verraten. Ich reise nach Straßburg, um meinen Handelspartner zu treffen. Wie Ihr wisst, handele ich mit Seide und Gewürzen."

„Davon weiß ich nichts."

„Ach, dann habe ich es dem Mädchen erzählt, diesem Täubchen, das seine Eltern auf so tragische Weise verloren hat."

Wolfram stutzte. Die beiden hatten sich getroffen?

„Wie dem auch sei, Ihr bekommt sie nicht", sagte er, schnitt ein Stück von seinem Braten ab, spießte es auf und führte es zusammen mit einer Scheibe Brot in den Mund. Der Mönch brachte zwei Krüge mit schäumendem Bier.

„Darüber habt Ihr nicht zu bestimmen", sagte Gerold von Sterneck.

„Ihr habt Euch wohl selbst in sie verguckt?"

Wenn der wüsste, dachte Wolfram.

„Ich überbringe eine Botschaft für den Rat in Freiburg", antwortete er.

„Soso, haben wir dafür keine reitenden Boten?"

Wolfram begann zu schwitzen. Er öffnete seinen Hemdkragen ein Stück weiter.

„Der Rat hat mich beauftragt, weil die Botschaft zu wichtig ist, um sie einem gewöhnlichen Boten zu überlassen."

„Sei's drum", meinte Gerold von Sterneck und nahm einen tiefen Zug aus seinem Krug. „Gutes Bier brauen die Mönche, das muss man ihnen lassen."

Er winkte dem vorbeieilenden Bruder.

„Noch mal eins von diesem köstlichen Getränk, und für meinen Tischnachbarn ebenfalls."

Wolfram wollte protestieren, doch der Sternecker ließ keine Widerrede gelten. In der Gaststube wurde es immer lauter, Menschen kamen und gingen, einige sangen, und alle sprachen dem Gerstensaft fröhlich zu. Die anwesenden Frauen kreischten, wenn ihnen jemand an den Busen grabschte. Die Mönche griffen nicht ein, sondern schauten bierselig zu. Es roch nach verschüttetem Alkohol und nach Bratfett. Etliche Krüge später beugte sich Gerold zu Wolfram hinüber und sagte:

„Ich weiß, wohin Ihr unterwegs seid."

Wolfram wunderte sich, dass er seine Zunge noch so im Zaum hatte. Er selbst fühlte sich schon reichlich benommen.

„So? Wisst Ihr das?"

„Ich bin einmal mit dem Bader von Sulz zusammengehockt, so wie jetzt mit Euch."

„Der wird sich gerade mit Euch an einen Tisch setzen."

„Hat er, ob Ihr's glaubt oder nicht. Vielleicht ist Euch nicht klar, was im Badehaus so alles getrieben wurde, bis diese Krankheit aufkam."

„Das ist mir bekannt. Die Franzosenkrankheit hat sich rasend schnell verbreitet."

„Nun", fuhr Gerold fort, „der Bader hat sich also mit mir zu einem Umtrunk zusammengetan. Dabei hat er mir verraten, dass er sich auf der Suche nach dem Stein der Weisen befindet, so wie alle Alchimisten. Und die Herrscher haben ein ebenso großes Interesse daran, dass er gefunden wird. Deshalb wette ich darauf, dass Ihr nicht nur hinter dem Bader und dem Stein her seid, sondern auch hinter Julia Eitel. Es heißt, sie sei nach dem Prozess aus Sulz verschwunden."

Dann wusste er also nicht, wo Julia zu finden war. Wolfram überlegte. Inzwischen war es ziemlich spät geworden.

„Das hat mich alles nicht zu berühren", sagte er und stand auf. „Ich habe einen Auftrag zu erledigen, alles andere ist Eure Sache. Ich suche weder den Bader, noch einen Stein der Weisen. Wenn Ihr mich jetzt entschuldigen wollt, ich muss morgen früh raus und weiter."

„Schade", sagte der Sternecker und grinste. „Ich bin mir aber sicher, dass wir uns bald wiedersehen werden."

Am frühen Morgen erwachte Wolfram mit dröhnendem Schädel. Ach du lieber Gott, dachte er, was war das für ein Abend gewesen! Ächzend erhob er sich und stolperte in den Hof des Gasthauses hinunter. Am Brunnen steckte er den Kopf bis übers Kinn ins eiskalte Wasser. Jetzt konnte er wieder klarer denken. Die Konturen des Brunnens, der Häuser dahinter und der bewaldeten Berge traten ihm deutlich vor Augen. Die Sonne schob sich über eine der Bergspitzen, aus dem Tal stieg Nebel empor, und gleich würde sie alles mit ihrem goldenen Schein durchdringen. Der Sternecker sei schon vor Morgengrauen weitergeritten, erfuhr Wolfram beim Frühmahl. Der war solche Zechereien wahrscheinlich viel besser gewohnt als er.

Er rechnete nach: Wenn Gunther und Julia am Vormittag des vergangenen Tages aufgebrochen waren, hatten sie jetzt einen Vorsprung. Wenn er sich doch nur nicht vom Sternecker hätte aufhalten lassen! Und woher sollte er wissen, welchen Weg der Bader und Julia genommen hatten? Sie hätten genauso gut nach Süden fahren und übers Höllental nach Freiburg reisen können. Oder waren sie geritten? Er konnte keinen klaren Gedanken mehr fassen. Wolfram zahlte, stieg aufs Pferd und trieb es mit einem Druck seiner Schenkel an. Von Alpirsbach ging es immer weiter durch das enge Tal hinunter. Unten in der Schlucht rauschte die Kinzig. Es war gut, an so einem Tag durch den Schwarzwald zu reiten. Besser auf jeden Fall, als in einer staubigen Kanzlei oder Schreibstube zu sitzen. Das Tal wurde weiter, der Fluss schlängelte sich bald durch saftige Wiesen, auf denen Kühe weideten. Häuser mit weit heruntergezogenen Schindeldächern standen am Weg, Bauern arbeiteten auf den Feldern. Der Fluss spiegelte das Blau des Himmels wider und einzelne Wolken segelten darüber hin. Das Laub raschelte unter den Hufen seines Pferdes. Ab und zu sprang ein Eichhörnchen über den Weg und verschwand hinter einem Baum. Den Sternecker hatte er schon wieder vergessen. Gegen Nachmittag, als die Sonne schon tiefer stand und erster Tau sich auf den Gräsern zeigte, erreichte Wolfram eine Wegbiegung. Er ritt gemächlich einen Sattel hinauf, der von einem Hohlweg aus Buchen gesäumt war. Hoch oben über ihm stand eine Burg. Das muss die von Geroldseck sein, dachte er. Hatte denen nicht auch die Burg Tanneck gehört, dazu die Stadt Sulz? Er kam nicht dazu, weiter darüber nachzudenken, denn vor ihm stand mit einem Mal ein Reiter. Der Mann steckte in einer schwarzen Rüstung und hielt ein Schwert in der Hand. Sein Pferd, ein starkes, dunkles Schlachtross, war mit einer schwarzen, bestickten Decke geschmückt.

„Was macht Ihr hier in unserem Hoheitsgebiet, Reiter?", rief der Mann. Seine Stimme klang hohl aus dem Visier heraus.

„Ich reite nach Freiburg, im Auftrag der Stadt Rottenburg soll ich dem Rat eine Botschaft überbringen."

„Zeige Er mir doch einmal diese Botschaft", donnerte der Ritter, „da seid Ihr aber weit vom Weg abgekommen!"

„Das kann ich nicht und das darf ich nicht", gab Wolfram zur Antwort. „Das Schreiben ist streng geheim."

„Das kann jeder sagen. Und jeder hergelaufene Wegelagerer kann sich hier bei uns herumtreiben. Das dulden wir nicht. Ihr seid mein Gefangener."

Wolfram bedauerte, dass er weder eine Waffe noch eine Rüstung mitgenommen hatte, woher hätte er die auch so schnell beschaffen sollen? So gab er sich geschlagen und ließ es zu, dass der Mann seine Hände mit einer Kette fesselte und sein Pferd hinter sich hergehen ließ. Sie ritten einen steilen Weg zur Burg hinauf. Hoffentlich warfen sie ihn nicht in ein Verlies, da konnte er warten, bis er schwarz würde. Und Gunther und Julia wären über alle Berge! Schließlich erreichten sie das Tor der Burg, das so groß war, dass es bequem zwei Wagen Durchlass gewähren konnte. Hauptgebäude war der mächtige Palas, der sich auf einem Porphyrfelsen fünf Stockwerke hoch erhob. Fast alle Geschosse hatten schmale, schießschartenartige Fenster, im zweiten Obergeschoss zeigten gotische Drillingsfenster einen Fest- oder Rittersaal an. Um das Plateau der Oberburg herum erstreckte sich die Unterburg, die von einer starken Ringmauer umgeben war. Wolfram bemerkte ein Brunnenhaus. Dabei fiel ihm ein, dass er Durst hatte.

„Wohin bringt Ihr mich?", fragte er den schwarzen Ritter.

„Zu meinen Freunden", antwortete der. „Keine Sorge, Ihr werdet zu essen und zu trinken erhalten."

Der Ritter übergab die beiden Pferde einem Knecht. Im Palas musste Wolfram ihm eine enge Wendeltreppe voransteigen. Von oben drang Lärm herab. Die Tür zum Rittersaal war geöffnet. Die Burgbewohner saßen an langen Tischen, vor sich große Krüge mit Bier und Wein. Alle schrien durcheinander. Der Boden war mit Strohmatten ausgelegt, neben dem Kamin befand sich ein Estrich mit den Plätzen für die vornehmsten Gäste. In den Nischen vor den Fenstern saßen Damen in seidigen Gewändern, reich mit Schmuck behangen und mit Perlenhauben auf den anmutigen Köpfen. Auch sie sprachen angeregt miteinander. Der schwarze Ritter hob die Hand. Augenblicklich trat Ruhe ein. Die Augen der Versammelten richteten sich auf ihn.

„Ich habe ein Vögelchen gefangen", sagte er mit lauter Stimme. „Sollen wir es rupfen?"

„Ja, rupfen", tönte es ihm entgegen. „Zieht ihm das Fell über die Ohren. Das wird ein Mordsspaß!"

Die anmutigen Damen schauten neugierig herüber. Ein junger Mann mit weichen Gesichtszügen und langen, lockigen Haaren, eine Laute vor sich auf dem Schoß, erhob seine Stimme.

„Was hat er denn verbrochen?"

„Verbrochen eigentlich nichts", sagte der schwarze Ritter. „Ein Verwandter von mir, Gerold von Sterneck, kam heute Mittag vorbei, um mich vor diesem Reisenden zu warnen. Er führe nichts Gutes im Schilde."

Dieser Schuft!, dachte Wolfram.

„Wie soll er etwas im Schilde führen, wenn er gar keines hat?", rief einer der Ritter, und alle stimmten in ein lautes Gelächter ein. Wolfram merkte, dass diese Leute ihm nicht feindlich gesinnt waren.

„Ich habe recht wohl Reiten und Kämpfen gelernt", sagte er. „Nur dachte ich nicht daran, eine Waffe oder eine Rüstung mitzunehmen, als ich aufbrach. Ich bin auf dem Weg zu einer Frau, die ich liebe."

Die Damen in den Fensternischen seufzten auf.

„Hört, hört", klang es von den Tischen. „Das ist ein echter Ritter ohne Furcht und Tadel. Solle wir ihn nun aufhängen oder ihn zum Kampf herausfordern?"

„Seht ihn euch doch an", sagte der mit der Laute. „Sieht so ein Strolch und Tagdieb aus? Ich bin dafür, ihn zu bewirten und ihn in unsere Reihen aufzunehmen."

„Du hast gut gesprochen, Gottfried", sagte der schwarze Ritter. „Und ich könnte wetten, dass er auch weiß, wie man zu Reichtum und Ansehen gelangt."

Davon habt ihr doch mehr als genug, dachte Wolfram grimmig. Aber es gibt Menschen, die können das Maul nicht voll genug kriegen.

„Kann sein, dass ich es weiß", meinte er. „Aber das, was ich suche, ist nicht für diejenigen bestimmt, die nicht dazu ausersehen sind."

„Das wollen wir doch sehen", scholl es ihm entgegen. „Er meint sicher den ‚Stein der Weisen'."

Einige schlugen mit den Fäusten auf den Tisch. Der schwarze Ritter gebot Einhalt.

„Der Fremde ist mein Gast. Er wird heute bei uns bleiben, mit uns speisen und feiern, und morgen werde ich ihn einkleiden und ihm das Geleit geben."

„So geschehe es, oh Herr Heinrich von Geroldseck, denn du hast hier das Sagen", sang ein Mann mit rotem Bierschädel.

Der schwarze Ritter und Wolfram verließen den Raum mit den Zechern. Im nächsten Stock zeigte der Burgherr ihm seine Schlafkammer. Eine Magd brachte Wasser zum Waschen. Nachdem er sich erfrischt hatte, schaute Wolfram durch das schmale Fenster hinaus. Im Licht der untergehenden Sonne konnte er einen Teil der Umgebung erkennen. Die Burg stand auf einer Anhöhe, um die sich endlose Wälder breiteten, sanfte Hügel, aber auch schroffe Hänge mit Felsen aus rötlichem Sandstein. Dort war Süden, dort lagen die Städte Freiburg und Staufen. Er hatte das Gefühl, dass er erst frei sein würde, wenn er diese Reise zu einem glücklichen Abschluss gebracht hatte. Einige Zeit später holte ihn der schwarze Ritter ab und brachte ihn in den Festsaal. Es gab geröstetes Fleisch an langen Spießen, gekochte Schweinsköpfe und gebratene Tauben. Von dem vielen Fleisch wurde es Wolfram fast übel, und er war froh, dass auch eine Schüssel mit Erbsen- und Karottenbrei auf dem Tisch stand. Der Barde schlug seine Laute an und sang ein Lied von den Freuden und Leiden der Minne:

„Zwischen Ulmen und Erlen
da denk' ich an dich
zwischen Prunkzeug und Perlen
vermisse ich dich.
Mit Lerchen und Staren
ruf' ich nach dir
beim Klang der Fanfaren
versag' ich es mir
Im Licht all der Kerzen
da seh' ich dich nicht
nur in meinem Herzen
da finde ich dich."

Die Frauen an den Tischen hatten gerötete Wangen und klatschten in die Hände, die Ritter trommelten mit ihren Bechern auf das harte Holz.
So ist es auch bei mir mit der Liebe, dachte Wolfram. Alles würde ich geben für diese Frau, doch sie flieht vor mir. Ich werde sie für mich gewinnen, nahm er sich vor. Durch den Aufenthalt auf Burg Geroldseck hatte er schon wieder mindestens einen halben Tag verloren. Aber er glaubte ja, das Ziel von Gunthers und Julias Reise zu kennen. Gunther würde ihr nichts antun, Wolfram hatte gemerkt, dass der Bader sie liebte oder sie zumindest begehrte und für sich haben wollte. Denn er hatte etwas mit ihr vor, etwas, das in Staufen auf ihn wartete. Woher wusste er das? Er konnte ja zwei und zwei zusammenzählen, nach dem, was er an dem Abend in der Moritzkirche gehört hatte. Er würde die beiden in Staufen finden, dessen war er sich sicher. Doch heute Abend wollte er mit diesen Leuten feiern, sie gefielen ihm mit ihrem Witz und ihrem

höfischen Benehmen. Es wurde gegessen, getrunken, auf den Tischen getanzt, manche Dame machte ihm schöne Augen, aber er ging nur scheinbar auf ihre Werbungen ein. Als er des Nachts in seiner Kammer lag, dachte er an die Freuden, aber auch an die Gefahren und Hindernisse, die noch vor ihm, vor ihnen allen lagen. Der Herr von Geroldseck hatte ihm angeboten, ihn zusammen mit dem Barden Gottfried zu begleiten. Sie seien froh, einmal aus der Enge der Burg herauszukommen, hatte der Schwarze Ritter gesagt, der sich im Übrigen als ganz normaler Adliger entpuppte.

Und der Geroldsecker machte sein Versprechen wahr: Am nächsten Morgen brachen die drei Männer zusammen nach Süden auf. Über Hausach gelangten sie in das Elztal, das sich nach Süden immer mehr ausdehnte. Wolfram erfuhr viel über das Leben, das sie führten, über ihre Entbehrungen, Kämpfe, den Alltag, aber auch über die ausgelassenen Feste, Turniere und einsamen Stunden am Schreibpult, mit der Feder in der Hand oder einem aufgeschlagenen Buch vor sich. Bei Waldkirch deutete der Geroldsecker auf einen Berg, der sich massig über die anderen erhob. „Das ist der Kandel", sagte er und zeigte hinauf. „Es soll ein Tanzplatz der Hexen und Teufel aus der Umgebung sein."

Nicht schon wieder, dachte Wolfram.

„Sie treffen sich vor allem in der Walpurgisnacht, am 1. Mai eines jeden Jahres, aber auch jetzt im Herbst, wenn die Nebel die Hochflächen in fast undurchdringliche Gebiete verwandeln."

„Das Volk mag daran glauben, ich tue es auf jeden Fall nicht", sagte Wolfram.

„Das müsst Ihr auch nicht", lachte sein Gegenüber. „Das Volk hat schon immer seine Gespenstergeschichten gebraucht. Die Leute haben ja sonst nichts, an das sie glauben und worüber sie reden und sich ereifern können."

Ich habe da meine Erfahrungen, dachte Wolfram, aber er wollte sich nicht näher darüber auslassen. In Freiburg übernachteten sie in einer Herberge, die wie fast alle mit Kakerlaken und Wanzen verseucht war. Am Morgen des zweiten Tages brachen sie nach Staufen auf, der kleinen Stadt im Oberamt Breisgau.

20

Die Straße von Freiburg nach Staufen führte durch das Markgräfler Land. Waldbestandene Bergrücken wechselten mit Wiesen und Äckern ab. Dinkel, Rüben und Gerste gediehen auf den Feldern. Dazwischen tauchten immer wieder Weinberge auf. Julia taten vom Ruckeln des Wagens alle Knochen weh. Endlich kam die kleine Stadt Staufen in Sicht. Der Ort war rundherum durch eine dicke Mauer geschützt und wurde von einer mächtigen Burg überragt. Rumpelnd fuhr die Kutsche durch die Straßen und blieb vor dem Gasthaus „Zum Löwen" stehen. Als Julia hinter dem Bader die Treppe zu den Kammern hinaufging, fiel ihr ein eigentümlicher Geruch auf, wie nach faulen Eiern.

Diesen Geruch hatte sie irgendwann schon einmal in der Nase gehabt, sie wusste bloß nicht mehr, wo. In der Kammer ruhte sie sich erst einmal aus und überlegte, warum sie so widerstandslos mit dem Bader mitgegangen war. Es hätte immer wieder Gelegenheiten gegeben zu fliehen. Doch sie war schon zu weit in die Sache verstrickt. Sie wusste, dass dies der einzige Weg war, um mehr über die Dinge zu erfahren, die sie so sehr beschäftigten. Immer wieder musste sie an das Gespräch in der St. Moritzkirche denken, das sie zusammen mit Wolfram belauscht hatte. Was führten der Bischof, der Bader und Clarissa im Schilde? Wollten sie Gold herstellen, wollten sie den Stein der Weisen finden? An diesen Stein konnte sie nicht so recht glauben, doch sie würde Gunther vorgaukeln, dass auch sie ihn finden wolle. Und so spielte sie ihre Rolle, so gut sie es vermochte. Gunther war schon in den Gastraum hinuntergegangen, in dem er sich mit seinem Freund Galum, dem Arzt und Alchimisten, verabredet hatte. Julia fiel etwas ein. Der Bader hatte ihr nicht verraten wollen, was in der Flasche gewesen war, aus der er sie hatte trinken lassen. Vielleicht war diese Tinktur in seinem Zimmer. Sie fasste an die Klinke: Die Tür war nicht verschlossen. Hastig suchte sie im Gepäck des Baders. Da war die Flasche. Julia drehte sie um und überflog das Etikett:

Ingr.: Bilsenkraut (Hyoscyamus niger)
Schierling (Conium maculatum L.)
Tollkirsche (Atropa belladonna) ein Teil
Wirksame Dosis:1,5 Skrupel
Was hatte der Bader da bloß zusammengemischt! Das
Giftpflanzenbuch aus dem Kloster fiel ihr ein. Diese Pflanzen
waren heilend und tödlich zugleich, es kam nur auf die Dosis an.
Gunther hatte sie betäuben wollen, um sie mit sich zu nehmen,
damit sie ihm helfe, die Substanz zu finden. Das Wissen über den
‚Stein der Weisen' sei von alters her geheim gehalten worden, doch
sie hätte er dazu ausersehen, an dem Gespräch mit dem Gelehrten
teilzunehmen. Sie habe damals im Haus ihrer Tante schon sehr viel
Einsicht und Interesse gezeigt, was ihn dazu bewogen habe, sie für
eine ‚Auserwählte' zu halten. Ob sie es nun war oder nicht, sie würde
an diesem Gespräch teilnehmen und es für ihre eigenen Zwecke
nutzen. Julia wollte alles über ihre Vergangenheit herauszufinden,
auch über die Gründe, warum ihre Tante Kreszentia sie hatte
vergiften wollen und selber eines so qualvollen Tode gestorben war.
Das Fläschchen packte sie wieder so ein, wie sie es vorgefunden
hatte. Gut, wenn Gunther ihr vertraute. Sie würde sich schon als
würdig erweisen. Es war kühl geworden, deshalb legte sie ihre
Schaube an, bevor sie die Treppe zur Gastwirtschaft hinablief. Nur
wenige Gäste befanden sich im Raum. Ein Kachelofen verbreitete
behagliche Wärme, und die niedrige Holzdecke verstärkte diesen
Eindruck von Gemütlichkeit. Am Fenster saßen Gunther und sein
Freund. Als Gunther sie erblickte, winkte er ihr zu und stellte ihr
den Mann vor.
„Das ist Josef Galum, Arzt, Gelehrter und Alchimist. Er hat, wie
ich, bei Paracelsus in Basel gelernt und kennt ebenfalls Dr. Faust
aus Knittlingen, der derzeit in Eichstätt bei Ingolstadt weilen soll."
Der Fremde hatte ein rundes, kleines Gesicht, graue Löckchen und
vom Denken angestrengte Falten auf der Stirn.
„Gehen wir gleich in medias res", sagte er, nachdem der Wirt Brot
und Speck, einen zweiten Becher Wein für die beiden und einen für
Julia gebracht hatte.
„Fassen wir einmal den Stand zusammen, auf dem wir uns
befinden", fuhr der Arzt fort. Julia wollte den Ausführungen des

Alchimisten durchaus folgen. Es wurde ihr aber bald zu schwierig, und sie verlor sich in ihren Gedanken. Wie sollte sie hier nur wieder herauskommen, wie sollte sie Wolfram wiederfinden? Sie schaute sich in der Gastwirtschaft um. Die wenigen anderen Gäste waren mit ihren Speisen und Getränken beschäftigt und unterhielten sich leise. Julia zwang sich nach einigen Minuten, dem Gespräch wieder zu folgen. Dieser Galum sprach immer noch: „... ich sage euch, die Quintessenz, nach der wir suchen, ist der innerste Wesenskern aller Stoffe. Er hat eine konservierende und heilende Kraft."

Jetzt wird's philosophisch, hatte die Tante an jenem Abend gesagt. Julia versuchte zu verstehen. Es gab also noch etwas anderes als das, was man an der Oberfläche sah. Ein innerer Kern aller Stoffe? Sie schaute aus dem Fenster und sah den Platz vor dem Gasthaus einsam da liegen. Er wurde von einigen Eisenpfannen erhellt, die man an den Häusern angebracht und mit brennenden Kohlen gefüllt hatte. Diese Fragen hatten vielleicht etwas mit Geburt, Leben und Tod zu tun. Und mit den Sternen. Ein kleiner, struppiger Hund lief über den Platz, hob sein Bein an einem Baum. Eine Gruppe von drei Männern zu Pferde folgte. Es mussten Ritter sein, denn sie trugen zwar keine Helme, aber Kettenhemden. Es war ihr, als hätte der eine von ihnen zu ihr herübergeschaut. Unwillkürlich musste sie an Wolfram denken. Konnte es sein, dass er sie suchte? Aber wie hätte er darauf kommen sollen, dass sie hier war? Dann fiel ihr der Augenblick in der Kirche ein, in dem Gunther von seinen Reisezielen gesprochen hatte. Sollte sie hinausgehen? Aber wie hätte sie das den beiden Männern am Tisch erklären sollen? Wenn Wolfram wirklich gekommen war, würde sie ihm noch begegnen. Sie hatte, ohne es zu wollen, in der letzten Zeit immer wieder an ihn denken müssen. Das weitere Gespräch der Alchimisten war inzwischen an ihr vorübergegangen.

„Wenn wir es schaffen, die Quintessenz zu finden, haben wir ausgesorgt", sagte Galum gerade.

„Wie wird diese Quintessenz gewonnen?", fragte Julia.

„Sie wird durch Extraktion, das heißt durch Abtrennen aller unwirksamen oder verunreinigten Bestandteile erzeugt."

„Heißt das – Gold aus niederen Metallen herstellen?", fragte Julia.

„Das ist nicht das einzige", antwortete Gunther. „Die Herrschenden wollten schon immer diese Seite der Quintessenz für sich beanspruchen, nicht zuletzt, um mit dem gewonnenen Gold Kreuzzüge, Paläste oder eine aufwändige Lebensführung zu bezahlen. Wesentlich ist jedoch die Bedeutung, die der ‚Stein der Weisen' für den Menschen, seine Gesundheit und seine Entwicklung hat. Deshalb sind die meisten, die allein Gold herstellen wollten, damit gescheitert oder wurden als Quacksalber verschrien und davongejagt. Die Alchimie in ihrer wahren Bedeutung ist Heilkunst."

„Wie sieht dieser ‚Stein der Weisen' aus?", fragte Julia. Gleich darauf hätte sie sich am liebsten auf den Mund geschlagen, denn diese Frage hatte sie schon einmal gestellt. Und eigentlich wollte sie auch gar nichts über diesen Stein wissen, sie wollte wissen, welche Rolle der Bader in den Geschehnissen spielte, die sie betrafen. Sie machte sich wenig Hoffnungen, dass Gunther sie einfach so gehen lassen würde. Im schlimmsten Falle konnte er sie immer noch für verrückt erklären und auf ihren Prozess in Sulz hinweisen. Ob die Absolution des Bischofs bis hierher nach Staufen wirken konnte, das bezweifelte sie dann doch.

„Das wissen wir noch nicht, aber wir sind kurz davor, es zu erfahren. Das Kleinod der Adepten, der Erleuchteten, soll aus einem glänzenden, rubinroten Karfunkelstein bestehen, das heißt aus einer lebendigen, hochroten, glühenden, unbrennbaren Kohle, in deren Zentrum sich ein ewiges und unauslöschliches Feuer befindet", Galums Augen leuchteten fast irre, als er ihr das erzählte. Die beiden waren ihrer Ansicht nach nicht nur ziemlich verrückt, nein, sie waren zudem gefährlich.

„Weiß Paracelsus, wo sich dieser Stein befindet?", fragte Julia.

„Paracelsus ist dabei, eine ‚weiße Magie' zu entwickeln", antwortete Galum. „Wenn er sich durchsetzt, wird sein Werk bahnbrechend für die Zukunft sein."

„Gibt es auch eine schwarze Magie?"

„Ja, das ist die Kehrseite der Medaille. Wenn jemand sein Wissen für das Wohl der Menschen einsetzt, dient er Gott, wenn zu seinem eigenen Wohl oder für finstere Machenschaften, dem Teufel."

„Ich glaube, nur Paracelsus selbst kann uns weiterhelfen", meinte Gunther.

Er hat die ganze Medizin auf den Kopf gestellt. Die Natur heilt, sagt er, man muss sich dem Menschen nähern, alle Anatomie sei Totenmedizin."

„Wenn auch noch so oft über das Teufelswerk des Paracelsus geschimpft wird, es wird sich durchsetzen!"

„Ich werde nachher noch ein Experiment machen", kündigte Galum an und lächelte geheimnisvoll. Julia dachte an den eigentümlichen Geruch.

„Für wen macht Ihr diese Experimente?", fragte sie und wunderte sich, nicht zum ersten Mal an diesem Abend, über ihren Mut, in das Gespräch der sogenannten Wissenschaftler einzugreifen.

„Auch wir Alchimisten und Ärzte müssen leben", gab Galum zur Antwort. „Ich versuche, Gold für den Burgherrn dieser Stadt herzustellen."

„Und auf Jahrmärkten treten wir natürlich ebenfalls auf", ergänzte Gunther.

„Lauft Ihr nicht Gefahr, wie Faust und die anderen als Quacksalber verschrien zu werden?"

„Das ist eine berechtigte Frage", entgegnete Galum. „Diese Tatsache schmälert jedoch nicht unsere Verdienste um die Wissenschaft, sondern ermöglicht uns erst, sie auszuüben."

„Morgen beginnt ein Jahrmarkt in dieser Stadt", wandte sich Gunther an Julia. „Seid Ihr bereit, uns bei unserer Arbeit zu unterstützen?"

Ach, daher wehte der Wind. Sie sollte als Jahrmarktsäffchen auftreten, die Kranke und dann die Geheilte spielen. Aber sie wollte es nicht umsonst machen.

„Ich bin bereit dazu", antwortete sie. „Wenn Ihr mir im Gegenzug verratet, was Ihr mit Clarissa, der Äbtissin des Klosters Bischofsbronn und mit dem Bischof zu schaffen habt."

Gunther lachte. „Nichts leichter, als das zu erklären. Ich versuche Gold herzustellen für das Kloster, und ich versuche Menschen zu heilen. Der Bischof will mich möglicherweise dabei unterstützen."

„Woran ist meine Tante gestorben?"

Galum gähnte und sagte: „Das besprecht am besten unter Euch. Ich bin müde und möchte mit dem Experiment noch beginnen, bevor ich mich schlafen lege."

„Geruht wohl, Herr Doktor", meinte Gunther mit einem spöttischen Zug in den Mundwinkeln.

„Gute Nacht, Herr Galum", sagte Julia.

Nachdem der Arzt gegangen war, wandte sich Gunther an Julia.

„Eure Tante ist an Herzversagen gestorben." Das glaube ich nicht, dachte Julia. Der Wirt trat an ihren Tisch und fragte, ob sie noch etwas zu trinken wünschten. Julia lehnte ab, der Bader bestellte noch einen Becher Wein.

„Hat Clarissa etwas mit ihr zu tun gehabt? An dem Tag, als Kreszentia starb, ist die Äbtissin von Bischofsbronn nach Sulz gefahren."

„Möglich, dass sie sie besucht hat. Kreszentia war ja ebenfalls häufiger Gast im Kloster."

Julia wusste, dass da noch etwas war, das sie nicht wusste, und dass Gunther es ihr nicht sagen würde. Aber sie würde es noch herausbekommen.

„Ich bin froh, dass Ihr bei mir seid", sagte Gunther und legte seine Hand auf ihren Arm. Sie zog ihn zurück.

„Ihr braucht keine Angst vor mir zu haben, ich tue Euch nichts", sagte er mit einem Lächeln, doch der flackernde Ausdruck seiner Augen strafte seine Worte Lügen. Worauf hatte sie sich bloß eingelassen! Sie musste so schnell wie möglich von hier weg.

Ein gewaltiges Krachen erschütterte das Gasthaus. Julia zuckte zusammen, ihr Herz begann schneller zu klopfen.

„Was war das?", fragte sie entsetzt. Der Wirt und seine Frau kamen aus der Küche herbeigelaufen.

„Oh Gott", stöhnte Gunther. „Die Hochzeit ...der Alptraum eines jeden Alchimisten."

Er stand auf und rannte die Treppe zu den Gastzimmern hinauf, Julia folgte ihm dicht hinterher. Aus der Kammer des Arztes drang Qualm, und es roch furchtbar nach Schwefel. Auf das Schlimmste gefasst, schaute Julia über Gunthers Schulter. Alles war schwarz und verraucht. Etwas, das einmal ein Destillierofen gewesen sein mochte, war in Stücke zerrissen. Inmitten von Quecksilberdämpfen und Bleiresten lag der Arzt mit seltsam verdrehtem Genick. Der Wirt, der hinter ihnen stand, rief schreckensbleich: „Der Leibhaftige hat ihn geholt!"

„Man soll Gott nicht versuchen, ich habe es doch immer gesagt", fiel seine Frau ein. Als Julia sich umdrehte, sah sie, wie sich die beiden bekreuzigten und schnell die Treppe hinunter liefen.

Plötzlich war der Gang voller Leute, die aufgeregt durcheinander redeten. Julia wollte sich zurückziehen, konnte sich jedoch keinen Weg zu ihrem Zimmer bahnen. So musste sie mitansehen, wie der zerfetzte, verrußte Körper des Alchimisten auf einer Bahre hinausgetragen wurde. Als die Meute mitsamt der Leiche und dem Bader verschwunden war, schleppte sie sich in ihre Kammer und erbrach sich in einen Wassereimer. Auf was hatte sie sich nur eingelassen? Das alles würde ein schlimmes Ende nehmen. Und Wolfram hatte sie Unrecht getan. Sie musste weg, sie musste ihn finden! Möglicherweise hatte er sich mit den beiden Rittern im anderen Gasthaus des Ortes einquartiert. Julia wusch ihr Gesicht, trocknete es mit einem Handtuch ab und lief nach unten, aus dem Gasthaus heraus, rannte durch den Ort und fand schließlich die Wirtschaft „Zum Schwarzen Adler", wo sie heftig an die Tür pochte. Ein verschlafener Mann mit einer Nachtmütze auf dem Kopf erschien in der Tür. „Was wollt Ihr zu dieser späten Stunde?", fragte er barsch. „Wir haben keine Betten mehr frei."

„Sind bei Euch drei Herren abgestiegen, Männer in ritterlicher Kleidung?"

Seine Miene wurde freundlicher.

„Ja, die sind hier abgestiegen. Was wollt Ihr von ihnen?"

Julia überlegte fieberhaft.

„Einer von ihnen ist mein Bruder, Wolfram Lauterach, und ich habe ihm etwas Wichtiges mitzuteilen", sagte sie.

„Nun gut, ich werde mal nachschauen gehen", brummte er. Kurze Zeit später winkte er sie herein. Von der Treppe kam ihr Wolfram entgegen; er war vollständig angekleidet, hatte also noch nicht geschlafen. Ihr Herz machte einen Sprung. In seinem Gesicht konnte sie Freude darüber erkennen, sie wiederzusehen. Sie lief auf ihn zu, umarmte ihn und brach in Tränen aus. Es war, als wenn sich lange Zeit etwas in ihr aufgestaut hätte, was sich nun seine Bahn suchte.

„Komm hinaus vor die Tür, hier können wir nicht sprechen",

sagte Wolfram, nachdem Julia ihre Tränen mit dem Stoff ihres Kleides getrocknet hatte. Draußen war es dunkel und kalt, aber in den Gassen, durch die sie gingen, waren weitere Becken mit brennenden Kohlen aufgestellt.

„Jetzt sag erst einmal: Wie hast du mich gefunden?", fragte Julia.

„In der Kirche hörten wir beide, dass Gunther nach Staufen reisen wollte. Als erstes suchte ich also so schnell wie möglich die Moritzkirche auf. Dort fand ich in der Sakristei deine Kleiderspange. Meine Mutter hätte sicher gesagt, kein Wunder, dass das Mädchen nicht mehr sicher war vor diesem Hexenmeister."

„Sie muss heruntergefallen sein, als er mir dieses Zeug aus dem Fläschchen einflößte."

„Eine Tinktur? Woraus bestand sie?"

„Später fand ich es heraus: aus verschiedenen Ingredienzien, unter anderem Bilsenkraut und Tollkirsche. Ich muss zwei Tage geschlafen haben, während er mich nach Freiburg brachte, und hatte die wildesten Träume."

„Flugträume?"

„Ja, ich war auf einer Wolke", meinte sie kleinlaut. Sie war froh, dass es dunkel war und er ihr Rotwerden nicht bemerkte.

„Ich habe es dir nicht übelgenommen, dass du zu ihm gegangen bist. Aber ich habe mir die größten Sorgen gemacht!"

„Das weiß ich jetzt, besonders, nachdem dieses Unglück passiert ist."

Ein Nachtwächter kam ihnen entgegen, sang das Lied von der zwölften Stunde, die geschlagen habe. Er leuchtete ihnen mit seiner Laterne ins Gesicht, murmelte ein paar unverständliche Worte und ging seines Weges.

„Ich wurde von einem Ritter gefangengenommen", berichtete Wolfram weiter, „aber zum Glück wendete sich das Blatt. Sie haben mich aufgenommen, und zwei von ihnen gaben mir das Geleit bis Staufen. Mit unseren schnellen Pferden haben wir euch eingeholt. Dort quartierten wir uns zunächst einmal im Gasthaus ‚Zum Schwarzen Adler' ein. Ich habe viel von den beiden gelernt, über die aussterbende Ritterzunft, das Leben der Burgherren, ihre Fehden und Kämpfe um die Besitztümer. Ich glaube, sie wollen ebenfalls, dass dieser Stein der Weisen gefunden wird. Sie meinen wohl, wenn er in die falschen Hände gerät, könnte das schlimme Folgen für die Menschen unseres Landes haben."

„Das glaube ich auch. Er soll ja demjenigen, der ihn besitzt, absolute Macht verleihen", sagte Julia, überlegte aber dann, „ich meine, so glauben manche, aber wir wissen, dass dem nicht so ist. Nichtsdestoweniger muss dem Bader das Handwerk gelegt werden!"

Wolfram nickte nur und blieb unter einer der Kohlenpfannen stehen.

„Möchtest du dein Spange nicht wiederhaben?, fragte er.

„Könntest du sie mir anstecken?"

Er zog behutsam ihre Schaube beiseite und befestigte die Spange über ihrer Brust. Julia spürte Wärme und wusste nicht, ob es die Wärme seiner Hände war oder ob sie es sich nur einbildete. Wolfram legte ihr die Arme um den Hals und zog sie an sich. Er küsste sie. Nach einiger Zeit machte sie sich frei und fragte:

„Wie soll es jetzt weitergehen?"

„Wir müssen so schnell wie möglich nach Basel, um dort zu verhindern, dass der Bader das Geheimnis, was es denn auch immer ist, bei Paracelsus sucht. Wir müssen ihn vor allem vor dem Bader erreichen."

„Glaubst du, dieser berühmte Arzt wird es aus der Hand geben?"

„Wir müssen es versuchen, und wir müssen es schaffen. Es hat schon Tote gegeben, wie du weißt."

Natürlich wusste sie es. Unter anderem war Kreszentia tot, und sie selbst könnte auch schon unter der Erde liegen.

21

Wieder zurück im Wirtshaus, weckte Wolfram Heinrich von Geroldseck und seinen Barden. Der Wirt schenkte Julia eine Männerhose, damit sie besser reiten konnte, und gab ihr ein Reitpferd für einen günstigen Preis. Das ist gut, dachte Julia, denn sie trug wie die meisten Leute keine Unterhosen und wenn, dann nur bei großer Kälte. Die Uhr vom Kirchturm schlug eins, als die kleine Schar aufsaß und unbemerkt aus der Stadt hinausritt. Der Bader wird noch seinen Freund begraben müssen, dachte Julia, deshalb haben wir einen Vorsprung. Aber vielleicht war Gunther auch schon fort und erreichte sein Ziel vor ihnen. Sie ritten einige Stunden, oft waren die Wege schlecht und die Pferde hatten Mühe, einen sicheren Tritt zu finden. Manchmal merkte Julia am Rauschen der Bäume und der undurchdringlichen Schwärze, dass sie einen Wald durchquerten. Dann wieder ging es einen Fluss entlang, in dessen Wasser sich der Mond spiegelte. In der kalten Nacht standen die Sterne klar am Firmament. Endlich war im Osten ein Streifen Licht zu sehen. Die Sonne stieg blutrot über den Bergen des südlichen Schwarzwaldes auf. Und dann waren auch bald schon die Mauern und Türme von Basel zu sehen.

Julia spürte eine große Müdigkeit, aber auch eine starke Hoffnung, dass sich noch alles zum Guten wenden würde. Durch das St. Johannstor mit seinem hölzernen Giebeldach passierten sie die Stadtgrenze. Die St. Johanns-Vorstadt machte einen ländlichen Eindruck. Holzhäuser mit steinernen Unterbauten und Dachziegeln auf den Dächern prägten das Bild. Auf den breiten Lehmstraßen zeigte sich das Leben schon jetzt, in aller Frühe. Handwerker begannen ihr Tagwerk, fahrende Gesellen, Söldner, fremde Kaufleute, Bettler und Heimatlose bevölkerten die Stadt. Julia sah viele Teiche, Kanäle und Quellen. Am Rheinsprung ging es bergauf, die Universität kam in Sicht, ein hellgestrichenes, weitläufiges Gebäude mit vielen Arkaden. Wolfram lenkte sein Pferd daran vorbei. „Um diese Zeit ist dort noch kein Lehrbetrieb", sagte Wolfram zu Julia. „Wir sollten zunächst eine Herberge suchen."

Sie gelangten zum Rathausplatz und zum Münster mit seiner prachtvollen, himmelstrebenden roten Fassade. Julia bemerkte zwei aus Sandstein gehauene Figuren über dem Portal. Sie stellten einen Mann und eine Frau dar. Der Mann machte der Frau schöne Augen, die keine Haube trug, also Jungfrau sein musste. Während sie dabei war, ihr Kleid über die Schulter zu streifen, krochen Schlangen, Kröten und allerlei ekliges Zeug aus seinem Rücken. Der ‚Fürst dieser Welt" stand in schnörkeligen Buchstaben darunter. Eine rätselhafte Darstellung, dachte Julia. Wolfram schien die Figuren nicht bemerkt zu haben.

Auf dem Barfüßerplatz wurde ein Jahrmarkt abgehalten. Sie stiegen ab und banden ihre Pferde an einen Baum. Es wurden dunkles Bier und Wein ausgeschenkt, Falafel und Ferkelbraten angeboten. Wolfram kaufte Brot und Fleisch, und sie bahnten sich ihren Weg durch die Menge. An einigen Stellen standen Zauberkünstler und führten ihre Kunststücke vor, jemand lief auf den Händen oder jonglierte mit Äpfeln. Gaukler rissen ihre Possen, ein Bärenführer ließ sein Tier tanzen, Wanderprediger wetterten gegen die Verderbtheit der Welt, Hellseher lasen die Zukunft aus den Händen derjenigen, die dafür bezahlten.

Vorbei an Musikgruppen, Bettlern und Wurfbuden, versuchten sie, aus dem Gewühl fortzukommen. Im Vorbeihasten sah Julia Feuerspucker, Puppenspieler und Bogenschützen, Laternenbauer, Kettenhemdmacher, Näherinnen, Korbflechter, Lederer und Silberschmiede, die ihre Ware teilweise auf Holzbänken ausgestellt hatten, teilweise in Zelten zum Kauf anboten. Es war ein Surren und Hämmern, Schwirren und Klirren, Klopfen und Wuseln, wie Julia es noch nie erlebt hatte. Sie war selten aus ihrer kleinen Stadt herausgekommen, hatte nie einen so großen Ort gesehen wie diesen. In einer der nächsten Gassen fanden sie eine Herberge, in der sie die Pferde einstellen und sich für ein paar Tage einmieten konnten. Julia fühlte sich hundemüde nach der durchwachten Nacht, aber gleichzeitig so aufgewühlt, dass an Schlaf nicht zu denken war.

So brach sie zusammen mit Wolfram gleich wieder auf, um zur

Universität zu gehen. Die beiden Ritter legten sich erst einmal aufs Ohr.

Wieder war Julia von den Arkaden des lichtbraun gestrichenen Universitätsgebäudes beeindruckt. Ein Rundbogentor nahm sie auf. Drinnen herrschte Zwielicht, Studenten, darunter auch sehr junge von zwölf, dreizehn Jahren, eilten in den Gängen hin und her und verschwanden hinter jeweils einer der Türen. Die vier Fakultäten hatten hier ihre Hörsäle, erklärte Wolfram. Es gebe die artistische, die medizinische, die theologische und die juristische Fakultät, wobei die beiden letzteren als höher gestellt betrachtet würden. Die meisten Studenten seien ‚Artisten', die zunächst diese Fakultät durchlaufen müssten, um an einer der anderen drei teilnehmen zu können.

„Und wo wohnen die Studenten?", wollte Julia wissen.

„Es gibt Wohnungen für Dozenten und den Pedell. Im Kollegium gibt es Studentenkammern, in der domuncula posterior, einem kleinen Haus beim Hauptgebäude, wohnen sie und, da nicht für alle Platz ist, in den sogenannten Bursen."

„Heda", rief ein Mann mit viereckigem Barett, der unschwer als Pedell zu erkennen war. „Weiber haben keinen Zutritt hier."

„Sie ist meine Schwester und wollte sich die Universität ansehen", gab Wolfram schlagfertig zurück.

„Auch das gilt nicht", versetzte der Pedell.

„Warte draußen auf mich, ich werde etwas arrangieren", sagte Wolfram und eilte zur medizinischen Fakultät hinüber. Julia verließ das Gebäude und setzte sich draußen auf eine Steinbank. Die Zeit wurde ihr lang. Sie musste mit sich kämpfen, damit ihr nicht die Augen zufielen. Spatzen hüpften um sie herum, pickten Krümel von der Erde. Die Sonne wärmte sie, und sie schloss die Augen.

„Ich habe ihn erwischt", sagte Wolfram. Julia schreckte aus ihrem kurzen Schlaf hoch. Wie lange sie wohl geschlafen hatte? Wohl nur wenige Augenblicke. Kaum eine viertel Stunde, wie Wolfram bestätigte und dann ganz aufgeregt von seiner Begegnung mit Paracelsus erzählte: „Er kam nach seiner Vorlesung über Wundarznei heraus und ließ sich tatsächlich von mir aufhalten. Der Pedell, der dich so unsanft rauskomplimentiert hat, verriet mir übrigens noch einiges über Paracelsus' Stand in Basel. Ist nicht gerade der beste."

Sie schlugen denselben Weg ein, den sie am Morgen durch die Stadt geritten waren.

„Erzähl", drängte sie.

„Nachdem Paracelsus den Buchdrucker Johannes Froben auf sensationelle Art geheilt hatte, bekam er nicht nur eine Stelle als erster Stadtarzt, sondern auch eine Professur, da die medizinische Fakultät nur mit einem Professor besetzt war. Aber er machte sich schon bald unbeliebt. Er verbrannte öffentlich die Werke von Medizinern, räumte die Regale der Apotheker aus, die sich an ihren Patienten bereicherten und beantwortete jede Rüge der Obrigkeit mit unflätigem Schimpfen."

„Er fühlt sich gewiss in die Ecke gedrängt."

„Ja, er hält sich offensichtlich für den größten deutschen Arzt unserer Zeit. Heute Abend erwartet er uns in seiner Wohnung in der Leonhardstraße."

„Wie kommt es, dass ein so berühmter Mann uns eine Audienz gewährt?"

„Er sagt ja selbst, er habe nicht von den doctores gelernt, sondern von den kleinen Leuten, Bauern, Gauklern und Weibern. Er ist im Grunde ein sehr demütiger Mensch, glaube ich."

Den Rest des Nachmittags legte Julia sich schlafen und wurde am Abend durch ein Klopfen an der Tür geweckt.

„Es ist Zeit zu gehen", sagte Wolfram.

Vom Barfüßerplatz wandten sie sich zum Kohlenberg. Die Häuser wurden immer schäbiger, ihre Anstriche vergilbter, die Kinder, die auf der Straße herumliefen, magerer und zerlumpter. Es roch scharf nach Gerbflüssigkeit.

Aus den Spelunken drang das Grölen der Zecher. Bald hatten sie das Haus des Paracelsus erreicht. Auch hier war der Holzanstrich schon lange abgeblättert. Ein mittelgroßer Mann, etwa Mitte dreißig, öffnete ihnen. Er hatte halblange, dunkle Haare, ein wohlgenährtes Gesicht mit einem kleinen, fleischigen Mund. Seine Kopfbehaarung begann sich schon etwas zu lichten. Die Kleidung war fleckig, und er roch nach Wein.

„Tretet ein, hier bin ich allein", sagte er mit einer angenehm kräftigen Stimme. Sie folgten ihm in die Wohnstube, die zugleich auch Schlafgemach war. Auf dem Bett lag eine zerschlissene Decke, und in einer Ecke stand ein Destillierofen mit einem Topf, aus dem es dampfte und nach Kräutern roch. An der Wand hing ein scharfgeschliffenes Schwert mit dem eingravierten Wort ‚Azoth'.

„Das hat mir der Henker geschenkt", sagte Paracelsus stolz.

„Das sehen die Stadtväter sicher nicht gern, wenn Ihr mit solchen Leuten Umgang habt", meinte Wolfram.

„Die Stadtväter", polterte Paracelsus los. „Die können mich mal sonst wo lecken! Keine Ahnung haben die, noch weniger die Herren Doktoren, Professoren und Apotheker. Der Henker ist schließlich Wundpfleger und weiß sehr viel über den menschlichen Körper. Die anderen, die schreiben doch immer nur denselben klugen Mist in ihren oberschlauen Büchern. Nur die Erfahrung zählt, und die habe ich in meinem bisherigen Leben mehr gesammelt als sie alle zusammen! Aber nein, meine Bücher werden nicht verlegt, und wenn, dann nur, indem ich darum bettele. Doch sie werden schon sehen, was sie an mir gehabt haben. Ein neuer Geist ist mit mir in die Welt gekommen, die Medizin der Zukunft liegt in meinen Händen. Einunddreißig Studenten haben sich bei mir eingeschrieben, das ist fast ein Drittel der Gesamtfakultäten."

„Weshalb wir hergekommen sind ...", begann Wolfram.

„Entschuldigt, wie konnte ich nur so gedankenlos sein. Setzt Euch."

Er räumte schmuddelige Kleidung von zwei Stühlen. „Jetzt können wir in Ruhe über Euer Anliegen reden."

„Uns ist zu Ohren gekommen", begann Wolfram, „dass es viele Menschen gibt, die nach dem Stein der Weisen suchen. Leider sind es Menschen, von denen wir annehmen, dass sie ihn missbrauchen würden, falls sie ihn fänden."

„Auf dem Jahrmarkt habe ich einen Gaukler gesehen, der behauptete, ihn zu besitzen und damit unheilbar Kranke kurieren zu können", fügte Julia hinzu.

„Das sind Scharlatane", schnaubte der Arzt. „Nur ein Adept, ein Erleuchteter, darf ihn besitzen, und in seinen Händen wird der

Stein zum Wohltäter der Menschheit. Wie sah der Stein aus?"

„Rot, und er leuchtete."

„Das war eine billige Imitation."

„Habt Ihr ihn?", fragte Wolfram unverblümt.

„Man kann ihn nicht ‚haben', man muss ihn sich erringen", war die Antwort des Arztes. „Macht eine Wallfahrt zum Odilienberg im Elsass, oder geht auf dem Jakobsweg nach Santiago de Compostela, und ihr werdet darauf kommen, wo er sich befindet."

„Könnt Ihr uns nicht einen Anhaltspunkt geben, wo wir den Stein finden können?", fragte Julia.

„Ihr kennt sicher die Buchstaben I.N.R.I. id est:' Jesus von Nazareth, König der Juden.' Bei uns heißt das: igne natura renovatur integra, das bedeutet: Durch das Feuer erneuert sich die gesamte Natur. Das Wort ‚Azoth' ist ebenfalls ein Hinweis – es bezeichnet das Erz, aus dem alle Metalle entstammen. Doch jetzt genug der Worte, mir brummt der Kopf. Ich lade Euch ein, mit mir in die Herberge Zum Storchen zu gehen."

Zu Julias Erstaunen nahm der Gelehrte das Schwert von der Wand und steckte es in eine Scheide, die er an seinem Gürtel befestigte.

„Man hat mich schon an Leib und Leben bedroht", sagte er auf ihren fragenden Blick hin.

Aus dem Gastraum des Storchen schlugen ihnen warme Luft, Lärm und der Geruch nach Fleischbrühe entgegen. Er war angefüllt mit Menschen, die aussahen wie Fuhrknechte, Zigeuner und Huren. Es waren grobe, lustige, kräftige, stark geschminkte Gesichter, die ihr entgegenblickten, derbe Gestalten saßen an den Tischen mit noch derberer Kleidung, tiefe Ausschnitte bei den Frauen. Julia stieg das Blut in den Kopf, und sie hatte einen leichten Widerwillen, einzutreten. Hatte sie nicht gehört, Paracelsus lerne von den Weibern und dem einfachen Volk? Was unterschied ihn dann von den Jahrmarktsschreiern, die sie gesehen und gehört hatte? Zunächst einmal drängte der Arzt durch den vollen Raum und winkte ihr und Wolfram zu, an einen Tisch in einer Ecke zu kommen. Eine Frau mit aufgedunsenem Gesicht saß da und hatte ihren mageren Arm um einen jungen Mann gelegt, der an ihrem Ausschnitt herumfingerte.

„Drei Krüge Bier", orderte Paracelsus mit Donnerstimme. Der Wirt brachte das schäumende Getränk. Paracelsus wandte sich an Julia und Wolfram.

„Die doctores lehren, sich des Essens und Trinkens zu enthalten beziehungsweise, bestimmte Speisen und Getränke nicht zu sich zu nehmen. Davon aber wird man nicht gesund, und man bleibt es auch nicht. Nur das Übermaß ist Gift. Zum Wohlsein!"
Er stieß mit ihnen an.

„Ihr habt aber auch schon so viel gesoffen, dass Ihr hier am Tisch eingeschlafen seid", krächzte die Frau. „Passt das zu Eurer Lehre?"
„Ausnahmen bestätigen immer die Regel", entgegnete der Arzt seelenruhig. „Ich bin in letzter Zeit so arg bedrängt worden, dass ich, um Ruhe zu finden, schon mal übers Ziel hinausgeschossen bin."

„Was erhält den Menschen denn nun gesund, und was kann er tun, um sich diese Gesundheit zu erhalten?", fragte Wolfram und erhob dabei die Stimme, um gegen die immer lauter werdenden Zecher durchzudringen.

„Die Einheit von Körper und Seele ist es, vom Mikro- und vom Makrokosmos", antwortete Paracelsus und sprach ebenfalls lauter.
„Der Himmel über uns – das Gesetz der Sterne existiert auch in uns selbst. Dieses Gesetz muss sich erfüllen, es ist das Gesetz der Natur."

„Mit Gott sollt Ihr ja nichts am Hut haben." Die Frau lachte kreischend. „Aber das ist mir Recht. Für uns sorgt der alte Herr ja auch nicht."

„Versündige dich nicht", bat der junge Mann sie angstvoll.

„Mein Gott sitzt in mir drinnen, er ist in allen Menschen", setzte Paracelsus dagegen. „Und deren Kräfte gilt es zu aktivieren."

„Wie geht das vonstatten?", fragte Julia.

„Meiner Meinung nach ist der Körper auf Schwefel, Quecksilber und Salz gebaut, das sind keine stofflichen Elemente. Der Schwefel ist das Brennbare, also die Seele, das Quecksilber ist flüchtig, symbolisiert den Geist und das Salz, als das Beständige, Feststehende, den Körper. Heilung kann nur durch die Wiederherstellung eines Gleichgewichts zwischen diesen drei Faktoren geschehen."

„Das leuchtet mir ein", meinte Wolfram. „Warum werdet Ihr dann so gnadenlos verfolgt wegen dieser Lehre?"

Der Gelehrte nahm einen Schluck Bier und wischte sich den Schaum vom Mund.

„Weil die herrschende Lehre festgefahren ist. Ärzte, Gelehrte, Apotheker, sie alle schöpfen ihr Wissen nur aus Büchern und totem Material. Sie fürchten, ihre Patienten an mich zu verlieren, weil mir die Menschen scharenweise zuströmen."

Der junge Mann am Tisch erhob sich abrupt.

„Komm, Gundula, wir gehen. Das müssen wir uns nicht länger anhören. Das ist ein gottloser Mann, eine Ausgeburt des Teufels!"

„Lass mich in Ruhe", kreischte die Frau. Ein Bierkrug fiel um, die klebrige Flüssigkeit tropfte über den Tischrand auf Julias Kleid. Auch Paracelsus war aufgesprungen. Er zog sein Schwert aus der Scheide und fuchtelte damit herum. Der Lärm verstummte; alle starrten zu ihm herüber.

„Gibt es hier jemanden, der mich meinen Häschern ausliefern will? Dem werde ich zeigen, wo die Wahrheit zu Hause ist!"

„Beruhigt Euch", sagte Wolfram und legte ihm die Hand auf den Arm. „Niemand hier will Euch etwas Böses. Steckt das Schwert in die Scheide zurück. Wir bringen Euch nach Hause."

Das Schwert fiel klirrend zu Boden.

„Ich will nicht nach Hause." Paracelsus war auf seinem Stuhl zusammengesunken. Auf seiner Stirn zeigten sich Kummerfalten, er starrte trübe in seinen Krug. Schweißperlen rannen ihm übers Gesicht. Julia schaute näher hin. Nein, das war kein Schweiß, das waren Tränen.

„Froben war mein bester Freund, und ich habe ihn nicht retten können. Nirgends auf der Welt bin ich zu Hause, überall hat man mich davongejagt."

„Wie wär's denn mit der Liebe?", fragte die Frau mit einem kecken Augenaufschlag. „Die hat schon manchen Kummer und manche Krankheit geheilt."

Paracelsus zog ein Schnupftuch aus Leinen hervor und schnäuzte sich ausgiebig. Er bückte sich nach dem Schwert und steckte es in die Scheide.

„Die geschlechtliche Liebe", hub er an, „ist ein flüchtiger Stoff, wie die Seele. Sie brennt kurz und verbrennt den Menschen, wenn er sie nicht zu veredeln weiß. Es ist die göttliche Liebe, nach der wir alle streben sollten. Nach Freundschaft, Dauer, Heimat im Geiste, Übereinstimmung mit sich selbst und der Natur."

Die Gäste, die atemlos zugehört hatten, klatschten begeistert in die Hände. Wolfram und Julia klatschten mit. Da ist was dran, dachte Julia. Ich spüre es auch wie ein Brennen in meinem Inneren, und manchmal löst das Angst bei mir aus.

„Paracelsus, er lebe hoch, er hat uns geholfen, scheut sich nicht, mit uns Weibern zu verkehren, er ist der größte Arzt aller Zeiten", redeten die Wirtshausbesucher durcheinander. Der Gelehrte wurde mit seinem Stuhl hochgehoben, auf einen freien Tisch gesetzt. Er sah schon viel hoffnungsvoller aus.

„Ich danke euch", sagte er mit fester Stimme. „Aber jetzt lasst mich wieder herunter. Ich bin einer von euch, ihr sollt niemanden erhöhen, denn vor Gott sind wir alle gleich!"

Und vor den Krankheiten und dem Tod, dachte Julia. Es konnte jeden erwischen, gleich welchen Standes er war oder wie viel irdische Güter er besaß. Inzwischen war es späte Nacht geworden. Julia gähnte und sie bat Wolfram, sie nach Hause zu bringen. Der Abschied von dem Gelehrten war sehr herzlich. Er drückte ihnen lange und kräftig die Hände.

22

Auf dem Weg zur Herberge fasste Wolfram nach Julias Arm.

„Ich merke, dass du mir ausweichst in letzter Zeit", sagte er. „Warum das so ist, möchte ich gar nicht wissen. Aber eines soll dir klar sein: Ich verlange nichts von dir, was du nicht auch selber willst."

Sie legte ihre Hand auf seine.

„Im Augenblick möchte ich nur herausfinden, was die Suche nach diesem Stein mit meinem Schicksal zu tun hat. Glaubst du, wir sind auf dem rechten Weg?"

„Unser Besuch bei Paracelsus war ein Meilenstein", sagte Wolfram. „Wir können nur hoffen, dass der Bader nicht auf die gleiche Idee kommen wird", setzte Julia dagegen.

Am nächsten Tag gelang es Wolfram, Julia in die Bibliothek der Universität hineinzuschleusen. Sie suchten in den Schriften, wurden aber in der kurzen Zeit mit ihren wenigen Anhaltspunkten nicht fündig. Bald verließen sie das Gebäude wieder.

Der Himmel hatte sich bezogen, dunkle Wolken jagten über die Stadt. Sie setzten sich auf zwei Steine am Rheinufer und schauten den Lastkähnen zu, die beladen mit Salz, Fässern oder Holzstämmen den Fluss hinunterzogen. Das Wasser schwappte trübe ans Ufer. Wolfram holte seine wenigen Aufzeichnungen hervor.

„Dieser Luther hat es in sich", meinte er. „Bei aller Freiheit der Christenmenschen hat er doch ein düsteres Weltbild. Und rang zeitlebens selbst mit dem Teufel. Hör, was er über die Hexen geschrieben hat:

Sie seien Teufelshuren, könnten durch Zauberei blind, lahm und krank machen und töten, das habe er selbst gesehen. Zudem könnten sie Ungewitter hervorbringen, Früchte auf dem Feld verderben und das Vieh umbringen. Er würde sie selber verbrennen."

„Das wäre mir beinahe passiert", sagte Julia, und ihr wurde brennend heiß bei dem Gedanken.

„Glaub nicht, dass Gunther dich wirklich retten wollte", meinte Wolfram wie aus heiterem Himmel. Was wollte er damit bezwecken?

„Seine Verteidigungsrede war aber entscheidend", wandte sie ein.

„Er hat irgendwelche dunklen Pläne. Ich weiß nur noch nicht, was er tatsächlich im Schilde führt. Wenn er in den Besitz des Steines kommt, gnade uns Gott!"

Ein Windstoß fegte das beschriebene Blatt hinweg und Wolfram hatte Mühe, es davor zu bewahren, ins Wasser zu fallen.

„Das war der Atem Gottes", meinte Julia augenzwinkernd.

„Oder des Teufels", gab Wolframs zur Antwort.

„Dass Gunther den Stein bekommt, wollen wir verhindern", sagte Julia. „Bloß ...wo sollen wir ihn suchen? Wo auf der Welt könnte er versteckt sein?"

„Wir müssen noch einmal zu Paracelsus", meinte Wolfram.

In diesem Moment erstarrte Julia.

„Wolfram, da gehen gerade zwei Männer in die Universität hinein und ich fürchte, einer von ihnen ist Gunther."

„Oh Gott, tatsächlich! Was meinst du wohl, wer der andere ist?" Wolfram war bleich geworden.

„Wer denn? Erkennst du ihn?"

„Und ob. Es ist der Ritter von Sterneck, derjenige, dem dein Vater dich zur Frau versprochen hatte."

Julia war, als schnüre ihr jemand die Luft ab. Jetzt schaute sie genauer hin und erkannte ihn auch.

„Du kennst den Ritter? Warum hast du mir nichts davon gesagt?"

„Weil ich es dir eben nicht gesagt habe."

„Weil du selbst ein Auge auf mein Vermögen geworfen hast, stimmt's? Sag jetzt wenigstens einmal die Wahrheit!"

„Julia, glaub mir, es war nicht so, wie du vielleicht denkst, ich wollte nicht, dass er mir zuvorkommt. Bei dir. Weil ich mich damals schon in dich verliebt hatte."

Mir ist es doch genauso gegangen, dachte Julia. Wäre nur nicht die Sache mit den Hexenprozessen und dem Vermögen dazwischengekommen.

Sie schlugen den Weg zu dem Haus des Gelehrten ein und fanden Paracelsus auf einer steinernen Bank davor sitzend. Er wirkte in sich zusammengefallen und starrte trübe vor sich hin. Seine Kleidung war wie am Vortag fleckig und zerknautscht, als habe er sich zum Schlafen nicht ausgezogen. Als sie näher kamen, hob er den Blick.

„Bei mir ist eingebrochen worden", sagte er mit tonloser Stimme. „Das waren sicher diese Verbrecher, die mich ins Gefängnis bringen wollen."

„Es könnte auch jemand gewesen sein, der etwas ganz Bestimmtes bei Euch suchte", begann Wolfram vorsichtig. „Erinnert Ihr Euch an einen Gunther Rathfelder?"

Die Augen des Gelehrten flackerten, er stützte den Kopf in die Hand und überlegte.

„Ja, ja, ich erinnere mich. Es wird ein paar Jahre her sein, das war ein dunkler Bursche, aus dem ich nie ganz schlau geworden bin. Der hat meine Vorlesungen sicher nicht gehört, um etwas Gutes mit diesem Wissen anzufangen."

„Wie dem auch sei", setzte Wolfram fort. „Wir müssen ihm unbedingt zuvorkommen."

„Oben wie unten, wie innen, so außen. Alles ist eins", murmelte Paracelsus versonnen vor sich hin.

Julia hatte das Gefühl, als sei ihr Kopf mit einer Staubschicht angefüllt, so wenig konnte sie sich auf Paracelsus' Worte konzentrieren. Sie wäre am liebsten sofort losgerannt, um zu verhindern, dass Gunther den Stein der Weisen fand.

„Ihr solltet jetzt lieber keine Vorlesungen halten", warf Wolfram ein. „Schaut doch einmal nach, ob Euch vielleicht etwas abhandengekommen ist."

Paracelsus rührte sich nicht.

„Jetzt schaut doch einmal in Eurem Zimmer nach, ob etwas fehlt", wiederholte Wolfram.

Paracelsus blinzelte.

„Ja, ach, ich soll nachschauen, ob die Basler Spitzbuben mir etwas entwendet haben."

Er stand mühsam auf und ging in gebückter Haltung in seine Wohnung. Die beiden folgten ihm. Alles, Kleider, Decken, Geschirr, Bücher, Manuskripte, war durcheinander geworfen, der Ofen umgeworfen. Ziellos und leise jammernd wühlte der Arzt darin herum, nahm immer wieder eines der Bücher oder eine Aufzeichnung in die Hand und betrachtete sie fassungslos. Nach etwa einer halben Stunde setzte er sich aufs Bett. Eine Träne rollte ihm die Wange herab.

„Das Rezept für den ‚Roten Löwen' fehlt", sagte er mit zitternder Stimme.

„Was bedeutet das?", fragte Wolfram

Paracelsus richtete sich auf und wischte die Träne weg.

„Das bedeutet gar nichts", sagte er. „Derjenige, der es gestohlen hat, kann zwar Gold damit machen, aber sonst wird ihm nichts gelingen."

„Nein, das wird es gewiss nicht", meinte Wolfram. „Ihr habt uns sehr geholfen, Theophrastus Paracelsus! Ich glaube, die Sache wird ein gutes Ende nehmen."

„Wie soll sie denn ein gutes Ende nehmen, wenn ich nirgends ein Plätzchen finde, an dem ich mich niederlassen und meine Studien fortsetzen kann", wandte der Arzt ein. Seine Augen waren groß und ernst wie die eines Kindes.

„Habt Ihr keine Freunde, zu denen Ihr gehen könnt?", fragte Julia.

„Wenn alle Stricke reißen, gehe ich nach Colmar. Es könnte schon bald sein."

„Ich wünsche Euch alles Glück dieser Welt", sagte Wolfram und gab dem Gelehrten zum Abschied die Hand.

„Ich wünsche Euch, dass Ihr noch vielen Menschen helft und bald zur Ruhe kommt", fügte Julia hinzu. Beim Fortgehen schaute sie sich noch einmal um. Der Arzt saß in gebeugter Haltung, wie zuvor, auf seiner Bank und war ganz in sich selbst versunken.

Wolfram und Julia traten auf die Gasse hinaus.

„Wir müssen so bald wie möglich aufbrechen", mahnte Wolfram, als sie zurück zur Herberge gingen. „Nicht nur, um dem Bader zuvorzukommen. Irgendwann muss ich mich wieder beim Rottenburger Rathaus melden. Ein paar Tage wird man mir verzeihen, aber allmählich wird die Zeit zu lang."

„Ach, kommt da der feine Schreiber zum Vorschein, der seine Pflicht erfüllen muss?", stichelte sie.

Wolframs Mundwinkel fielen nach unten. Seine Augen wurden starr, eine Röte überzog sein Gesicht.

„Musst du ausgerechnet jetzt damit kommen?", sagte er scharf.

„Habe ich nicht alles für dich hinter mir gelassen? Bin ich nicht deinetwegen im Gerichtssaal aufgetreten, um deinen Hals zu retten? Ich finde, du bist sehr undankbar!"

„Hättest du das nicht für jede andere oder jeden anderen getan? Es ist doch deine Pflicht, in Vertretung des Notars für die Verteidigung der Angeklagten zu sorgen."

„Du weißt überhaupt nichts!", sagte er etwas lauter. „Für die Verteidigung ist normalerweise der Advokat zuständig."

„Ach nein. Und warum habe ich keinen bekommen?"

„Der Obervogt wollte es so, dagegen konnte ich nichts machen."

„Ja, die Obrigkeit hat immer recht", murmelte sie.

„Was sagtest du?"

„Ach, nichts."

„Immer entziehst du dich im entscheidenden Augenblick!", rief er, nun wieder lauter werdend. „Du willst immer alles, gibst aber nichts zurück. Immer sollen die anderen dir die Kastanien aus dem Feuer holen. Ich hätte gute Lust, allein zurückzureiten!"

„Dann tu es doch!" Julia wusste nicht mehr, wie es zu diesem Streit gekommen war. Kaum fiel ein bestimmtes Wort, schon ging der Zorn mit ihr durch.

„Den Teufel werde ich tun. Jetzt sind wir schon so weit zusammen gegangen, da lasse ich dich nicht mehr los."

Julia spürte eine Träne, die ihr die Nase hinunterlief.

„Weine nicht", sagte er. „Es ist alles so, weil ich, weil ich dich so verteufelt gern habe."

„Ich dich auch", sagte sie. „Verzeih meine Sticheleien."

„Und du verzeih mein Schimpfen. Musst mich ja für einen Grobian halten."

„Es ist meine Schuld."

„Komm", er fasste sie an der Hand. „Schauen wir, wo unsere beiden Ritter sind, und dann nichts wie weg von hier."

Sie liefen durch die Straßen Basels, bis sie zu ihrer Herberge kamen. Dort empfingen sie der schwarze Ritter und der Barde, die jetzt ausgeschlafen wirkten.

„Wir müssen fort!", erklärte Wolfram den beiden. „Wahrscheinlich werden wir verfolgt."

„Vom wem denn?", fragte der Schwarze Ritter Heinrich.

„Von einem Bader", antwortete Wolfram, „und ich bin mir nicht sicher, ob er seine fünf Sinne noch beisammen hat!"

So schnell es ging, packten sie ihre Sachen zusammen, bezahlten dem Wirt die Zeche und ritten rasch durch die Gassen der Stadt. Vom Münster her schlug die Uhr zwölf Mal. Durch das St. Johannstor gelangten sie auf die Straße nach Freiburg.

23

Die Glocke vom Basler Münster schlug zwei Mal, als Gunther und Gerold von Sterneck die Herberge erreichten. Die Gäste seien gerade abgereist, zusammen mit zwei ritterlich gekleideten Männern, erzählte ihnen der Wirt.

„Haben sie gesagt, wohin sie reisen wollten?", fragte ihn Gunther.

„Nein, das haben sie nicht. Aber es ging nach Norden, zum St. Johannstor."

Gunther tauschte einen Blick mit dem Sternecker.

„Dann wissen wir Bescheid. Habt vielen Dank, guter Mann."

Gunther gab dem Wirt ein paar Groschen in die Hand. Dann saßen sie auf und ritten dem St. Johannstor zu. Über der Rheinebene hing ein Dunst, der die Farben verschleierte. Die fernen Dörfer schienen über dem Boden zu schweben. Mein Ziel liegt im Nebel, dachte Gunther, aber ich muss es erreichen, unbedingt, koste es, was es wolle. Er fragte sich, warum er den Sternecker überhaupt mitgenommen hatte. Der Mann verfolgte das gleiche Ziel wie er, nun ja, und es war nicht schlecht, in diesen Zeiten einen Weggefährten zu haben. Aber eigentlich war er ihm nur lästig. Er gab seinem Pferd die Sporen und stellte beim Blick zurück fest, dass Gerold es ihm nachtat. Auenwälder flogen vorüber, Reiher segelten über sie hinweg. Gunther hatte das Gefühl, als ziehe ihn etwas in ein dunkles Loch herab. Seit dem Tod von Dr. Galum konnte er nicht mehr richtig schlafen. Nacht für Nacht wälzte er sich von einer Seite auf die andere. In seinen Träumen erschienen teuflische Fratzen, die ihn verhöhnten und mit glühenden Zangen quälten. Tagsüber fühlte er sich müde und gleichzeitig getrieben, gehetzt, wie von Dämonen gejagt. Wenn sie eine kurze Rast einlegten, drängte er schon bald zum Aufbruch. Gegen Abend erreichten sie die alte Stadt Freiburg. Sie hatten ihren Pferden das Letzte abverlangt, schweißüberströmt und mit Schaum vor den Nüstern übergaben sie die Tiere dem Knecht einer Wirtschaft. In der Gaststube schickte Gunther den Sternecker unter einem Vorwand hinaus und griff in seinen Reisebeutel. Wenigstens habe ich die Rezeptur für den ‚Roten Löwen', dachte er – und eine Flasche von dem Wundermittel nebst einer Anleitung, wie man es zubereitet, eine ureigene Erfindung des Dr. Paracelsaus. Der wird gestaunt haben, als er feststellen musste, dass es gestohlen wurde! Liebevoll legte er das Fläschchen an seine Wange. Es wird nicht das einzige Exemplar des Doktors gewesen sein, dachte er. Dieser Kerl hat sicher alles in seinem Kopf, kann damit beliebig verfahren, im Gegensatz zu mir, der sich alles mühsam erarbeiten muss. Seine Hand begann zu zittern. Er musste einen Schluck von dieser Wunderdroge nehmen und sehen, was dran war. Vielleicht würde sie ihn von seiner Besessenheit heilen, ihm ein wenig Ruhe und Schlaf verschaffen. Und von den Schmerzen befreien, die er von Tag zu Tag stärker empfand, von der Angst, die ihn immer kopfloser werden ließ. Er musste dieses Mädchen wiedersehen, sie wiederhaben, nur sie konnte ihn zum Großen Stein führen, das wusste er, seit er sie das erste Mal gesehen hatte. Er stellte die Flasche auf eine Truhe und betrachtete sie. Stein der Unsterblichkeit stand in zierlichen Buchstaben darauf geschrieben. Das ist also dein ganz eigener Stein, Doktorchen. Gemacht hast du ihn aus Safran, Bilsenkraut, Wein und einem zehnten Teil Opium und ihm den Namen Laudanum gegeben, so steht es in deiner Anleitung. Sein Blick fiel auf einen Spiegel, der gegenüber an der Wand hing. Ein zerfurchtes, verzerrtes Gesicht mit gierig flackernden Augen blickte ihm entgegen. Die Haare standen wirr um seinen Kopf, der Bart war lang und verfilzt. Warum er nur so bleich und eingefallen wirkte? Er streckte die Hand nach der Flasche aus und nahm einen Schluck, sog die nach Nelken, Zimt und Safran riechende Flüssigkeit in sich hinein. Es brannte wie Feuer in seiner Kehle. Ein unendliches Wohlgefühl breitete sich vom Magen her in ihm aus. Alle Sorgen, alle Schmerzen, alle Besessenheit waren vergessen. Er fühlte sich jung, tatenfrisch, hatte Lust, noch ein wenig auszugehen. Das Geräusch von Schritten zeigten ihm an, dass Gerold von Sterneck zurückkehrte. Gunther ließ die Flasche in seinen Beutel gleiten und empfing seinen Gefährten wohlgelaunt und aufgeräumt. Sie nahmen ein spätes Abendessen zu sich und spazierten noch ein wenig durch die dunklen, winkligen Gassen. Gunther fühlte sich

wie befreit, sprang hierhin und dorthin, spähte in jeden Winkel, schaute in jedes Gasthaus hinein, konnte aber nichts von den Vieren entdecken, denen sie auf den Fersen waren. Auf einem kleinen Platz mit einer mächtigen Linde hatten sich ein paar Frauen versammelt. Beleuchtet wurde die Szene von Pechfackeln, die in die Erde gerammt waren. Die Weiber hielten sich an den Händen, drehten sich im Kreis und sangen ein Lied:
„Und wenn die Welt voll Teufel wär,
und wollt uns gar verschlingen,
so fürchten wir uns nicht so sehr,
es muss uns doch gelingen.
Weißt du wer der ist?
Er heißt Antichrist
Der Herr der Finsternis,
der unser aller Herr ist."
Gunther blieb wie erstarrt stehen. Die lieblichen und gütigen Gesichter der Frauen hatten sich in hässliche, rohe Fratzen verwandelt. Er glaubte zu hören, dass einzelne sich zu einem Flug auf einen Berg verabredeten.
„Was ist das für ein abscheuliches Geschmeiß?", fragte er den Sternecker. Der sah ihn mit großen Augen an.
„Sie haben das Lied von Luther gesungen. Das ist doch nicht verboten."
Träume ich, was ist mit mir geschehen, dachte Gunther mit einem würgenden Angstgefühl. Gleich darauf flutete eine Welle des Wohlbehagens in seinen Körper zurück.
„Ich muss einen Moment geträumt haben", sagte er. „Das kommt von der ewigen Hetzerei und der Schlaflosigkeit."
In dieser Nacht übermannte ihn der Schlaf, sobald er sich niedergelegt hatte.

Julia, Wolfram und die beiden Ritter waren nicht direkt nach Freiburg geritten, weil sie ihre Verfolger in die Irre führen wollten. In Staufen wechselten sie die Pferde. Sie übernachteten in Kirchzarten, einem Dorf am Eingang zum Höllental. Es war Oktober, und es wurde schon früh dunkel. Nach dem Abendessen zogen sich die Ritter mit einer Kanne Wein in ihre Stube zurück.

Julia und Wolfram blieben noch eine Weile sitzen und unterhielten sich leise. Der Wirt räumte auf.

„Wie stellst du dir dein weiteres Leben vor?", fragte Julia Wolfram.

„Darüber habe ich schon oft nachgedacht", sagte er. „Den Beruf des Schreibers möchte ich nicht länger ausüben. Dabei bin ich zu sehr Erfüllungsgehilfe der Schergen und Richter. Ich möchte in Zukunft dazu beitragen, dass die Dinge auf der Welt sich bessern, nicht dazu, die Zustände festzumauern."

„Mir geht es genauso, Wolfram. Dabei habe ich noch nichts zustande gebracht, außer, Verwirrung in meine Umgebung gebracht zu haben."

„Und wie viel schöner ist es, wie viel leichter, wenn dir dabei ein Freund zur Seite steht. Oder ein Ehemann", setzte er hinzu.

„Ich habe im Kloster etwas über Heilpflanzen gelernt", fuhr Julia fort. „Was Paracelsus uns erzählt hat, war für mich wie eine Offenbarung. Krankheiten heilen, Verwirrten helfen, diejenigen, die der Hexerei verdächtigt werden, einem Arzt zuführen statt dem Henker."

„Du weißt, dass ich ein paar Semester Medizin studiert habe. Wenn ich das Studium beenden würde, könnte ich mich als Arzt niederlassen."

„Dazu brauchen wir Geld. Aber wenn sich alles entwickelt wie gewünscht, werden wir ja bald mehr als genug davon haben."

„Meinst du, dass mein Stand ausreichen wird, um dir die Besitztümer zu verschaffen? Wirst du es ertragen, nicht mehr in dem Glanz zu leben, den du seit deiner frühen Jugend gewohnt bist?"

„Ach, weißt du", sagte sie und legte ihre Hand auf seine. „So glanzvoll war das nach dem Krieg nicht mehr. Früher gab es bei uns große Gesellschaften mit Musik, Tanz und einer Unmenge von Essen. Dutzende von Rindern, Schweinen, Gänsen, Hühnern und Enten wurden geschlachtet, körbeweise Fische angeliefert, Rehe und Hirsche von den benachbarten Jägern gebracht. Wein und Bier flossen in Strömen. Ich war zu jung, um zu merken, dass es Unrecht war, so zu prassen angesichts des Elends bei den Bauern und Tagelöhnern. Sie bekamen die Trosthappen bei diesen Gelagen, das Brot, von dem die Reichen gegessen hatten, die fetten Teile von den Hammeln und den schlechteren Wein. 1525 stürmten die

Bauern unsere Burg. Mich hatte man zu meiner Tante Kreszentia geschickt, die Eltern versteckten sich einem nahegelegenen Kloster."

„Und das Vermögen ging verloren?"

„Ja, und mein Vater lehnte es ab, entschädigt zu werden, nachdem der Aufstand blutig niedergeschlagen war. Das hätte nur neue Frondienste, neues Elend der Bauern bedeutet."

„Bei mir war es ähnlich", sagte Wolfram.

„Ich weiß", meinte Julia, „deine Mutter hat mir viel erzählt." Sie gähnte.

„Ich glaube, wir müssen jetzt schlafen gehen", stellte Wolfram fest. Bevor sie in ihrem Zimmer verschwand, drückte er sie an sich und küsste sie.

Es war recht frisch an diesem Morgen im Oktober. Widerwillig betrachtete Gunther seine Schüssel mit Gerstenbrei. Die Masse war gestockt, sie war dick wie zum Schneiden, und auf ihrer Oberfläche hatten sich ein paar Haare angesammelt, wahrscheinlich von der Wirtsfrau. Wozu trugen denn die Weiber eine Haube. Ein übler Geschmack machte sich in seinem Mund breit. Er fühlte sich zerschlagen nach der letzten Nacht, war durch wüste, öde Gegenden gesaust, Aug' in Auge mit dem Dämonen. Gerold von Sterneck erschien, wie immer so gekleidet, als müsse er eine Audienz beim König halten.

„Gegrüßt seid Ihr, Rathfelder", sagte er, setzte sich und langte nach der Schüssel mit Brei.

„Gott zum Gruß", brummte der Bader. Was hatte er gerade gesagt? Gott?

„Ach zum Teufel", setzte er hinzu. „Da fahr doch der Leibhaftige ins Heu, wenn ich an die letzte Nacht denke."

Der Sternecker zog die Augenbrauen hoch.

„Ihr sollt nicht fluchen, das ist Sünde. Was war denn heute Nacht?"

„Ich hatte schlimme Träume. Muss dem Wein zu sehr zugesprochen haben."

„Ihr habt nicht mehr getrunken als ich. Welche weiteren Pläne verfolgt Ihr, wenn ich fragen darf?"

Gunther versuchte, sich zusammenzunehmen.

„Ich möchte herausfinden, wo die Vier geblieben sind, beziehungsweise, was für ein Ziel sie haben."

„Hier in Freiburg sind sie auf jeden Fall nicht", antwortete der Sternecker. „Ich kenne Wolfram, den Schreiber", gab Gunther zurück. „Er wird auf jeden Fall wieder Richtung Heimat reiten, er fehlt ja schon einige Tage auf dem Rathaus in Rottenburg. Wir werden sie verfolgen, und sie werden uns zu unserem eigenen Ziel führen."

„Ja, und am Schluss kriege ich dann das Mädchen mitsamt seiner Mitgift", murmelte der Ritter zwischen zwei Bissen und grinste breit. Das werden wir noch sehen, du fetter Kapaun, dachte Gunther. Er wartete nicht, bis Gerold fertig gefrühstückt hatte, sondern eilte in seine Kammer, um das Gepäck zu holen, zahlte und ging zum Stall, wo ein Knecht die beiden Pferde tränkte. Der Sternecker kam angerannt, hochrot im Gesicht.

„So wartet doch auf mich, Herr Rathfelder, habt Ihr es denn so eilig?"

Sie saßen auf und ritten zum Martinstor hinaus Richtung Höllental. Schon in einem der ersten Dörfer wurden sie fündig.

„Habt Ihr vier Reiter hier durchkommen sehen, drei Männer und eine Frau?", fragte Gerold eine Bäuerin.

„Ja, es waren drei Männer, zwei davon im Harnisch, und eine Frau. Sie haben beim Bärenwirt übernachtet."

Gunther schaute zu den Schwarzwaldbergen hinüber, die drohend vor ihm aufragten. Sie verschwammen im Morgennebel, neigten sich ein wenig, schwankten und kamen immer näher. Eine rote Felswand drohte über ihm einzustürzen. Er kniff die Augen zusammen: Es war alles wieder an seinem Platz. Schön sah die Welt aus, die graue Masse lichtete sich allmählich, wie feine Gespinste zogen die Schwaden über Wiesen und Felder, in den Hecken hatten sich Spinnennetze breitgemacht, die mit Tautropfen wie mit Perlen besetzt waren. Elstern schimpften und flogen zu einer nahen Gruppe von Birken, deren Laub sich gelb verfärbt hatte.

„Bleich seht Ihr wieder aus", sagte der Sternecker. Sie bogen vor dem Höllental in Richtung St. Peter und Kandel ab. Die Verfolgten würden sich nach dem Heimatort wenden, so war

Gunthers Schlussfolgerung, aber sie würden nicht den Weg über das Höllental nehmen, sondern über die Höhen des Gebirges, um unerkannt zu bleiben und ihre Häscher abzuschütteln.

Sie ritten eine enge Schlucht hinauf. Die Pferde hatten Mühe, nicht zu stolpern. Polternd rollten Steine den Abhang hinunter. Kein Tageslicht drang in diese dunkle Welt. Außer Moosen und Flechten wuchs hier nichts. Nur das Plätschern von Bächen und kleinen Wasserfällen unterbrach die Stille, die Gunther mit der Zeit immer entsetzlicher vorkam. Schwermütig hängten Farne ihre Wedel von den roten Felsen herab.

„So redet doch mit mir", bat er den Sternecker. „Ich habe so ein einsames, banges Gefühl in mir."

„Das ist etwas ganz Neues bei Euch", brummte Gerold. „Ihr solltet auf den Weg achten und nicht immer mit Euren Gedanken abschweifen. Der Gaul weiß schon gar nicht mehr, wo's langgeht. Und tätet Ihr nicht ständig solche Grimassen schneiden, würde es mir leichter fallen, mit Euch umzugehen. Ihr macht mir Angst!"

„Es ist nur, der Tod meines Freundes hat mir so sehr zugesetzt." Sollte er dem Mann von dem Laudanum erzählen, fragte sich Gunther. Ach was, er würde es sowieso nicht verstehen, roh und ungebildet, wie er war, und immer auf seinen Vorteil bedacht. Er, Gunther, war von einem anderen Schlag. Er würde mit dem kostbaren Schatz, dem er auf der Spur war, umzugehen wissen und ihn zum Wohle der Menschheit einsetzen. Warum nur hatte er das Gefühl, in der Mitte auseinander gerissen zu werden? Wenn ein Vogel schrie, eine Dohle vielleicht, war ihm, als riefe sie ihn zu Grabe. Was erwartete sie dort oben? Eine Horde von Wegelagerern, eine Diebesbande, ein Engel mit einem flammenden Schwert, ihn zu richten? Was war mit ihm geschehen? Er beschloss, das Laudanum künftig in kleineren Dosen zu nehmen, damit ihn nicht am nächsten Tag noch die Wellen des Rausches überrollten.

Am Nachmittag hatten sie die Schlucht überwunden und standen auf einem Plateau, das von windschiefen Flaumeichen gesäumt war. Vor ihnen lagen die Kuppe des Kandel und des ihm vorgelagerten Berges im Licht der Mittagssonne. Das Massiv war dem Auge gleichzeitig fern und nah. In einem Dorf, dessen strohgedeckte Häuser verstreut um eine Kirche herum standen, mieteten sie sich bei einem Bauern ein.

Später machten sie einen Rundgang durch den kleinen Ort. Die Dächer der Häuser waren zum Schutz vor den kalten Winden weit heruntergezogen. Alles sah sehr reinlich aus, auch die Wege, die Bauernhütten und Scheunen, Leibgedinge, Backhaus und Heustadel miteinander verbanden. Die letzten Immen umschwirrten summend ein paar Bienenkörbe in einem alten Gemäuer. Sie brachten den wertvollen Honig ein, den die Bauern zum Süßen ihrer Speisen verwendeten. In den kleinen Gärten wuchs Kohl, umgeben von späten Rosen und Kapuzinerkresse. Eine alte Frau kehrte den Weg vor ihrem Haus, andere Dorfbewohner saßen auf steinernen Bänken und schauten zufrieden in die untergehende Sonne. Kinder spielten mit Holzreifen und Murmeln. Die leben ein beschauliches Leben, dachte Gunther. Aber das ist nicht meine Bestimmung, war es nie. So wie der Bauer, der sie beherbergte, tagaus, tagein seine schwere Arbeit an den steilen Wiesenhängen tat, die Bäuerin wusch, molk, backte, kochte, mähte. Wie die Jahre dahingingen und ihnen Falten in die Gesichter gruben, die Alten starben, Junge nachrückten, lebten sie dahin, die Tage erfüllt von Arbeit. Der Familie verpflichtet, mit wenig Vergnügen, mal eine Hochzeit, ein kleines Fest am Samstagabend auf dem Tanzboden. Nichts beschäftigte sie außer ihrer eigenen kleinen Welt, nie würden sie über den Ortsrand ihres Dorfes hinauskommen.

Er aber war für etwas anderes geboren, für etwas Neues, Großes, das ihn weit über die anderen erheben würde. Voller Überdruss betrachtete er den Sternecker, der sein Kettenhemd abgelegt hatte und nun in der Tracht eines Schwarzwälders herumstolzierte und sich hier als der große Herr aufspielte. Die Nacht brach zu dieser Jahreszeit hier schnell herein, füllte die Täler mit undurchdringlicher Schwärze und legte ihr dunkles Tuch über Felder und Wälder.

Ein warmes Licht lockte die beiden Reisenden in den örtlichen Gasthof. Gunther und Gerold traten ein. Der Sternecker blieb mit seinem Ärmel an der Tür hängen, dieser Trottel, und tatsächlich scholl ihnen ein herzliches Gelächter entgegen. Die niedrige Wirtsstube war voller Männer, die an blanken Tischen vor ihren Bierkrügen saßen und mit ihren Pfeifen den Raum stickig machten.

Die Gesichter der Bauern waren gerötet. Sie gingen an den Tischen vorbei, nickten nur grüßend und setzten sich zu einem jungen Mann mit feingeschnittenem Gesicht und langen, schwarzen Locken.

„Ich heiße Martin", stellte sich der junge Mann vor, „und bin Student an der Freiburger Universität."

„Gunther Rathfelder, Bader", entgegnete Gunther. „Und das hier ist mein Begleiter, der Ritter von Sterneck. Was macht Ihr hier in dieser Einöde?"

„Ich studiere Philosophie und Theologie. Ich bin hier, weil ich mir diesen Berg einmal näher anschauen möchte. Und was führt Euch hierher?"

„Ich bin ein Heiler. Für dieses Gewerbe ziemt es sich, umherzureisen, um seine Kenntnisse zu erweitern."

„Und ich handle mit Gewürzen, Steinen und edlen Stoffen", warf der Sternecker ein.

Die Wirtsfrau kam an ihren Tisch, eine stattliche, wenn auch etwas untersetzte Frau mit einer kräftigen Stimme. „Was darf ich Euch bringen?", fragte sie.

„Was habt Ihr denn zu bieten?", fragte Gerold keck zurück. Er leckte sich mit der Zunge über die Lippen.

„Speck, Linsensuppe mit geraucher Wurst und Brotauflauf. Eigentlich wäre es auch Zeit für einen Wildschweinbraten, aber die Jagd ist, wie Ihr sicher wisst, den Herren vom Adel vorbehalten."

Gerold setzte zu einer Antwort an, unterdrückte sie jedoch. Gunther hielt die Wirtin am Arm fest.

„Bringt uns, was ihr habt, es wird uns sicherlich schmecken. Sagt, gute Frau, sind heute bei euch vier Reiter vorbeigekommen?", fragte er.

„Freilich", erwiderte sie. „Die haben bei mir eine Wegzehrung gekauft."

„Wohin sind sie weitergezogen?", fragte Gunther nach.

„Das haben sie nicht gesagt. Aber ich sah sie zum großen Berg, dem Kandel, reiten. Wären sie lieber runter ins Kinzigtal oder gen Rottweil, da oben ist es nämlich nicht geheuer." Sie bekreuzigte sich und verschwand in die Küche.

„Was habt Ihr mit diesem Berg zu schaffen?", fragte Gunther den

Studenten. Hoffentlich hatte er nicht die Gabe, in den Gesichtern zu lesen. Sein Gegenüber rieb sich vergnügt die Hände, nahm einen Schluck aus seinem Bierkrug und wischte sich den Schaum von den Lippen..

„Es heißt, auf dem Gipfel seien in der Walpurgisnacht einst Hexen zum Tanz mit dem Teufel zusammengekommen. Der große Kandelfels bekam deshalb den Namen ‚Teufelskanzel'."

Ein Ruck ging durch den Körper des Baders; seine Mundwinkel begannen zu zucken. Der Lärm der Gäste tönte wie aus weiter Ferne zu ihm herüber. Er lehnte sich zurück und atmete tief durch, um seine Fassung zurückzugewinnen.

„Das ist doch ein Ammenmärchen", protestierte er. „Was hat der Teufel auf dem Berg zu suchen?"

„Er wartet dort auf die Gelegenheit, einen im Berg verschlossenen See herauszulassen und damit die ganze Umgebung zu überfluten."

„Hört auf!", sagte Gunther entschieden. Sein Kopf war glühend heiß. Er hatte sich die Hände auf die Ohren gepresst.

„Was ist mit Euch, Herr?", fragte einer der Gäste, ein Bauer mit verschmitztem Gesicht, der in grobes Sackleinen gekleidet war. „Diese Geschichte ist hier allgemein bekannt."

Er durfte sich nicht verraten, nein, schon gar nicht diesem tölpelhaften Bauern- und Studentengesindel. Die Wirtin kam und stellte Speck und Brot vor ihn und den Sternecker hin. Sie langten zu, derweil der Student fortfuhr: „Zur Großen Fastnacht versammeln sich immer einige Hundert von den Hexen", fuhr der Student fort. „Sie fliegen von allen Seiten hierher, meist auf gesalbten Besen."

„Hahaha", lachten die Bauern und klopften sich auf die Schenkel.

„Was bezweckt Ihr mit diesen Erzählungen?", fragte Gunther mit eisigem Blick, nachdem das Lachen abgeebbt war. Der Student schaute lächelnd in die Runde.

„Während meiner Studien habe ich den Hexenhammer gelesen. Ich will diesen Dingen auf den Grund gehen, will wissen, was es mit dem Spuk auf sich hat. Manchmal war ich schon mit Kameraden des Nachts auf dem Berg."

„Und was habt Ihr gesehen?"

„Nichts."

Gunther sackte in sich zusammen. Es war, als hätte sich ein dunkles Tor geöffnet, das ihn in eine andere Welt hineinzog. Er konnte die Anwesenheit der anderen nicht länger ertragen.

„Ich muss weg von hier", sagte er leise, stand auf und lief hinaus. Eine betretene Stille folgte. Gerold stand ebenfalls auf, zahlte und eilte dem Bader hinterher. Am Bauernhof, der sie für diese Nacht beherbergen sollte, holte er ihn ein. Gunther sattelte sein Pferd. Schnell holte der Sternecker seine Sachen und tat es ihm nach. Kopfschüttelnd standen die Bauersleute am Fenster. Der Nebel lag wie ein graues Tuch über allem und verschluckte die beiden, als sie den Weg zum Kandel hinaufgaloppierten.

Sie befanden sich auf einem Hochplateau, das mit Birken, Krüppelkiefern und Heidekraut bewachsen war. Julia glitt vom Pferd und rieb sich heimlich ihr schmerzendes Hinterteil. Ihre Kleidung starrte vor Schmutz. Wolfram, Heinrich, der Ritter von Geroldseck und sein Barde waren ebenfalls abgestiegen. „Glaubt Ihr, dass uns jemand gefolgt ist?", wandte sich Wolfram an den Ritter.

„Das ist eher unwahrscheinlich. Schließlich haben wir die Ortschaften nach Möglichkeit gemieden. Heute können wir nicht mehr weiter", entschied der Geroldsecker. Nachdem die Sonne in einem tintenblauen Wolkentheater versunken war, wurde es schnell kalt. Nebel stieg auf. Julia legte sich in eine Mulde, die noch einen Rest von Wärme enthielt. Obwohl sie fror, war sie schnell eingeschlafen. Mitten in der Nacht wurde sie durch ein Geräusch geweckt. Hatte ein Waldkauz geschrien? In der dumpf wabernden, weißen Masse bewegten sich schattenhafte Gestalten. Ein leises Pfeifen und Trommeln war zu vernehmen. Oder war es das Pfeifen des Windes in ihren Ohren, das Trommeln ihres eigenen Herzens? So etwas hatte sie schon einmal erlebt. Teufelsgesichter, Hexengesichter, Dämonengesichter. Bäume mit wehenden Bärten. Das Gefühl, als flöge sie meilenweit durch die Luft. Einen Herzschlag lang glaubte sie, die Gestalt von Gunther vor sich zu sehen. Sie schrie leise auf. Doch im nächsten Moment hatte der Nebel alles verschluckt. Julia erinnerte sich an das Buch über Giftpflanzen, das sie im Kloster Bischofsbronn gefunden hatte. Clarissa war wie eine Schlange um sie herumgeschlichen, als ob sie fürchtete, dass Julia etwas entdecken könnte. Was machte sie eigentlich in dieser Wildnis, frierend und ohne richtiges Ziel? War sie nicht aufgebrochen, etwas ganz anderes zu suchen? Paracelsus hatte gesagt: „Innen ist außen, nah ist fern, sucht in der fernen Nähe." Mit der fernen Nähe konnten nur Sulz oder Rottenburg gemeint sein.

Bei dem Gedanken, Clarissa noch einmal zu begegnen, wurde ihr ängstlich zumute. Doch sie wusste, dass kein Weg daran vorbeiführen würde. Sie hoffte nur, auf der Reise dorthin noch einmal zur Ruhe zu kommen, die Behaglichkeit einer geheizten Stube erleben und köstliche Speisen genießen zu können, unter Menschen, denen sie vertrauen konnte. Sie war sich sicher, das Gunther und der Ritter von Sterneck ihnen folgten. Vielleicht hatte sie das sogar erhofft, denn sie spürte, dass auch sie hin – und her gerissen war. Ein Wolf heulte, andere Wölfe antworteten. Ein unheimliches Gefühl beschlich sie. Er war in der Nähe, sie wusste es. Und es sollte auch so sein. Irgendwann würde sie ihm wieder begegnen, an einem anderen Ort. Er folgte ihr wie der Wolf seiner Beute. Und sie würde ihn zu dem führen, was er so sehr begehrte.

Gunther und Gerold erreichten die Kuppe des Kandels mitten in der Nacht. Wölfe heulten in der Ferne. Das hat nichts weiter zu bedeuten, sagte sich Gunther. Diese Tiere wagten sich selten an Menschen heran, rissen eher zum Ärger der Bauern ihre Schafe oder Stallhasen. Aber Gunther hatte das Gefühl, dass Menschen in der Nähe waren. Er schnupperte in den Wind, der von der jenseitigen, zweiten Kuppe herüberwehte. Ganz deutlich, kein Feuer, aber der Geruch nach warmer Haut. Diese Gabe, ganz anders riechen zu können, hatte er durch das Wundermittel erlangt. Und auch sonst war er ein ganz anderer Mensch geworden.

Er wies Gerold an, eine Lagerstatt aus Decken und Zweigen zu errichten. Der tat, wie ihm geheißen. Er hatte es aufgegeben, diesem sonderbaren Mann zu widersprechen. Lange lag Gunther wach und schaute in den Nebel, in dem sich seltsame Gestalten zu bewegen schienen. Auf und ab sanken die Schwaden, die doch nur aus Wasser bestanden, das aus dem erkalteten Boden herausgesogen wurde. Wieder stand das Gesicht von Julia vor ihm, wie sie vor ihren Anklägern saß. Etwas an ihr hatte ihn von Anfang an gefesselt. War es der Mut, mit dem sie alles hinter sich gelassen, die Standhaftigkeit, die sie während des Prozesses gezeigt hatte? Ihre Neugier auf die Welt, darauf, hinter die Oberfläche der Dinge zu blicken? Er spürte eine Verwandtschaft mit ihr, einen Gleichklang im Guten wie auch im Bösen, im sich verändern wollen, der Bereitschaft, bis in die Tiefe der Unterwelt, der Hölle hinabzusteigen, um dann geläutert herauszukommen. Auf diesem Weg wollte er sie begleiten, wollte, dass sie die höchste Stufe zusammen mit ihm erreichte. Er wusste, dass sie seine Magie gespürt hatte, und er würde Erlösung finden, dessen war er sich gewiss. Allerdings gab es Dinge, die sie keinesfalls erfahren durfte. Ihr Antlitz vor Augen, dämmerte er hinüber. Plötzlich schreckte er auf, ein Geräusch hatte ihn geweckt. Ach, es war nur das Schnarchen seines tölpelhaften Gefährten. Der Bauch des Sterneckers hob und senkte sich unter seinem pelzgefütterten Mantel, es rasselte, schnaubte und schniefte. Der Bader rüttelte ihn an der Schulter, der Sternecker prustete, drehte sich um und schlief leiser atmend weiter. Hinter dem Gesicht von Julia sah Gunther nun ein anderes. Das einer anderen Frau, älter, aber mit einem noch im Alter schönen Gesicht, das von Angst und Entsetzen verzerrt war. Das schwere schwarze Haar trug sie zu einem Knoten gebunden, die Haube war ihr verrutscht.

24

Der Morgen dampfte über der Hochfläche des Kandels. Es musste schon recht spät sein, denn die Sonne begann sich durch die Nebel zu kämpfen. Julia reckte sich, rieb sich die Augen und betrachtete ihre Umgebung. Windschiefe Kiefern und Wacholderbüsche standen im Dunst. In der Nacht musste sie die Bäume für tanzende Gestalten gehalten haben. Jetzt, in der Frühe, war weder ein menschliches Wesen noch eine Spukgestalt zu sehen. Aber sie wusste, dass Gunther in der Nähe gewesen war, wahrscheinlich hatte er sie nur um Haaresbreite verfehlt. Julia weckte die anderen und bereitete das Frühstück. Wie sehr sehnte sie sich danach, sich wieder einmal waschen zu können! Bald verließen sie den unheimlichen Ort.

Nach zwei weiteren Tagen erreichten Julia und ihre Gefährten das Neckartal. Die Überquerung des Gebirges war anstrengend gewesen, es gab kaum Wege in der Wildnis, und zur Sorge um die täglichen Lebensmittel und Schlafgelegenheiten kamen die Gefahren, denen sie durch wilde Tiere oder Räuber ausgesetzt waren. In einer Nacht hatte es einen Kälteeinbruch mit Schnee und Eisregen gegeben. Glücklicherweise hatten sie alles unbeschadet überstanden. Julia freute sich, dass die beiden Ritter sie hierher begleitet hatten. Sie kannten den Schwarzwald wie ihre Reisebeutel, fanden den Weg aus unwegsamem Gelände und wussten, wie man sich vor Kälte und Nässe schützte.

Vor ihnen ragte eine Burg aus mächtigen rötlichen Quadern auf. Sie war auf einem kegelförmigen Hügel erbaut und nur von einer Seite her zugänglich. Heinrich von Geroldseck rief dem Wächter etwas zu, damit er die Zugbrücke herunterließ. Sie stiegen den steilen Weg zum Tor hinauf, das schon für sie geöffnet war. Julia sah eine Kapelle, einen Brunnen, Ställe, Kornspeicher, den Bergfried und den Palas. Sie fühlte sich sehr an die elterliche Burg erinnert, doch schmerzte es jetzt nicht mehr, es war eher wie das Gefühl, nach Hause zu kommen. Jetzt, Ende Oktober, war es schon empfindlich kühl und sie waren nicht nur einmal in Sturm, Schnee und Wolkengüsse hineingeraten.

Sie hoffte, dass im Kamin ein Feuer brennen würde. Und richtig: Die Studierstube, zu der ein Diener sie führte, war mollig warm. Der Kaminraum war nur spärlich mit Truhe, Tisch und Stühlen eingerichtet. Vor die Fenster hatte man gegerbte Tierhäute gespannt, gegen die jetzt der Regen zu trommeln begann.

Wilhelm Werner von Zimmern, der Burgherr, empfing sie an seinem Schreibpult, das mit Blättern und Pergamenten bedeckt war. Neben ihm auf einer Anrichte brannte eine Öllampe, vor ihm lag aufgeschlagen ein dickes, golden gebundenes Buch. Er legte seinen Federkiel beiseite und kam mit ausgebreiteten Armen auf sie zu. Ein Mann etwa Anfang dreißig, mit klargeschnittenem Gesicht, klug blitzenden Augen und schön geschwungenem Mund. An seinem Barett waren Straußenfedern befestigt, und unter dem kurzen Rock trug er Beinlinge und Kuhmaulschuhe.

„Seid mir willkommen, Heinrich von Geroldseck", sagte er. „Wir sind froh über jeden lieben Gast."

„Das ist Wolfram Lauterach, Stadtschreiber in Sulz sowie Julia Eitel von der Burg Tanneck, die ja leider auf tragische Weise einem Unwetter zum Opfer fiel."

„Ich habe davon gehört", meinte Werner von Zimmern und schaute Julia verständnisvoll an. „Mit Eurem Vater bin ich manches Mal auf der Jagd gewesen. Er war ein guter Mann und eure Mutter als aufrechte Christin bekannt." Er sagte das in einem Ton der Überzeugung, dass es Julia ganz warm ums Herz wurde. Es war schön, so gute Worte über die beiden Toten aus solchem Munde zu hören.

„Herr Werner ist Jurist und Historiker", erklärte Heinrich. „Was schreibt Ihr gerade, wenn ich fragen darf?", wollte er, an Werner gewandt, wissen. Eine sanfte Röte überzog das Gesicht des Adligen. „Es ist mein Vergänglichkeitsbuch, an dem ich arbeite. Aber ich bin damit noch nicht sehr weit gekommen. Es fällt mir nicht gerade leicht." Er wechselte schnell das Thema. „Heute Abend gebe ich ein Festessen, Ihr seid gerade recht gekommen. Lasst Euch nun zu Euren Gemächern führen, wir sehen uns dann später."

In dem Raum, der Julia zugewiesen wurde, war es kalt. Aber zu ihrer Freude stand ein schönes Himmelbett mit weichen Daunenkissen darin. Sie spähte durch einen Spalt im Fensterleder nach draußen. Unter ihr erstreckte sich eine Wiese, die wohl für Ritterturniere genutzt wurde. Noch weiter darunter verlief der Weg am Neckarufer entlang. Es war neblig trüb, regnete in feinen Schnüren. Die Buchen und Eichen ragten mit kahlen Ästen aus dem Dunkelgrün der Tannen hervor. Es war schön, bei einem solchen Wetter in einer solchen Nacht eine gute Unterkunft zu haben.

Eine Schüssel mit warmem Wasser stand zum Waschen bereit. Bald darauf klopfte eine Magd an die Tür und brachte ihr zwei Kleider der verstorbenen Gattin des Burgherrn. Das Abendessen sei angerichtet, sagte die Magd. Durch einen düsteren Gang gelangte Julia zum Rittersaal, dessen Wände mit Teppichen behängt waren. Den Steinboden hatte man mit Binsen ausgelegt, in den Fensternischen hingen gekreuzte Schwerter, Geweihe und das Wappen des Hauses, ein Blumengeranke, aus dem zwei Hirsche herauswuchsen.

Eine Menge Menschen hatte sich versammelt, der Kleidung nach Adlige, wahrscheinlich aus der näheren und weiteren Umgebung. Werner von Zimmern stellte Julia seine zweite Frau Amalia vor, eine hübsche, junge Frau, umringt von drei Töchtern, die sich verlegen an ihrem Rock festhielten. Der Mundschenk übertönte das Stimmengewirr, indem er zu Tisch rief. Schwatzend ließen sich die Damen und Herren nieder. Für die Kinder war ein kleinerer Tisch an einem der Fenster gedeckt. Solche Festlichkeiten kannte Julia aus ihrer frühen Jugend und bewegte sich daher mit der gleichen Ungezwungenheit wie alle anderen. Wolfram saß zu ihrer Rechten, Amalia, die Hausherrin, zu ihrer Linken. Auf dem Tisch standen Salz- und Pfefferfässer, Gläser aus Bergkristall, goldgerahmte Keramikteller sowie zierliche Körbe mit Brotscheiben zum Auftunken der Soßen. Der erste Gang bestand aus Gemüse, in Wein eingelegt, safrangelbem Hähnchen und Zicklein, das mit einem Teig überzogen und in Brühe gegart worden war. Ein junger Bursche spielte dazu auf der Laute. Die Diener legten jedem Gast immer wieder vor und schenkten Wein nach. Julia aß wie die meisten anderen nur wenig von jedem der Gänge.

„Es ist die Zeit des Schlachtens und der Jagd", sagte Amalia zu ihr. „Die Rinder wollen wir nicht durch den Winter hindurch füttern. Ihr werdet staunen, was unser Koch sich für Rezepte hat einfallen lassen."

Ob dieser Burgherr sich solche Feste leisten konnte? Von ihrem Elternhaus kannte Julia nur bescheidenere Mahlzeiten. Aber sie wusste, dass viele Adlige sich verschuldeten, um nach außen hin ihren angeblichen Reichtum zur Schau zu stellen.

Die Gäste zogen ihre Messer aus dem Gürtel und begannen, das Fleisch zu zerschneiden. Mit dem nächsten Gang kamen ein Pfefferpothast aus Rindfleisch, Rehkeule in schwarzem Kirschsaft, Preiselbeeren, Waller und Rotaugen aus dem Neckar und zwei Martinsgänse, gebraten und gekocht und alles sehr scharf, schließlich Mandelmilchgelee in verschiedenen Farben und mit Kardamom gewürztes Kompott. Julia fiel auf, dass der Hausherr nur Brot und Rote Beete zu sich nahm. Und statt Wein oder Bier wie die anderen Männer, trank er Wasser dazu.

„Ich lebe sehr bescheiden", meinte er, als er ihren fragenden Blick bemerkte. „Mir sind diese Zurschaustellungen des Reichtums eigentlich zuwider, aber als Mitglied der adligen Gesellschaft muss ich gute Miene zum bösen Spiel machen. Ich werde mich auch, wenn Ihr gestattet, bald zum Abendgebet in die Kapelle zurückziehen."

Amalia kicherte, sie hatte dem Wein schon ziemlich zugesprochen. Auch die Reden der anderen Gäste wurden immer lauter und lustiger.

„Kürzlich war ich in einer Gesellschaft, da wurden Biberschwänze, Haselmäuse, Störche und Adler serviert", prustete Amalia zwischen zwei Löffeln Kompott. „Die waren vielleicht zäh! Wer da keine oder kaum noch Zähne im Mund hatte, war verloren. Aber für die gab's dann die Hohlbraten."

„Hohlbraten? Davon habe ich noch nie etwas gehört", sagte Julia.

„Das kenne ich auch", fiel Wolfram ein. „Das Fleisch oder der Fisch werden zerkleinert und kunstvoll wieder in die ursprüngliche Form eingefüllt. Manchmal wird die Haut auch vergoldet."

„Womit färben die Köche die Speisen?", wollte Julia wissen.

„Mit Petersilie, Zwiebelschalen, Safran, Ei und Roter Beete", gab Amalia zur Antwort. „Manche Burgherrinnen meinen, sie müssten Gabeln zum Essen reichen, so, wie es jetzt in Italien Mode ist."

„Gabeln sind Zinken des Teufels", sagte der ihr gegenüber sitzende Herr entrüstet.

„Da hört Ihr's!", meinte Amalia. „Alles Neumodische ist Teufelswerk."

Ach, dachte Julia bei sich, daher weht der Wind. Jetzt begann sie zu begreifen, welche Rolle dem Teufel zukam. Derweil die Gäste sich weiter dem Wein und den Speisen widmeten, griff der Barde Gottfried zur Laute und sang mit wohltönender Stimme:

"Wem nie der Liebe Leid geschah,
der sah auch nicht der Liebe Freud.
Freud und Leid, seit jeher unzertrennt.
Mit diesen muss man Ruhm und Ehr gewinnen
und ohne sie verderben."

Julia fühlte sich von diesem Lied direkt angesprochen. Ohne Leid gab es auch keine Freude, ohne Schmerz keine Liebe. Sie spürte die Gegenwart Wolframs fast körperlich. Gottfried fuhr zu singen fort:

„Du bist mein, ich bin dein,
dessen sollst gewiss du sein.
Du bist beschlossen
In meinem Herzen.
Verloren ist das Schlüsselein
Du musst immer drinnen sein."

Du bist beschlossen in meinem Herzen, dachte sie, suchte unter dem Tisch nach Wolframs Hand und drückte sie. Er schaute sie erstaunt an, gab aber den Händedruck zurück. Nachdem der Barde geendigt hatte, nahm Werner von Zimmern das Gespräch wieder auf.

„Teufelswerk", sagte er, „das ist Hebammen- und Pfaffengeschwätz. Schon Platon glaubte nicht an den Teufel. Nichtsdestoweniger ist dieser Glaube schon Tausende von Jahren alt. Die Ägypter und die Inder hatten ihre eigenen Teufelsfiguren, wobei ich sagen muss, dass nur die Religionen, die einen einzigen Gott kennen, auch einen Teufel haben. Der Glaube an ihn wird sich wahrscheinlich niemals verlieren."

„Musst du wieder von diesen Dingen anfangen? Ich wäre froh, wenn so ein heißes Teufelchen das Lager mit mir teilen würde", rief seine Frau und lachte schrill.

„Hört nicht auf sie, sie hat dem Wein zu sehr zugesprochen", sagte Werner. Aber die Zornesröte stieg ihm ins Gesicht.

„Ich glaube, er verkörpert eine andere, dunkle Seite in uns selbst", warf Wolfram ein. „Die Menschen denken sich ihre eigenen Schattenseiten in den Teufel hinein. So lässt sich auch der Hass erklären, mit dem die Inquisitoren und weltlichen Richter die Hexen verfolgen."

„So etwas habe ich mir auch schon überlegt", meinte Julia. „Als ich damals von dem Richter verhört wurde. Er hat mich so wutentbrannt angesehen, dass ich dachte, er würde sich gleich auf mich stürzen."

„Die Kirche möchte das Volk möglichst unwissend halten", fuhr Werner fort. „Die Erfindung der Buchdruckerkunst und die Übersetzung der Bibel ins Deutsche haben ihr einen Strich durch die Rechnung gemacht. Die Menschen sind jetzt wissbegieriger, die Entdeckung Indiens durch Kolumbus hat ganz neue Welten erschlossen und auch in den Künsten sind erstaunliche Dinge geschehen."

„Das Wirken von Luther und das neue Selbstbewusstsein haben leider auch zu den Bauernaufständen geführt", bemerkte Wolfram. „Und wir alle wissen, wie diese Sache ausgegangen ist."

„Ihr braucht übrigens nicht zu denken, dass ich Angst hätte, als Ketzer verschrien zu werden", sagte Werner. „Als Historiker und Gelehrter, der schon in Kirchendiensten gestanden hat, kann ich frei sprechen und denken. Denn Luther gehört inzwischen zu den angesehenen Bürgern."

„Er hat aber die Bauern verteufelt, und gerade er hält am Teufelsglauben fest!", entgegnete Wolfram.

„Zu einem humanistischen Weltbild gehört es, dass die Menschen frei wählen, an was sie glauben wollen", war die Antwort des Burgherrn. „Und in meinen Kreisen schert man sich nicht darum, was die Offiziellen sagen. Und jetzt entschuldigt mich, meine Abendgebete rufen."

Aus dem Rittersaal klangen die Rufe der Zecher, Getrappel und Flüche ließen erkennen, dass sich auch die Gäste zum Aufbruch rüsteten.

25

Gunther reckte und streckte sich, als die Sonne sich glühend über den Bergen zeigte. Er musste lange geschlafen haben. Mit einem Ruck fuhr er hoch. Julia! Er wusste genau, dass sie in der Nacht in der Nähe gewesen war, und jetzt hatte sie sich bestimmt schon mit ihren Weggefährten aus dem Staub gemacht! Er schlug sich an die Stirn. Da drüben lag sein Plagegeist der Nacht, der Sternecker, nicht ahnend, wie viel Pein er seinem Weggefährten bereitet hatte. Die Schmerzen waren wieder da, in allen Gliedern. Doch es war anders als bei der Krankheit, die viele Menschen bei Einbruch der kälteren Jahreszeit befiel. Unter seinen Achseln fühlte er einen Druck und tastete mit seiner Hand danach. Die Achselhöhlen waren geschwollen. Auch in der Leistengegend fühlte er diese Art der Verdickung. Ein furchtbarer Verdacht stieg in ihm auf. Waren nicht die Frauenhäuser vor kurzem wegen der Franzosenkrankheit geschlossen worden? Diese verdammten Huren! Er dachte an das Geschwür, das er vor Monaten an seinem besten Teil gehabt hatte, rötlich, einen durchsichtigen Saft absondernd.

Andere Menschen, die an der Krankheit litten, bekamen später überall Pusteln. Zunächst waren es schwachrosa gefärbte Flecken, die sich in derbe, kupferfarbene Knötchen verwandeln. Und noch später, vielleicht erst nach Jahren, zerfraß es das Gesicht und die inneren Organe. Gunther mochte dies nicht weiterdenken. Verflucht sei dieser Christoph Columbus, der die Krankheit aus Indien mitgebracht hatte! Es wurde Zeit, dass er in den Besitz des Steines gelangte. Zusammen mit einer Quecksilberkur würde der ihn schnell wieder gesund machen. Doch vorher musste er noch mit dem roten Drachen kämpfen. Dem roten Drachen für die rubido, die Rötung, als letzte Stufe zur Bereitung des Steines. Er lachte in sich hinein. Dann würde er ein Erleuchteter sein, und Julia würde ihm gehören, ihm ganz allein! Ächzend stand er auf, vertrat sich die steifgelegenen Beine. Ein Blick zum Sternecker, ein schneller Schluck aus der Flasche. Gerold von Sterneck war jetzt ebenfalls wach, wälzte sich prustend herum und erhob sich schwerfällig. Die Sonne war hinter einer Nebelwand verschwunden. Sie packten ihre wenigen Habseligkeiten zusammen und luden sie auf die Pferde. Durch eine große, grasbewachsene Senke kamen sie zum eigentlichen Gipfel des Berges. Sie fanden Spuren eines Lagers. Hier hatten gestern die anderen übernachtet. Mit Schaudern dachte Gunther an das Heulen der Wölfe. Sie folgten den Spuren, die im taufeuchten Gras und in der Erde gut zu sehen waren. Unwirtlich war dieser Wald, voller schroffer Felsen und Überhänge, reißender Bäche und wegloser Wildnis aus Bäumen, Ginster und Brombeergestrüpp. Beim Überqueren der Bäche scheuten die Pferde, und nicht nur einmal wurden alle nass, Menschen und Tiere. Gegen Mittag lichtete sich der Nebel. Sie standen am Rande eines Abgrunds. Die roten Felsen der Schlucht waren zerklüftet, mit Farn und jungen Birken bewachsen, die sich in das Gestein krallten, als könnten sie im nächsten Moment hinabfallen. Tief unten schäumte ein Wildwasser. Gerold von Sterneck verteilte Brot und Speck. Er trank schmatzend aus einem mit Wein gefüllten Lederschlauch. Sie lagerten auf der Wiese.

„Was ich Euch schon lange fragen wollte", begann Gerold mit lallender Stimme. „Was habt ihr da für ein Geschmeiß im Gesicht? Sieht aus, als wenn der Leibhaftige seinen Spieß darin herumgedreht hätte." Er lachte dröhnend über seinen eigenen Scherz

„Das war eine Verletzung durch ein Experiment", antwortete Gunther, „aber das geht euch einen feuchten Dreck an."

„Schon gut, schon gut, man wird ja wohl noch fragen dürfen." Der Sternecker ging in die Büsche, um sein Wasser abzuschlagen. Gunther nutzte die Gelegenheit, um noch einmal einen kräftigen Schluck aus seiner Laudanum-Flasche zu nehmen. Sofort waren alle Sorgen und Ängste von ihm abgefallen. Er war froh, den Sternecker für eine Weile los zu sein – wahrscheinlich war er viel zu schnell wieder da, um ihm mit seinem Geplapper das Leben schwer zu machen und ihn in seiner Suche zu stören. Dieser Mann wollte etwas verhindern, das er, Gunther tun musste. Er war ihm geschickt worden, um ihm daran zu hindern, seine Mission zu erfüllen. Und er wollte ihm Böses. Gunther schaute in den Abgrund hinab und merkte, wie ihn ein Sog ergriff. Es sah aus wie das riesige Maul eines Dämons, der nur darauf wartete, ihn zu verschlingen. Diese Schlucht war das Tor zur Hölle!

Wo nur der Sternecker blieb? Gunther stand auf und versuchte Gerold zu finden. Er war weit und breit nicht zu sehen, nur feine Nebelschwaden zogen jetzt wieder über verdorrtes Gras und Kartäusernelken. Ein leiser Strom eiskalter Luft drang zu ihm herüber und machte es ihm kalt ums Herz.

„Herr Gerold", rief er laut. „Wo seid Ihr? Wir müssen weiter, wenn wir hier nicht verfaulen wollen." Er horchte. Das ferne Krächzen einer Dohle antwortete ihm. Es klang in seinen Ohren wie die dunkle Stimme eines Dämons.

„Verdammt, wo hast du dich versteckt, du fette, kleine Ratte? Willst mich wohl loswerden, dich von hinten anschleichen, mich in den Abgrund stoßen, was? Mir mein Zaubermittel nehmen, den Stein der Unsterblichkeit, das Wasser des Lebens? Aber das schaffst du nicht, denn ich bin der Auserwählte, mir wird man folgen, auf mein Wort hören."

Er hatte das Gefühl, als reiße ein Blitz sein Gehirn entzwei. Vor ihm ragte ein mächtiger Felsbrocken auf, rötlichgrau, mit Gras und Flechten bewachsen, die ihm das Aussehen eines bärtigen alten Mannes gaben. Der Felsen wankte hin und her. Mal hatte er den Anschein eines betrunkenen Riesen, mal verbreiterte er sich wie eine Kanzel, von der herab ein unsichtbarer Geist Verwünschungen rief. Von oben sprang ihm eine Gestalt entgegen, die ihn vor Entsetzen lähmte. Sie war menschlich und doch nicht menschlich. Groß und kräftig, aber nicht von fester Statur, sondern von der Mitte her sich bewegend, hin und zurück, in allen Farben von tiefrot über tintenblau bis rabenschwarz. Raben, dachte Gunther, das sind doch die Geschöpfe, die sich in weiße Tauben verwandeln. Der Dämon hatte eine aufgerissene, verzerrte Fratze, Gunther konnte bis in den Schlund hinunter sehen, aus dem der Drache Feuer und Schwefeldämpfe spie. Der Rote Drache! Er musste mit ihm kämpfen, ihn besiegen. Mit einem Aufheulen stürzte er sich auf das teuflische Wesen, aber er bekam es nicht zu fassen, seine Hand griff ins Leere, spürte Glitschiges, dann wieder Glühendheißes, dass er die Hand vor Schmerz zurückzog. Der Dämon und er standen am Rand der Schlucht. Gunther bekam das Wesen bei den Hörnern zu packen, schrie ihm entgegen, in drei Teufels und in Gottes Namen solle es von ihm ablassen. Plötzlich war nichts mehr da. Gunther hörte ein Poltern, einen unmenschlichen Schrei, schaute über den Rand des Felsens hinab und sah den Sternecker, der hinabfiel, auf Felsen schlug, sich an Bäumen und Gräsern festzuklammern versuchte. Sein Schrei verhallte, der schwere Körper traf platschend im Wasser auf und wurde von den reißenden Wellen fortgespült. Bewegungslos lag Gunther auf dem nebelfeuchten Plateau und versuchte seine Augen abzuwenden von dem, was er gerade gesehen hatte. War er ein Mörder? War ihm nicht der Leibhaftige, der Satan in der Gestalt des Sterneckers erschienen? Hatte der es nicht verdient, vom Leben zum Tode gebracht zu werden?

Lange lag er so da. Sein Leben zog an ihm vorüber, in ganz deutlichen Bildern. Seine Mutter, die eine Heilerin gewesen war, die gefoltert wurde und auf dem Scheiterhaufen verbrannt werden sollte. Ewig lang war der Prozess gegangen. Damals hatte er sich geschworen, das Unrecht wieder gutzumachen, das ihr und auch ihm geschehen war. Er war selber ein Heiler geworden, dazu ein Alchimist. Seinen Vater hatte er nie kennengelernt, aber wenn man den Worten des Anklägers vertraute, musste es der Teufel selbst gewesen sein. Einmal hatte sie ihm anvertraut, dass es ein hoher Herr gewesen war, der aber später verschwunden sei. War sein Leben verflucht? Warum hatte ihm dieser elende Ritter in die Quere kommen müssen? Bilder flogen vor seinem inneren Auge vorüber, von seiner Tätigkeit als Bader, von der Bekanntschaft mit den Huren der Stadt, mit Kreszentia, bei der er als Kostgänger aus- und einging und mit Clarissa, der Äbtissin des Klosters Bischofsbronn. Der Auftrag des Bischofs, für das Kloster Gold herzustellen, der ihm so viel bedeutete.

Erschöpft stand er auf, sammelte die Essensreste zusammen, bestieg sein Pferd und führte das des Sterneckers am Zügel hinter sich her. Das zweite Pferd würde sicher Verdacht erwecken, schließlich waren sie auf ihrem Weg immer zusammen gesehen worden. Er könnte sagen, dass es ein Unfall gewesen sei, aber würden sie ihm das dann glauben? Müde bahnte er sich seinen Weg durch das Dickicht. Es ging bergauf durch einen Wald aus mächtigen, alten Fichten, deren Zweige sich bis zum Boden streckten. Ihre Rinde war so zerfurcht, dass Gunther ein ums andere Mal erschrak, weil er glaubte, ein Kobold oder Faun grinse ihm entgegen. Bald sank die Nacht herab, ein Regen setzte ein, der allmählich in Schnee überging. Es wurde immer kälter. Gunther zwang die Pferde, sich niederzulegen, und suchte Wärme an ihren Leibern. Er sog den Geruch nach Stall und Heu ein. Immer wieder fiel er kurz in einen Schlummer und schreckte hoch. Dann befand er sich wieder oben an der Schucht. Der Sternecker stand in der Mitte des Baches und reckte anklagend die Faust gegen ihn. Jetzt begann der, den Abhang hinaufzuklettern, kam immer näher, und Gunther sah sein blutverschmiertes Gesicht und seine zerschmetterten Glieder. Mit einem Schrei fuhr er empor. Die Pferde wurden unruhig. Gunther stand auf. Es hatte zu schneien aufgehört. Durch die Wipfel der Fichten sah er Sterne blinken. In seinem Inneren war es kalt wie Eis. Zwischen den Bäumen geisterte ein Licht herum. War das ein Zeichen, sollte er ihm folgen? Schritt für Schritt tastete er sich vorwärts.

Der Schnee knirschte unter seinen Stiefeln. Er stolperte, fiel, raffte sich wieder auf. Von seiner Nase hingen gefrorene Schweißtropfen herab. Wenn er meinte, das Licht erreicht zu haben, war es wieder fort und erschien in einiger Entfernung erneut. Schließlich lichtete sich der Wald und der Nachthimmel stand fast greifbar über ihm. Unten erkannte er die schemenhaften Umrisse einer Stadt. Geh nicht weiter, warnte er sich, dieses Licht will dich verführen, will dich in den Abgrund stürzen, so wie du es mit dem Sternecker getan hast. Entkräftet ließ er sich nieder. So blieb er zwischen den Schneewehen sitzen und sah mit brennenden Augen, wie sich im Osten allmählich ein rötlicher Streifen zeigte. Er versuchte aufzustehen, fühlte sich jedoch wie gelähmt. Sein Herz begann wild zu klopfen. Sollte er hier, mitten in der Wildnis, vor die Hunde gehen? Er nahm eine Handvoll Schnee und begann, sich damit abzureiben. Allmählich kehrten die Wärme und Gefühl in seinen Körper zurück. Mühsam stand er auf und schleppte sich, seinen Fußspuren folgend, zurück zu seinem Lagerplatz. Er führte die Pferde am Zügel, stieg hinab auf schneebedeckten Wegen und erreichte endlich die Stadt. Sie bestand vorwiegend aus Holzhäusern, nur die Häuser der reicheren Bürger besaßen Steinsockel und Strohdächer. Hoch über dem Ort, auf einer Felsnase thronte eine Burg. Hier unten war der Schnee schon geschmolzen und hatte einen dreckigen Matsch auf den Straßen hinterlassen. Wie überall, wo Menschen wohnten, stank es Gotts erbärmlich. Auf einem Krämermarkt verkaufte er den Gaul des Sterneckers und dessen Habseligkeiten. Niemand fragte, woher er sie hatte. Doch Gunther erfuhr, dass er sich in der Stadt Schramberg befand und dass die Burg Hohenschramberg genannt wurde.

26

Julia, Wolfram und die beiden Ritter hatten die gastfreundliche Burg des Herrn von Zimmern verlassen und zogen nun am Neckar entlang, der in der Sonne glitzerte. Die Hangwälder beiderseits des Tales waren kahl. Späte Mücken flogen durch die Luft. Auf den Feldern waren Bauern damit beschäftigt, die letzten Rüben vor Einbruch des Winters einzuholen. Heinrich von Geroldseck und der Barde sangen anzügliche Lieder. Bei einige deftigen Stellen stieg Julia die Schamröte ins Gesicht.

„Diese Reise ist eine schöne Abwechslung", sagte Heinrich. „Das Leben auf der Burg bietet dagegen wenig. Öde ist es dort vor allem in Winterszeiten. Aus den Rüstkammern kommt der Gestank von Schießpulver, es ist saukalt, und außer der Jagd und der Beaufsichtigung der Bauern gibt es nur die Beschäftigung mit Büchern, die ein wenig zu zerstreuen vermag."

„Habt Ihr vergessen, Herr Heinrich, wie es bei einer Belagerung oder Stürmung der Burg zugeht? Da könnt Ihr nicht über Langweile klagen", kam es vom Sänger Gottfried.

„Das habe ich nur einmal erlebt, und es gehört es nicht zu meinen schönsten Erlebnissen. Die Leitern, die herabfallenden Menschen, die Brandpfeile und Geschosse, die Schreie und der Blutgeruch – da ziehe ich die behagliche Langeweile mit einem Buch am Feuer doch vor. Am Schlimmsten war es mit den Bauern. Ich konnte ihr Anliegen ja gut verstehen. Aber nachdem sie die Adligen in Weinsberg durch die Spieße hatten laufen lassen, konnte ich mich nicht mehr für sie einsetzen."

„Der Bauernaufstand war ein unseliges Unterfangen", warf der Barde ein. „Das, was ursprünglich gut und gerecht war, ist zu einem Blutbad geworden – auf beiden Seiten."

„Seien wir froh, dass diese Zeiten vorüber sind", meinte Heinrich.

„Man kann seine Kampfgelüste auch spielerisch austoben", versetzte Gottfried, der Barde. „In Turnieren zum Beispiel – die waren für mich immer ein besonderes Erlebnis."

„Aber sie kosten ein Heidengeld! Mir geht es da eher so wie

Werner von Zimmern, ich lebe lieber wie er in Bescheidenheit. Und doch es geht nichts über sie. Ach, die Turniere." Heinrich seufzte vernehmlich. „Weißt du noch, wie der Herr von Rippoltsau sich brüstete, mich mit leichter Hand erledigen zu können? Dem habe ich es aber gezeigt!" Er lachte dröhnend. „Als er los ritt, habe ich ihm nicht nur sein Schild aus der Hand geschlagen, sondern ihm auch noch die Hosen aufgeschlitzt, so dass er vom Pferd fiel und sich mit nacktem Hintern den Damen präsentieren musste. Sie kreischten und hatten ganz rote Ohren, hat man mir gesagt."

Die anderen fielen in das Lachen ein. So geht es denen, die den Mund zu weit aufmachen, dachte Julia. Das Wetter war schön, es zeigten sich nur ein paar Federwolken am Himmel. In den Gärten lagen vergessene Kohlköpfe. Sie näherten sich der Stadt Sulz. Die Ruine Tanneck ragte wie ein trostloser Wächter vor dem Ort empor.

„Ich darf meinen Fuß nicht in die Stadt setzen", sagte Julia zu ihren Begleitern.

„Das brauchst du auch nicht"; meinte Wolfram. „Der Weg führt daran vorbei."

„Ich habe so ein ungutes Gefühl. Ich glaube, es wäre besser gewesen, über die Höhen zu reiten."

„Wir sind ja auch noch da, Frau Julia", schaltete sich Heinrich ein. „Zu Eurem Schutz und Geleit haben wir uns Euch doch angeschlossen."

Julia glaubte plötzlich, Brandgeruch in der Nase zu haben. Das war wohl eine Sinnestäuschung, ihre Nerven spielten ihr einen Streich. Sie dachte an den Schäfer Hans, der auf dem Richtplatz verbrannt worden war. So lange war das noch gar nicht her. Eine steinerne Brücke verband die Straße mit der Stadt. Auf dem Rundbogen lümmelten Männer in Stadtuniform herum und tranken aus großen Krügen. Der Brückenwärter hielt die vier Reisenden in barschem Ton an. Julia zog sich die Kapuze ihrer Schaube tief ins Gesicht.

„Woher kommt Ihr und wohin wollt Ihr?"

„Wir kommen aus Freiburg, wohin wir geschäftehalber unterwegs waren." antwortete Wolfram. „Und wir reiten nach Rottenburg, wo wir zu Hause sind."

„Was ist das für ein merkwürdiger Geruch, Wächter?", fragte Heinrich. „Gebührt es Euch, danach zu fragen, was in fremden

Städten geschieht?" „Ihr möchtet wohl einen Wegezoll haben." Heinrich griff in seinen Reisebeutel und beförderte ein paar Groschen zutage, die er dem Mann in die Hand drückte. Dessen Miene hellte sich auf.

„Auf dem Marktplatz werden zwei Hexenkinder zur Schau gestellt, Anna und Lorenz Schäufele. Sie wurden gesehen, wie sie sich in Raben verwandelten und zum Hexensabbat flogen."

Julia fuhr zusammen. Sie sah den verschmitzten Blick des Jungen vor sich, die Frechheit, mit der er den Schäfer belastet und seine Schwester, die ebenso dreist gelogen hatte. Wer andern eine Grube gräbt, fällt selbst hinein, hätte ihr Vater dazu gesagt, wenn das Unglück, das jemand über einen anderen brachte, auf ihn selbst zurückfiel. Doch was auch immer die Kinder angestellt hatten, das hatten sie nicht verdient. Womöglich wurden sie noch aus der Stadt gewiesen. Und sie selbst? Hatte sie ihr Schicksal verdient? Sie schob den Gedanken schnell von sich.

„Habt Ihr auf Eurer Reise einen Bader namens Gunther Rathfelder gesehen oder etwas über ihn gehört?", fragte der Wächter nun seinerseits.

„Muss man den kennen?", fragte Heinrich zurück.

„Und ob", war die Antwort. „Er ist eine Schande für unsere Stadt! Dieser Mann hat dazu beigetragen, dass die Hexe Julia Eitel freigesprochen wurde. Inzwischen hat sich herausgestellt, dass er selbst Sohn einer Hexe ist, der Gefangenen Margarethe Sütterlin aus Stuttgart. Die ist nicht etwa eingeäschert worden, sondern sitzt immer noch auf dem Hohenasperg. Gestanden hat sie nie, aber zumindest haben glühende Zangen sie dazu gebracht, über ihren Sohn zu sprechen. Der hat einen anderen Namen angenommen und war hier längere Zeit als Bader tätig."

Das Gespräch mit dem Schäfer fiel Julia ein. Wie sich die Rätsel langsam entwirrten!

„Die Frau, die Ihr bei Euch habt, kommt mir verdächtig vor", fuhr der Wächter fort. „Enthüllt doch einmal gütigst Euer Antlitz, Frau, damit ich sehen kann, ob Ihr nicht besagte Julia Eitel seid, die durch das frevlerische Handeln des Baders freikam."

Julia trat der Schweiß auf die Stirn. Sollte sie so viel erreicht haben, um jetzt wieder in den Kerker geworfen zu werden? Fing alles wieder von vorne an? Auf einen Wink des Wächters kamen die Männer von der Brücke auf sie zu, umringten die Gruppe und zückten ihre Schwerter.

„Im Namen Gottes, des Allmächtigen", rief Heinrich. Die drei Männer zogen ebenfalls die Schwerter aus den Scheiden. Jeder hatte etwa drei Mann gegen sich. Die Klingen kreuzten sich klirrend, Schreie und Flüche wurden laut, da und dort spritzte Blut oder sackte einer in sich zusammen. Julia duckte sich auf den Nacken ihres Pferdes und betete inbrünstig darum, dass dieses Morden und Stechen bald ein Ende haben möge. Ein Schuss übertönte den Kampflärm, der Wächter sank tödlich getroffen zu Boden.

„Mir nach!" schrie Heinrich, steckte die rauchende Pistole ein und gab seinem Pferd die Sporen. Julia trieb ihr Pferd an, der Wind pfiff ihr schneidend ins Gesicht. Auch Wolfram und Gottfried preschten los. Einige Meilen von der Stadt entfernt kamen sie zum Halten.

„Wir wurden nicht verfolgt", sagte Heinrich befriedigt. „Die haben solch einen Schrecken gekriegt, dass sie sich wahrscheinlich erst mal einen Schluck genehmigen mussten."

„Wie soll es weitergehen?", fragte Julia. Sie wusste keinen Rat mehr.

„Das Beste wird sein, du begibst dich unter den Schutz des Bischofs", meinte Wolfram.

„Und wenn er mich ausliefert?", fragte Julia.

„Ich sehe keine andere Möglichkeit", antwortete Wolfram.

Schweigend setzten sie ihren Weg fort. Nach einiger Zeit kamen sie zu einem Eichenwald, durch dessen Baumwipfel kaum ein Sonnenstrahl drang. Es roch nach Schnee. Ein Reh floh vor ihnen ins Gebüsch. Nasse Blätter glänzten auf dem Boden. Julia dachte an die Gefahr, in der sie alle schwebten. Sie schaute ihren Begleitern ins Gesicht. Sie wirkten angespannt, aber zuversichtlich. Hinter ihnen war Hufgetrappel zu hören. Sie haben uns doch verfolgt, dachte sie mit Entsetzen. Und so, wie die Erde bebte, musste das ein ganzer Haufen von Bewaffneten sein. Es ging ganz schnell. Die beiden Ritter und der Wolfram stürzten sich auf die Verfolger, kreuzten mit ihnen die Klingen, wurden aber langsam, unaufhaltbar, zurückgedrängt. Die Verfolger waren in der Überzahl. Es erschien Julia, als würden die Hiebe und Stiche gegen Wolfram und die Ritter nicht mit tödlicher Absicht geführt. Dann wurde Julia ein Sack über den Kopf geworfen und ihre Hände am Zaumzeug festgebunden. Das Pferd setzte sich in Bewegung, und der Kampflärm entfernte sich allmählich.

Nach einem abenteuerlichen Ritt, bei dem Julia völlig durcheinandergeschüttelt wurde und der nach ihrer Einschätzung Stunden dauerte, hielten die Pferde endlich in ihrem Lauf inne. Der Sack, den man ihr über den Kopf gestülpt hatte, zerkratzte ihr das Gesicht und machte es ihr schwer zu atmen. Stimmen wurden laut, die Männer berieten sich, dann tönte eine andere Stimme von oben herunter.

„Ihr könnt sie raufbringen."

Julia wurde eine steile Treppe hinaufgeführt, die Stufen waren hoch, so dass sie einmal stolperte. Sie wurde aber nicht angeschrien oder geschlagen, sondern der Mann, der sie begleitete, sagte ihr, wie sie ihre Füße setzen sollte. Schließlich ging es in einen Raum hinein. Ihr Begleiter entfernte sich mit schweren Schritten, die dumpf auf dem Holzboden klangen. Ein Schlüssel wurde quietschend herumgedreht. Julia war verzweifelt, ihre Kräfte hatten sie verlassen. Was würde jetzt mit ihr geschehen? Von ferne drangen die abendlichen Geräusche einer Stadt zu ihr, Rufe von Händlern und Frauen, Kinderlachen, Hundebellen. Wieder knarrte der Schlüssel im Schloss, Schritte näherten sich ihr. Sie begann zu zittern wie in Erwartung von Schlägen. Der Sack wurde ihr vom Kopf gezogen, Licht drang ihr in die Augen. Vor ihr stand – sie glaubte, ihren Augen nicht zu trauen – der Bischof. Rüdiger Veigel trug die einfache, schwarze Kleidung der Augustiner mit Skapulier, Tunika und Kutte. Seine hellen Augen blickten sie freundlich an, der Mund war ein wenig spöttisch verzogen.

„Das habt Ihr nicht erwartet, gehe ich richtig in der Annahme?", fragte er. Beim Sprechen gestikulierte er lebhaft mit seinen schönen, schmalgliedrigen, kräftigen Händen.

„Wohin hat man mich gebracht?", fragte Julia.

Er führte sie zu einem Stuhl, der unter einem hohen, schmalen Fenster stand.

„Ihr seid in Sicherheit", sagte er. „In einem Kloster in Weil der Stadt. Das Hexengeschwätz in Sulz hatte sich in letzter Zeit wieder verdichtet. Das Volk fordert die Köpfe von Euch und dem Bader. Am liebsten sähen sie den Stadtschreiber auch noch brennen."

Julia besann sich darauf, wer vor ihr stand.

„Und Euer Exzellenz hat mich sozusagen entführt?", fragte Julia zögernd.

„Ja, wie weiland Friedrich, Kurfürst von Sachsen, Luther auf die Wartburg bringen ließ. Ich war Eurem Vater sehr verpflichtet, wie ich Euch schon sagte."

„Warum? Und wie kommen Euer Exzellenz hierher? Müsst Ihr nicht längst wieder in Speyer sein?"

Eine leichte Röte überzog das Gesicht des Bischofs.

„Ich war wieder einmal in Rottenburg und hörte, dass Ihr unterwegs nach Sulz seid. Da habe ich gleich ein paar meiner Männer hingeschickt. Und zu deiner anderen Frage: Julia, auch Geistliche sind Menschen, selbst diejenigen, die Gott für ein höheres Amt bestimmt hat. Ich dachte, du würdest es mir nie verzeihen."

„Was verzeihen?"

„Dass ich dich weggegeben habe, an die Mitglieder meiner Gemeinde Wilhelm Eitel und seine Frau. Die beiden waren kinderlos und so herzensgut, dass ich dich vertrauensvoll in ihre Hände übergab."

„Dann seid Ihr also mein richtiger Vater!" Eine Zeit lang stand sie da, die widersprüchlichsten Gefühle tobten in ihr. Warum hatte er sie weggegeben? Weil er sich unkeusch verhalten hatte?

„Und wer ist meine wirkliche Mutter?" Jetzt wollte Julia alles wissen.

„Diese Erkenntnis möchte ich dir im Augenblick noch ersparen, du hast genug durchgemacht. Wir müssen uns darauf konzentrieren, was jetzt zu tun ist. Ich habe Anweisung gegeben, dich einzukleiden und der Obhut der Augustinerinnen dieses Klosters zu überlassen, bis sich der Sturm da draußen wieder gelegt hat."

Julia fühlte sich grenzenlos erleichtert. Sie fiel auf die Knie und küsste den Ring des Bischofs. Er strich ihr über den Kopf.

„In dieser Stadt kennt dich niemand. Du darfst dich frei bewegen, aber unter einem anderen Namen. In diesem Kloster wirst du geführt als die Nonne Katharina Stellmacher."

Mit diesen Worten entfernte er sich aus dem Raum. Eine junge Augustinerin kam und brachte Julia zu ihrer Zelle. Dort lagen zwei Tuniken, Skapuliere und ein Mantel für sie bereit. Es war, wie wenn eine schwere Last von Julia genommen worden wäre. Endlich konnte sie sich ihres Lebens sicher sein, auch wenn ihr die Sorge um Wolfram und die Sache mit Gunther und dem Stein noch am Herzen lagen. Daher genoss sie das neue Leben in vollen Zügen. Die Regeln des Klosterlebens hatte sie soweit verinnerlicht, dass sie sich ohne Mühe anpassen konnte. Sie arbeitete wieder in der Wäscherei. In den Mußestunden ging sie in die Stadt, beobachtete das Leben in den Gassen und freute sich über jeden neuen Tag, an dem sie erwachte. Wie lange es wohl dauern würde, bis Gras über die Sache gewachsen war? In der Klosterbibliothek fand sie Schriften von Luther und den Humanisten. Obwohl ihre Tage sehr ausgefüllt waren, vermisste sie Wolfram und ihre Freundin Nursia, von der sie lange nichts gehört hatte.

Eines Tages, es war Mitte November des Jahres 1527, erkannte sie auf dem Markt einen Mann aus Sulz. Glücklicherweise schien er sie nicht bemerkt zu haben, doch von diesem Zeitpunkt an verließ sie das Kloster nicht mehr. Die Zeit begann ihr lang zu werden; ein Leben als Nonne hatte sie nie führen wollen. In ihrer Not las sie in jeder freien Stunde, las die Bücher Walafrid Strabos von der Reichenau und Hildegard von Bingens über Kräuterheilkunde. Sie besaß sowohl eine rasche Auffassungsgabe als auch die Fähigkeit, sich schwierigere Inhalte leicht merken zu können. In der Krankenstation wendete sie nach ein paar Tagen ihre neuen Fähigkeiten an. In den Nächten betete sie darum, dass sich die erneute Anklage als Hexe als ein Irrtum herausstellen würde. Und dass sie endlich ihr Familiengeheimnis lüften könnte. Wolfram schloss sie in ihr Gebet mit ein. Sie sah dauernd sein Gesicht vor sich, hörte sein Lachen und spürte seine Hände auf ihrem Körper. Schneeflocken trieben an ihrem Fenster vorbei, verdichteten sich zu einem Wirbel, und bald lagen die Stadt und das Kloster unter einem weichen, weißen Tuch. Der Bischof hatte sich erneut zu einem Gespräch angesagt.

„Willkommen, Euer Exzellenz", sagte Julia und kniete vor ihm nieder.

„Steh auf, mein Kind", meinte er und reichte ihr die Hand. „Und sag nicht mehr Exzellenz zu mir, sondern Vater.'"

„Willkommen, Vater."

„Du möchtest sicher wissen, was sich im Fall deiner Anklage getan hat. Leider hat sich nichts geändert. Du wirst noch eine ganze Weile hier ausharren müssen."

„Aber warum?", begehrte sie auf. „Warum hat es gerade mich getroffen? Ich halte es nicht mehr lange aus, ich vergehe hier drin vor Langeweile und Einsamkeit!" Julia wollte es nicht in den Kopf gehen, warum ihr Vater, der Bischof, diese Anklage nicht ungeschehen machen konnte.

„Du musst lernen, geduldig zu sein, Julia. Deine Ungeduld hat sicher mit dazu beigetragen, dass du in diese Lage geraten bist."

„Warum, Vater?"

„Es gibt nicht viele Frauen, die sich so benehmen wie du. Das höchste Glück der Frauen ist normalerweise die Ehe und Kinder. Manch eine schafft es vielleicht, einen Handel zu betreiben, aber sie wird dabei immer scheel angesehen", sagte der Bischof.

„Ja, von den Männern, weil sie es als eine Bedrohung ihrer Macht empfinden", antwortete Julia erzürnt.

„Da magst du Recht haben, aber es steht dir nicht zu, darüber zu urteilen. Wenigstens nicht in der Öffentlichkeit. In Italien, beispielsweise, gab und gibt es Philosophinnen, Künstlerinnen, die selbstverständlich mitredeten und mitreden in Männerkreisen. Hier im Heiligen Römischen Reich ist dem aber nicht so", erklärte ihr Vater.

„Ich möchte nach Italien", sagte sie versonnen.

„Diesen Wunsch erfülle ich dir gerne", sagte der Bischof und lächelte sie an. „Du kannst gleich morgen reisen. Dann hättest du die Bedrohung los."

Julia hielt einen Moment inne. Das war ein verlockendes Angebot. Aber war es nicht eine Flucht, würde sie nicht alles, was sie sich vorgenommen hatte, hinter sich lassen? Ließ sie nicht auch Menschen im Stich, die ihr vertraut hatten und wahrscheinlich nicht einmal wussten, ob sie tot war oder noch am Leben?

„Weiß Wolfram Lauterach, wo ich mich befinde?", fragte sie.

„Weiß es Nursia, die Nonne aus dem Kloster Bischofsbronn?"

„Es hat niemand Kenntnis davon erhalten. Es wäre zu gefährlich für dich gewesen."

In Schramberg lagen schmutzige Schneereste in den Gassen. Die Leute sahen bleich und abgemagert aus. Nun, das Leben im Waldgebirge war eben eine Plage, das war bekannt. Nach einem Bad in der öffentlichen Badestube – hierher war die Krankheit also noch nicht gedrungen – und einem warmen Essen ritt Gunther zur Burg hinauf. Ein langer Serpentinenweg führte durch ein düsteres Tal, dann am Hang hinauf. Danach führte der Weg eben über einen Bergsporn, dessen Wiesen mit Gebüsch bewachsen waren. Die Mauern der Burg waren rußgeschwärzt, sei es durch Feuer, sei es durch kriegerische Handlungen. Drinnen war es finster und kalt. Die Gänge, durch die ihn ein Diener führte, waren mit Fackeln erleuchtet. Der Burgherr, ein Landenberger aus Thurgau, lud ihn ein, über Nacht zu bleiben. Es stellte sich heraus, dass er umfassende Kenntnisse auf dem Gebiet der Alchimie besaß. Nach dem Abendessen bat er den Gast in seine Kammer, die durch einen Kamin beheizt war. Bald kamen sie auf die Alchimie zu sprechen. „Mein Beruf ist der eines Baders und als solcher helfe ich den Menschen. Alchimie ist die Wissenschaft vom Leben, und als solche ist sie für mich eine Heilkunst. Wenn erst einmal der Unaussprechliche gefunden sein wird, gibt es ewige Gesundheit und ewiges Leben für alle", erzählte Gunther dem Burgherrn, der aufmerksam zuhörte.

„Ich habe Medizin studiert", sagte er. „Das Rittertum bringt nichts mehr ein. Während meiner Studien habe ich gelernt, dass es Aufgabe des großen Werkes sei, das wahre Ich aufzuzeigen, und dies durch Arbeit an sich zu vervollkommnen. Der Mensch lebt als eine persona, eine Maske. Bei seinem Tod hat er die gegenwärtige Rolle ausgespielt, er legt seine irdische Maske ab. Übrig bleibt das eigentliche Ich, das wahre Selbst."

„Nicht erst bei seinem Tod", warf Gunther ein. „Diese Vervollkommnung ist auch im Lauf eines menschlichen Lebens möglich. Man muss nur bereit sein zur Veränderung."

„Aber ist es nicht eine Anmaßung, wie Gott sein zu wollen?", fragte der Burgherr.

„Bei den Ägyptern raunte eine verhüllte Gestalt dem Neophyten ins Ohr: ‚Du kannst Gott sein, wenn Du willst!' Die meisten Menschen wollen das nicht, sie sind befangen in ihren Leidenschaften, verblendet vom Materiellen. Sie erkennen nicht den Sinn ihres Lebens", sagte Gunther mit festem Ton in der Stimme. Der Burgherr nickte zustimmend und sagte dann: „Das geknechtete Ich muss aus der Erde, aus der Finsternis dadurch erlöst werden, dass der Adler zur Hölle niederfährt."

Seine Worte wirkten bis in Gunthers Träume hinein. Ein gewaltiger Raubvogel stürzte von der Spitze eines Berges hinab, die Schwingen weit ausgebreitet. Er fiel mit einem Klatschen auf den Boden, der sich öffnete und ihn verschlang. Feuerzungen leckten aus der Erde, sie griffen nach ihm, drohten ihn zu vernichten.

Vor Sonnenaufgang packte Gunther seine wenigen Habseligkeiten zusammen und ging hinaus, ohne sich von seinem Gastgeber zu verabschieden. Die Stadt Schramberg lag noch im Schlaf. Er durchquerte sie und ritt die gegenüberliegende Steige hinauf. Auf der Höhe angekommen, blieb er stehen und schaute zurück. Unbehaust ist der Mensch, wenn er auch noch so sehr zusammenrückte mit Seinesgleichen. Sie lebten da unten in ihrem eigenen Gestank, kochten jeder ihr eigenes Süppchen und würden später in die ureigene Grube fahren. Und dann? Der Morgen war klar, kühl und feucht. Letzte Schneereste lagen in den Mulden und auf den Geröllfeldern im Wald. Weiter oben breitete sich eine weiße Decke über alles wie ein Leichentuch. Gunther hielt seine Nase witternd in den Wind. Julia würde ihm nicht entkommen. Er wusste, wohin sie gegangen war. Doch erst einmal musste er das Kloster erreichen, um neues Elixier herzustellen. Der Vorrat ging bedenklich zur Neige. Seine Glieder schmerzten so sehr, dass er versucht war, den letzten Schluck aus der Flasche zu nehmen. Doch er zwang sich zur Enthaltsamkeit. Wenn er die Krankheit nicht in den Griff bekam, konnte er sein Vorhaben nicht weiter ausführen. Der Weg führte durch dichten Tannenwald. Sollte er sich bis zum Neckartal durchkämpfen und die bequemere Reise durch die Flussaue machen? Doch wer weiß, ob nicht inzwischen seine Tat entdeckt worden war, man hatte ihn schließlich mehrmals zusammen mit dem Sternecker gesehen. Also blieb ihm nichts anderes übrig, als sich durch das unwirtliche Buschwerk dieses Gebirges zu schlagen. Er hatte den Lederschlauch mit frischem Wasser gefüllt, einen Laib Brot und eine Seite Speck in der Stadt erworben, das musste ausreichen als Wegzehrung. Immer wieder rissen Brombeerranken an den Fesseln des Pferdes, so dass es strauchelte. Nach einigen Meilen erreichte er eine Wegkreuzung. Der Weg nach Osten musste ins Tal führen, der nördliche durch die Berge in Richtung des Klosters. Gegen Mittag rastete er auf einer Bergwiese, einer Grinde. Sie war mit Heidekraut und Birken bewachsen. Halb vermoderte Baumriesen lagen quer darüber. Ihr Totholz erinnerte ihn an die bärtigen Gesichter von Gnomen oder Trollen. Weiter ging es, bergauf, bergab, der Weg wollte kein Ende nehmen. Schon senkte sich die Dämmerung herab.

Gunther bemerkte, dass der Pfad immer schmaler wurde. Ein merkwürdiger Geruch stieg ihm in die Nase. Waren das nicht Rauschbeeren? Die wuchsen doch in Mooren, er hatte sie schon als kleiner Junge mit seiner Mutter gesammelt. Aber sie hatte die Wege gekannt, so dass ihnen nie Gefahr drohte. Er kehrte um und ritt den Weg zurück, den er gekommen war. Aber da gab es keinen Weg mehr. Der Boden schwankte unter den Füßen des Pferdes. Eine tiefe Angst stieg in ihm auf. Es würde ihm nichts anderes übrigbleiben, als weiterzureiten, denn hier konnte er die Nacht nicht verbringen. Er schien Recht zu haben, denn der Grund wurde wieder trockener, und er bahnte sich seinen Weg durch die Birken, das Moos und die vertrockneten Stängel des Wollgrases. Dann wurde der Untergrund wieder schwammig und feucht. Das Pferd sank bis zu den Knöcheln ein. Es schnaubte voller Furcht. Gunther riss es herum, wollte umkehren. Doch das Tier sank langsam tiefer, es schlug um sich, wieherte in Todesangst und warf seinen Reiter schließlich ab. Gunther versuchte, auf die Füße zu kommen, aber jetzt versank auch er. Das Moor saugte an seinen Füßen, seinen Beinen, bis zum Bauch war er versunken. Die Masse, in der er steckte, stank nach Fäulnis und war eiskalt. Um Hilfe zu rufen war völlig zwecklos, hier in dieser Einsamkeit würde ihn niemand hören. Und so rief er Gott und den Teufel an, fluchte, strampelte, ruderte mit den Armen, derweil das Pferd schon bis zum Kopf im Moor verschwunden war, die Augäpfel nach oben gedreht, so dass er nur noch das Weiße sah, die Ohren steil gespitzt und die Nüstern mit Schaum bedeckt. Es wieherte heiser, eine Schlammfontäne spritzte auf. Dann war es in einem Strudel versunken. Gunther schrie vor Angst, er zappelte, doch es half nichts, im Gegenteil: Er wurde nur noch schneller hinuntergezogen. Er steckte jetzt bis zu den Hüften im Moor, dann bis zum Hals. Vater unser, der du bist im Himmel, betete er. Ich bin der Rabe, der in der Nacht ohne Flügel fliegt, der Schwan, die Taube, das weiße, kristalline Salz. Komm zu mir, himmlischer Rubin. Töte den Raben, dass eine Taube geboren werde, und hernach ein Phönix, mache aus dem Schwan das Weiße und das Rote, so wirst du glücklich sein. Ganz tief hinein musst du in den Tod, um wiedergeboren zu werden. Unser alter Mensch ist unser Drache. Er verzehrt seinen Kopf mit dem Schwanz, wie die Schlange im Paradies. Kopf und Schwanz sind Seele und Geist, und die sind aus Dreck erschaffen. Suche in der Erde, finde den verborgenen Stein, die wahre Medizin.

Ihm wurde schwarz vor Augen, Moorwasser geriet ihm in Mund und Nase. Verzweifelt rang er nach Luft. Gleich würde sich sein Magen und seine Lunge mit der pampigen Masse füllen. Er hörte das Murmeln der mit Wasser vollgesogenen Erde. Nein, er wollte nicht sterben, nicht auf so eine erbärmliche Art! Seine Füße fanden einen Halt, ein abgestorbener Baumstamm vielleicht, nein, es war der Körper des Pferdes, auf dem er gelandet war. Er federte sich ab und es gelang ihm, wieder nach oben zu kommen. Gunther schob sich langsam weiter empor, griff nach einem überhängenden Ast, den er vorher gar nicht bemerkt hatte, zog sich auf festeren Boden. Erschöpft und über und über besudelt sank er ins Moos, hustete, spuckte, ein Schwall schwarzbrauner Brühe quoll aus seinem Mund. So lag er da zwischen Leben und Tod, fror, konnte sich nicht bewegen, fiel immer wieder in Bewusstlosigkeit. Der Adler war zur Hölle niedergefahren.

27

Der Morgen dämmerte herauf. Gunther stöhnte, drehte sich vorsichtig herum und blinzelte ins Licht. Er fühlte sich steif gefroren, über und über besudelt. Mühsam richtete er sich auf. Das Moor lag vor ihm, als könne es kein Wässerchen trüben, schneebedeckt, mit den trockenen Grasinseln, die aus der trügerischen Oberfläche herauswuchsen. Sein Beutel war verloren gegangen. Außer ein paar Beeren gab es weit und breit nichts zu essen; mit seinem Messer, das ihm verblieben war, würde er nichts Großes ausrichten können. Und sicher war er meilenweit von jeder menschlichen Ansiedlung entfernt. Im Grunde konnte er sitzen bleiben und auf seinen Tod warten. Warum hatte er überhaupt versucht, sich zu retten? Er warf einen letzten Blick auf die Unglücksstätte. Dann ging er schweren Schrittes hinaus aus der sumpfigen Landschaft. Bald hatte er wieder festen Boden unter den Füßen. Oft musste er Umwege gehen, um nicht erneut in Gefahr zu geraten. Durch Schluchten suchte er sich seinen Weg, über Felsgrate, auf denen es ihn schwindelte. Er säuberte sich notdürftig in eisklaren Bächen, stillte seinen Durst mit ihrem Wasser. Endlich sah er Rauch aus einer Hütte unter sich im Tal aufsteigen. Die letzten Schritte rutschte er mehr, als dass er ging, schleppte sich zu dem Mann, der eben einen Kohlenmeiler mit Laub und Tannenzweigen abdeckte. Der Köhler hatte einen kantigen Kopf und trug graues Leinenzeug, das vom Ruß geschwärzt war wie sein Gesicht. Der Mann blickte Gunther misstrauisch entgegen.
„Aus welchem Sumpf hat man Euch denn gezogen?", fragte er.
„Ich habe mich selbst herausgezogen", antwortete Gunther.
„Das ist aber mal eine Leistung."
Der Mann schien plötzlich Hochachtung vor ihm zu empfinden.
„Könnt Ihr zahlen, wenn ich Euch verpflege?", fragte er.
„Nein, ich habe alles verloren, auch mein Pferd. Aber ich könnte Eure Brandblasen verarzten."
Gunther stärkte sich mit dem Brot, das der Köhler ihm hinstellte, trank eine Kanne Bier, wusch seine Sachen in einem nahen Bach und hängte sie zum Trocknen über die Feuerstelle in der Hütte.

Der Köhler brachte ihm eine Decke und bot ihm an, doch über Nacht zu bleiben.

„Ich muss weiter", sagte Gunther. Er brauchte seine Tinktur. Aber die war im Beutel gewesen, und der war zusammmen mit dem Pferd im Moor geblieben.

Die Kleider waren inzwischen wieder trocken. Er zog sich an, besah sich noch einmal die Brandblasen des Köhlers, die er mit einer Mischung aus Asche und Erde bestrichen hatte, und ging seines Weges. Er spürte noch lange den Blick des anderen im Rücken.

Gunther hatte es sehr eilig, ins Kloster Bischofsbronn zu kommen. Immer wieder nahmen ihn mitleidige Bauern in ihren Karren mit, so dass er noch am Abend des nächsten Tages im Kloster eintraf.

Düster lagen die Gebäude da, das Kameralamt, der Fruchtkasten und das eigentliche Klostergebäude. Am Tor brannte eine Fackel in einer eisernen Halterung. Was er so spät noch wolle, fragte ihn mürrisch die Nonne, die das Tor hütete. Er trat näher an sie heran.

„Ach Ihr seid`s, der Bader Gunther!", rief die Nonne. „Die Äbtissin wartet schon seit einigen Tagen auf Euch. Ich werde Euch sofort zu ihr führen."

Clarissa stand mitten in ihrem Zimmer und schaute ihm schon erwartungsvoll entgegen.

„Guter Gott, wie siehst du denn aus", rief sie.

„Ich habe eine Todeserfahrung gemacht", antwortete er knapp. „Jetzt muss ich gleich in mein Laboratorium."

„Was hast du denn so Dringendes zu erledigen?"

„Eine Rezeptur habe ich bekommen, die muss ich sofort ausprobieren." Mit diesen Worten wandte er sich ab und strebte der Klosterküche zu. Er schloss die Tür, begann alles vorzubereiten. Hoffentlich hatte er es noch richtig im Kopf. Hoffentlich war er überhaupt noch richtig im Kopf. Samen von Taumelloch, Bilsenkraut, Schierling, roter und schwarzer Mohn, Portulak, von jedem vier Teile. Und dann noch ...er überlegte. Was fehlte noch? Wie hatte er sich selbst bezeichnet? Jemand, der nicht mehr ganz richtig im Kopf war. Toll. Tollkirsche, Belladonna! Und zwar ein Teil. Gunther kochte Wein in einem Tiegel auf, suchte die Kräuter und Heilpflanzen zusammen, gab sie vorsichtig eins nach dem anderen hinein. Er beobachtete, wie die alkoholische Brühe Blasen warf, roch den Duft des Weines und der Kräuter. Kaum war die Essenz ein wenig abgekühlt, holte er einen Schöpflöffel und nahm einen großen Schluck davon. Wärme durchfloss seinen Körper. Die Schmerzen waren wie weggeblasen. Mit neuem Eifer machte er sich an weitere Experimente. Clarissa besuchte ihn spät am Abend. Er saß gedankenverloren über einem Buch, las aber nicht darin, sondern starrte vor sich hin auf den Boden.

„Gut, dass du wieder da bist", sagte die Äbtissin. „Ich dachte schon, ich müsste jetzt alles allein zu Ende bringen."

„Wir sind der Stunde der Wahrheit ganz nahe, Clarissa. Hab nur noch ein Weilchen Geduld."

Er weidete sich beim Gedanken an die Wonnen, die ihn erwarteten, wenn das Große Werk vollbracht war. Clarissa stand über einen Topf gebeugt, in dem sich kristallines Salz befand. Wie schon oft, trat er von hinten an sie heran, zog ihre Kutte und ihr Unterkleid hoch und erleichterte sich mit einigen wenigen Stößen. Sie hielt still, wenn auch mit zusammengebissenen Zähnen, das wusste er. Um die Folgen brauchten sie sich keine Gedanken machen, schließlich war sie heilkundig und hatte genug Kräuter in ihrem Garten stehen. Als er fertig war, drehte sie sich um und schaute ihm ins Gesicht.

„In letzter Zeit habe ich so merkwürdige Papeln auf der Haut. Ich habe die Befürchtung, dass du mir die Krankheit gegeben hast."

„Unsinn", sagte er. „Das bildest du dir nur ein. Die Krankheit überträgt sich durch die Luft, wie auch die Pest. Beide Krankheiten sind die Strafe für einen sündigen Lebenswandel. Ich weiß, woher's kommt. Und du bist auch so eine gottverdammte Hure!"

„Versündige dich nicht", rief sie schrill. Sie konnte genauso schrill werden wie Kreszentia, die alte Jungfer.

„Es gibt Wichtigeres im Moment", lenkte er ein. „Ich möchte, dass Julia Eitel hierher ins Kloster kommt. Nur sie kann uns den Weg zum Großen Werk zeigen."

„Warum gerade sie?" Clarissas Gesicht nahm eine bedenkliche Rotfärbung an. Irgendwann würde sie noch mal vor Wut platzen. Warum war sie eigentlich so wütend?

„Ich hasse dieses Mädchen!", schrie sie.

„Weil sie eine Auserwählte ist und du nicht", wetterte er dagegen.

„Frag mich nicht warum, ich wusste es, als ich sie das erste Mal sah."

„Du willst mit ihr schlafen, gib es doch zu."

„Du verstehst nichts, gar nichts, Clarissa! Ich werde sie besitzen, ich brauche sie ..."

Clarissas Gesichtszüge zeigten widersprüchliche Empfindungen. Zorn, Eifersucht, Hass. Allmählich graute es Gunther vor ihr fast wie vor sich selbst. Die Äbtissin hob den Kopf, trat einen Schritt auf ihn zu und wies mit dem Finger zur Tür.

„Hinaus!", sagte sie.

28

In Weil der Stadt war wieder ein Tag zu Ende gegangen. Julia wurde immer ungeduldiger. Nur die Teilnahme am Klosterleben, die Gebete, Psalmen und Hymnen halfen ihr, die Tage ein wenig mit Inhalt zu füllen. Julia träumte. Sie stand in einer Kirche vor dem Altar, der Pfarrer sprach den Segen. Er sagte, sie beide seien jetzt Mann und Frau. Blumenkinder streuten Freesien, es roch süßlich. Die Orgel setzte ein, von der Empore tönten hell die Stimmen des Chores. Sie schaute nach rechts: Ihr Bräutigam war nicht da. Aus dem Dunkeln kamen finstere, hässliche Gestalten, die sich zum Klang einer misstönigen Fiedel bewegten. Ein Wesen mit Hörnern und Flügeln, an denen sie die Blutadern sehen konnte, näherte sich ihr mit einem Schwert. Die Gestalten sangen, kreischten, lachten wie ein Teufelsorchester. Das Wesen kam immer näher, hob sein Schwert, stieß es ihr zwischen die Beine. Julia wollte schreien, brachte aber keinen Ton heraus.

Sie erwachte, spürte einen Schmerz zwischen den Schenkeln. Der Novemberwind rüttelte am Ziegenleder, das vor dem Fenster der Zelle hing. Es musste früh am Morgen sein. Julia versuchte, den Traum zu vergessen. Wie kam es, dass sie so etwas träumte? Ihre Ängste waren noch nicht besiegt, sie war weiterhin in Gefahr. Aber die Tage vergingen hier so gleichförmig, dass sie es kaum aushielt. Sie wollte raus, wollte weiter. Julia hatte keine Lust, aus dem Fenster zu sehen, wie sie es sonst immer tat, denn jeden Tag bot sich ihr das gleiche Bild: Die angrenzenden Häuser, die eng beieinander standen mit ihrem abbröckelnden Putz, Kinder, die auf der Gasse spielten, Hausfrauen und Handwerker, vielleicht noch ein Esel, der von seinem Herrn vergessen worden war und aus Leibeskräften schrie. Das Schnattern von Gänsen ertönte. Jetzt war Julias Neugierde geweckt. Sie schob das dünn gewalkte Leder beiseite und spähte hinaus. Ein schmutziges Mädchen mit zerlumptem Rock, das seine Füße gegen die Kälte mit weiteren Lumpen umwickelt hatte, trieb eine Schar Gänse vor sich her. Ach, wir haben ja Martini, dachte Julia. Dann wird es heute wohl

Gänsebraten im Kloster geben. Aber sie hatte keinen Appetit. Die Bücher, die sie interessiert hatten, waren ausgelesen, sie wusste nicht mehr, womit sie ihre Zeit ausfüllen sollte. Noch einmal schaute sie hinaus. Der Sturm trieb schwarze Wolken über den Himmel und zerrte an den letzten Birkenblättern.

„Julia, mein Kind", ertönte eine wohlbekannte Stimme hinter ihr. Sie fuhr herum. Der Bischof war unbemerkt ins Zimmer getreten.

„Ich bin gekommen, dir ein wenig Gesellschaft zu leisten", sagte er. „Diese Zeit ist gar zu trüb, da werden die heitersten Gemüter von Melancholie ergriffen."

„Es freut mich, dass Ihr da seid, Vater. Wie lang wird meine Gefangenschaft wohl noch dauern?"

„Du kannst dich im Haus frei bewegen, Kind, und es mangelt dir an nichts. Du solltest das Schicksal nicht herausfordern", sagte der Bischof und fuhr fort: „In Sulz wurden Kinder der Hexerei überführt, dieselben, die den Schäfer Hans denunziert haben. Alle meine Einwände haben nichts gefruchtet!"

Julia spürte Zorn in sich aufsteigen. Gerade erst hatten sie einen Krieg überstanden, und schon wieder maßten sie sich an, den Weltenrichter zu spielen.

„Werden die Leute denn niemals klug?", schimpfte sie.

„Man muss ihnen inneren Widerstand entgegensetzen", sagte der Bischof. „Nur so wird dieses Treiben ein Ende finden."

„Margarethe Sütterlin haben sie auch nicht verbrannt", erinnerte sich Julia. „Weil sie nicht gestanden hat", antwortete Bischof Veigel.

„Wisst Ihr, dass sie die Mutter des Baders Gunther ist?"

„Ja, das hat sich herumgesprochen", meinte Bischof Veigel. „Da wir schon bei den Müttern sind. Du wolltest doch wissen, wer deine Mutter ist?"

Julia stockte fast der Atem. War der Bischof gekommen, um ihr das hier und jetzt zu offenbaren?

„Ganz dringend will ich das wissen", sagte sie. „Und nun, nachdem ich durch meine Reise geläutert bin, kann ich es auch besser verkraften."

„Nun", der Bischof setzte sich auf einen Stuhl. „Vor langer Zeit, länger als siebzehn Jahre ist's jetzt her, und ich war ein junger

Bursche, der gerade frisch von der Universität kam, heißblütig und leicht zu entflammen. Mit zwei Frauen hatte ich es zu tun. Es waren zwei Schwestern."

Julia stieg das Blut in den Kopf. Sie krallte die Nägel beider Hände in die Daumenballen.

„Und wie hießen die beiden?"

„Kreszentia und Clarissa."

Julias Herz machte einen Satz, um dann umso schneller weiterzuschlagen.

„Ich habe nie gewusst, dass meine Tante Kreszentia noch eine Schwester hat", sagte sie gepresst.

„Kreszentia und wohl auch dein Vater haben nie von ihr gesprochen, weil sie schon als junges Mädchen in ein Kloster ging."

„Mit seiner Schwester Kreszentia hat sich mein Vater nicht besonders verstanden", sagte Julia schnell. „Und wer von ihnen soll nun meine Mutter sein?", fragte sie.

„Ich kannte die beiden von ihren Beichten und dem bischöflichen Segen in der Kirche her. In einer schwachen Stunde ließ ich mich hinreißen. Kreszentia gestand mir im Beichtstuhl, dass sie sich in mich verliebt habe und eifersüchtig auf ihre Schwester sei, die mich ebenfalls liebe. Clarissa war damals eine sehr schöne Frau, groß gewachsen und mit schwarzen Haaren. Als sie das nächste Mal im Beichtstuhl saß und mir ihre unerfüllbare Liebe gestand, war es um mich geschehen."

Clarissa ihre Mutter? Das weckte keine andere Empfindung bei Julia als Abscheu. Sie wollte es nicht wissen.

„Ich verabredete mich mit ihr noch für den gleichen Abend. Es war warm und der Duft von Heu lag in der Luft. In einem Waldstück, auf einem Bett von Moos und Farnen, gab sie sich mir hin."

Sie musste sich das jetzt bis zum Ende anhören.

„Das Verhältnis blieb nicht ohne Folgen", fuhr der Bischof fort. „Nachdem Clarissa an einem anderen Ort heimlich entbunden hatte, gaben wir das Kind, es war ein Mädchen, der Familie Eitel in Obhut."

„Das war ich." Julia konnte es immer noch nicht glauben. Dann drangen die Worte in ihr Bewusstsein. Die Erkenntnis schmerzte sie zutiefst.

„Warum habt Ihr mich weggegeben?", rief sie. Die Tränen traten ihr in die Augen. „Warum habt Ihr Euch nicht zu mir bekannt?"
„Kein Würdenträger der Kirche kann sich zu einem solchen Kind bekennen", er suchte nach Worten. „Keiner kann sich zu einem nicht legitimen Kind bekennen. Und ein legitimes darf er schon gar nicht haben. Clarissa entwickelte sich zu einer herrschsüchtigen, habgierigen Frau. Sie wollte mich dazu bewegen, dem geistlichen Stand zu entsagen und sie zu heiraten. Nie und nimmer hätte ich dem nachgeben können."
„Ihr wart einfach nur zu feige. In all den Jahren habt Ihr Euch nie bei uns blicken lassen. Wenn ich wenigstens gewusst hätte, wer meine wirklichen Eltern sind!"
„Glaubst du, dass dein Leben dann anders verlaufen wäre? Hast du nicht Geborgenheit und Liebe in dieser Familie erlebt? Gleiches hätte ich dir nie geben können."
„Es ist ja sehr ehrenwert, dass Ihr mich wenigstens in eine gute Familie gegeben habt."
„Das war das Mindeste, was ich tun konnte", antwortete der Bischof.
„Verzeiht, Vater, es hat mich zu tief getroffen. Ich werde schon damit leben können. Eigentlich habt Ihr getan, was Ihr konntet. Und mit dem Vermögen, das Ihr mir ausgesetzt habt, sichert Ihr meine Zukunft."
„Darum, und nur darum geht es, Julia. Es ist mein kläglicher Versuch, auch nur ein wenig von dem wieder gut zu machen, was ich damals angerichtet habe."
„Und warum musste Kreszentia sterben?", fragte sie.
„Das weiß ich nicht. Gottes Wege sind unergründlich. Möglicherweise hat der Hass ihr Blut so vergiftet, dass sie daran zugrunde ging. Sie hat nie geheiratet, und ich bin mir sicher, dass ihre Liebe zu mir nie nachgelassen hat."
„Warum habt Ihr Clarissa genommen und nicht ihre Schwester?"
„Kreszentia entsprach so gar nicht den Vorstellungen, die ich von einer Frau hatte."
„Kann es nicht sein, dass bei Kreszentias Tod jemand nachgeholfen hat?", fragte sie.
„Unmöglich ist es nicht. Ich habe Kreszentia nicht nur einmal

sagen hören, dass sie ihrer Schwester den Tod wünsche. Später verschaffte ich Clarissa die Stelle der Äbtissin in Bischofsbronn, während Kreszentia von ihren Gnaden lebte. Erst vor kurzem bemerkte ich, dass Clarissa auf Abwege geriet."

„Ich glaube aber, dass sie sich nicht daran gehalten hat. Zusammen mit Nursia habe ich das alchimistische Labor neben der Küche und die Stube im alten Turm entdeckt. Dort fand ich auch das Blatt mit Eurer Handschrift."

„Ich habe Clarissa vertraut", sagte der Bischof müde. Seine Augenbrauen flatterten leicht, die Lider senkten sich, als horche er in sich hinein. „Das Testament hatte ich ihr zur treuen Verwahrung gegeben. Sie aber muss wohl mit dem Bader gemeinsame Sache gemacht haben."

„Das hat sie!", rief Julia. „Und mit meiner Tante Kreszentia auch. Ich habe in jener Stube den Geißenschädel gesehen, mit dem man mich im Garten meiner Tante erschreckt hatte. Sie haben alle drei versucht, mich verrückt zu machen!"

„Um dann das Vermögen einzukassieren", folgerte der Bischof.

„Dank Nursia habe ich überlebt", sagte Julia und schauderte beim Gedanken an die Gefahr, in der sie sich befunden hatte. „Später hat er mich entführt und nach Staufen gebracht, nachdem er mir einen Trank einflößte." Sie ging auf ihren Vater zu. Der Bischof schloss sie in die Arme.

„Du hast eine Menge durchmachen müssen, mein Kind. Doch jetzt kann dir nichts mehr passieren."

„Gunther hat uns bis nach Basel verfolgt und dem Arzt Paracelsus sein Rezept gestohlen. Als Wolfram, die beiden Ritter und ich den Heimweg antraten, ist er uns weiter gefolgt."

„Wer ist Wolfram, und wer sind die beiden Ritter?", fragte der Bischof.

„Der Stadtschreiber, der bei meinem Prozess federführend war. Die Ritter waren unsere Eskorte von Hohengeroldseck, wo Wolfram sie kennengelernt hatte."

„Liebst du diesen Wolfram?"

Julia wurde rot.

„Dann werde ich euch den Segen geben. Um den Bader tut es mir Leid. Er hat mir das Leben gerettet, als ich mit dem Englischen

Schweiß darnieder lag. Doch er ist verblendet. Der Teufel hat ihm eingeredet, er sei der Auserwählte, und da hat Gunther auch Anspruch auf dich erhoben."

„Auf jeden Fall sind sie alle hinter dem Vermögen her, dass Ihr mir im Fall einer Heirat zugedacht habt."

„Ich wollte dich damit absichern, wie du selbst erkannt hast. Ob dein zukünftiger Mann nun von adligem Stand ist oder nicht, soll nicht von Belang sein."

„Für mich auch nicht. Ich glaube allerdings, dass mir sowohl Kreszentia als auch Clarissa deswegen nach dem Leben trachteten", sagte Julia.

„Im Fall deines Todes wäre alles ihnen oder vielmehr dem Kloster zugefallen", sagte der Bischof mit sorgenvollem Blick. Er konnte nicht glauben, was er mit seinem Vermächtnis angerichtet hatte.

Julia dachte nach. Wenn die beiden Schwestern ihr nach dem Leben getrachtet hatten, warum konnte nicht zumindest eine von ihnen auch hinter der Anklage als Hexe stecken? Sie musste das ihrem Vater, dem Bischof mitteilen.

„Vater, Clarissa muss mich auch als Hexe denunziert haben, um das Geld, das Schloss und die Ländereien zu bekommen. Nachdem schon der Schäfer mich unter der Folter besagt hatte. Sie ist der einzige Mensch nach dem Tod meiner Tante, der ein Interesse an meiner Verurteilung und Verbrennung haben konnte."

„Warum hast du dich mir nicht viel früher anvertraut?", wollte ihr Vater wissen.

„Ich wusste nicht mehr, wem ich noch trauen konnte. Und Ihr wart ja nicht da. Wäret Ihr schon am Anfang des Prozesses aufgetaucht, hätte dieser bestimmt eine ganz andere Wendung genommen."

„Ich will mich nicht damit entschuldigen, dass die Krankheit noch lange an mir gezehrt hat. Es ist unentschuldbar: Ich war einfach zu feige, mich öffentlich zu meinem Fehltritt zu bekennen."

Julia schloss ihn in die Arme.

„Ich verzeihe Euch. Und ich hoffe, dass nichts Schlimmes mehr passiert."

„Doch, es ist etwas Schlimmes geschehen. Ein Reisiger, der aus Schramberg im Schwarzwald kam, berichtete über den grausigen Fund einer Leiche. Ein Forellenfischer hat einen toten Mann gefunden, der als Gerold von Sterneck erklärt wurde. Sein Schädel war zertrümmert, der Körper über und über mit Wunden bedeckt."

Julia fuhr zusammen. Konnte das wahr sein?

„Das war der Mann, dem mein Vater angeblich meine Hand versprochen hat. Wir haben ihn in Basel in Begleitung von Gunther gesehen. Wahrscheinlich hat er sich seiner entledigt, um alles für sich allein zu haben, auch den Stein."

„Welchen Stein?"

„Den Stein der Weisen."

„Ich kenne die Geschichte von diesem Stein, aber ich glaube nicht an seine Existenz", sagte der Bischof.

„Das ist auch nicht mehr wichtig", sagte Julia. „Wichtig ist es, den beiden das Handwerk zu legen, bevor noch mehr Menschen zu Schaden kommen."

„Ich werde eine Anzeige gegen sie aufgeben – und es im bischöflichen Rat erörtern", antwortete der Bischof.

„Das nützt nichts – wir haben doch nichts gegen sie in der Hand."

„Julia, ich bitte dich, nichts Unüberlegtes zu tun. Es könnte sein, dass meine Hand dich einmal nicht mehr schützen kann."

„Ich danke Euch für Eure Offenheit, Vater."

Die Glocke läutete zum Mittagsgebet, und der Bischof verabschiedete sich von Julia. Gedankenverloren schritt sie durch die langen Gänge, in denen es nach Gänsebraten roch, zur Hauskapelle, um mit den anderen Nonnen zu singen, zu beten und einen Text des Heiligen Benedikt zu hören.

Den Rest des Tages verbrachte sie in höchster Unruhe, nicht nur wegen der Enthüllungen des Bischofs, sondern auch wegen der Dinge, die sie gemeinsam herausgefunden hatten.

29

Gleich nach der Morgenhore packte Julia ihre Ersatzkleidung zusammen, ein weißes Skapulier, eine Tunika und ihren schwarzen Mantel. Auf der Strohmatratze ihrer Zelle wartete sie, bis sie die raschelnden Schritte der Nonnen hörte, die an ihre Arbeit gingen. Sie zog den Mantel fest um sich und huschte aus der Zelle hinaus. Es war niemand zu sehen. Quietschend öffnete sich das kleine Nebentor, durch das sie unbemerkt ins Freie gelangte. Wind und Regen schlugen ihr entgegen. Julia machte sich auf den Weg in Richtung Marktplatz. Nur nicht zu schnell gehen, nur nicht auffallen. Der Wind war stärker geworden, er peitschte ihr die harten Tropfen ins Gesicht. Bald war sie bis auf die Haut durchnässt. Sie ging am Rathaus vorüber und warf einen Blick auf den Platz. Die Menschen schauten unglücklich aus ihren Kapuzen heraus, sie wirkten verfroren und hungrig. Satt wurden nur die wohlhabenden Bürger. Am unteren Ende des Platzes saß wartend ein Kesselflicker auf seinem Wagen. Das Pferd war angeschirrt und fraß aus einem Haferbeutel, den er ihm um den Hals gehängt hatte. Dass er dem fahrenden Volk angehörte, sah man ihm an, und er war genauso durchnässt wie Julia und die anderen Marktbesucher. Über den Karren war eine Plane aus verwittertem Leder gespannt, unter der eine Frau und zwei Kinder saßen. Sie hatten wie der Kesselflicker schwarze, strähnige Haare, glutvolle, dunkle Augen und eine braune Haut. Ihre Kleidung bestand aus Gewändern, die mit bunten Tuchflecken vernäht waren. Vor dem Mann stapelten sich Töpfe und Pfannen, deren Löcher er mit einem glühenden Eisenstab verlötete. Julia stand eine Weile da und schaute ihm zu. Jetzt nahm der Mann einen Kupferkessel und dickte seinen Boden ein. Unter der Plane schauten auch andere Gerätschaften hervor wie Siebe, Schöpfkellen und Mausefallen.

„Was steht Ihr da und gafft?", herrschte der Mann sie an.

„Gibt's in Eurem Kloster nichts zu schaffen?"

„Ich wollte fragen, wohin Ihr nach dem Aufenthalt in dieser Stadt reist", sagte Julia und bemühte sich, ihrer Stimme einen unbefangenen Ton zu geben.

„Wollt Ihr mit uns reisen? Das kostet aber eine hübsche Stange Geld."

„Ich habe Geld. Wohin fahrt Ihr nun?"

„Wohin fahren wir, Frau?", fragte der Kesselflicker seine Frau.

„Wir fahren nach Tübingen", versetzte die Frau mit brüchiger Stimme.

„Dorthin möchte ich auch. Nehmt Ihr mich mit?", fragte Julia.

„Einverstanden." Der Kesselflicker hielt ihr seine schwielige Pranke hin. Julia schlug ein. Nach kaum einer halben Stunde rief der Kesselflicker Julia herbei.

„Ich bin jetzt fertig, wir können gleich losfahren", sagte der Mann, sammelte seinen Lohn bei den Hausfrauen ein, die den Wagen Hauben bewehrt und trotz des Regens schwatzend umstanden hatten. Der Kesselflicker setzte sich auf den Bock, Julia stieg in den Wagen, wo sie es sich zwischen dem Gerät, der Mutter und den Kindern so bequem wie möglich machte, und los ging die Fahrt. Julia nahm Abschied von den alten Häusern und Gassen, die sie in der letzten Zeit so oft durchstreift hatte, bis zu dem Zeitpunkt, an dem sie befürchtete, erkannt zu werden. Als sie das Stadttor hinter sich gelassen hatten, fuhren sie ein Tal entlang, dessen Konturen im Regen gelblich verschwammen. Julia war froh, wenigstens ein bescheidenes Dach über dem Kopf zu haben. In den Dörfern ließ sich niemand blicken, so dass der Kesselflicker schimpfend weiterfuhr. Die Frau erzählte von den Entbehrungen ihres Lebens, die Kinder schauten Julia mit großen Augen an, sprachen aber kein Wort. Einmal sah Julia eine Berglandschaft mit Wacholderheiden, und sie erinnerte sich an die Heide bei ihrem Elternhaus. Ein völlig durchweichter Schäfer stand neben seinen triefenden Schafen, während ein räudiger Hund die Herde umkreiste. Der Schönbuch mit seinen kahlen Buchen war menschenleer. Sie kamen am Kloster Bebenhausen vorbei, dessen Klosterkirche schon von weitem zu sehen war. Es wirkte wie ein in sich gegossenes, burgähnliches Bauwerk. Die Klöster geben uns Geborgenheit, dachte Julia, sie sind ein Hort der Wissenschaft, der Medizin und des Fortschritts. Aber auch das Gegenteil, denn schließlich waren es zwei Mönche, die den Hexenhammer geschrieben hatten. Und auch in Bischofsbronn ging es mitunter alles andere als heilig zu.

Gegen Abend erreichten sie die Stadt Tübingen. Die Familie des Kesselflickers wollte in die Weingärtnervorstadt, weil sie dort Bekannte hatte. Am Lustnauer Tor wurden sie jedoch aufgehalten. „Wer seid Ihr, Nonne?", fragte der Torwächter.

„Ich bin Augustinerin mit Namen Katherina Stellmacher und will den Schwestern im Tübinger Spital bei der Krankenpflege beistehen." Dieses Sprüchlein hatte sie sich während der Fahrt ausgedacht.

„Hier kommt so allerlei verdächtiges Gesindel herein", sagte der Wächter. „Ich werde Euch erst einmal dem Burgvogt vorstellen, soll der entscheiden, was wir mit einem Weibsbild wie Euch anfangen sollen."

Der Kesselflicker hob bedauernd die Schultern. Julia zahlte ihn aus und folgte dem Wächter in seine Stube. Was würde das wieder für eine Prüfung sein? Der Wächter übergab sie zwei Knechten, die sie in einem rumpelnden Wagen in die Stadt hinein brachten. Es gab hohe, schmale Holzbauten und Häuser aus Stein und mit Fachwerk verziert. In der Innenstadt waren die Wege gepflastert. Steil hinauf ging es zur Burg, die majestätisch über dem Neckartal thronte. Julia spürte keine Angst, sie hatte nur den einen Wunsch: in Ruhe gelassen zu werden. Und so empfand sie es als Erleichterung, dass man sie in einen kleinen Raum im Schloss brachte, der mit Teppichen, einem Pult und einem massiven Bett ausgestattet war. Sie schlief gut und fest in dieser Nacht. Eine Frau weckte sie am nächsten Morgen, die sich als Gattin des Burgvogtes vorstellte. Durch das Fenster fiel ein Sonnenstrahl herein; das wüste Wetter hatte anscheinend ein Ende. Die Frau geleitete Julia in den Speiseraum, in dem der Burgvogt und seine Kinder beim Frühstück saßen.

Es gab Weißbrot, Hirsebrei und gebratene Hühnerbrust. Julia fühlte sich stark an ihre Zeit bei den Eltern erinnert, besonders an den letzten Tag.

„Der Torwächter wusste wohl nicht so recht, was er mit Euch anfangen sollte", sagte der Burgvogt, wischte sich mit einem Leinentaschentuch den Mund ab und trank von seinem Würzwein. Sollte sie sagen, wer sie in Wahrheit war? Etwas in den Augen des Vogtes flößte ihr Vertrauen ein, und auch die übrige Familie wirkte ihr wohlgesonnen. So fasste sie sich ein Herz und berichtete sie, was ihr widerfahren war und in welcher Absicht sie nach Rottenburg reiste. Die Kinder wurden zum Spielen in den Burghof geschickt. Der Vogt und seine Frau hörten ihr zu, ohne sie zu unterbrechen.

„Auch in unserer Stadt gab es Hexenverbrennungen", sagte der Vogt, als Julia zu Ende erzählt hatte. „Und nicht nur Hexen: Auch Juden wurden und werden verfolgt. Luther hat sie verdammt, weil sie sich nicht zum Christentum bekennen wollten. Philipp Melanchton, der hier studierte und lehrte, hatte zwar Bedenken dagegen, aber da er Luthers Freund war – er hat ihn dazu gebracht, die Bibel zu übersetzen – konnte er sich nicht durchsetzen. Wer im Geiste des Humanismus groß geworden ist, wie ich und meine liebe Frau", er blickte sie zärtlich an, „der kann solche mittelalterlichen Schandtaten nicht billigen."

„Wie kommt Ihr zu so einer Auffassung?", fragte Julia. Sie war hellwach, begierig, mehr über die Universitätsstadt Tübingen zu hören.

„Graf Eberhard im Bart war ein Förderer der Künste und der Wissenschaften", sagte der Vogt. „Er hat dafür gesorgt, dass bedeutende Geister in unsere Stadt kommen und lehren. Ich habe Vorlesungen bei berühmten Professoren gehört und habe auch Umgang mit Studenten der Theologie, der Jurisprudenz und der Philosophie."

Julia fühlte sich wohl und heimisch bei diesen Menschen.

„Ich will heute noch weiter nach Rottenburg", sagte sie.

„Wenn Ihr ein, zwei Stündlein wartet, kann ich Euch einem meiner Studenten anvertrauen, der fährt dorthin, um seine Mutter zu besuchen. Wir geben ihm etwas mit auf den Weg."

Um die Wartezeit zu verkürzen, setzte sich Julia draußen auf die Schlossmauer aus dicken Buckelquadern, die steil zur Stadt und zum Fluss hin abfiel. Die Sonne hatte die Steine erwärmt und getrocknet, so dass Julia sich in den Spätsommer zurückversetzt fühlte. Unter ihr lag das Dächermeer der Stadt, aus den Schornsteinen stieg Rauch auf, der Neckar floss silbrig zwischen Weiden und Wiesen dahin. In der Ferne erhob sich die blaue Mauer der Schwäbischen Alb, die sich wie eine lange, sanft geschwungene Kette von Norden nach Süden erstreckte. Eine Sehnsucht nach Weite und Ferne überkam Julia. Vielleicht wurde doch noch alles gut, wenn es noch so kluge und warmherzige Menschen gab. Der Student kam, ein fröhlicher, blonder Bursche mit Scholarenmütze und schwarzem Mantel. Zum Abschied schenkte die Frau Julia einen Korb mit Brot, Äpfeln und Kuchen. Die kleine Kutsche rumpelte die Burgsteige hinunter. Sie erreichten das Weingärtnerviertel, dessen Gassen vor Schmutz starrten. Aber die Menschen wirkten fröhlich. Sie reinigten Fässer, beschnitten die Reben an ihren Häusern oder saßen mit einem Becher Wein auf einer Holzbank vor der Tür. Weiter ging die Fahrt durchs Ammertal. Der holprige Weg folgte dem Lauf des kleinen Flusses. „Das Studentenleben ist herrlich", sagte der junge Mann und lachte über beide Ohren, dass seine Zähne blitzten. „Wenn die Vorlesungen vorbei sind, treffen wir uns in den Wirtschaften oder unten an der Neckarmauer in Tübingen und lassen es uns gut gehen. Dabei wird dann viel geredet, über die Weiber, die Politik, aber auch über Melanchton, Erasmus von Rotterdam, Machiavelli, Luther und Zwingli."

Schade, dass mir das verwehrt ist, dachte Julia. Die Zeit verging ihr wie im Flug. In Wurmlingen hielt der Student an, um etwas bei seiner Tante abzugeben. Schon kamen die Mauern von Rottenburg in Sicht. Vergnügt verabschiedete sich der Student von ihr und rollte mit seinem Gefährt weiter in die Stadt hinein. Julia setzte sich auf eine Bank im Schatten des Marktbrunnens. Sie brauchte nicht lange zu warten. Wolfram trat in Begleitung eines Mannes aus dem Rathaus. Die beiden sprachen noch eine Weile miteinander, dann ging der andere seines Weges. Julia stand auf. In diesem Moment hatte Wolfram auch sie entdeckt. Er stand da wie vom Donner gerührt.

„Bist du es wirklich?", rief er und kam auf sie zu.

„Nein, es ist mein Geist", scherzte sie, und schon war er mit zwei, drei Sprüngen bei ihr, um sie in die Arme zu schließen. Julia hatte das Gefühl, angekommen zu sein.

„Wir müssen vorsichtig sein", meinte er. „Ich hab mir solche Sorgen gemacht. Das Letzte, was ich von dir sah, war dieser grobe

Sack über deinem Kopf. Ich konnte dir nicht helfen, weil sie uns zu sehr in der Zange hatten. Wir kamen kaum dazu, unsere Schwerter zu gebrauchen, schon hatten sie uns überwältigt! Später haben sie uns wieder freigelassen, ohne sich zu erkennen zu geben."

„Gott sei Dank ist es ohne Blutvergießen abgegangen!", erwiderte Julia. „Ich wusste zunächst auch nicht, wer das war."

„Sind es keine Räuber gewesen? Oder diese verdammten Büttel aus Sulz?", fragte Wolfram.

„Nein", sie senkte die Stimme, „es war der Bischof höchst selbst, der das veranlasst hatte. Sie brachten mich in ein Kloster in Weil der Stadt, in dem ich bleiben musste und mich fast zu Tode gelangweilt habe."

„Ein wahrlich kluger Schachzug von unserem Bischof", bemerkte Wolfram trocken.

„Dann hat er mir offenbart, dass nicht nur er mein Vater, sondern auch noch, dass Clarissa meine Mutter ist", fuhr Julia nicht ohne innere Erregung fort.

„Das kann ich nicht glauben."

Die beiden setzten sich in Bewegung. Julia berichtete, was sie in dem Gespräch mit dem Bischof erfahren hatte.

„Lass uns weitergehen", bat Julia. Vorbei am alten Spital zum heiligen Geist erreichten sie die Neckarbrücke. Die Kirche St. Moritz reckte ihren Turm in den Himmel.

„Ich habe von einer Krypta geträumt, in der ein Heiliger begraben lag, der heilige Mauritius. Dort befand sich der Stein der Weisen."

„Und wie sah er aus?"

„Wie ein kleiner Rubin."

„Gibst du etwas auf Träume?"

„Sie haben mich schon einmal auf eine Fährte gebracht – im Kloster Bischofsbronn."

„Jetzt komm erst einmal ins Haus meines Onkels", meinte er. „Die Familie hat sich schon Sorgen um dich gemacht."

Der Empfang war herzlich. Julia musste alles erzählen, was ihr in der Zwischenzeit passiert war. Von den Ereignissen, die sie nun wieder nach Rottenburg geführt hatten, schwieg sie allerdings.

„Ihr könnt beide nicht länger hierbleiben", entschied der Onkel.

„So gern ich euch beherbergen täte."

„Auf dem Markt schwätzen schon die Weiber über Wolfram", berichtete seine Frau.

„Lass uns jetzt schlafen gehen, damit wir noch vor Morgengrauen aufbrechen können."

Wolfram stieg die Treppe hinauf, um seine Sachen zu packen. Julia folgte ihm. Die anderen Familienmitglieder wünschten eine gute Nacht und für den nächsten Tag eine gute Reise.

Julia saß in dem Zimmer, das sie so gut kannte. War ihre Flucht übertrieben gewesen? Hatte sie zu eigenmächtig gehandelt? Manchmal müssen Menschen ihren Eingebungen einfach folgen, glaubte sie, nur dann könnte sich in dieser Welt etwas zum Besseren verändern. Es klopfte an der Tür. Wolfram schob sich ins Zimmer. Wie vertraut er ihr war!

„Haben wir nicht noch etwas vergessen?", fragte er.

„Ja, das, was uns die ganze Zeit so umgetrieben hat. Wir wollten den Stein finden."

„Müssen wir nicht noch etwas anderes finden?"

„Was denn?"

„Zueinander. Als Mann und Frau."

Er kam nahe zu ihr heran. Sie sah einen Schimmer in seinen Augen und ließ es zu, dass er sie an sich zog und die Stelle hinter einem ihrer Ohren küsste. Julias Beine begannen nachzugeben. Er führte sie langsam zu ihrem Bett, legte sich neben sie und begann sie zu streicheln. Sie spürte, dass er ihren Rock hochschob. Sein Atem ging schneller, er vermischte sich mit ihrem eigenen. Wieder und wieder küsste er sie, bis sie sich weich und ganz offen fühlte. Als er in sie eindrang, fühlte sie sich eins mit ihm und der Welt.

Julia fuhr auf. Wie lange mochte sie geschlafen haben? Sie hörte Wolframs gleichmäßige Atemzüge neben sich. Vorsichtig löste sie sich aus seinen Armen und stand auf. Es war so kalt in der Kammer, dass sie ihren Atem wie Dampf vor sich stehen sah. Wolfram war wach geworden. Sie trat ans Bett, tastete nach seinen Händen.

„Liebste Julia", sagte er. „was hast du vor?"

„Ich möchte heute Nacht noch in die Moritzkirche."

„Bist du verrückt? Das ist viel zu gefährlich!", sagte Wolfram.

„Ja, ich bin verrückt", lachte sie.

„Ich glaube, du willst dich zerstören. Aber ich bin nicht bereit, dir auf diesem Weg zu folgen."

„Dann gehe ich eben alleine."

„Das werde ich nicht zulassen!"

Julia merkte, wie ihr wieder das Blut in den Kopf stieg.

„Du wirst mich nicht halten können. Ich habe es satt, mich verstecken zu müssen! Immer vorsichtig sein, jeden Tag, zu jeder Stunde. Was wir gerade miteinander getan haben, hätte nicht sein dürfen."

„Julia, wir sind jetzt Mann und Frau." Mit einem Satz sprang er aus dem Bett. Er nahm sie bei den Handgelenken.

„Du tust mir weh", rief sie.

„Ich müsste dir noch viel mehr weh tun, ich müsste dich schütteln, damit du endlich begreifst. Nichts lässt sich erzwingen. Gegen die Menschen kommen wir nicht an."

„Es ist feige, wegzulaufen. Man muss dem Übel ins Auge sehen, den Teufel bei den Hörnern packen. Nur dann kann man von sich sagen, man hätte alles probiert", schrie Julia ihn an.

„Schrei nicht so laut, man könnte uns hören", versuchte Wolfram, sie zu beruhigen.

„Ach, geht es jetzt wieder um die anderen? Könnte deine Anstellung gefährdet sein? Aber das ist sie ja sowieso, weil du mit einer wie mir angebandelt hast. Und jetzt hast du auch noch mit mir gebuhlt. Hast du keine Angst, dass der Teufel in dich gefahren sein könnte?"

Sie spürte einen Luftzug, sah die Hand auf sich zukommen. Er schlug ihr hart auf die Wangen, rechts und links. Es brannte stark. Tränen schossen ihr in die Augen.

„Das war das letzte Mal, dass du so etwas getan hast", sagte sie leise, wandte sich um und lief zur Tür hinaus. Blind vor Tränen stolperte sie die Treppe hinunter.

30

Über das Kloster Bischofsbronn war die Nacht herabgesunken. Bevor Nursia sich in ihre Zelle begab, trat sie für einen Moment hinaus in den Garten. Der Mond stand wie eine riesige, rötliche Scheibe über den Gemäuern. Ihr Blick schweifte hinüber zum Turm. Das erste Mal seit Langem brannte dort wieder Licht. Sie erinnerte sich an den Tag, als sie mit Julia die Treppe hinaufgegangen war und diese in einer Truhe die Handschrift gefunden hatte. Wo mochte Julia sein? Nursia dachte oft an sie und betete immer wieder darum, dass es ihr gut gehe. Dieses Licht musste etwas zu bedeuten haben. Sie wickelte ihren Mantel fester um sich, holte einen kleinen Schlüssel aus der Tasche und schlüpfte durch eine Pforte in der Klostermauer. Ein eigentümliches Gefühl überkam sie, als wäre sie der Lösung aller Rätsel sehr nahe. Die Tür des Turmes war angelehnt. Nursia schlich die Treppe hinauf, vorsichtig Fuß vor Fuß setzend. Durch die geschlossene Tür hörte sie Stimmen, eine männliche und eine weibliche. Die zweite war die der Äbtissin.

„Ich weiß, wo sie sich befindet", sagte der Mann. Meinte er etwa Julia?.

„Ein Kesselflicker hat es mir erzählt, der hat sie auf seinem Wagen mitgenommen. Sie ist aus dem Nonnenkloster in Weil der Stadt entwichen und dürfte sich jetzt in Rottenburg aufhalten, zusammen mit diesem schmierigen Schreiber." Oh Gott, er meinte Wolfram!

„Wie konntest du sie nur so lange frei herumlaufen lassen?", fragte Clarissa.

„Dafür hatte ich meine Gründe. Steck deine Nase nicht immer in Angelegenheiten, die dich nichts angehen."

„Mich nichts angehen?", keifte sie. „Habe ich dir nicht Küche und Turm des Klosters für deine Experimente zur Verfügung gestellt? Hast du nicht alles, was du erreicht hast, mir zu verdanken?"

„Ich bin kurz vor der Vollendung meiner Pläne. Und es ist alles aufgegangen, das muss ich sagen."

„Du sprichst in Rätseln", sagte Clarissa mit einem galligen Unterton.

„Bevor ich dir meine Entdeckungen enthülle – hast du die Tür unten abgeschlossen?", fragte er dagegen.

„Nein, ich hab's vergessen."

„Dann sieh nach und mach es, törichtes Weib."

Nursias Herz begann wild zu klopfen. Sie drückte sich an die Wand.

„Das ist nun der Dank dafür, dass ich dir geholfen habe", plärrte Clarissa. „Habe ich dir nicht eine Quecksilberessenz auf dein Gemächt gerieben, um die Krankheit zu heilen?"

„Verzeih mir, diese Krankheit hat mir doch sehr zu schaffen gemacht. Auch das Laudanum kann meine Beschwerden jetzt nicht mehr lindern. Ich werde noch verrückt!"

Am Schlurfen von Füßen auf dem Boden hörte Nursia, dass Clarissa sich der Tür näherte. Sie drückte sich noch enger an die Wand. Mit einer Öllampe in der Hand ging die Äbtissin an ihr vorbei und die Treppe hinunter. Nursia stand hinter der Tür verborgen. Sie war in eine Falle geraten. Kurze Zeit darauf kehrte Clarissa zurück und ließ die Tür angelehnt.

„Nun, ich bin bereit, von deinen Fortschritten zu hören", sagte die Äbtissin.

„Von den Arabern habe ich es gelernt", sagte der Mann. „Sie bevorzugten das Quecksilber, um die Materie, die niederen Metalle, zu verwandeln. Ist es nicht gleichzeitig warm und kalt, trocken und feucht? Es ist weder fest noch flüssig, dafür ätzend und flüchtig."

„Willst du damit eine Anspielung machen?"

„Du meinst, auf Kreszentia? Ich bin froh, dass du dieses Giftstück von einem Weib aus der Welt geschafft hast."

„Du wusstest davon!"

„Aber du hast es getan. Warum sollte das jemals herauskommen? Jetzt reiß dich zusammen und folge meinen Worten."

„Ja, mein Gebieter", sagte sie.

Nursia erschauerte. In was für einem Verhältnis stand die Äbtissin zu diesem Mann?

Der Alchimist fuhr fort: „Den ‚weißen Stein', das kleine Werk, habe ich schon vollbracht. Damit kann ich gewöhnliche Metalle in Silber verwandeln." Seine Augen flackerten wie irre. „Aber das Große Werk verlangt noch ein bis zwei Stufen mehr, die Gelbfärbung und die Rotfärbung. Dann habe ich ihn, den Stein der Weisen, in Form eines roten Pulvers, das nur noch fixiert zu werden braucht!" Bei den letzten Worten war er immer lauter geworden.

„Gunther, mäßige dich! Du machst mir Angst!", gab die Äbtissin in leiserem Ton zurück. „Und was hat Julia damit zu tun?"

„Ich weiß, du wärest sie am liebsten los, aber nur sie kann mir den Stein verschaffen, den ich zur Rotfärbung brauche. Warte nur, sie wird bald hier sein."

„Du meinst, bei unserer großen Versammlung?"

„Genau da."

„Dann werde ich wohl endlich ans Ziel meiner Wünsche kommen."

„Das wirst du, Clarissa, bestimmt wirst du das."

Nursia hörte Stühle rücken. Es war soweit. Beim Gedanken, dass die beiden die Tür hinter sich abschließen würden, wurde ihr unheimlich zumute. Wie sollte sie dann aus diesem Turm herauskommen? Und vor allem: Wie sollte sie Julia und Wolfram warnen? Den beiden drohte Übles. Clarissa und ihr Besucher gingen mit einer Öllampe an ihr vorüber; zum Glück ließen sie die Tür zum Turmzimmer offen. Nachdem sie die Treppe hinuntergegangen waren, huschte Nursia in den Raum und wartete, bis ihr Atem wieder ruhiger ging. Sie saß in völliger Dunkelheit.

31

Julia hetzte durch die dunklen Straßen Rottenburgs. Ihr war es gleichgültig, was die wenigen Leute, die noch unterwegs waren, von ihr dachten. Ein Nachtwächter hob erstaunt seine Laterne, doch sie war schon um die nächste Ecke in eine Gasse gelaufen. „Heda", rief er ihr nach, aber sie blieb nicht stehen. Glücklicherweise hatte sie daran gedacht, einen Kienspan mitzunehmen. Nach dem Überqueren der Brücke kam sie zum Stehen, zündete ihn an einer Kohlenpfanne an. Da war die Kirche, ein dunkler, massiger Klotz. Natürlich waren alle Türen fest verschlossen. Die Glocken fingen an zu dröhnen. Julia schreckte zusammen. Einmal, zweimal, dreimal, viermal ... zwölfmal. Sie erinnerte sich an das Fenster, durch das sie zusammen mit Wolfram ausgestiegen war. Dort konnte sie vielleicht auch wieder hineinkommen. Sie ging an der Kirche entlang bis zur Sakristei. Das Fenster lag zu hoch oben. Julia schaute sich um, leuchtete die Umgebung ab. In den Häusern brannten keine Lichter mehr. In einer Ecke war sauber ein Stapel Holz aufgeschichtet. Wenn sie so einen dicken Klotz an die Mauer lehnte, dann konnte sie vielleicht das Fenster erreichen. Sie sah sich suchend nach einem Stein um. Schade um die schönen Fensterbilder. Sie holte aus, zielte und warf. Glas splitterte und fiel in einem Regen auf sie herab. Mit dem Holzklotz konnte sie sich am Fenstersims hochziehen. Sie zog es auf und rutschte langsam, unter Schmerzen wegen der Glassplitter, hinein in den Raum. Dabei achtete sie darauf, das Licht des Kienspans nicht verlöschen zu lassen. In der Sakristei stand alles noch so da, wie sie es in Erinnerung hatte. Wie lange war das her gewesen? Zehn Jahre, hundert Jahre? Julia nahm allen Mut zusammen und stieß die Tür zum Kirchenschiff auf. Dieselben Säulen mit den teppichartigen Ornamenten, dieselben Fresken und Heiligenstatuen. Ein Gefühl der Frömmigkeit ergriff sie. Was würde sie hier finden? In ihrem Traum gab es eine Krypta. Sie begann, das Schiff danach abzusuchen, schaute hinter den Altar, neben die Beichtstühle, heftete ihren Blick auf jede Fliese des Bodens. Es war keine Krypta zu sehen. War alles umsonst gewesen? Gab es den Stein der Weisen überhaupt nicht oder existierte er nur in den Köpfen von ein paar verrückten Alchimisten? Ihr Blick fiel auf eine Grabtafel des Stifters der Kirche, einem Graf von Hohenberg mit Tiara und Bischofsstab. Sie tastete mit den Fingern an den Rändern der Platte entlang, fuhr in jede Erhebung und Vertiefung des Steins hinein. Wenn hier wirklich ein Heiliger begraben lag, könnte doch dieser Bischof das veranlasst haben. Sie hielt eine Seite der Platte fest, sie ließ sich mühelos beiseite rücken. Eine muffige Kälte drang aus dem Raum dahinter. Julia hob den Kienspan und leuchtete in die Vertiefung hinein. Richtig, da standen die Sarkophage, schwere Steinsärge mit Kreuzen und Ranken verziert. Die Verblichenen hatte man lebensgroß in Stein gemeißelt, sie hielten die ewige Wache. Wie alt mochten diese Behältnisse sein? Vierhundert, fünfhundert Jahre? Und welcher war der Richtige? Ein Geräusch hinter ihr ließ sie herumfahren. Da stand eine dunkle Gestalt. Ihr Herz begann wie rasend zu klopfen. Sie wandte sie sich zur Flucht.

„Aber mein Mädchen, wer wird denn so schnell verschwinden wollen", tönte eine Stimme. Es war die von Wolfram.

Sie stieß einen Seufzer der Erleichterung aus.

„Julia, ich möchte dich um Verzeihung bitten, dass ich so grob zu dir war. Ich glaubte, dich nicht anders zur Vernunft bringen zu können. Aber wie ich sehe, bist du fündig geworden."

„Gott sei Dank, dass du da bist! Es tut mir leid, ich wollte nicht so aus der Haut fahren. Ich weiß auch nicht, was mit mir los ist. Vielleicht hat das alles bald ein gutes Ende. Komm her, du kannst mir helfen, den Deckel des Sarkophags zu öffnen."

„Du meinst, ich werde dir bei deinem frevlerischen Tun auch noch behilflich sein? Na, dann lass mich deine Entdeckung sehen."

Julia klemmte den brennenden Span in eine Mauernische. Wolfram folgte ihr in die Höhlung.

„Du blutest ja", sagte er besorgt.

„Das ist meine Strafe für die Verrücktheit, mit der ich an diese Sache herangehe."

„Welcher von den Dreien ist es?", fragte er.

„Die Namen müssten irgendwo eingemeißelt sein."

Wolfram bückte sich und las die Namen, die an der Frontseite der Särge eingeritzt waren.

„Antonius, Albertus, Mauritius. Das muss er sein!"

Aus dem Steinsarg war die Figur des Heiligen herausgehauen. Sein Gesicht war schwarz. Gemeinsam versuchten sie, den schweren Deckel beiseite zu rücken. Es knirschte ein wenig, aber er bewegte sich keinen Zentimeter. Noch einmal schoben sie mit allen Kräften. Nichts.

Beim nächsten Versuch bewegte sich der Deckel dann doch. Mit einem gewaltigen Krachen fiel er zu Boden. Erschrocken hielten sie inne. Nichts geschah. Nachdem sie eine Weile gewartet, hatten, nahm Wolfram das Licht und leuchtete in den Sarkophag hinein. Ein Skelett lag darin, wie Julia es erwartet, wie sie es im Traum gesehen hatte. Es roch ein wenig süßlich, trocken, wie tausend Jahre alter Staub. Aber sonst befand sich nichts in dem Sarg.

„Das hätte ich dir gleich sagen können", meinte Wolfram und verzog seinen Mund zu einem Grinsen.

„Ehrlich gesagt, habe ich auch nichts erwartet", entgegnete Julia. „Irgendwie haben die Reden des Baders Gunther mich verzaubert, glaube ich. Aber jetzt bin ich frei davon."

„Man soll eben auf Träume nichts geben."

„Gut, dass du gekommen bist", sagte Julia. „Wer weiß, was mir hier noch hätte zustoßen können!"

„Jetzt aber nichts wie raus hier", sagte er. Mit vereinten Kräften schoben sie die Grabplatte wieder über den Sarkophag. Er nahm Julias Hand und führte sie zurück durch die Sakristei zum Fenster. Genau wie damals ließ er sich hinunter, dann half er ihr herab. Ein frischer Wind kam ihnen entgegen. Ungesehen überquerten sie die Brücke. Ein Windstoß trieb die welken Blätter der Bäume um ihre Füße. Der Wind hatte sich schnell zu einem Sturm ausgewachsen. Er fegte durch die krummen Gassen der Stadt, wirbelte Unrat, Sand und Massen von Blättern herum. Julia war froh, als sie das Haus des Onkels erreichten. Wuchtig fiel die schwere Eichentür hinter ihnen ins Schloss.

32

Der Bischof gewährte ihnen am Morgen eine Audienz, obwohl er sehr beschäftigt war, wie der Kirchendiener des Chorherrenstiftes berichtete. Rüdiger Veigel saß auf einem hochlehnigen Lederstuhl. Er hielt ein beschriebenes Stück Papier in der Hand. Mit einer einladenden Handbewegung bot er ihnen einen Platz an. Sein Gesicht war gütig wie sonst, aber Julia bemerkte einen Zug um seinen Mund, der sie stutzig machte. War er ärgerlich über ihr Entweichen aus dem Kloster? Natürlich hatte er allen Grund dazu.

„Ihr habt Glück, dass ihr mich hier noch antrefft", begann er. „Julia, Kind! Über deine Flucht war ich besorgt und verärgert. Warum, meinst du, hatte ich mir die Mühe mit deiner Entführung gemacht? Du hättest es wahrlich verdient gehabt, ergriffen und in den Hexenturm geworfen zu werden!"

„Verzeih mir, Vater, ich handelte in jugendlichem Ungestüm. Ich konnte und wollte einfach nicht länger warten."

„Ich habe dir schon verziehen. Es ist gerade Recht, dass ihr kommt. Heute Abend findet im Kloster Bischofsbronn ein Gottesdienst statt. Der Bader, Gunther Rathfelder, ließ mir die Nachricht überbringen, dass er den Stein der Weisen gefunden hat. Er will während oder nach dieser Versammlung den alchimistischen Verwandlungsprozess vorführen. Zwar habe ich ihn einmal dazu ermuntert, aber ich glaube nicht mehr daran. Soll er seinen Versuch nur durchführen, die Nonnen und die Äbtissin warten schon darauf."

„Was glaubt Ihr, das geschehen wird, Vater?", fragte Julia.

„Ich befürchte Schlimmes. Ihr beiden solltet euch dort nicht blicken lassen. Ihr wisst, wessen man euch verdächtigt."

„Aber der Bader steht doch ebenfalls unter dem Verdacht der Hexerei", sagte Wolfram.

„Solange die Sache unter meiner Schirmherrschaft läuft, wird ihm nichts geschehen. Auch euch beiden wird kein Leid geschehen. Wir wollen die Angelegenheit nur nicht schwieriger machen, als sie schon ist."

„Wir werden auf Eure Rückkehr warten, Euer Exzellenz", sagte Wolfram.

„Damit entlasse ich euch", sagte der Bischof. „Der Frieden des Herrn sei mit euch."

Julia und Wolfram liefen wieder einmal durch die Gassen Rottenburgs und mieden dabei die größeren Plätze, um nicht erkannt zu werden.

„Es wird Zeit, aufzubrechen", sagte Wolfram.

„Ja, es wird Zeit", antwortete Julia.

Ihr Gepäck war schon auf einen Einspänner geladen. Von der Familie ließ sich niemand mehr blicken.

„Wo fahren wir jetzt hin?", wollte Julia wissen.

„Nach Bischofsbronn. Wenn Gunther sein Experiment durchführt, könnten wir es vielleicht heimlich belauschen."

Sie saßen auf, Wolfram ergriff die Zügel. Rumpelnd fuhr der ungefederte Wagen in Richtung Marktplatz.

„Ach herrjeh", rief Wolfram halblaut. „Der Richter! Hoffentlich sieht er uns nicht."

Aber der Richter war schon stehengeblieben und gaffte zu ihnen herüber. Andere wurden aufmerksam, zeigten mit den Fingern auf sie. Wolfram nahm die Peitsche und trieb das Tier an. Sie rasten über den Platz. Kohlköpfe und Äpfel purzelten von den Marktständen, Weiber kreischten, und von fern hörten sie die schrillen Worte des Richters :

„Wolfram Lauterach, so haltet doch an!"

„Haltet sie, es sind Hexen und Zauberer, haltet sie!", scholl es aus vielen Kehlen. Krachend fuhr der Wagen auf das Stadttor zu. Der Torwächter trat ihnen in den Weg. Wir können ihn doch nicht über den Haufen fahren, dachte Julia entsetzt, aber schon fiel der Mann mit einem erstickten Laut zur Seite. Julia drehte sich um, und sah, wie er sich aus dem Dreck erhob und seine Faust hinter ihnen her schüttelte.

„Das mussten wir noch hinter uns bringen", schmunzelte Wolfram, während sie in schneller Fahrt durch das Neckartal fuhren. Wie konnte er so fröhlich sein? Julia schaute auf den bewaldeten Bergrücken, der vorüberzog, sah Gesichter in den Dörfern aufblitzen, die ihnen dumm, dreist, aufmerksam oder gleichmütig entgegenblickten. Es war doch alles ein Possenspiel. Sie begann zu lachen. Wolfram blickte sie erstaunt von der Seite an, doch dann stimmte er ein. Julias Lachen vermischte sich mit dem vorbeipfeifenden Wind, mit den Blättern, die sie umtanzten, mit dem Keckern der Elstern und dem Tschilpen der Spatzen. Die Tränen liefen Julia über die Wangen, so sehr fühlte sie sich befreit von aller Last. Was konnte ihnen jetzt noch geschehen?

Nach einigen Stunden gelangten sie in die Nähe des Klosters. Julia fühlte sich erschöpft, aber gleichzeitig neugierig auf das, was geschehen würde.

Die Halbscheibe des Mondes verbreitete ein diffuses Licht. Die Silhouetten der Berge und einzelner Bäume zeichneten sich klar gegen den Himmel ab. Eine Eule klagte im nahen Wald. Oder war es ein Kauz? Die Dörfer lagen still, dunkel und abweisend in der Ebene. Sie erreichten das Kloster an seiner Nordseite, hielten in gebührender Entfernung an. Julia schaute zum Turm hinüber. Es war alles so fremd und gleichzeitig vertraut. Sie nahm eine Bewegung am Fenster des Turmes wahr. Es sah aus wie ein weißes Tuch, das sich bewegte. Da winkte jemand, vielleicht wollte er ein Zeichen geben. Julia stieg vom Wagen. Während Wolfram das Pferd ausschirrte und an einen Baum band, ging sie etwas steifbeinig zum Turm hinüber. Sie schaute hinauf. Ein Lockenkopf erschien. Das war doch, sie konnte es nicht glauben. Fast hätte Julia aufgeschrien. „Julia", hörte sie Nursia sagen. Sie verstand kaum ihre Worte. „Ich bin seit gestern Nacht hier eingesperrt. Hol den Schlüssel aus dem Raum neben der Küche. Hier hast du einen anderen Schlüssel – geht an der Mauer entlang, bis ihr zu einer kleinen Pforte kommt."

Ein kleiner, silbriger Gegenstand fiel an ihr vorbei auf die Erde. Der Schreck fuhr Julia durch die Glieder. Musste sie hinein – mitten in die Höhle des Löwen?

„Ich hole ihn", gab sie so laut zurück, wie es gerade noch geboten war. Sie rannte zurück zu Wolfram.

„Ich habe eine Bitte an dich", sagte sie atemlos. „Und wenn es der letzte Wunsch wäre, den ich an dich herantrage. Wir müssen Nursia befreien! Der Schlüssel ist im Raum neben der Klosterküche, dem Alchimistenlabor. Und zwar in einem Wandschränkchen, auf dem ein schwarzer Engel mit Schwert abgebildet ist, ein Bartschlüssel aus Eisen. Würdest du die Kleider mit mir tauschen, damit man mich nicht erkennt?"

Er schwieg. Unbeweglich stand er vor ihr, sie konnte seinen Gesichtsausdruck nicht ergründen. Er hob den Kopf.

„Willst du es dir nicht noch einmal überlegen, Julia?", fragte er. Seine Stimme klang belegt. „Du hast so viel Schreckliches erlebt, bist fast vergiftet und dann als Hexe angeklagt worden. Ich kann dich nicht da hineingehen lassen."

Julia schluckte. Sollten sie so kurz vor ihrem Ziel umkehren?

„Wir dürfen jetzt nicht aufgeben, Wolfram!", beschwor sie ihn. „Sind wir den ganzen Weg gegangen, um nun nach Hause zurückzukehren? Wir haben doch überhaupt kein Zuhause! Und was ist mit Nursia?"

„Lass mich für dich gehen, Julia" bat er. „Es ist zu gefährlich für dich."

„Ich habe keine Angst", sagte Julia. „Und es ist wichtig für mich, dass ich gehe."

„Du bist immer noch im Bann dieses Alchimisten", meinte er. Julia hörte ihn tief durchatmen. „Ich habe noch nie in meinem ganzen Leben einen Menschen erlebt, der sich selbst so sehr aufs Spiel setzt", meinte er und griff nach ihrem Arm.

Sie nahm seine Hand und schob sie sachte zurück.

„Ich werde gehen", sagte sie mit fester Stimme.

„Also gut. Ich werde hier auf dich warten."

Julia nahm den Schlüssel, lief an der Mauer entlang. Mit flinken Fingern schloss sie die Tür der kleinen Pforte auf. Den Weg zum Klostergebäude legte sie im Laufschritt zurück, ungeachtet der Gefahr, in der sie sich befand. Sie blieb einen Augenblick stehen, um zu sehen, wie sich die Lage im Kloster gestaltete. In der Küche waren zwei Novizinnen mit dem Abwaschen von Töpfen, Pfannen und Tellern beschäftigt. Sie rieben sie mit Sand ab und spülten sie in einem steinernen Becken. Die Novizinnen achteten nicht auf die Fremde, sie kicherten und scherzten miteinander. Ohne ein Wort zu sagen, holte Julia den Schlüssel aus seinem Versteck, eilte in die

Alchimistenküche und fand schnell den zweiten. Sie rannte durch den Garten zurück zum Turm. Wolfram war nirgends zu sehen. Mit zittrigen Fingern schloss sie wenig später die Tür zum Turm auf. Nursia kam ihr entgegen. Sie liefen zu einer Gruppe von Bäumen.

„Ich habe solche Angst gehabt!", sagte Nursia mit zitternder Stimme. „Wenn der Mann kam, habe ich mich in einer Truhe versteckt und darum gebetet, nicht entdeckt zu werden."

„Was für ein Mann war das?"

„Ich weiß es nicht, aber ich vermute, dieser Alchimist, der Gold machen will. Ich habe sein Gespräch mit Clarissa belauscht."

Bei Nennung dieses Namens zuckte Julia zusammen.

„Ich muss dich warnen", fuhr Nursia fort. „Dieser Mann behauptete, er wüsste, dass ihr beiden kommt. Er brauche dich für sein Experiment. Wo ist denn Wolfram geblieben?"

„Der wollte auf mich warten, aber ich habe ihn nicht mehr gesehen. Woher will dieser Alchimist das wissen?"

„Ich weiß es nicht."

„Wie dem auch sei", meinte Julia. „Ich glaube, wir werden uns auf eine lange Nacht einstellen müssen."

33

Wolfram hatte seinen Platz verlassen, an dem er auf Julia warten wollte, er hielt das Warten nichts aus. In seinem Inneren war er zwiegespalten: Er wollte ihr helfen und sie beschützen, auf der anderen Seite konnte er es nicht mitansehen, wie sie in ihr Unglück lief. Er würde ein wenig herumgehen und sich die Beine vertreten. Nachdem er eine Weile in den Wald hinein gegangen war, ganz in Gedanken versunken, wollte er umkehren. Doch er wusste nicht mehr, wo er sich befand, stolperte im Unterholz herum, geriet immer tiefer in den Wald hinein.

Das Halbrund des Mondes warf nur ein spärliches Licht. Laub knisterte unter seinen Füßen, die Bäume standen stumm beieinander. Den Weg hatte er schon lange verloren. Etwas glänzte vor ihm auf: ein kleiner Teich, dicht verwachsen mit Schilf und Binsen. Er setzte sich auf einen Baumstumpf und blickte auf das Wasser. Ein dünner Nebelstreifen lag über der Oberfläche. Die Kälte kroch durch seinen Mantel hindurch. Es war falsch gewesen, sich von seinem Platz zu entfernen. Es raschelte im Laub, ansonsten war alles still. Wolfram stand auf und versuchte den Weg zurückzugehen, den er gekommen war. Das Gelände war ihm fremd. Wieder irrte er eine Ewigkeit im Wald herum, bis die Bäume allmählich zurückwichen. Sie gaben den Blick frei auf ein welliges Wiesental. In eine Mulde gebettet lag ein Dorf, in dessen Häusern noch einzelne Lichter brannten. Er erreichte die einzige Gastwirtschaft, stieg die Stufen zum Eingang hinauf. Es war ein einfaches, verputztes Gebäude aus Stein. Nur zwei Gäste saßen im Schankraum, Bauern oder Handwerker, ihrer Kleidung nach zu urteilen. Der Wirt saß mit ihnen am Tisch und rauchte eine Pfeife. Die drei blickten Wolfram neugierig entgegen. Wolfram ließ sich auf eine der Bänke fallen. Er hatte zwar den Drang, weiterzugehen, spürte jedoch an der Mattigkeit seiner Beine, dass er eine Rast brauchte. Sofort ließ der Wirt Bier aus einem Fass in einen Krug laufen und stellte ihm das Getränk hin.

„Ich bin in Eile", sagte Wolfram, trank jedoch dankbar aus dem Krug.

„Sagt mir: Was ist das für ein Ort, in dem ich gelandet bin?"

„Markenzimmern, ein Nachbardorf vom Kloster Bischofsbronn", antwortete der Wirt.

„Zu dem Kloster bin ich unterwegs", sagte Wolfram „Ich habe mich im Wald verlaufen."

„Oh, der Herr will heute Abend am Gottesdienst teilnehmen? Da ist aber nicht jeder willkommen. Ich habe gehört, dass selbst der Bischof mit seinem Gefolge anreisen will."

„Das habe ich auch gehört", entgegnete Wolfram. „Wie komme ich dorthin?"

„Der Dorfstraße nach, dann immer geradeaus."

„Was bin ich Euch schuldig?"

„Zwei Kreuzer."

Wolfram gab ihm das Verlangte, erhob sich, wollte zur Tür hinausgehen, doch der Wirt hielt ihn zurück.

„Was wird denn dort gefeiert heute Abend?"

„Ich weiß es selber nicht", erwiderte Wolfram.

„Jemand sprach von einer Hochzeit", meldete sich einer der Gäste zu Wort.

„Was, Hochzeit", fuhr ihn der andere an. „wer sollte denn schon heiraten in einem Kloster. Das muss ein Scherz sein."

„Es gehen Gerüchte um, mein Herr", meldete sich der Wirt nun wieder. „Im Kloster soll es nicht mit rechten Dingen zugehen. Ein dämonischer Mann geht dort ein und aus, manche sagen, es sei der Leibhaftige selbst. Die Äbtissin sei auf jeden Fall in die Sache verstrickt, möglicherweise auch ein Mann der Kirche. Das wird kein gutes Ende nehmen, habe ich immer gesagt, kein gutes Ende." Der Bischof, dachte Wolfram, was für eine Rolle spielte er in diesem intriganten Spiel?

„Um welche Stunde ist der Gottesdienst anberaumt?", wollte Julia von Nursia wissen.

„Um die neunte. Das Ereignis wurde lange vorbereitet. Man wartete auf die Rückkehr des Alchimisten. Dann kam er und es hieß, er hätte diesen Wunderstein gefunden."

„Daran glaube ich nicht", meinte Julia.

„Achte auf dich, die Äbtissin ist sehr gefährlich", warf Nursia ein.
„Sie war es, die ihre Schwester umgebracht hat. Der Bader ist ein Unhold!"
Es löste keinerlei Gefühle mehr in Julia aus.
„Das habe ich mir gedacht. Und außerdem, Unholde ziehen mich an, das weißt du doch."
„Julia! Ich weiß wirklich nicht mehr, was ich von dir denken soll!", Nursia schüttelte zweifelnd den Kopf.
„Ich bin schon die, für die du mich immer gehalten hast", sagte Julia.
„Ich muss jetzt gehen", meinte Nursia. „Mein Fehlen ist der Äbtissin gewiss schon aufgefallen. Ich werde mir eine triftige Ausrede einfallen lassen müssen."
Julia gab sich einen Ruck.
„Es wird schon merkwürdig sein, meine Mutter wiederzusehen."
„Deine was?"
„Die Äbtissin ist meine Mutter."
„Das kann ich nicht glauben. Und wer ist dann der Vater?"
„Der Bischof persönlich", sagte Julia mit ruhiger Stimme.
„Was?", Nursia riss die Augen auf.
„Das ist ja eine sagenhafte Geschichte!", sagte sie und hielt sich die Hand vor den Mund, um nicht in Lachen auszubrechen. „Verzeih", fuhr sie fort. „Deshalb also dieses geheimnisvolle Vermächtnis."
„Ja, er will mich damit absichern", sagte Julia.
„Wir dürfen nicht so laut sein", sagte Nursia, „ich muss mir noch was für die Äbtissin, also deine Mutter, einfallen lassen!"
„Clarissa kannst du doch sagen, du seiest plötzlich zu einem Kranken gerufen worden", meinte Julia.
Nursia lachte. „Das hast du dir gut gemerkt. Aber ohne Erlaubnis darf ich mich nicht aus dem Klostergelände entfernen. Sei es, wie es ist, meine Strafe werde ich sowieso bekommen."
„Wir werden alle unsere Strafe bekommen."
„Die Guten und die Bösen?", fragte Nursia.
„Na, ich hoffe doch, die Guten nicht."
„Komm mit mir", fuhr Nursia fort. „ich werde dir einen Platz zeigen, von dem aus du die Zeremonie beobachten kannst."
„Einen Ehrenplatz?"

„In der Kirche, in einem der Beichtstühle. Der Bischof kommt sicher mit einem großen Gefolge."

Wolfram war gerade dabei, das Gasthaus zu verlassen. „Ich werde auf der Hut sein", sagte er zum Wirt, grüßte und ging hinaus. Ein Wind war aufgekommen, der ihm kühl ins Gesicht blies. Er wickelte seinen Mantel enger um sich, setzte die Kapuze auf. Sein Barett hatte er auf dem Wagen gelassen, der noch vor den Klostermauern stand. Seine Füße waren nass, die Kleidung feucht, der Magen knurrte. Doch um nichts in der Welt hätte er länger in der Wirtschaft verweilen wollen. Die ungepflasterte Straße führte allmählich in ein Tal hinab. Der Wind hatte sich verstärkt und erschwerte ihm das Vorwärtskommen. Von ferne hörte er Hufgetrappel. Er drehte sich um. Dahinten auf der Straße bemerkte er so etwas wie schattenhafte Bewegungen. Es war eine große Anzahl von Menschen, die sich näherte. Wolfram nahm nun auch das Rollen und Knirschen von Wagenrädern wahr. Die Spitze des Zuges wurde sichtbar. Männer in Harnischen zogen der Gesellschaft voraus. Er floh hinter einen Busch, der vom Sturm geschüttelt wurde. Nach den Reitern kamen Wagen mit hölzernen Aufsätzen, unter denen Geistliche saßen. Auch sie kämpften gegen das Wetter. Jetzt fuhr ein besonders prächtig geschmückter Wagen vorbei. Der Bischof saß darin mit den höheren Würdenträgern, alle prächtig gekleidet. Wolfram kam hinter seinem Busch hervor, lief zum Wagen des Bischofs und schritt daneben her.

„Ihr seid doch Rüdiger Veigel, Bischof von Speyer", rief er. Dieser beugte sich aus dem Fenster.

„Und Ihr seid Wolfram Lauterach, welche Überraschung", versetzte der Bischof, hielt seine Mitra fest und lächelte sein schiefes Lächeln. Er befahl, den Wagen anzuhalten.

„Steigt ein, neben mir ist noch ein Plätzchen frei."

Wolfram bestieg den Wagen.

„Ich habe Euch doch gesagt, dass es gefährlich ist, hierher zu kommen", fuhr der Bischof fort.

„Ihr scheint Eure Tochter nicht zu kennen, Euer Exzellenz. Julia geht immer mit dem Kopf durch die Wand."

„Doch, doch, eigentlich habe ich es mir gedacht. Wo ist sie?"

„Wir hatten einen kleinen Disput, und da ist sie allein ins Kloster gegangen."

„Oh je, hoffentlich ist ihr nichts passiert. Wie konntet Ihr sie nur allein lassen?"

„Sie wollte es nicht anders." Wolfram wurde rot.

„Dann müssen wir schauen, dass wir Euch eine entsprechende, des Klosters würdige Ausstattung geben", meinte der Bischof. „Hinten im Reisekasten haben wir noch Hemden und auch Käppchen für die Chorknaben."

Was, er sollte sich verkleiden, Wolfram glaubte seinen Ohren nicht zu trauen.

„Vielen Dank, Euer Exzellenz, ich mache das auf meine Weise."

Wie, wusste er allerdings noch nicht. Doch jetzt, so mit dem Bischof alleine, konnte er doch ihm vielleicht die eine Frage stellen. Er nahm all seinen Mut zusammen.

„Euer Exzellenz", setzte er an. Doch der Bischof unterbrach ihn.

„Sagt doch Vater zu mir. Ich rechne damit, dich bald meinen Schwiegersohn zu nennen."

„Vater, was für eine Rolle spielt Ihr in diesem", er suchte nach einem Wort, „in diesem Weisheitskomplott?"

„In diesem was?" Der Wind hatte Wolframs letzte Worte mit sich fortgenommen.

„In diesem Weisheitskomplott."

„Du weißt, wer Julias wahre Eltern sind?"

„Julia hat es mir erzählt. Umso mehr bin ich verwundert, dass Ihr diesen Quacksalber noch länger gewähren lasst, ihm sogar eine Bühne bietet, um seinen Hokuspokus vor aller Leute Augen treiben zu können", sagte Wolfram entrüstet.

„Ich will, dass diese Legende von dem Stein ein für alle Mal aus der Welt geschafft wird. Die Welt will Wunder sehen, also soll sie sie haben. Aber so, wie sie es verdient!"

„Was glaubt Ihr, wird passieren?"

„Garnichts. Es wird die größte Enttäuschung für alle Anwesenden sein, die sie je erlebt haben."

Bald erreichte der Bischof mit seinem Gefolge das Kloster. Das Tor wurde geöffnet. Die Frauen mussten es festhalten, damit der Sturm es ihnen nicht aus den Händen riss.

Julia schlich sich zusammen mit Nursia zum Kreuzgang. Hier eilten einige Nonnen geschäftig hin und her. Andere saßen in den steinernen Nischen und sprachen leise miteinander, da es die Zeit nach dem Abendessen war. Die beiden stellten sich hinter den Römischen Brunnen und warteten. Eine Glocke ertönte.

„Das Zeichen zur Versammlung im Parlatorium", flüsterte Nursia ihrer Freundin zu. Die Nonnen stellten sich in Reihen zusammen. Nursia löste sich aus dem Schatten des Brunnens, ging zu ihnen hinüber und nahm ihren Platz ein. Offensichtlich bemerkte niemand, dass sie längere Zeit gefehlt hatte. Nachdem die Frauen in dem Raum verschwunden waren, erschien Clarissa. Julia fühlte sich hin- und hergerissen bei ihrem Anblick. Einerseits wusste sie, dass es ihre Mutter war, andererseits graute es ihr vor dieser Frau. Clarissas Gang war hastig, die Bewegungen eckig. Ihre spitze Nase trug sie wie eine Trophäe vor sich her. Bald erscholl die eintönige Litanei der Benediktustexte, unterbrochen vom „Amen" der frommen Frauen. Dies war der richtige Zeitpunkt. Julia huschte durch den Kreuzgang, an der Küche vorbei, in der zwei Novizinnen das Geschirr abtrockneten. Noch war die Kirche menschenleer. Vor dem Altar brannten hohe, vergoldete Wachskerzen. Julia suchte sich einen Beichtstuhl aus, der in der Mitte des Schiffes an die Wand gebaut war. Hier würde sie einen guten Überblick haben. Längere Zeit geschah nichts. Sie konnte ihren Gedanken nicht mehr ausweichen. Hatte Wolfram ihr das alles nur vorgespielt? Wollte er sie jetzt, nachdem er sein Ziel erreicht hatte, loswerden? Immer wieder war sie enttäuscht worden. Aber sie würde nicht in die Knie gehen, sie musste das, was sie einmal begonnen hatte, zu Ende bringen. Irgendetwas an Wolframs Worten hatte sie im Innersten berührt. Wollte er, dass sie ihre Pläne für sich selbst durchführte, ohne andere zu tief darin zu verstricken?

Wolfram gelangte unerkannt auf das Klostergelände. Die Pferde und Wagen wurden von den Reitern versorgt. Die bischöfliche Prozession kämpfte sich singend und betend zur Kirchentür vor. Wolfram ging gebeugt um eine Ecke der Kirche und sah aus dem Augenwinkel, dass der Zug allmählich darin verschwand. Die Orgel fing an zu spielen. Er wartete, bis sie verstummte.

Die Fenster waren verglast und mit bunten Bildern aus der Bibel bemalt. Dort würde er nirgends hineinschauen können. Er ging vorsichtig um das Gebäude herum. Die Tränen traten ihm in die Augen, so sehr blies der Wind. Schließlich entdeckte er eine kleine Tür, die wahrscheinlich für die Organistin und Messdienerin bestimmt war. Aber vielleicht kam auch die Äbtissin durch diese Tür in die Kirche. Schritte näherten sich. Tatsächlich, es war eine matronenhafte Gestalt in Nonnenkleidung. Er versteckte sich hinter einem Sims. Nachdem die Frau in der Tür verschwunden war, huschte er ebenfalls hinein. Die zweite Tür dahinter war angelehnt. Wolfram sah die versammelte Kirchengemeinde, jedoch war Julia nirgends zu sehen.

34

Julia wurde es allmählich eng in dem Beichtstuhl. Ihre Beine waren fast schon eingeschlafen. Der Sturm heulte um das Gebäude, Äste schlugen gegen die hohen Fenster. Mit dem Schlag der neunten Stunde, zu den leisen Klängen der Orgel, öffnete sich die Kirchentür, und die Nonnen des Chores traten herein. Wie ein schwarzes Band schwebten sie über den Boden, stiegen die Treppe zur Empore hinauf und nahmen dort Stellung auf. Es folgten die Novizinnen, sie nahmen in den hinteren Bänken Platz. Die gewöhnlichen Nonnen besetzten die mittleren Reihen und die Ordensfrauen mit den höchsten Rängen ließen sich im Chorgestühl dicht beim Altar nieder. Als Letzte erschien Clarissa durch eine Seitentür, sie gesellte sich zu den Nonnen beim Altar. Mit einem Crescendo setzte die Orgel nun lauter ein, das Heulen des Windes übertönend.

Der Bischof mit seinem Gefolge zog in die Kirche ein. Julia fühlte sich innerlich ergriffen. Kinder in weißen Gewändern liefen voraus und streuten Blumen, die einen süßen Friedhofsgeruch verbreiteten. Ordensmänner in prachtvollem Ornat folgten. Eine Monstranz wurde dem Zug vorausgetragen, dahinter schwenkte eine Novizin eine an der Decke befestigte Hostie mit Weihrauch. Der Bischof war mit rostrotem Mantel, goldbesetzter Mitra und Bischofsstab versehen. Er schritt würdevoll zum Altar. Seine Gefolgsleute nahmen das Chorgestühl auf der anderen Seite ein. Die Orgel verstummte. Der Bischof machte das Zeichen des Kreuzes.

„Meine liebe Kirchengemeinde", begann er mit wohltönender Stimme. „Wir haben uns heute hier eingefunden, um das Wunder des Weisen Steines miteinander zu erleben, der ein Symbol ist für das Martyrium Christi und die Auferstehung seines Fleisches."

Die hellen Stimmen der Chorfrauen erklangen:

„Maria durch ein Dornwald ging,
der hat seit vielen Jahr'n kein Laub getragen,
Kyrieeleison ...

„Herr, erbarme dich unser", murmelten die Gottesdienstbesucher. Die Gemeinde sang ein Lied zur Lobpreisung Gottes.

„Nun erhebt euch, liebe Schwestern und Brüder", rief der Bischof. Seine Stimme hallte von den Wänden des Kirchenschiffes wider. „Lasset uns beten:
Credo in unum Deum,
Ich glaube an den einen Gott."

Julia widerstand der Versuchung zu gähnen. Sie versank in einen Zustand zwischen Wachen und Schlafen, fühlte sich einerseits wohl und warm, andererseits gespannt bis zur letzten Nervenfaser. Etwas nagte und zog an ihr, sie wusste nicht, was. Ihr Kopf fiel auf die Balustrade des Beichtstuhls. Sie schreckte hoch. Das war es, was Paracelsus ihnen hatte sagen wollen. Alles ist eins, alles kommt von Ihm. Wir sind dazu auf der Welt, seine Wunder zu wahren und sie zu mehren, Kranke zu heilen und den Nächsten so zu lieben wie uns selbst. Der Bischof begann mit einer Lesung aus dem Johannesevangelium. Knarrend öffnete sich die Tür. Gunther betrat die Kirche. Julia fuhr bis ins Mark zusammen. Selbst aus der Ferne konnte sie erkennen, wie heruntergekommen er aussah. Seine Kleidung war verschmutzt, die Haare filzig. Sein Blick wanderte unstet, fast irr im Raum umher. Es schien Julia, als strecke er seine Nase in ihre Richtung, als versuche er sie zu wittern. Er setzte sich auf einen Platz im Mittelgang. Nach seinem Vortrag begrüßte der Bischof den Bader, der aufgestanden war und mit erhobenem Haupt da stand. Das Toben des Sturmes war schwächer geworden. Die Hostie mit dem Weihrauch wurde geschwungen, es wurde gesungen, bevor die Eucharistiefeier mit Tischdecken und Bereitung der Gaben begann. Die Novizinnen brachten Brot und Wein zum Altar, das Abendmahl wurde gefeiert. Mit einem gesungenen Hochgebet, einem Sanctus, dem gemeinsam gesprochenen Vaterunser und dem Segen schloss der Bischof den Gottesdienst. Am Schluss wies er darauf hin, dass die Umwandlung des niederen Metalls in Gold, das alchimistische Abendmahl, um die zwölfte Stunde stattfinden sollte. Aber nur Eingeweihte seien geladen.
Julia fühlte sich matt und zerschlagen. Eine Erkenntnis hatte sich ihrer bemächtigt, ihr war ein Schleier von den Augen gezogen, und sie wusste nun, wohin ihr weiterer Weg führen würde. Sie wartete, bis allmählich alle Kirchenbesucher den Raum verlassen hatten.

Nur der Bischof und einige seiner Männer waren noch anwesend. Sie schlüpfte aus dem Beichtstuhl und näherte sich ihrem Vater. Der schaute sie mit gespieltem Erschrecken an.

„Ich habe mir gedacht, dass du kommen würdest, Julia. Ich kenne dich. Glaub nicht, dass mir deine Entwicklung verborgen geblieben wäre, auch wenn du fern von mir warst."

„Ich bin zu dir gekommen, Vater, um mir die Absolution zu erbitten. Ich bin eine Sünderin."

Er fragte: „Bereust du aus tiefstem Herzen?"

„Ich bereue aus tiefstem Herzen, Vater."

Der Bischof legte ihr die Hand auf den Kopf. „Ich segne dich, mein Kind. Du bist frei von allen Sünden."

„Was wird mit mir geschehen?"

„Du kannst dich frei bewegen im Kloster. Mein Schutz ist dir gewiss."

„Vater, ich möchte mit Euch sprechen."

„Du willst mit mir und Clarissa unter sechs Augen sprechen. Das fällt mir nicht leicht, aber ich habe von dir gelernt. Folge mir."

Zu ihrem Entsetzen sah Julia, dass in dem nun leeren Kirchenraum Ratten und Kakerlaken herumliefen. Sie strebten alle nach einer Richtung: hinaus.

„Was hat das zu bedeuten?", fragte sie den Bischof.

„Wenn ein Schiff untergeht, verlässt das Ungeziefer es zuerst", war seine Antwort.

Warum merkte es sonst niemand? Schritte aus der Richtung des Chorraumes wurden hörbar. War das Gunther? Er wusste, dass sie hier war, dessen war sie sich gewiss.

„Vater, Julia, ich habe die Ehre", sagte Wolfram und kam auf sie zu. Damit hatte Julia nicht gerechnet, es aber insgeheim erhofft.

„Jetzt bist du ja doch hierhergekommen", sagte sie kühl. Am liebsten hätte sie sich auf die Zunge gebissen, denn etwas Dümmeres hätte sie nicht sagen können.

„Ich wollte dort sein, wo du bist", antwortete er schlicht.

Der Bischof hatte die Situation erkannt.

„Julia und ich haben noch etwas hinter uns zu bringen", sagte er. „Geh solange in die Bibliothek, um diese Zeit ist dort niemand, und warte auf uns."

„Beim Dormitorium", Julia zwinkerte ihm unmerklich zu, „von dort den Kreuzgang entlang, dann kommst du direkt darauf zu. Warte." Sie lief zu einem der Altäre, kehrte mit einem Öllämpchen zurück und drückte es ihm in die Hand. Wolfram verbeugte sich, verließ mit hallenden Schritten die Kirche. Julia und der Bischof machten sich auf den Weg zum Zimmer der Äbtissin. Die Wege dorthin waren Julia wohlvertraut. Im Garten des Kreuzgangs lagen heruntergerissene Äste und Zweige. An der Tür angekommen, klopfte der Bischof. Eine heisere Stimme bat sie herein. Sie fanden die Leiterin des Klosters auf dem Boden liegend, im Gebet versunken. Julia kreuzte die Arme vor der Brust und verharrte in gespannter Erwartung. Clarissa stemmte ihre Hände auf den Boden und brachte sich in eine hockende Stellung. In diesem Moment fiel ihr Blick auf die junge Frau. Julia hatte noch nie so viel Hass in den Augen eines Menschen gesehen. Es war, als brannten glühende Kohlen darin, die sich in Julias Innerstes bohrten. Clarissa richtete sich vollends auf, stand wie eine Statue vor den beiden.

„Betest du für deine eigene verderbte Seele, Clarissa, oder die Seelen derjenigen, denen du Tod und Verderben gebracht hast?", fragte der Bischof mit schneidender Stimme. Die Äbtissin blieb unbewegt.

„Ich musste heute eine meiner Schwestern mit Ruten züchtigen lassen und habe Gott um Vergebung dafür gebeten." Julia unterdrückte einen Aufschrei.

„Nun?", bohrte der Bischof weiter. „Was hatte diese Nonne verbrochen?"

„Sie ist einfach verschwunden, ohne sich bei mir abzumelden und erst nach einer Nacht und einem Tag wieder gekommen. Ich habe sie im Verdacht, im Kloster herumzuschnüffeln."

„Das berechtigt dich nicht, derartig strenge Strafen anzuwenden", tadelte sie der Bischof.

„Wie ich sehe, ist Julia hier", sagte die Äbtissin. „Die beiden haben doch immer unter einer Decke gesteckt."

Das Gesicht des Bischofs verzog sich zu einem Lächeln.

„Du meinst, im Dormitorium?"

So eine Unverschämtheit, dachte Julia. Aber eigentlich ist es zum Lachen.

Clarissa machte ein Gesicht, als hätte sie in eine Zwiebel gebissen.
„Nein, ich meine das im übertragenen Sinne. Die beiden haben sämtliche Regeln unterlaufen."
„Das ist manchmal auch das Beste, was man tun kann", konterte der Bischof.
Julia konnte nicht mehr an sich halten.
„Ich weiß, wer du bist, Clarissa", sagte sie.
„Für dich bin ich immer noch die Ehrwürdige Mutter", giftete Clarissa.
„Mutter schon, aber nicht ehrwürdig."
Clarissa wurde aschfahl. Gleich darauf kehrte das Blut in ihr Gesicht zurück. Sie fuchtelte mit den mageren Händen.
„Hast du ihr etwa alles gesagt?", fragte sie den Bischof.
„Ja, habe ich. Es wurde Zeit, dass unsere Tochter über ihre Herkunft aufgeklärt wird."
Clarissa sank auf einen Stuhl. Das Läuten einer Glocke erklang.
Clarissa wollte aufstehen und davon eilen, doch der Bischof drückte sie in ihren Stuhl zurück.
„Du bleibst, wo du bist. Wir müssen die Sache endgültig klären."
„Was gibt es da noch zu klären?", fragte Clarissa.
„Ich möchte wissen, auf welche Weise deine Schwester Kreszentia zu Tode kam."
Clarissa lachte trocken auf.
„Diese alte Nebelkrähe. Sie hat mir bei ihrem letzten Besuch Mandeltörtchen mitgebracht. Ich traute ihr nicht, weil ich wusste, wie rasend eifersüchtig sie auf mich war, wegen dir, Rüdiger. So aß ich das Gebäck nicht, sondern gab es einem streunenden Hund. Eine halbe Stunde darauf war er tot, nach furchtbaren Krämpfen und Schmerzen. Ich habe heute noch sein Jaulen in den Ohren."
„Was vermutest du, was sie hineingetan hat?", fragte der Bischof.
„Quecksilber. Das war ja durch unseren Bader leicht zu beschaffen."
„Und dann hast du sie auch ...", Julia vollendete den Satz nicht, weil sie fürchtete, dass ihr übel werden könnte bei der Erinnerung an das leichenblasse Gesicht der Tante, an das Erbrochene und den seltsamen Geruch, den sie verströmte.
„Sie hatte es nicht anders verdient", sagte Clarissa. Sie schob

trotzig ihr Kinn nach vorn. „Sie versuchte auch, Julia zu vergiften."

„Mit Tollkirschenextrakt, nicht wahr?", fragte Julia.

„Damit habe ich nichts zu tun!"

Die Züge ihres Gesichts wurden weicher. Sie wandte sich ihrer Tochter zu.

„Habe ich nicht alles für dich getan, was eine Mutter für ihr Kind tun kann? Hast du mich nicht ein kleines bisschen lieb?"

„Nein", schrie Julia, entsetzt über so viel Unverfrorenheit. „Du hast überhaupt nichts für mich getan, mir nur das Leben schwer gemacht, wo du konntest! Du hast mich bestraft und eingesperrt. Und vergiften wolltest du mich auch!"

Sie trat einen Schritt zurück und verschränkte die Arme vor der Brust.

„Dass ihr beide mich weggegeben habt, verzeihe ich euch. Ihr konntet nicht anders handeln. Aber deine Habgier verzeihe ich dir nie und nimmer, Clarissa, nie!"

„Es ist eine Todsünde", murmelte der Bischof.

„Ich habe dir Nahrung und Obdach gegeben", wimmerte Clarissa. Sie raufte sich die Haare. „Bekommt unsereiner denn nie den Lohn für seine guten Taten?"

„Nichts hast du gegeben, gar nichts", fuhr Julia sie an. „Im Gegenteil, du hast mich als Hexe denunziert. Ihr alle wolltet mich verrückt machen, um an meine Mitgift zu kommen."

Clarissas Mundwinkel fielen herab. Aus ihren Augen schoss wieder ein abgrundtiefer Hass.

„Oh, ich konnte es nicht ertragen, dass er dich so geliebt hat."

„Von wem sprichst du?", fragte Julia. Sie war nicht mehr bereit, sich von dieser Frau, die ihre Mutter sein sollte, belügen zu lassen.

„Von Rüdiger, dem Bischof."

„Und deshalb wolltest du mich beseitigen? Das glaube ich dir nicht. Du wolltest an das Vermögen heran."

Clarissa sank in sich zusammen.

„Oh, Herr, ich habe gesündigt, verzeih mir, Herr, ich werde Buße tun, furchtbare Buße", jammerte sie. Ihr sonst so strenges Gesicht hatte sich aufgelöst, war verzerrt zu einer Fratze, die fast nichts Menschliches mehr an sich hatte.

„Du wirst dich vor deinem Schöpfer verantworten müssen", sagte der Bischof. Seine Augenbrauen hoben und senkten sich nicht mehr, sie standen als längliche Büschel zwischen Augen und Stirn, was ihm ein erstauntes Aussehen gab. Nein, nicht erstaunt, er wirkte eher wie ein Racheengel.

Clarissa krampfte ihre Hände zusammen. Im nächsten Augenblick kräuselten sich ihre Lippen zu einem hinterhältigen Lächeln. Julia nahm einen Luftzug wahr, als hätte jemand hinter ihnen die Tür geöffnet. Sie fuhr herum und sah aus den Augenwinkeln, wie eine schwarz vermummte Gestalt hinter den Bischof sprang und ihn mit einem eisernen Kreuz über den Kopf schlug. Sie hörte ihn aufstöhnen und versuchte, zur Tür zu kommen, doch die Gestalt versperrte ihr den Weg. Julia hörte Clarissa lachen, ein hässliches, meckerndes Lachen. Sie lacht wie eine Hexe, dachte sie, bevor auch auf sie ein schwerer eiserner Gegenstand niedersauste. Es war ein stechender Schmerz, ein Gefühl, als würde alles in tausend Stücke zerspringen. Ein rotes Licht explodierte. Dann sank Dunkelheit über sie herab.

Wolfram fand die Bibliothek ohne weiteres Suchen. Nachdem er die Tür geschlossen hatte, setzte er sich an eines der Schreibpulte. Hier also hatte Julia ihre Entdeckung gemacht. Eine ganze Weile saß er da im Schein der ruhig brennenden Lampe, starrte auf die Reihen der Werke, die sicherlich einen unermesslichen Schatz darstellten.

Ein leises Knarren kam von der Tür. Wolfram fuhr herum. In dem dunklen Spalt zwischen Tür und Wand glaubte er zwei glühende Augen zu sehen. Die Tür schlug zu, ein klirrendes Geräusch ließ ihn noch einmal zusammenfahren. Jemand hatte den Schlüssel herumgedreht! Wolfram sprang zur Tür und rüttelte an der eisernen Klinke. Sein Herz klopfte schneller, sein Atem ging stoßweise. Mit der Öllampe in der Hand bewegte er sich an den Bücherwänden entlang, bis er zu einem der Fenster kam. Es war vergittert, wie er mit einem Blick sah. Die Schwestern wussten ihre Schätze wohl zu schützen. Sollte er die Tür aufbrechen, um Hilfe schreien? Hören würde ihn hier sicher niemand. Wolfram nahm Anlauf, rannte mit der Schulter gegen das harte Holz. Es krachte, sein Oberarm schmerzte furchtbar. Noch einmal dasselbe, noch einmal dasselbe Ergebnis. Das Blut rauschte ihm in den Ohren.

Julia wurde bewusst, dass etwas an ihr nagte, war es eine Ratte, ein Vogel, der versuchte, ihr das Herz aus dem Leib zu picken? Sie schlug nach dem Wesen, doch es hatte sich unerbittlich an ihr festgesaugt, an ihren Armen, an den Händen, zog das Blut aus ihr heraus. Sie sah genauer hin. Und bebte vor Angst und Entsetzen. Es war eine Kreatur mit Fledermausohren und kleinen spitzen Zähnen, die sich in ihren Körper hineingebohrt hatte. Sie sprang auf, lief hin und her, schüttelte und drehte sich, bis ihr schwindlig wurde, aber das Tier war nicht loszukriegen. Sie riss die Augen weit auf. Eine undurchdringliche Dunkelheit umgab sie. Ihre Handgelenke schmerzten an der Stelle, wo das Tier gesaugt hatte. Die Hände waren gefesselt, das Seil schnürte sich tief in die Haut. In ihrem Mund schmeckte sie Blut. Ihre Füße waren ebenfalls gefesselt. Sie versuchte, in der Dunkelheit etwas zu erkennen. Niemand anderer als Gunther konnte sie niedergeschlagen und hierhergebracht haben. Aber nichts deutete darauf hin, dass sich hier noch ein anderes menschliches Wesen befand. Sie weinte, wusste nicht, wie spät es war. Kein Laut drang von außen in ihr Gefängnis. Es roch nach fauligen Äpfeln und Wein. Möglicherweise hatte er sie ins Cellarium gebracht. Hierher kam um diese Zeit niemand. Julia verlor jede Orientierung, verfiel in einen Dämmerzustand, verharrte lange Zeit so, wie ihr schien. Helles Licht fiel in den Keller. Eine dunkle Gestalt stand in der Öffnung der Tür.

„Ich bin gekommen, dich zu holen", sagte Gunther.

„Und wenn du der Teufel selbst bist, ich gehe nicht mit dir", sagte Julia mit schwacher Stimme.

„Du wirst mir gehorchen, und zwar auf der Stelle", sagte der Bader in einem Ton, der ihr das Blut stocken ließ. Mit drei, vier Schritten war er bei ihr. Ein Dolch blitzte auf. Ein Schnitt, und die Fußfesseln fielen ab. Er nahm ihren Arm, riss sie hoch. Sie stolperte neben ihm durch die dunklen Gänge des Klosters. Ein Grauen ergriff sie. Ihr Arm, an dem er sie gepackt hielt, wurde allmählich eiskalt. War das überhaupt noch ein Lebender, der neben ihr schritt, bleich, ausgehöhlt, die Narbe tiefschwarz auf seiner Wange? Es war gespenstisch still, nur ihre Schritte klangen hohl auf den Steinen.

35

„Versuche nur nicht, zu schreien", sagte der Mann an ihrer Seite mit bedrohlichem Unterton. „Keiner wird dich hören!"
Sein Gesicht verzerrte sich zu einer teuflischen Grimasse.
„Heute Nacht werden alle sehen, wer ich in Wahrheit bin."
Er begann zu kichern.
„Nicht der Sohn einer Hexe, oh nein, ich bin ein Erleuchteter! Sie werden den Staub küssen, den meine Füße berührt haben!"
Julia erwiderte nichts. Sie war sich ihrer Situation vollkommen bewusst, auch der Gefahr, in der sie sich befand. Merkwürdigerweise empfand sie keine Angst, eher das Gefühl, dass es so kommen musste. Sie hatte es selbst herbeigeführt, musste es bis zum Ende durchstehen. Jetzt waren sie in der Küche mit dem gemauerten Herd. Gunther stieß die Tür auf. Das Alchimistengewölbe mit dem schweren gusseisernen Ofen, den Reagenzgläsern, Pipetten und Büchern lag vor ihnen.
„Die Gelbfärbung ist mir schon gelungen", sagte Gunther. Er wirkte so, als müsse er nach Worten suchen. Eine Pause entstand. Gunther schüttelte den Kopf. „Du bringst mich ganz durcheinander! Jetzt weiß ich wieder, was ich sagen wollte: Es fehlt noch der letzte Schritt: die Rotfärbung."
Julia warf einen Blick auf die Schälchen, in denen immer noch Reste von glänzenden Metallen lagen.
„Ich brauche dich für den letzten Schritt."
„Was für einen Schritt?"
„Tu nicht so, als wüsstest du nicht, worum es geht!", schrie er. Sein Gesicht war dunkelrot angelaufen. Die Narbe dagegen saß wie ein nässendes Geschwür auf seiner Wange.
„Du meinst, ich sei der Teufel selbst?", sagte er grimmig. Konnte er Gedanken lesen?
„Lass mich frei", antwortete sie müde.
„Ich habe dich gewittert", sagte er. „Schon damals. Ich wusste, dass du mir nicht entkommen würdest."
„Was soll ich tun?", fragte sie.

„Ich schicke ich dich auf eine kleine Reise, denn niemand darf sehen, wie die große Verwandlung geschieht."

Er legte einen kleinen Stein, der aussah wie ein Rubin, in einen Mörser.

„Erinnerst du dich noch an Paracelsus, den großen Arzt in Basel?", fragte er und kicherte abermals. „Dem habe ich sein Geheimnis entrissen!"

Er begann, den Stein mit einem Marmorstößel zu bearbeiten. Es knirschte, der Schweiß trat Gunther auf die Stirn.

„Das ist die Quintessenz", sagte er und verzog seinen Mund zu einem hässlichen Grinsen. „Schwefel, die ,chymische Hochzeit', eine Prise Salz des Arsens und kleingestoßenes Pulver dieses Steins. Die Hochzeit wird sich im doppelten Sinn vollziehen: einmal an den Metallen, dann zwischen dir und mir. Wir werden zur Erleuchtung kommen."

Fast zärtlich schaute er auf eine Schale, in der gelblich glühendes Metall waberte und dampfte.

„Das werde ich anreichern, und dann wird sich das Wunder vollziehen."

Mit einem Sprung war er bei dem Schrank und holte einen Tiegel mit einer Paste heraus. Julia drehte sich um und versuchte hinauszulaufen, doch sie fühlte sich von hinten gepackt. Seine feingliedrige, schwielige Hand strich ihr etwas von der Paste hinter die Ohren. Die Hand war eiskalt. Julia fing an zu zittern, die Kälte breitete sich vom Nacken in alle Glieder aus. Der starke, unangenehme Geruch nahm Julia fast den Atem. Die Essenz brannte wie Feuer auf ihrer Haut. Langsam kroch die Wärme in ihren Körper, brachte ihn fast zum Glühen. Sie merkte, dass sie schläfrig wurde, ihr Widerstand erlosch. Das Letzte, was sie bewusst erlebte, war ihr Hinsinken auf den Boden und zwei Hände, die sie sanft darauf betteten.

Julia flog. Sie flog über Berge, Hügel, Wälder und Felder. Eine steinerne Brücke bog sich über einem Fluss. Die Teufelsbrücke des Wallfahrtsortes Einsiedeln. Da stand das Gasthaus, in dem Paracelsus geboren wurde. Jetzt kam das Kloster in Sicht. Julia landete sanft vor einer Kapelle aus grauen Sandsteinen. Sie schaute sich um: Einzelne Pilger wandelten auf dem Gelände, einige trugen ein Kreuz auf dem Rücken. Sie ging in die Kapelle hinein. Ein fast überirdisches Leuchten erhellte sie. Die Madonna thronte an der Wand hinter dem kleinen Altar. Sie trug ein glänzendes, weißes Kleid, das mit blauen und goldenen Fäden durchwirkt war. Um sie herum der Strahlenkranz und massives goldfarbenes Gewölk. In der linken Hand hielt sie das Jesuskind, dessen Gesicht ebenso dunkel war wie das der Mutter, in der Rechten einen Stab. Pilger knieten ergriffen vor dem Madonnenbild, im Hintergrund sangen himmlische Stimmen. Die Madonna begann sich zu bewegen. Sie stieg hinab in den Chor, näherte sich Julia.

„Luzifer ist ein gefallener Engel", sagte die Madonna, „eine dunkle Lichtgestalt, ohne die der Mensch verharren würde in bequemem Erschlaffen. Leitet sich das Wort nicht von ,lux' ab, dem Licht?"

„Du meinst, wir brauchen den Teufel, das Dunkle, den Abgrund, um uns weiterentwickeln zu können?"

„Gott ist der Eine, aus den Gegensätzen geboren, ist oben und unten, im Himmel wie auf der Erde, in jedem Menschen. Sein Wille geschehe. Teufelswerk ist Gotteswerk, ist Freiheit – zum Guten und zum Bösen."

„Ehre sei Gott in der Höhe", sangen die Pilger, „und den Menschen ein Wohlgefallen."

Die Kapelle begann im Innersten zu erbeben. Ihre dicken steinernen Wände rückten auseinander, weiteten sich immer mehr. Ein unterirdisches Grollen steigerte sich zu einem ohrenbetäubenden Lärm. Die Madonna verschwand, an ihrer Stelle erschien ein hässliches, schwarzes Wesen mit Ziegenkopf und Hörnern. Es hatte Brüste und starke Flügel und hockte auf krummen Beinen, die mit Pumphosen umkleidet waren, vor dem Altar. Neben ihm saß Clarissa auf einem Thron, in einem schwarzseidenen Kleid mit blutroter Schärpe. Sie neigte huldvoll ihr Haupt zu dem Wesen. Julia befand sich im Schiff der Kirche von Bischofsbronn. Alle Nonnen waren versammelt, der Bischof stand an eine Säule gelehnt und betrachtete halb angeekelt, halb amüsiert das Treiben. Seine Augenbrauen standen ganz still, nur der Mund war schief verzogen. Selbst der tote Schäfer fand sich in der Schar der Anbetenden.

„Ich bin der Fürst dieser Welt", rief das Wesen mit Donnerstimme. „Ihr müsst mir huldigen, ob ihr wollt oder nicht."

Ein Gestank nach Schwefel zog durch das Schiff. Julia schaute nach oben. Das Weihrauchfass wurde hin und hergeschwenkt, daraus quollen übel riechende Dämpfe. Eine Gruppe von jungen Teufeln stellte sich neben der Figur auf, stimmte mit schaurigem Quietschen und Kratzen ihre Instrumente und begann zum Tanz aufzuspielen. Immer mehr Menschen strömten in die Kirche hinein. Speisen wurden herumgereicht, es wurde getanzt, gegessen und getrunken. Julia kostete von dem Brot, das man ihr darbot. Es schmeckte fade, man hatte das Salz vergessen. Mit einem Krachen flog die Tür der Kirche auf. Gunther erschien, riesengroß, abgerissen, mit fliegender schwarzer Mähne, funkelnden Kohleaugen und einem Gemächt, das sich in seiner Hose spannte. In der Hand hielt er ein blankes, blitzendes Schwert. Alle erstarrten in ihrer Bewegung. Gunthers Schritte klangen hohl im weiten Raum. Er näherte sich Julia.

„Heute Nacht noch sollst du die Meine werden", sagte er.

„Heute noch soll sie die Seine werden", riefen, heulten, kreischten die Anwesenden. Der Bischof stand unbewegt. Gunther führte Julia zum Altar. Sie fühlte sich gelähmt, ihre Beine waren wie aus Blei. Der Bader befahl ihr, sich auf den Altar zu legen.

„Heute noch soll sie die Unsre werden", brüllte es um sie herum. Gunther strich mit der Hand prüfend über die Scheide des Schwertes. Er näherte sich ihr, begann, an den Schnüren seiner Hose zu nesteln. Es war totenstill, alles hielt den Atem an. Julia warf einen Blick in sein Gesicht. Vor Schreck hätte sie fast aufgeschrien. Es war sie selbst, die sie in seinen Zügen erkannte.

Ein riesiger Arm ergriff sie und wirbelte sie durch die Luft. Mit einem Krachen fiel sie auf die Erde nieder. Es stank immer noch nach Schwefel, doch war es ein anderer, engerer Raum, die Alchimistenküche, und Gunther war gerade dabei, sich einen Lederschurz umzubinden. Dann setzte er eine lederne Kappe auf. „Wieder zurück von der Reise?", fragte er zwinkernd. „Du kommst gerade recht. Ich bin kurz vor dem Höhepunkt. Aber ich werde ihn nicht wie mein Freund Galum ungeschützt erleben."

Julia antwortete nicht. Wie ein Kaninchen auf die Schlange starrte sie auf den Mann, der ihr Leben so entscheidend beeinflusst hatte. Seine Haare standen noch wilder vom Kopf ab als sonst, die Narbe auf seiner Wange glühte. Er war besessen, vom Teufel besessen, und Clarissa war eine Hexe, seine Buhle!

„Ich werde dir den Vorgang noch einmal genau erklären, bevor wir zum großen Werk kommen", sagte Gunther. Seine Augen funkelten.

„Ich habe diese silbrige Flüssigkeit destilliert, um ihren Geist zu befreien, den ‚Vater der Metalle', Sulphur, hinzugegeben und alles in einem Gefäß verschlossen, das rund ist wie der Sternenhimmel, der die Schöpfung lenkt, rund wie das Ei, aus dem das Leben schlüpft. Bei großer Hitze zerfällt zunächst alles in dem Kolben. Im Bauch des gelben Salamanders wächst er, und aus dem roten schlüpft er."

Dieser Mann muss total verrückt geworden sein, dachte Julia voller Entsetzen.

In dem Glasgefäß auf dem Ofen brodelte die gelbliche Masse, die schon eine leicht rötliche Färbung angenommen hatte. Gunther nahm eine Pipette, trug eine Prise des roten Pulvers auf und gab es zu der kochenden Essenz. Es zischte stark, Nebeldämpfe hüllten ihn und den Raum ein.

„Ich gebe dich zum Einen, Stein, und du sollst eins werden", rief er mit dröhnender Stimme. Ein Blitz tauchte alles in ein gleißendes Licht, ein ohrenbetäubendes Krachen folgte. Julia sah im Bruchteil einer Sekunde, wie Gunther durch die Luft geschleudert wurde. Sie selbst flog von einer ungeheuren Gewalt gedrückt durch die offene Tür und stürzte neben dem gemauerten Herd auf den Boden. Flammen schlängelten aus dem Tiegel, leckten am Tisch entlang, bewegten sich auf die Schränke und Regale zu. Es stank nach Ruß, Schwefel und verbranntem Fleisch. Julia verlor für einen Augenblick das Bewusstsein. Dann war sie wieder hellwach. Sie fühlte sich wie durch den Wolf gedreht, musste husten. Fast hätte sie sich übergeben. Aus dem Augenwinkel sah sie, wie Gunther an der Wand herabsank. Julia hörte sein Stöhnen. Langsam richtete er sich auf. Seine Augen waren tief in die Höhlen getreten, wie bei einem Totenschädel. Da, wo sein rechter Arm gewesen war, befand sich nur noch ein Stumpf, aus dem das Blut stoßweise hervorquoll. Sie hörte aufgeregte Stimmen, Fußgetrappel. Clarissa stürzte an ihr vorbei in den Rauch hinein, zu Gunther.

„Hat's dich endlich erwischt, alter Presssack", schrie sie triumphierend.

„Dein Versprechen hast du auch nicht eingehalten. Wo ist denn nun das Gold, du Quacksalber?"

Gunther antwortete mit einem Stöhnen und einem Fluch. Inzwischen waren viele Menschen herbeigeeilt, die sich in der Küche drängten. Sie husteten, weil der Qualm aus dem Alchimistenlabor immer dichter wurde.

Schon fingen die Schränke in der Küche an zu brennen. Der Bader wurde hinausgetragen, im Kreuzgang niedergelegt und mit einer Decke versorgt. Julia folgte ihnen. Die Äbtissin riss ein Stück Stoff aus ihrer Kutte, wickelte es um die blutende Wunde und herrschte die umstehenden Nonnen und Geistlichen an:

„Was steht ihr da herum, holt Verbandszeug, Saft vom Schachtelhalm, das Blut muss gestillt werden, und holt auch Nadel und Faden!"

Zwei Nonnen liefen diensteifrig fort. Julia fühlte sich noch sehr benommen, aber sie hatte Glück gehabt, anscheinend war nichts gebrochen, und eine innere Verletzung schien sie auch nicht davongetragen zu haben. Sie spürte nichts als eine ungeheure Wut auf diese Frau. Nachdem sie tief Luft geholt hatte, erhob sie sich, stand etwas wackelig auf den Beinen, aber sie wusste genau, was sie zu tun hatte.

„Diese Frau ist eine Hexe, dazu eine Mörderin", sagte sie mit lauter, vernehmlicher Stimme, indem sie mit dem Finger auf Clarissa wies. „Und dieser Mann dort, der jetzt so verstümmelt in der Ecke liegt, ist ein Magier, Zauberer, Mordhelfer, wenn nicht selbst ein Mörder!"

Die Anwesenden wichen entsetzt zurück. Aus der Klosterküche schlugen die Flammen, sie knisterten und sangen, es krachte und knackte, wenn ein Brett zu Boden fiel. Die Menschen ließen alles stehen und liegen und flohen vor dem immer weiter um sich greifenden Brand. Lass die beiden, dachte Julia, ich muss mich um Nursia und Wolfram kümmern. Sie rannte zur Bibliothek, rüttelte an der Klinke. Die Tür war verschlossen! In höchster Angst eilte sie weiter, die Treppe hinauf zum Dormitorium. Sicher war Nursia dort eingesperrt. Sie spähte in jede Zelle, und richtig, Nursia saß in ihrer Zelle bei einem brennenden Talglicht, schaute ihr angstvoll entgegen. Ihr Gesicht war geschwollen und schmerzverzerrt. Den Schlüssel zu suchen war jetzt keine Zeit, Julia blickte sich um, griff nach einem Eisenleuchter, der auf einem Tischchen stand und zertrümmerte das Schloss. Nursias Kutte war mit Blutflecken übersät. Trotz ihrer Benommenheit vergaß sie nicht, das Talglicht auszublasen. Zusammen mit ihr rannte Julia zurück zur Kirche. Auch hier hatte sich das Feuer rasend schnell ausgebreitet. Die beiden liefen hinaus ins Freie. Dort hatte sich eine Kette von Menschen gebildet, die mit Ledereimern Wasser aus einem Brunnen schöpften und versuchten, die Flammen zu löschen.

„Hier können wir nichts mehr ausrichten", rief Nursia der Freundin zu. „Komm mit ins Refektorium, das liegt weiter abseits und brennt sicher noch nicht."

Im Refektorium hatten sich viele Menschen versammelt, Geistliche und Chorknaben hockten auf den Bänken, auf denen normalerweise die Nonnen ihre Mahlzeiten einnahmen. Schwestern gingen herum, spendeten den Ängstlichen Trost. Weinen und Gebete waren zu hören.

„Oh Heiliger Florian, verzeih uns unsere Sünden, bewahre uns vor dem Feuer", hörte Julia die Frauen im Chor flehen. Einer fehlt doch noch, dachte Julia. Der Bischof. Sie wandte sich zu Nursia um. Ihr Gesicht war rauchgeschwärzt.

„Wo könnten Clarissa und Gunther den Bischof hingebracht haben?"

Nursia antwortete, ohne zu überlegen:

„Sicherlich in den Turm."

„Wolfram ist ebenfalls verschwunden", sagte Julia. „Ich war bei der Bibliothek, aber die Tür ist verschlossen."

Nursia schaute sie mit weit aufgerissenen Augen an.

„Das muss Clarissa gewesen sein, sie ist die einzige, die einen Schlüssel besitzt!"

Um Gottes Willen, vielleicht saß Wolfram noch drin, und wenn die Flammen auch auf diesen Raum übergriffen, dann war er verloren! Die beiden Frauen hasteten zurück in den Kreuzgang. Hier brannte zwar nichts, aber er war von dichtem Qualm erfüllt. Es herrschte eine fast unerträgliche Hitze. Julia sah, wie aus dem Turm der Kirche Feuerzungen schlugen. Das eiserne Kreuz, das als Dachreiter hinaufgesetzt worden war, glühte gespenstisch in der Nacht. Es war taghell, zuckende Schatten tanzten in dem Geviert zwischen Kreuzgang und Kirche. Die Flammen hatten inzwischen auch die Bibliothek erreicht, die Tür war verbrannt und hing rauchend in den Angeln. Julia arbeitete sich hustend vor und spähte hinein. Der Rauch war auch hier eingedrungen, einzelne Bücher begannen schon zu qualmen, aber es war kein Mensch zu sehen. Gott sei Dank, dachte Julia. Sie eilten weiter. Die Küche war ein einziges verkohltes Loch. Ihnen schlug der Geruch nach verbranntem Getreide entgegen. Schwarzes, zerbrochenes Geschirr lag herum, rußbeschmierte Töpfe bedeckten den Boden. Julia überlegte fieberhaft.

„Nursia", sagte sie außer Atem und blieb stehen. „Schau du bitte nach Wolfram, ich laufe zum Turm und sehe nach, ob der Bischof sich dort befindet."

„Willst du nicht lieber ...?"

„Nein, es ist schon gut so", antwortete Julia. Das schreiende Inferno im Kloster hinter sich, mit dem Knattern und Heulen der Flammen in den Ohren, rannte Julia durch den Garten, aus dem Tor hinaus, hinüber zum Turm, der noch unversehrt da stand. Doch das Zischen und Brüllen der Flammen kam näher. Hoffentlich ist die Tür nicht abgesperrt, der Schlüssel ist sicher verloren gegangen. Aber die Tür war offen. Von oben, von der Treppe her drang kein Laut. Vorsichtig, Stufe für Stufe, schlich Julia nach oben. Die Tür zur Turmstube war angelehnt. Hoffentlich war das keine Falle. Hoffentlich war er nicht auch hier und hatte ihr Kommen längst bemerkt. Ihr Herz klopfte bis zum Hals. Sie gab der Tür einen Schubs, so dass sie in den Raum hineinsehen konnte. Und hielt sich die Hand vor den Mund, um nicht aufzuschreien. Der Bischof saß in der Mitte des Turmzimmers auf einem Stuhl, die Hände an die Rücklehne gefesselt. Ein Tuch war vor seinen Mund gebunden. Als er sie sah, rollte er mit den Augen. Was konnte das bedeuten? Wollte er ihr ein Zeichen geben? Mit ein paar Schritten war sie bei ihm und riss ihm das Tuch vom Gesicht. Im Mund befand sich ein weiterer Knebel, von dem Julia ihn befreite.

„Lauf, was du kannst!", rief der Bischof, doch es war zu spät. Aus dem Schatten des Schrankes war Gunther getreten. Sein Armstumpf war verbunden und blutete nicht mehr, doch sein Aussehen war noch wüster geworden. Seine Haare standen in die Höhe wie Hörner, sein Gesicht war bis zur Unkenntlichkeit verbrannt, der schwarze Mantel umflatterte ihn in Fetzen, als er nun schnell herantrat und Julia am Handgelenk packte. In seinen Augen loderte ein Feuer, das Julia erschauern ließ, mehr als alle Flammen, die sie soeben gesehen hatte.

„Das hast du dir fein ausgedacht", höhnte er. „Mich zum Teufel fahren zu lassen und mit dem Vater und dem Liebhaber ein neues Leben beginnen. Das wird dir nicht zuteil, mein Täubchen."

Julia erschrak noch mehr. Das hatte doch schon mal jemand zu ihr gesagt. Ja, Herr Eitel, ihr Ziehvater und auch der Sternecker. Sie hatte plötzlich keine Angst mehr.

„Du hast den Sternecker umgebracht", sagte sie mit fester Stimme, „damals, als ihr im Schwarzwald hinter uns her wart."

„Und wenn es so wäre? Er hat es nicht anders verdient!"

„Lass mich los!"

Wie schon früher einmal, ließ er augenblicklich ihr Handgelenk fahren.

„Das allein würde reichen, um dich an den Galgen zu bringen. Aber es ist viel mehr: Ihr seid die wahren Hexenmeister, du und Clarissa, deine Meisterin, nein schlimmer, du bist der Teufel höchst selbst und sie deine Buhle!"

„Luzifer ist der gefallene Engel, er ist das Licht, das den Menschen den Fortschritt bringt."

„Oh nein, du hast Verderben, Tod und Brandschatzung unter die Menschen gebracht."

„Lass ihn, Julia", sagte der Bischof mit müder Stimme. „Du erreichst ihn nicht mehr. Er ist nicht nur ein Teufel, sondern jetzt ist er auch noch verrückt geworden."

„Verrückt, Eure Exzellenz", mit einem schauerlichen Lachen verbeugte sich Gunther vor dem Würdenträger. „Die ganze Welt ist verrückt, sie ist voller Teufel. Luther hat das schon bezeugt, alle bezeugen es."

„Damit mögt Ihr nicht Unrecht haben", meinte der Bischof. Was sagte er da?

„Es ist ein Wahn", fuhr der Bischof fort, „dem schon viel zu viele anhängen, angehangen haben und anhängen werden, über alle Generationen hinweg. Der Teufel ist in uns allen. Aber wir können uns entscheiden."

„Das können wir nicht!", schrie Gunther ihn an. Das Tosen der Feuersbrunst kam immer näher. Schon spürte Julia den Hitzesturm, der ihr voraus ging.

„Wir sind dazu verdammt, unseren Teufel in die Welt zu bringen", brüllte Gunther weiter.

„Du bist verdammt, das habe ich von Anfang an gewusst", sagte der Bischof. Mit Grausen blickte Julia in Gunthers Gesicht. Sie hatte sich in ihm gespiegelt gefunden. Doch das war ein Hexenspuk gewesen, den sie sich nicht selbst zugefügt hatte.

„Julia ist nicht wie du", fuhr der Bischof fort. „Sie hat ein fühlendes Herz und weiß, dass alle Kreaturen leiden müssen. Es hat sie aber nicht böse gemacht, so wie dich dein Schicksal böse gemacht hat. Sie war nicht in erster Linie auf das Vermögen aus, das ich ihr vermacht hatte, im Gegensatz zu dir, Kreszentia und Clarissa."

„Hier fromm zu palavern, wird dir nichts nützen, blöder Pfaff", zischte Gunther. „Was mir in meinem Laboratorium misslungen ist, werde ich jetzt vollenden. Durch das Feuer werden sich die Dinge reinigen, sich verändern, in Gold umwandeln. Dein Stein des Paracelsus hat nichts getaugt, und auch du taugst nichts, Julia, ich habe mich in dir getäuscht. Ich werde jetzt gehen und euch im Turm einschließen. Da könnt ihr braten und meinetwegen zur Hölle fahren!"

Bevor Julia einen Schritt machen konnte, war er draußen. Mit einem knirschenden Geräusch drehte sich der Schlüssel im Schloss. Schritte polterten die Treppe hinunter, sein schauerliches Lachen gellte den beiden in den Ohren. Julia und der Bischof sahen sich kurz in die Augen.

„Versuche hier rauszukommen, irgendwie", sagte der Bischof eindringlich. „Um mich alten Mann ist es nicht schade, ich kann leicht ersetzt werden. Aber du musst dich retten, du hast noch viele Aufgaben in dieser Welt zu erledigen."

„Du auch", versetzte sie. „Und auch du sollst dein Leben noch lange genießen!" Mit diesen Worten begann sie, an seinen Handfesseln zu zerren.

„Das hat keinen Zweck", sagte er. „Du musst dich nach etwas Scharfem umsehen, einem Messer vielleicht."

„Das Feuer hat den Turm gleich erreicht." Bei dem Gedanken, am Schluss nun doch noch brennen zu müssen, hätte Julia fast aufgeschluchzt. Aber sie riss sich zusammen und kramte mit fliegenden Händen in dem Schrank herum.

„Hier ist etwas, das sieht aus wie ein Rasiermesser", sagte sie und hielt dem Bischof eine Klinge entgegen.

Julia durchschnitt die Fesseln des Bischofs. Die hölzernen Fensterläden des Turmzimmers brannten schon, und ein dichter Qualm drang herein. Julia hustete, der Bischof hob das Tuch auf, das dem Bader als Knebel gedient hatte, und hielt es sich vor den Mund.

„Hier, nimm' meine Schärpe", sagte er und reichte sie ihr. Julia presste sie ebenfalls vor ihren Mund, hatte aber bald das Gefühl, zu ersticken. Die Hitze kam näher, das Brüllen, der Sturm. Sie sah den Bischof im Gebet sitzen.

„Heiliger Vater, errette uns aus der Not, nimm' mich, aber nicht dieses Mädchen, errette uns, Maria, ihr Vierzehn Nothelfer, habt Erbarmen."

36

Ihr Bewusstsein begann zu schwinden, es wurde dunkler, die Luft aus ihren Lungen entwich. Sie sank tiefer und tiefer hinab. Auf ihrer Brust begann etwas zu glühen. Dieses Etwas, fadengleich, mit einem flachen Ende, wurde immer heißer, wollte sich in die Haut fressen. Das war die Schlange, die sie verschlingen würde, Vater, vergib mir meine Sünden, ich will nicht sterben. Schlagartig kehrte ihr Bewusstsein zurück. Es brannte immer noch auf ihrer Haut. Die Tür öffnete sich wie von Geisterhand, mit dem Luftzug wurden auch die Flammen neu entfacht. Julias Kleider fingen an zu brennen, es schmerzte furchtbar, einen Moment war sie sich nicht sicher, ob sie sich auf einem Scheiterhaufen befand. Wolfram war bei ihr, zog sie hoch, zerrte sie aus dem brennenden Raum, Nursia nahm den Bischof an der Hand und führte ihn zur Treppe. Hinunter, hinaus ins Freie, frische Luft, die in die Lungen strömte, der Himmel war rot wie Blut, die Rauchsäulen stiegen hinauf, als wenn sie Sühneopfer wären. Wolfram umfasste sie, die Nursia und ihren Vater an beiden Händen hielt. Stumm schauten sie zum Turm, der lichterloh brannte. Teile vom Dach fielen in feurigen Kaskaden herab.

„Wir müssen ihm nach!", rief Julia. „Es wird sonst noch viel Schrecklicheres geschehen!"

„Gott wird ihn richten", sagte der Bischof. „Wir können ihn nicht aufhalten, können das Böse überhaupt nicht aufhalten. Gottes Ratschluss ist unergründlich."

„Nein, er ist nicht unergründlich", sagte Julia laut. „Er richtet so, wie die Menschen richten."

„Julia", sagte der Bischof und ergriff ihre Hand. „Das begreifen wir, aber die meisten Menschen brauchen diese Bilder."

„Ich glaube, ich habe es begriffen", antwortete Julia. „Ich habe es am eigenen Leib erfahren."

Vom Turm krachten die ersten Steine herunter.

„Wir müssen fort von hier!", rief der Bischof.

Sie eilten hinweg von dem Ort des Grauens. Im Garten des Klosters hatten die Nonnen den Versuch aufgegeben, mit den Eimern das

Feuer zu löschen. Bewegungslos saßen sie im Gras, ihre Lippen bewegten sich im Gebet. Das Kloster brannte lichterloh, es war nichts mehr zu retten. Im Schein des Feuers sah Julia zwei Gestalten neben dem Brunnen stehen. Es waren Gunther und Clarissa. Sie redete heftig auf ihn ein, er hob die Hand, als wenn er sie schlagen wollte. Sollte sie eingreifen?

„Lass' Gott sein Urteil sprechen", hörte sie die Stimme des Bischofs neben sich. Alle blickten gebannt auf die beiden, warteten, was geschehen würde.

„Du hast mein Leben zerstört, wie auch der Bischof mein Leben zerstört hat", hörte Julia die Äbtissin schreien, über das Brüllen des Feuers hinweg.

„Und du hast meins noch viel grausamer zerstört durch deine Gier nach Gold", bellte der Bader zurück. „Ich habe keine Hoffnung mehr, es ist aus. Clarissa, gib' dich geschlagen, bereue, was du getan hast. Ich bereue nichts."

„Ach ja?", geiferte sie. „Du hast mich ruiniert, mir deine Krankheit gegeben, mich ausgenutzt und erniedrigt. Fahr zur Hölle, du Teufel, du satanischer Alchimist, du Menschenverderber!"

Julia wollte zu den beiden hinlaufen, doch der Bischof hielt sie zurück.

„Lass', Julia."

Gunther zog seinen Dolch aus dem Gürtel. Julia sah das Blitzen der Waffe.

„Fahr zur Hölle, verdammte, hurerische Hexe!" Er stach mit seinem Dolch mitten in ihr Herz. Ein Gurgeln kam aus ihrem Mund, ungläubig blickte sie ihn an.

„Und das ist der Dank für das, was ich für dich...". Ihre Stimme erstarb in einem Röcheln. Blut schoss aus ihrem Mund, tropfte über ihre Brust. Die Umstehenden starrten gebannt auf das Geschehen. Clarissa sank in sich zusammen, versuchte, sich wieder aufzurichten. Sie presste eine Hand auf ihr Herz, Blut quoll zwischen ihren Fingern hervor.

„Das bist nicht du, der mir das angetan hat", brachte sie mühsam hervor. Gunther packte sie bei den Schultern und schleifte sie zum Brunnenrand. Sie wehrte sich nur schwach.

„Fahr' zur Hölle, einen anderen Ort hast du nie verdient gehabt!", rief er und versuchte, sie hinunterzustoßen. Sie klammerte sich an seinen gesunden Arm.

„Und wenn ich hinabfahre, dann nicht ohne dich", kreischte sie. Langsam kippte sie über den Rand des Brunnens. Der Bader versuchte sich freizumachen, aber sie krallte sich unerbittlich an ihm fest. Schließlich fiel sie und zog ihn mit sich. Sein Schrei verhallte in der Tiefe des Brunnens.

Eine Stille trat ein, als wäre die Welt einen Moment lang angehalten worden. Dann fingen die Anwesenden, die gebannt zugeschaut hatten, an, sich zu bekreuzigen und für die Seele der beiden zu beten. Wolfram ging mit steifen Schritten zum Brunnen vor und schaute hinein. Als er zurückkam, schüttelte er den Kopf. Entsetzt, aber auch erleichtert blickten sie sich gegenseitig ins Gesicht, Julia, Wolfram, Nursia, der Bischof.

„Ich werde gleich morgen ein paar Männer schicken, um die Toten zu bergen", sagte der Bischof. „Und jetzt kommt mit ins Refektorium, schlafen kann sicher niemand von uns."

Das erste Grau des Morgens zeigte sich. Die Vögel begannen zu zwitschern. Ein Zilpzalp zirpte sich fast die Seele aus dem Hals. Es war, als würde das Leben noch einmal neu beginnen. Die anderen, Nonnen und Geistliche aus dem Gefolge des hohen Würdenträgers, beteten weiter. Ein Pfarrer begann eine Messe für Clarissa und Gunther zu lesen. Julia wollte daran nicht teilnehmen, es wäre ihr wie Hohn erschienen. So saß sie kurze Zeit später mit dem Bischof, Wolfram und Nursia im Refektorium an einem der blanken Tische. Es war einer der wenigen Räume, die vom Brand verschont geblieben waren.

„Gott sei Dank hat die Bibliothek nicht richtig Feuer gefangen", sagte Nursia. „Da wären unschätzbare Reichtümer verloren gegangen."

„Was war denn nun in der Bibliothek?", fragte Julia, an Wolfram gerichtet.

„Ich saß da und wartete, wollte mir gerade die Zeit mit Lesen vertreiben", antwortete er, „die Tür öffnete sich und ich hatte das Gefühl, beobachtet zu werden. Dann drehte sich ein Schlüssel im Schloss. Ich lief sofort zur Tür und rüttelte an der Klinke, konnte aber nicht öffnen. Es war Clarissa, dessen bin ich mir sicher. Lange

Zeit habe ich gegrübelt, wie ich herauskommen könnte. Die Fenster waren vergittert. Dann hörte ich die Explosion und kam fast um vor Angst um dich, Julia. Ich merkte, dass das Feuer näher kam. Als die Tür anfing zu brennen, habe ich mit der bloßen Hand zugegriffen und sie nach außen gekippt."

Er zeigte seine rechte Hand, die mit Brandblasen, Blut und Asche bedeckt war.

„Im Kreuzgang traf ich Nursia, die mich überall gesucht hatte. Zusammen rannten wir dann, so schnell wir konnten, hinüber zum Turm."

„Und wie kamt ihr zum Schlüssel für die Turmstube?"

Auf Nursias geschwärztem Gesicht erschienen Grübchen.

„Ich habe dort oben ja einen Tag und eine Nacht verbracht. Vor lauter Langeweile habe ich alles durchsucht und fand einen zweiten Schlüssel in der Truhe, in der du auch das Schreiben vom Bischof gefunden hast, Julia. Ich hatte kein schlechtes Gewissen, ihn einzustecken, wer weiß, wozu du ihn noch brauchen kannst, sagte ich mir."

„Wir können nun nicht sagen, dass alles ein gutes Ende genommen hätte", sagte der Bischof. „Der größte Teil des Klosters ist verbrannt. Aber es ist ein großes Glück, dass außer der Äbtissin und dem Bader niemand zu Schaden gekommen ist. Ich werde mich um Kleidung und Nahrung kümmern. In den nächsten Monaten müssen wir das Kloster wieder aufbauen. Und ich weiß auch schon, wen ich als neue Äbtissin vorschlagen werde."

Alle schauten gespannt auf ihn.

„Unsere Nursia. Sie hat sich als die unbestechlichste und tapferste Nonne des Klosters erwiesen. Auch wenn sie noch ein wenig jung ist."

Nursia stieg die Röte ins Gesicht.

„Ich danke Eurer Exzellenz", sagte sie und küsste den Ring des Bischofs. „Hildegard von Bingen war 36 Jahre alt, als sie zur Oberin gewählt wurde. Und so viel jünger bin ich auch nicht." Ihre Augen waren feucht.

„Und nun zu euch, Julia und Wolfram", fuhr der Bischof fort. „Ihr habt euch als würdig erwiesen, das von mir ausgesetzte Erbe anzutreten. An deinem Geburtstag wird es dir übergeben. Dann könnt ihr heiraten und mit dem Besitz machen, was ihr wollt."

„Aber mein Geburtstag ist erst im Januar", warf Julia ein.

„Das macht nichts", versetzte der Bischof. „Das Haus deiner Tante Kreszentia steht ja jetzt leer. Du bist die einzige legitime Erbin. Aber allein kannst du nicht darin wohnen, es würde deinem Ruf schaden. Mit Wolfram kannst du nicht darin leben, weil ihr nicht verheiratet seid. Schließlich wollen wir keine Zustände, wie sie heutzutage in den Klöstern herrschen."

Er zwinkerte Julia zu. Siedend heiß fiel ihr etwas ein.

„Aber ich darf doch nicht zurück in die Stadt. Man hat mich zwar nicht als Hexe überführt, aber losgeworden bin ich diesen Makel nie. Es sollte doch sogar neue Anklage gegen mich erhoben werden."

„Das war dummes Geschwätz des Pöbels. Ich habe dich schon lang rehabilitieren lassen", beruhigte sie der Bischof.

„Wenn wir beide erst einmal erfolgreich Kranke heilen, wird die Vergangenheit schnell vergessen sein, da bin ich mir sicher", sagte Wolfram.

„Was hat dieser Stein, den ihr so unentwegt suchtet, für eine Bedeutung für euch gehabt?", wollte Nursia wissen.

„Ich weiß nicht, was geschehen wäre, wenn wir ihn wirklich gefunden hätten", antwortete Julia. „Ob es ihn wirklich gibt oder geben darf, das weiß ich auch nicht zu sagen. Auf jeden Fall bin ich ein gutes Stück Weges gegangen, in mich, in meine Vergangenheit, mein Herkommen."

„Was meine Person betrifft", ergriff Wolfram das Wort, „so habe ich durch die abenteuerliche Reise gelernt, dass man etwas tun muss, um sich zu finden und seine Träume zu erfüllen."

„Ich habe noch eine schwere Aufgabe vor mir", sagte der Bischof. „Ja, ich glaube, dass nur ich es machen kann. Aber ihr könnt mich dabei begleiten."

Julia sah ihn fragend an.

„Ich muss noch einmal in die zerstörte Alchimistenküche, um den abgerissenen Arm von dem Bader zu bergen. Er soll mit ihm bestattet werden. Da ich ihm schon verziehen habe, wird er ein christliches Begräbnis bekommen, wie auch Clarissa. Sie werden hier auf dem Friedhof in Bischofsbronn beigesetzt. So sind sie dann wenigstens im Tod vereint."

Ich habe ihnen noch nicht verziehen, so schnell geht das nicht, dachte Julia, aber sie sagte nichts. Sie folgten dem Bischof durch den verrußten Kreuzgang zur Küche, die ein Bild der Zerstörung bot. Hier und da brannten noch Holzreste. Im angrenzenden Raum hörte Julia den Bischof das Vaterunser beten. Nach einiger Zeit kam er zurück, ein blutiges Bündel im Arm. In der anderen Hand hielt er etwas fest umschlossen.

„Ich hab noch etwas anderes entdeckt", sagte er. „Und zwar genau in der Schale, in der die Explosion stattgefunden haben muss."

Als er die Hand öffnete, funkelte ihnen ein kleiner, tränenförmiger Rubin entgegen.

Dichtung und Wahrheit

Die Figuren und die Handlung dieser Geschichte sind, bis auf den Arzt und Alchimisten Paracelsus, frei erfunden. Auf die Idee zu diesem Roman kam ich durch die Beschäftigung mit der Geschichte meiner Umgebung, des Südwestens von Deutschland. Insbesondere die Geschichte der Klöster hat mich fasziniert, und so stieß ich auf den Abt Entenfuß im Kloster Maulbronn, der angeblich im Jahre 1516 Dr. Johannes Faust aus Knittlingen beauftragte, aus niederen Metallen Gold zu machen. Nach dieser Legende ist der „Faustturm" in Maulbronn benannt. Bischofsbronn ist ein fiktives Kloster, das jedoch Ähnlichkeiten mit Maulbronn aufweist. Burg Tanneck ist der Ruine Albeck nachempfunden, die aber erst im Jahr 1688 durch ein französisches Streifkorps zerstört wurde. Schloss Lichteneck weist einige Merkmale des Wasserschlosses Glatt auf. Dieses war jedoch zu jener Zeit im Besitz derer von Neuneck. In Sulz selbst gab es im angegebenen Zeitraum keine Hexenprozesse, jedoch saß tatsächlich eine angebliche Hexe namens Margarethe Löfin, hier: Margarethe Sütterlin auf dem Hohenasperg ein, und es gab Hexenverbrennungen, zum Beispiel im Jahr 1505 in Tübingen. Eine wahre Flut von Hexenprozessen überschwemmte das Land dann ab dem Ende des 16. Jahrhunderts und im Dreißigjährigen Krieg. Was den Bischof von Speyer betrifft, so gab es in der Zeit dort tatsächlich einen Bischof, der am Englischen Schweiß gestorben ist.

Für die Hilfe bei der Rekonstruktion der alten Stadt Sulz, wie sie vor den Stadtbränden 1581 und 1794 ausgesehen haben mag, danke ich dem Sulzer Stadtarchivar Paul Müller, für das umfangreiche und sachkundige Lektorat Herrn Bernd Weiler, für Begleitung bei allen Recherchen vor Ort Peter Stubenvoll und nicht zuletzt danke ich meinem langjährigen Erstleser Karl Kloiböck aus Österreich.

Ebhausen, im August 2011